Johany-Midaho

Le Royaume

Tome 3

Résumé du premier et du deuxième tomes

Un jour de février, un groupe d'amis se baigne sur une plage tranquille de la mer des Caraïbes quand, en quelques minutes, les vagues joueuses se transforment en dangereux rouleaux et des courants surviennent entraînant les nageurs !…

Avec tout son courage, Johany porte secours à ses amis en difficulté et lorsque Cassandre, sa fiancée l'appelle au secours à son tour, il se jette de nouveau dans les rouleaux pour la sauver, mais alors épuisé, il y perdra la vie.

Il a 24 ans.

Son amie a survécu…

De ce drame, naît la plus extraordinaire histoire jamais vécue : de l'au-delà, Johany appelle sa mère, Midaho, et commence avec elle une série de voyages. Il l'invite à venir partager avec lui la découverte de ce Monde merveilleux dans lequel il est arrivé, que certains ici-bas appellent le Paradis, mais que les êtres autour de lui nomment : « Le Royaume ».

C'est à travers les voyages hors du corps effectués par sa mère, que Johany, au fil des jours, nous emmène découvrir pas à pas ce qu'il découvre lui-même émerveillé, nous faisant partager avec lui la joie de vivre, l'humour et la curiosité de sa jeunesse qui étaient déjà les siens sur la Terre.

Ce Royaume se dévoile alors sous nos yeux avec ses différents Mondes, ses multiples aspects. Il nous étonne, il nous déroute, il nous émerveille, parfois presque si palpable, quand l'on peut s'y inviter entre amis pour discuter de la Terre, mais en même temps si proche de ce dont tout être humain peut rêver : créer ce que l'on désire, voler.

En trame de ce Royaume, nous percevons l'Amour de Dieu si présent, si discret et si fort à la fois, offrant ses sublimes délices aux êtres qui les souhaitent et qui les apprécient.
Un vrai Paradis ! Comme on n'aurait pas osé l'imaginer. N'est-ce pas cela la Perfection ?

Voilà donc cet « infini » qui nous attend après notre mort, si nous avons su aimer sur la Terre…

Nous avons appris que le Royaume est constitué de différents Mondes ou Plans : sept au total.

Les deux premiers Mondes, ceux dans lesquels les hommes de l'humanité arrivent lorsqu'ils ont été suffisamment aimants sur la Terre constituent une sorte de « sas » menant vers les Mondes supérieurs plus lumineux encore : les Mondes des anges, des Etres de Lumière pure qui vivent l'Unité en Dieu de différentes façons à différents niveaux.

Puis nous avons soulevé quelque peu le voile avec Johany du sixième Monde : celui des Sphères sacrées qui entourent le Cœur de Dieu, ultime Monde dans lequel tout est Un.

Nous avons compris que ces Mondes qui forment le Royaume constituent la seule Réalité et que la Création visible à nos yeux humains n'est en réalité qu'une illusion, champ des multiples expériences de l'Amour qui se donne et tout en même temps Rêve de Dieu…

Dans le premier tome, nous avons découvert plus concrètement les premier et deuxième Mondes dans lesquels les êtres humains arrivent après leur décès. Nous avons découvert les nouveaux amis de Johany, leur mode de vie, la façon dont on peut s'adapter et vivre le bonheur absolu de ce Monde bien concret, où tout est permis, tout est possible, où la seule pensée crée d'un geste l'environnement que l'on souhaite.

Nous avons suivi Johany pas à pas dans son adaptation à cette nouvelle vie, dans sa découverte de ce Monde.
Dans le deuxième tome, Johany a « grandi », a évolué. Ses découvertes, son exploration, se font plus profondes, les questions de Midaho également. Les réflexions s'approfondissent et leurs réponses nous enrichissent, nous faisant toucher du doigt le cœur de la Réalité, le cœur du Sens de la Vie, du Sens de l'Amour, la compréhension de ce qu'est Dieu.

Le deuxième tome va donc beaucoup plus loin que le premier dans sa profondeur, dans sa richesse. Il nous emmène au but ultime de toute vie: de ce qui représente le but ultime de la Vie, l'Unité absolue dans l'Amour ou l'Unité avec l'Amour.

Voyage du jeudi 11 septembre 2003

Je te propose un voyage assez attrayant, *me dit Joh lorsque j'arrive dans le Royaume*, on va aller voir quelque chose.

M : Je te suis.

Tout en volant nous arrivons au-dessus du deuxième Monde.

J : Maman, on va commencer le troisième tome. Dans mon esprit, ce voyage fera partie du troisième livre. Je t'avais dit que j'aimerais que l'on mette dans ce troisième livre des entretiens avec des personnes très croyantes et de religions différentes, décédées sur la Terre et qui sont arrivées ici, pour avoir leur point de vue, pour savoir comment elles ont vécu leur passage, comment elles ont ressenti ce Monde au début.
J'aimerais leur poser certaines questions par rapport à leurs croyances initiales, savoir si elles ont reproduit ou non les schémas, les modèles qu'elles avaient sur Terre. Ce serait intéressant.
Si tu veux, on peut commencer par un personnage que tu affectionnes beaucoup, tu as lu ses livres, tu avais sa photo, tu te sentais des liens avec lui, il s'agit de Padre Pio. C'est quelqu'un de connu dans la religion catholique, il était stigmatisé, il avait des dons assez incroyables, il n'a pas toujours été reconnu par ses pairs mais il a converti beaucoup de gens sur la Terre grâce à ce qu'il était. En même temps, il a beaucoup souffert sur la Terre et il a peut- être quelque chose à nous dire par rapport à cela. J'ai organisé une entrevue avec lui, je lui ai parlé en télépathie, je l'ai vu et il a accepté de nous rencontrer.

Tout en parlant, nous survolons la chaîne de montagnes qui sépare le deuxième Monde du troisième. Nous sommes du côté du deuxième Monde.

M : Je suis enchantée de cette proposition, c'est en effet quelqu'un que j'estime beaucoup. Il a eu beaucoup de courage, c'est un beau projet de vie qu'il a mis en terre, il a fait beaucoup de bien autour de lui.

On y va, dit Joh *en descendant.*

J'aperçois une cathédrale de Lumière magnifique, si elle n'était faite de Lumière d'or sa forme serait très terrestre. Un immense clocher doré pointe dans le Ciel du Royaume pour rejoindre je ne sais quel Dieu... puisque Dieu est ici partout, à quoi sert de s'élancer vers le ciel ?... c'est un autre sujet. Il a voulu reproduire un lieu de culte qu'il aimait, voilà tout.
C'est très beau ! Cette cathédrale n'a pas de dimensions gigantesques mais elle est majestueuse.
Nous nous posons. Je suppose qu'il est à l'intérieur.
Joh l'appelle en télépathie...
La porte s'efface légèrement et nous sentons que cela signifie que nous sommes invités à entrer.
L'intérieur est celui d'une cathédrale particulièrement lumineuse, nous ressentons une impression de recueillement, de silence, de sérénité, d'isolement, d'un lieu propice à la prière, d'un lieu où l'on se retrouve en tête à tête avec Dieu... ce sont les impressions qui me viennent. Comme dans une cathédrale terrestre, des chaises sont posées là, semblant attendre des fidèles... c'est étrange, je me demande s'il continue à dire des messes ici.
Nous marchons vers le chœur...
Il est là, il apparaît tout d'un coup et, comme c'est curieux ! Deux images de lui se superposent sous mes yeux : l'une comme il était sur la Terre et l'autre, lui- même en Lumière d'or.

PPio : Je suis ici dans cette Lumière, ce moi terrestre que tu vois, t'apparaît pour mieux te faire comprendre. Ici, je suis dans la Lumière du Père, la Lumière divine, la seule qui soit et dans laquelle il nous soit digne d'être.

M : Je suis si heureuse de vous rencontrer…
Je vous ai prié parfois…
Pouvons-nous échanger ?

PPio : En effet, nous pouvons nous asseoir ici, nous sommes sous la clé de voûte, nous y serons très bien, tu seras inondée de cette belle énergie qui descend de la voûte et inonde les fidèles.

M : J'en suis heureuse, cela va me faire du bien.
Dis-moi, tu vois, je te dis « tu » maintenant, dis-moi : comment cela s'est passé ? Je suis si avide de connaître, de savoir, de comprendre !

Comment as- tu vécu cette arrivée ? Car tu avais certainement des idées très précises de ce qu'était le Paradis. Dans ta religion catholique, ces choses sont très explicites, tu devais peut-être t'attendre à voir St Pierre devant une porte d'or avec ses clés et le Jugement de ceux qui pouvaient y entrer…ou ne pas y entrer.

Il rit un peu.

PPio : Non, non, quand on meurt, on ne pense pas à ces choses. On y pense durant sa vie, on en a une certaine représentation, mais quand on meurt on a autre chose en tête, on est toujours un peu inquiet, c'est un grand passage et celui qui le fait sans inquiétude, sans avoir un léger pincement, qu'il me le dise ! Je n'en connais pas ici…
Quand nous parlons sincèrement avec notre cœur, chacun ici reconnaît avoir ressenti un léger pincement au moment du passage. Même les plus croyants ont une appréhension, c'est normal, on sait ce que l'on quitte, on ne sait pas exactement ce que l'on va trouver et l'être est toujours angoissé d'aller vers cet inconnu.
Tu es peut-être dans un cas particulier car tu as eu l'immense privilège de connaître ce Royaume avant ton trépas, ton décès…tu le reconnaîtras, mais pour moi, mon départ a été un peu tendu, je dirai même légèrement stressé, puis je suis arrivé là et, bien sûr, cela ne m'a pas étonné de me retrouver en vie de l'autre côté. Je ne savais pas exactement où j'étais mais je sentais que cela était bon, que les énergies étaient bonnes, *dit-il en souriant.*
Cela ne m'a pas étonné et aussitôt, réellement, j'ai été entouré d'une multitude d'anges, de chœurs d'anges, des musiques célestes les plus douces, les plus suaves, des mots doux les plus adorables, de caresses, de réconfort et cela m'a été immensément doux et agréable.
Je me souviendrai de cette arrivée comme d'un moment prodigieux ! Fantastique ! Si merveilleux! Si extraordinaire ! Et du Don de Dieu, c'est ce qu'Il nous donne en arrivant ici ! J'ai senti le Don de Dieu, Il était là palpable à travers tous ces êtres, tous ces anges qui me caressaient, me soutenaient, me prodiguaient leurs soins, leur bonté…
Je n'étais plus tendu ni stressé, je profitais complètement de ce moment charmant avec eux.
Puis, rapidement, ils m'ont expliqué les Lois si l'on peut dire de ce Royaume, surtout les immenses possibilités que nous avons ici. Et, vois-tu, tout de suite j'ai ressenti le besoin de recréer ici un lieu de culte, un besoin très puissant !…

Je me sentais poussé à faire cette église comme je la voulais, idéale et je l'ai faite. Elle n'a pas changé, je n'ai pas modifié un seul détail depuis le jour où je suis arrivé. J'ai été aidé, je l'ai voulue d'une certaine façon et Dieu me l'a donnée.

Je me suis fait une petite annexe, derrière, que j'utilise lorsque j'ai besoin de me reposer, de réfléchir.

En règle générale, je vis dans ce lieu, et cela va te paraître étrange mais je continue de prier. Je prie essentiellement pour mes frères restés sur Terre car si moi je connais le bonheur à présent, eux ne le connaissent toujours pas. Ils sont toujours dans la souffrance et ma modeste part consiste à les soulager par ma prière constante. C'est ainsi que je continue de Servir Dieu et de Servir mes frères par la prière.

J'ai la prétention de croire que la prière ici est peut-être plus efficace que la prière sur la Terre. Je crois que Dieu en tient davantage compte car elle vient d'un être plus pur que nous ne le sommes sur Terre. Je crois que mes prières ici sont davantage entendues, exaucées que lorsque je priais sur Terre pour mes frères.

M : A quoi servent ces sièges ? A suivre le culte ? A écouter tes sermons ? A suivre la messe ? Est-ce ainsi que cela se passe ?

PPio : Eh bien oui, c'est ainsi que cela se passe. Je continue d'officier et d'être ici ministre du culte, je continue à dire des messes. Bien sûr, ce que je dis ici est différent, nous ne prions pas de la même façon. Ici, nous prions le Père éternel et Lui seul, mais nous prions également les Seigneurs, les Anges qui servent à exaucer les prières car ils Servent l'Amour. Alors il y a des nuances dans ma façon d'exercer le culte, mais je suis toujours dans le goût de cela. Je n'ai pas été me faire une chaumière au fond des bois, j'ai toujours le goût d'officier et de transmettre aux êtres qui viennent ici le goût de prier, le goût de Dieu car, tu l'as appris, les êtres qui arrivent ici ne croient pas forcément en Dieu.

Je suis impressionné parce que cela paraît incongru ! Lorsque l'on est sur Terre, on ne pourrait pas imaginer qu'un être qui n'est pas croyant arrive au Paradis, cela paraîtrait paradoxal, injuste, et pourtant, c'est souvent le cas. Des êtres qui ont su aimer sur la Terre sont autorisés à entrer ici et cela donne des situations un peu difficiles, étranges.

On voit ainsi dans le Royaume de Dieu des êtres qui ignorent Son

Existence. Comprends-tu combien ici mon rôle est important ? Je les accueille, je les appelle, je les fais venir, il y a mille moyens pour cela : des appels par télépathie, des liens que nous formons dans l'invisible… J'aime les attirer chez moi et après, j'aime leur donner le goût de Dieu. Je leur fais comprendre quel est ce Monde : que signifie le Monde de l'Amour sinon le Monde de Dieu car ces deux mots sont synonymes. Je leur fais partager ma foi en Dieu et je crois pouvoir dire que je fais du bien à ces hommes parce que je leur explique où ils sont réellement et cela leur fait voir les choses autrement. C'est à mes yeux très important, c'est ainsi que je vois les choses : transmettre inlassablement le goût de Dieu, le goût d'aimer son prochain, le désir d'aimer toujours plus inlassablement, se tourner vers Dieu en confiance pour Lui demander Son Secours, Sa Miséricorde, Son Amour. Voilà ce que j'apprends à mes fidèles du Royaume.

Cela te paraît étrange, ce n'est pas si étrange. Viennent ici dans mon église des êtres qui n'avaient jamais mis les pieds dans une église sur la Terre, il faut bien qu'il y ait quelqu'un qui leur apprenne. J'ai ce rôle et je le tiens depuis mon départ de la Terre, un peu différent mais tout aussi important. Les hommes qui viennent écouter, repartent avec un cœur plus léger qui a compris où ils étaient, ce qu'est l'Amour de Dieu qui se donne et ce que représente également la vie sur Terre. Nous parlons de cela. Ce sont en réalité des moments de culte où nous échangeons. Il y a beaucoup d'échanges, ils me font part de leurs interrogations…

C'est toujours l'Amour qui me porte, l'Amour pour Dieu, bien sûr, l'Amour de l'Amour et l'Amour pour mes frères et jamais cela ne changera ou alors ce sera pour grandir encore plus dans cet Amour.

Voilà, ma sœur, mon amie, ce que je voulais te dire aujourd'hui et cela est à transmettre aux hommes, car ces paroles, peut-être, leur feront du bien.

Oui, j'ai beaucoup souffert sur la Terre, mais tu peux leur dire que cette souffrance n'est rien, comparée aux joies, à la béatitude que l'on ressent ici.

Arrivé ici, cela ne compte plus ! Je ne te dis pas que je l'oublie mais arrivé ici, cela ne compte plus.

Qu'importe la souffrance passée si elle nous donne cela ! Si elle nous offre cela !

Nous pensons sincèrement alors, en étant ici, que cela valait la peine.

La souffrance terrestre est toujours inscrite dans un temps, ce temps est limité. C'est cela qu'il faut se dire et ici notre joie est

illimitée, le temps de la béatitude est illimité, infini. Il n'y aura pas de fin à mon bonheur, à ma béatitude !...

Voilà ce que je me dis, mais l'être de la Terre peut aussi se le dire ! C'est un tel réconfort de savoir que ce temps de souffrance est nécessairement inscrit dans un temps et que le jour de la libération approche, parfois avant la mort et tant mieux, mais au pire, ce jour de la libération des souffrances se fait au moment du passage et si l'être a su aimer, alors, ô combien douce est sa joie en arrivant ici!...
Tu vois, Dieu n'est pas si exigeant vis à vis de nous, pauvres hommes, puisqu'Il accueille ici des êtres qui n'ont même pas cru en Lui.
Il Lui suffit, dans Son Amour infini, que l'homme ait su aimer même bien peu parfois, juste **aimer avec son cœur, qu'il ait su pardonner, tendre la main sans arrière pensée** et qu'il ait fait son possible.

Dieu n'est pas plus exigeant que cela pour nous accueillir dans Son Royaume. Je te le dis, Son Amour est infini, Son Don est infini et cela est si heureux de le savoir qu'il me semblait important de te transmettre ce message.
Puisque tu es là pour transmettre nos messages aux hommes de la Terre, eh bien merci de transmettre le mien, c'est un message d'espoir.

Je dirai aux hommes :
Ne souffrez plus car votre libération est proche et là-haut, comme on dit sur la Terre, **le bonheur est là, je le tiens déjà dans ma main moi qui souffre sur la Terre pour peu que j'aie su aimer, pour peu que j'ai su pardonner,** je le tiens déjà dans ma main car il m'est acquis. Dieu me le donne, que je croie ou non à cet Etre Suprême, qu'on appelle Dieu, le bonheur qu'Il me donnera est acquis. **Quoi de plus beau pour soulager nos souffrances que de savoir que ce bonheur nous est acquis, donné par le Roi du Monde, le Dieu de l'Amour, le seul Dieu qui soit, notre Source, notre Père.**
Ma reconnaissance est grande, mon amour est grand pour Lui et ce que j'ai souffert sur la Terre je sais que c'était pour Lui, pour l'Amour, pour Servir l'Amour en convertissant un grand nombre d'êtres à une religion qui pouvait les amener plus près de Dieu, qui pouvait les aider à ouvrir leur cœur, donc à aimer davantage et donc à gagner ce Monde et en gagnant ce Monde à gagner le bonheur éternel.
Je ne regrette pas mes souffrances et, si c'était à refaire, vois-tu, je le

referais.
Voilà mon message, *dit-il en posant sa main doucement sur mon bras comme une caresse.*
Voilà ce que j'avais à te dire, petite sœur terrestre restée encore sur Terre. Transmets mes paroles, je te ferai à mon tour un cadeau, je sais que tu as besoin de cadeaux en ce moment car tu es aussi dans la souffrance pour les hommes.
Adieu, à bientôt.
Nous nous reverrons. Quand tu viendras ici, viens me voir, je serais heureux de te serrer dans mes bras, nous parlerons, tu me diras comment toi aussi tu vois les choses et ton arrivée dans ce Monde, nous échangerons, nous serons amis.

Vas, tu es attendue ailleurs.

M : Merci infiniment, pour ces paroles si douces à mon cœur.

Nous sortons doucement de l'église, nous quittons Padre Pio encore sous le charme de sa douceur, de son amour si rayonnant.
Nous nous retrouvons dehors dans la Lumière du Royaume.
Comme c'est intéressant, *dis-je à Joh*, je n'imaginais pas une seconde qu'il pouvait y avoir ici des lieux où l'on continue d'exercer un culte comme sur la Terre mais ce qu'il en dit est très intéressant bien sûr. Je comprends tout à fait le rôle qu'il peut avoir, c'est très utile.

J : Maman, si tu veux on va voir autre chose… On n'aura pas le temps de finir mais on pourra continuer demain ou un autre jour quand tu voudras. C'est juste un peu plus loin.

M : D'accord, Joh, je suis partante.

Joh s'envole à un ou deux mètres du sol et je le suis, toujours accrochée à son pied. Nous filons assez vite. Nous approchons d'une construction étrange que j'aperçois assez loin encore… J'ai l'impression qu'il s'agit d'un temple bouddhiste très particulier, d'une architecture presque futuriste, enfin digne du Royaume, très originale. De nombreuses marches mènent à une structure un peu carrée dont le toit ressemble tout à fait à celui des temples

bouddhistes.
Un jeune garçon est assis sur les marches vêtu d'un costume traditionnel jaune safran et prune. Il doit avoir une quinzaine d'années, peut-être un peu plus.

M : Où sommes-nous, Joh ? Est-ce un temple bouddhiste ?

Tu vas voir, *dit Joh en se posant les deux pieds par terre, bien vertical.* On va y aller.
Il me prend par la main et nous montons les marches.
Le jeune garçon semble absorbé par ses pensées, il ne bouge pas. L'intérieur est très beau, très sobre. En même temps une légère fraîcheur s'en dégage ainsi qu'une certaine ombre propice au recueillement. Là encore, nous sentons Paix, Sérénité, Sobriété émaner de ce lieu. Je ne vois pas grand monde pour l'instant.

M : Tu sais, Joh, je ne sais pas où tu m'emmènes mais moi, je ne connais pas de personnages particuliers, à moins que nous n'allions voir Bouddha lui-même, *dis-je en riant.* Sinon je ne connais pas d'êtres de cette religion… ou alors tu choisis pour moi.

J : Tu sais, il y a eu plusieurs Bouddhas.

M : Est-ce que nous sommes dans la demeure d'un Bouddha ?

Joh met son doigt sur ses lèvres…ce qui signifie chut…et nous continuons d'avancer le long d'un léger dédale de couloirs et de pièces.
Ce temple est assez grand, je dirai même qu'il est très grand.
Voilà, nous sommes arrivés dans une pièce.
Ça alors ! Je suis très étonnée…Un être est assis sur une sorte de trône, c'est le mot qui convient et je ne m'attendais pas à cela. Cet être est très gros, comme le sont les Bouddhas tels qu'on les représente habituellement. Je m'attendais à voir un être comme tous ceux que l'on a vus dans le Royaume : plutôt évanescent, fluide, et de voir cet être avec cet aspect-là m'étonne énormément.

M : De qui s'agit-il, Joh ?

J : Maman, tu dois te taire, on va se mettre devant lui et c'est lui qui va parler.

M : Hmm hmm, ah bon !

Nous nous asseyons sur le sol, mais il garde les yeux fermés et ne semble pas avoir remarqué notre arrivée…

J : Maman, je vais lui parler en télépathie pour lui dire qu'on est là, on va le saluer, on va lui expliquer le sens de notre venue puis après on repartira, on reviendra une autre fois, d'accord ? Si tu veux, on fera la visite en deux fois.

M : D'accord, je te laisse faire....*Je sens que Joh lui parle, l'être n'a pas bronché puis il ouvre les yeux et dit :*

– Je vais vous recevoir, ne bougez pas, vous êtes au bon endroit.

Je suis en méditation, voyez-vous, et j'aime assez être prévenu à l'avance, vous reviendrez, n'est-ce pas ?

M : Oui, sans problème.

– Quand vous reviendrez, avertissez-moi à l'avance. Faites-moi prévenir par Johany. Je préfère être informé, ainsi je m'apprête, je ne suis pas occupé comme je le suis en ce moment.

M : Oui, je comprends, je ferai ainsi.

Il s'est replongé dans sa méditation. Je me lève et Joh fait de même. Je le salue, bien que j'imagine qu'il ne me voit pas et nous ressortons silencieusement. Nous retrouvons la Lumière du Royaume, et l'enfant sur les marches tourne légèrement la tête en notre direction.

M : Quel étrange être, n'est-ce pas Joh ? Il est vraiment différent de tous les êtres du premier et du deuxième Mondes que j'ai rencontrés.

J : C'est un être de l'humanité, il y a beaucoup de diversité parmi les êtres humains. J'ai voulu te faire une surprise, tu vois il s'agit bien d'un Bouddha qui ne s'est jamais réincarné.

M : Je me demande si lui aussi a des fidèles, s'il pratique un culte…Il est étrange en tout cas.

Je trouve curieux de passer son temps à méditer ici. Je préférerais faire comme toi : explorer, découvrir tout ce qu'il y a à voir, profiter de tout. On ne doit pas avoir le même caractère lui et moi ! Il faut de tout pour faire un monde. Apparemment, c'est cela qui semble faire son bonheur et c'est cela qui compte. Puis, c'est peut-être dans ce cœur à cœur avec Dieu qu'il a découvert Son Existence. Il a dû avoir le temps de comprendre où il était…

J : Maman, garde tes questions pour la prochaine fois, prépare ta petite liste, ça risque d'être assez intéressant, je veux dire par là : très intéressant !
M : J'imagine, oui.
J : Je crois qu'il faut que tu redescendes parce que c'était vraiment long pour toi, je te raccompagne.

Nous sommes à ma « porte »[1], nous nous serrons tendrement dans les bras. Merci Joh pour ce voyage magnifique, j'ai beaucoup aimé.
A demain.

Voyage du vendredi 26 septembre 2003

Johany m'a fait signe en télépathie qu'il m'attendait dans le Royaume.

J : Maman, je te propose quelque chose, on va faire quelque chose pour grandir. Est-ce que cela te dit d'essayer ?

M : Est-ce que tu veux dire : « grandir dans le Royaume » ?

Comment cela se peut, comment cela se fait-il ? Tu sais, je crois que je n'ai pas… tout compris. Je croyais que l'on grandissait au fil des millénaires, d'un temps qui n'existe pas d'ailleurs, en expérimentant

---

[1].NDA : *Ce que j'appelle « ma porte est une sorte de passage transdimensionnel par lequel j'entre dans le Royaume (Cf Le Royaume Tome 1)*

l'Unité toujours plus grande avec ses frères et avec Dieu. Voilà ce que je croyais.

J : Oui, il y a de ça. Tu n'es pas trop loin de la vérité mais il y a d'autres façons de grandir. En fait, il y a plusieurs façons : tu as vu déjà de nombreux êtres dans les différents Mondes du Royaume qui servent l'Amour à leur façon. Tu as vu l'autre jour Padre Pio qui Sert l'Amour d'une certaine façon. D'autres servent l'Amour en aidant certains êtres en difficulté sur la Terre ou sur d'autres planètes. Certains Servent l'Amour en exauçant des prières. Tu vois les différentes façons de faire, d'agir. Là, je te propose quelque chose qui devrait te plaire. On va monter dans le sixième Monde et je vais t'apprendre à exaucer une prière. Ça te dit ?

M : Ça alors oui ! Oui, mais veux-tu parler, Joh, d'une prière choisie au hasard, enfin le hasard… cela n'existe pas, bien sûr, mais je veux dire : veux- tu que j'apprenne à exaucer une prière de quelqu'un que je ne connais pas ou de quelqu'un que je connais ?

J : Ça, c'est une surprise ! Tu vas voir.
Viens, suis-moi.

M : Avec joie !

Nous partons. Joh file devant. J'accroche ma main à son pied comme j'ai l'habitude de le faire. Je connais bien le chemin, à présent, du sixième Monde en direction de la Sphère sacrée.
Je la vois à présent, immense dans le Ciel du Royaume, de ce doré orangé si caractéristique.
Voilà, nous passons, nous entrons à l'intérieur… Nous sommes passés à travers l'épaisseur de Lumière et de suite nous nous retrouvons devant la grande coupole bien connue[2].
Je pense à Thérèse de Lisieux qui disait : « je passerai mon ciel à faire du bien sur la Terre… » Je comprends qu'ici l'on en ait envie.

Mais, Joh, je me demande si j'ai l'autorisation et surtout comment je vais faire parce que je ne vois pas tellement bien sur l'écran, tu sais, lorsque tu me le fais voir : je suis encore trop reliée à la Terre.

J : Je vais t'apprendre.

---
[2] Cf Le Royaume tome 1 et tome 2

M : D'accord.
Nous sommes arrivés sur les marches de la grande coupole.

J : On va aller dans un autre endroit que tu ne connais pas encore.

Nous entrons à l'intérieur de cet immense dôme... nous nous dirigeons en effet vers une sorte de pièce où je ne suis encore jamais allée.

Tu t'assois là et tu m'attends.

J'obéis. C'est drôle parce que cela ressemble presque à un bureau, en Lumière et en énergie bien sûr, mais cela a quelque chose d'un bureau. Ainsi, j'attends. Puis je vois Joh là-bas, beaucoup plus loin, qui me fait signe de le rejoindre avec de grands gestes, l'air tout heureux, ce que je fais.

M : Alors, est-ce que tu sais de quoi il s'agit ?

J : Viens.

J'ai l'impression qu'il me dit : « c'est une mission de roses ». Mais je pense que c'est une pensée qu'il a eue, ce n'était pas une parole à proprement parler, ou peut-être me parlait-il en télépathie.

C'est comme une « lettre d'amour », tu comprends... On va exaucer une prière d'amour. Il s'agit d'une fille amoureuse d'un homme un peu plus âgé qu'elle, et elle demande dans ses prières que cet homme s'intéresse à elle, la regarde et soit attiré par elle ; tu vois ? C'est quelque chose qui peut sembler tout banal, mais aucune prière n'est banale aux yeux de Dieu du moment que la personne s'adresse à Dieu pour Lui demander Son aide, Son soutien ou toutes les choses que l'on peut demander en prière. Pour Lui, ça devient important et si la personne le mérite, Il le lui accorde et, en l'occurrence, je suppose qu'elle doit avoir des mérites parce qu'Il m'a demandé de le lui accorder.

M : Comment fait-on, Joh ? Enfin, je ne sais pas si je dois, ou si je vais participer.
Est-ce ta mission à toi, ou est-ce la nôtre ?

J : Tu vas venir avec moi pour voir comment on pratique. Viens.

Nous entrons dans l'un des petits dômes annexes. Un grand écran, comme ceux que je connais s'étend sur la paroi.

J : Tu vois dans une prière comme celle-ci, il n'est pas question de manipuler la personne, cela irait contre le respect qui lui est dû. On ne va pas faire un philtre d'amour. On n'est pas dans la magie rose, on exauce une prière !

M : C'est justement…là, je ne vois pas du tout comment on peut faire pour exaucer cette prière en étant dans le respect absolu de ce qu'est cet homme.

J : Maman, cette fille a plein de qualités ! Le problème, là, c'est de faire en sorte que lui le remarque. En fait, notre travail va consister en cela, tu comprends ?

Là, il ne s'agit pas du tout de manipulation, ou quoi que ce soit…Il va simplement, tout d'un coup, s'apercevoir que cette fille qu'il n'avait pas tellement remarquée, est super, est géniale, qu'il la trouve à son goût. Donc en fait, on va lui donner l'occasion à elle de montrer ses qualités, que naturellement, c'est à dire sans sa prière, elle n'aurait pas eu l'occasion de montrer. Et on va lui donner évidemment, l'occasion de les montrer devant lui, ou quand il passe, ou quand il est là ou… devant des personnes qui pourront le lui rapporter, lui raconter, lui en parler etc.
 En clair, regarde ce que je fais : en ce moment, elle est dans la rue et je fais en sorte qu'elle soit dans une situation particulière …je fais en sorte qu'elle rencontre des petits chats abandonnés. Normalement, elle ne devait pas passer par cette rue, donc normalement elle ne les aurait pas vus, et dans ce cas, évidemment il ne se serait rien passé.
Alors, regarde : il lui est passé, je ne sais pas quelle idée, dans la tête, *dit Joh en souriant,* et tout d'un coup, elle a eu envie de prendre cette rue plutôt qu'une autre pour rentrer chez elle et comme par hasard, elle tombe sur ces petits chats qui piaillent, qui sont très attendrissants,

mais bon, il y a plein de gens qui sont passés et qui les ont laissés là où ils sont. Je veux dire que tout le monde n'est pas apitoyé par des petits chats abandonnés, il y a plein de gens qui n'ont pas envie de s'occuper de ça. Elle, par contre, est toute généreuse, toute apitoyée. Regarde, elle se baisse, elle les prend dans sa robe, sur ses genoux. Tu vois, il y en a…au moins quatre, ce n'est pas rien comme geste, ça veut dire qu'elle va les prendre en charge. C'est vraiment de la générosité. Regarde ce qu'elle fait maintenant. En plus tu noteras qu'il y a une poubelle juste à côté…. Je suis sûr qu'il y a des gens qui auraient pu les mettre dedans. Bon, elle, évidemment ce n'est pas ce qu'elle va faire. Elle est un peu embarrassée pour les porter. Elle s'est relevée, elle a ses quatre chatons dans les bras, elle a peur d'en laisser échapper un, mais elle y arrive. Ses bras se font corbeille. Elle ne traîne pas, tu vois, pour rentrer chez elle. Voilà, elle est rentrée, elle les a posés sur son divan. Regarde ce qu'elle fait : elle prend le téléphone et elle appelle sa meilleure amie pour lui raconter qu'elle a trouvé quatre chatons qui sont adorables, abandonnés, mais qu'elle ne pouvait pas les laisser comme ça au coin de la rue, derrière leur poubelle.

J'assiste à tout cela. On sent que son amie la gronde un peu, enfin elle doit lui dire que ça lui ressemble, qu'elle est bien avancée maintenant avec ses quatre chatons. Elles bavardent un peu, puis elles raccrochent.
Ils lui sautent à moitié sur les genoux, ils ne sont pas sauvages en tout cas.

J : Maman, on va laisser là cette vision, on va laisser la fille continuer de s'occuper de ses affaires et de ses chatons. Regarde plutôt ce qui se passe. Sa meilleure amie est la sœur du gars qu'elle aime. Ça ne se fait pas tout de suite, mais dans peu de temps, il va passer voir sa sœur qui va lui raconter, car les gens se racontent tout, tu sais.

Elle va lui parler de Céline qui vient de trouver quatre chatons, qui est complètement folle parce qu'elle les a ramenés chez elle etc. et regarde ce qui se passe…ce gars est en train de se dire que cette fille a quand même un cœur énorme, un cœur d'or, ça lui plaît. Ça ne veut pas dire qu'il est conquis et qu'il va la demander en mariage dans les huit jours mais je vais faire en sorte qu'il arrive plein de petites choses comme ça, qui révèlent simplement ce qu'elle est, et lui aura

l'occasion de la voir telle qu'elle est, et de ce fait, il va l'aimer comme elle est, parce qu'au fond, il aime ce qu'elle est mais il ne la connaît pas. Voilà comment on exauce une prière, ce n'est pas forcément avec une baguette magique, cela peut se passer sur un certain temps. Je vais te dire : dans deux ou trois mois, ce type sera fou d'elle, il sera en train de se dire : « cette fille est vraiment la femme que j'aimerais épouser. »
Voilà, moi j'aurai réussi ma mission, sa prière à Dieu, parce qu'elle prie presque tous les jours, enfin pas tous les jours, j'exagère, mais elle prie souvent et toujours dans ce sens. Donc ce sera mission accomplie grâce à ton cher fils.

M : Hmm, hmm, *je ris*... Comme c'est agréable de faire cela Joh ! C'est super ! Comme j'aimerais !
Moi, quand je serai ici je ferai comme toi, je viendrai souvent. Cela doit être heureux de faire du bien tout le temps ; comme ce doit être agréable !
Ça me plairait.
Tu vois bien, que l'on peut faire ici bien plus de choses que sur la Terre ; enfin, je ne vais pas revenir là-dessus.
Et moi, Joh, ici et maintenant est-ce que je peux ? C'est peut-être un peu plus délicat, parce que je ne sais pas manœuvrer tous ces boutons et faire que les choses arrivent. Est-ce que tu peux m'apprendre un petit peu afin que moi je le fasse ?

J : Maman, je vais t'apprendre quelque chose de beaucoup plus simple.
Dis-moi une prière que tu voudrais voir exaucée pour quelqu'un...

M : *Je réfléchis*... Je souhaite que (x) guérisse parce que je sais que quelqu'un prie pour elle, pour qu'elle guérisse, elle est quand même assez mal partie, au niveau humain je parle. De plus, la personne m'a demandé d'intervenir pour elle dans mes prières ou de quelques façons que je puisse ; je pense que c'est le moment puisque tu me proposes cela. Mais c'est compliqué, et je ne sais pas comment faire devant cet écran concrètement.

J : Maman, ce n'est pas toi qui va agir, c'est moi. Mais je te montre, comme ça tu sauras.
Déjà, on regarde ce qui se passe, et moi je me branche sur le plan

subtil pour
savoir ce dont il s'agit comme genre de maladie : si normalement elle doit en guérir ou pas, si c'est grave ou pas, si ça doit être long ou pas, si c'est un karma qui a provoqué cela ou pas et dans ce cas quel karma, est-ce un karma lourd ou pas qui est en cause, sur qui cela rejaillit, qui a à apprendre de cette situation, et est-ce qu'elle même a à apprendre de cette situation, de cette maladie. Son mari ou son entourage ont-ils quelque chose à apprendre ou à vivre de cette situation ?
Tu vois, il faut du temps pour considérer tous les tenants et les aboutissants, mais dans le cas présent, je sais, puisque Dieu me l'a dit avant, que la prière que tu me demanderais pouvait être exaucée : c'est que toute autorisation est donnée. S'il s'agissait d'un karma, soit il est terminé soit il n'est pas très lourd, peu importe, en tout cas elle peut guérir.

Regarde, moi, là j'envoie une énergie de guérison.

M : J'ai l'impression, Joh, qu'elle a pas mal de mauvaises énergies sur elle.

J : Tu as raison, mais moi, j'agis avec la Lumière d'ici.
Regarde : tout s'éclaire !

Il se passe quelques minutes et Joh ajoute d'un ton très sûr : elle va guérir. Pour cette fois elle s'en est sortie. Tu vois, ce n'est pas très compliqué.
Il faut juste qu'il y ait une intervention pour elle et qu'on ait bien sûr l'autorisation divine.

M : Tu sembles avoir fait cela simplement mais mine de rien, ce qu'elle avait était grave, elle était très très mal.

J : On peut faire beaucoup de choses ici.

M : Super ! Merci pour elle, Joh.

J : Voilà.
C'était la leçon numéro un. Demain ou quand tu pourras venir je t'apprendrai la leçon numéro deux pour exaucer les prières des gens.

Ça te plaît toujours ?

M : C'est génial ! Il n'y a même que cela de vraiment utile. Ce qui serait vraiment bien c'est que les gens fassent le rapprochement entre le résultat et leur prière, bien souvent ils ne le font pas.

J : Je t'ai déjà expliqué que ce n'est pas très grave, ce qui compte c'est qu'on les rende heureux.

M : Vu sous cet angle là, tu as raison. Merci de ta leçon numéro un, cela m'a fait plaisir de t'accompagner dans ce travail.

Moi aussi, quand je remonterai, je crois que je passerai mon ciel à faire du bien sur la Terre.

J : Est-ce que tu peux redescendre toute seule parce que j'ai encore un travail à faire ici ?

M : D'accord, je te laisse.

Nous nous embrassons. Je vais redescendre.

Voyage du dimanche 28 septembre 2003

J'ai entendu un appel de ma mère, d'où elle est actuellement, dans l'autre monde, et je m'apprête à aller voir Joh pour la rejoindre avec lui.
Je passe dans le Royaume.

Si tu veux, on parle un peu, *me propose Joh lorsque j'arrive*, et ensuite on ira voir ta mère.

Nous bavardons de choses et d'autres... Je marche dans l'eau vive[3]

---
[3] Cf. Le Royaume tome 2

puis Joh me propose de partir dans l'astral retrouver ma mère que j'ai entendue m'appeler.
Il s'élance...
Cette fois, nous passons par ce que l'on peut appeler le « Ciel » du Royaume, nous le traversons, mais cela ne veut rien dire, il vaudrait mieux dire que nous nous branchons sur la vibration de l'astral et, ce faisant, nous sommes en astral. Cela me donne l'impression de passer une porte, en quelque sorte, une porte transdimensionnelle ...
Voilà... Nous arrivons dans le ciel de cet autre monde.

J : Nous allons aller voir ce qu'elle veut te dire.

Nous nous posons sur le sol clair et sableux.
Nous avançons dans la forêt, silencieusement... J'ai l'impression que Joh est en train de lui parler en télépathie.
Nous arrivons devant leur maison. Elle a dû sentir notre arrivée ou Joh a dû la prévenir car elle ouvre la porte.

Ma mère : Je vous attendais, je vous ai préparé quelque chose. Votre père et grand-père est dans le salon.
Ce sont les enfants, dit-elle en se tournant dans sa direction. Il se lève, enjoué lui aussi et vient à notre rencontre.

Mon père : Ça fait longtemps que l'on ne vous a pas vus !

J : On se promène, on a beaucoup de choses à faire. Est-ce que tu avais quelque chose à nous dire ?
Enfin, à dire à maman...

Ma mère est assise dans un fauteuil rocking-chair, un cocktail à la main.

Ma mère : Je voulais vous montrer notre nouvel intérieur. On a décidé ça l'autre jour avec Michel, on a bien cogité pour que cela nous plaise autant à tous les deux. Michel s'est occupé de tout, moi je l'ai regardé faire. Ainsi, c'est beaucoup plus clair, plus spacieux ! Je pensais que cela vous ferait plaisir de le fêter avec nous.
J'avais envie de vous avoir avec nous pour cette occasion aujourd'hui, comme sur la Terre. Je suis allée là-bas, dans la pièce où nous pouvons communiquer avec vous, c'est bien pratique. Tu me diras que

sur la Terre, il y a le téléphone mais entre les deux mondes c'est bien pratique que l'on puisse s'appeler, je trouve cela merveilleux !

Mon père intervient alors :

Sur Terre, j'aurais aimé voyager d'un plan à un autre, c'est quand même fantastique ! Tu as de la chance de pouvoir faire cela !

M : Oui, mais j'en ai bien besoin parce que ce que je vis est difficile.

Ma mère : Nous avons vu ce que tu endures sur la Terre. J'ai vu que cela n'allait pas durer mais il faut reconnaître qu'actuellement, tu ne t'amuses pas.
Nous n'allons pas penser à des choses tristes aujourd'hui, nous sommes là pour nous amuser, je vais te servir quelque chose, tu m'en diras des nouvelles !
Elle me sert une boisson magnifique aux couleurs chatoyantes qui semble délicieuse... une rondelle de citron, une paille... c'est un cocktail.

Veux-tu la même chose ? *demande t-elle à Joh.*

J : Volontiers.

Nous nous asseyons sur un sofa très confortable. Elle lui prépare la même chose avec une toute petite poire accrochée sur le bord du verre et du chocolat liquide. Tout cela doit être très bon.
Je goûte, c'est très curieux... c'est délicieux ! Je compare avec les boissons du Royaume, et je reconnais cette sensation qui se répand dans tout le visage, le corps, comme si toutes les cellules de notre corps goûtaient, réagissaient, ressentaient.
Ma mère effleure un objet et des notes s'égrènent d'une extrême pureté, c'est très reposant, aérien...

– Qu'est-ce que vous devenez ? demande t-elle.

J : Nous, ça va très bien, mais toi, tu ne nous as pas raconté ce que vous devenez, *dit-il en s'adressant à mon père.*

Il ne dit pas pépé parce que cet homme qui est mon père ne ressemble pas à un grand-père mais à un jeune homme d'une trentaine d'années.

Ma mère : On a continué d'explorer, on a été un peu plus loin. On a décidé de faire des excursions qui dureraient l'équivalent de plusieurs jours terrestres. On est parti en direction de ces collines, *dit-elle en montrant à travers une grande baie qui n'existait pas avant, de superbes collines bleutées qui donnent envie d'aller y courir.*

Ces collines se trouvent derrière un paysage très verdoyant, aux arbres splendides qui ressemblent à des cèdres du Liban, arbres de l'astral aux couleurs si irréelles pour des yeux humains.

M : Qu'avez-vous découvert ? La beauté, j'imagine.

Ma mère : Ecoute, ton père a pris des photos. Déjà sur la Terre, il prenait des photos et ici tout est magnifique alors, il a créé un appareil et on est partis, l'appareil en bandoulière, pas comme des touristes mais comme des excursionnistes avec de bonnes chaussures de marche. On n'a pas eu mal aux pieds, mais ici je ne sais pas si l'on peut avoir mal quelque part ; franchement, je pense que c'est étudié pour le confort permanent, pour que cela ne soit pas possible, justement, d'avoir mal quelque part. Alors, donc, on est partis, on avait pris des réserves de nourriture pour se faire des petits pique-niques, on aime ça tous les deux. On est partis là-bas derrière la montagne et je t'assure qu'on n'a pas regretté, c'était magnifique ! On avait l'impression de marcher sur de la mousse, une mousse très épaisse, un peu bleutée, on avait l'impression que nos pieds s'y enfonçaient, cela rendait notre marche presque élastique, on avait l'impression de n'avoir aucun effort à faire pour marcher. C'est cette mousse qui donne cette couleur bleutée à la colline. De là-haut, tout au sommet, s'étendait un champ de fleurs mirobolant ! Hein, Michel ? Avec des fleurs toutes différentes, on avait envie de toutes les cueillir, mais je pense qu'elles n'auraient pas tenu jusqu'à la maison… Michel les a prises en photos, c'était incroyable : un champ à perte de vue, sous nos pieds ! On s'est installés, on est restés des heures à les contempler, et l'on s'est dit que c'est vraiment un pays magnifique !
Je ne sais pas si tous les gens viennent ici après leur mort, mais ça vaut le coup, hein, franchement ça me convient le mieux du monde. Je ne vois pas ce que l'on pourrait trouver de plus beau que cela.

Après, nous avons suivi une sorte de crête et on voyait toujours ces fleurs à perte de vue ; il régnait une impression de tranquillité, de paix, quelque chose d'incroyable…
On est heureux, bienheureux, je ne sais pas comment te dire, on goûte ce qu'est le bonheur paisible. On est franchement heureux.
Sur la Terre, on a parfois l'impression d'être heureux mais je vais te dire, ma petite fille, ce n'est rien à côté d'ici. Sur la Terre, un bonheur n'est jamais très long, ici, l'on sait qu'il peut durer autant qu'on le veut, c'est une aubaine, personne ne vient nous enquiquiner.

J'acquiesce.

M : Mais je pense que beaucoup de personnes qui viennent ici aimeraient être regroupées…

Ma mère : Nous, on ne souhaite pas rencontrer du monde, si l'on souhaitait rencontrer des gens on les rencontrerait, c'est sûr. Il arrive toujours ce que l'on souhaite, c'est comme ça pour tout : tout ce que l'on désire arrive dans les deux jours. Nous, on aime bien être tranquille.

M : C'est délicieux ce que tu m'as servi, cela a un goût de fruit indéfinissable.

Ma mère : Je t'en referai, je te ferai goûter autre chose ; tout ce que l'on fait ici est bon. C'est facile ici de se faire plaisir, on a plaisir à le boire.

Quand on arrive, on peut croire que l'on n'aura plus envie de manger, eh bien, j'ai toujours envie de manger et c'est bien meilleur ! De plus, ici, tu ne t'enquiquines pas pour ta santé, ton corps n'est jamais malade, il a la forme que l'on souhaite, alors on ne s'embête pas à se priver. Tu vois, ton père sur la Terre n'était pas porté sur la boustifaille, mais ici il est bien content de manger, tout passe, il n'est pas malade, on se fait du bien.

M : On m'avait dit que ce monde était un lieu de récréation par rapport à la Terre qui, elle, était l'école… et la récréation ici est plus longue que l'école.

Ma mère : Je n'avais pas l'impression d'être à l'école sur la Terre mais on profitera de la récréation autant qu'on le peut.

M : Cela fait du bien de voir combien vous êtes heureux et que ce monde existe, qu'il donne tant de bonheur à ceux qui remontent, c'est sécurisant.
Etes-vous allés voir le lieu où vivent des enfants ?

Ma mère : Non, je ne me suis pas intéressée à cela, cela ne m'a pas attirée particulièrement. Nous n'avons pas envie de nous mettre dans des activités ou des groupes, nous préférons suivre notre envie du jour, nos envies.
En groupe, il faut tenir compte des uns des autres, faire des concessions, mais nous, on ne veut pas s'embêter pour faire plaisir à x ou à y. Michel continue de voir ses amis, on se reçoit, cela me suffit, je n'ai pas envie de plus de compagnie.

M : Vous avez l'air heureux, cela me fait bien plaisir.

Ma mère : Tu vois, je t'ai fait ce signe en pensant que cela pouvait te remonter le moral de nous voir comme ça.

M : Tu as raison, c'est très agréable, remontant, de voir que les hommes sont heureux après la mort car sur Terre il y a beaucoup de souffrance.

J'espère que cela donnera du courage aux personnes qui liront ce voyage et qui souffrent aujourd'hui sur la Terre. Le fait de savoir qu'après, c'est si bien, c'est quand même un sacré réconfort.

Merci, *dis-je en l'embrassant.*

Ma mère : Ecoute, à bientôt ma petite fille. On était bien heureux de vous revoir, de vous retrouver. Revenez nous voir bientôt.
Mon père nous embrasse chaleureusement.
Cela fait plaisir de voir leur bonheur, pensais-je, en les quittant.
Joh, pour la faire enrager lui dit en riant: « allez, au revoir mamie ! »

« Oh, il n'y a plus de mamie ici ! » ! *lui répond-elle vivement.*
Nous avons refermé la porte. Nous marchons un peu puis comme nous

sommes seuls, nous nous envolons dans le ciel de l'astral et, comme précédemment, nous le traversons, je dis traverser parce qu'on a vraiment l'impression de passer à travers un champ dimensionnel. Nous nous retrouvons en plein milieu, si j'ose dire, du Ciel du Royaume.
Nous atterrissons rapidement dans le premier Monde tout près de ma porte.
Je remercie Joh de m'avoir accompagnée. Puis nous nous quittons.

Voyage du mercredi 1er octobre 2003

Je passe dans le Royaume.
J'arrive vêtue de ma robe blanche, je frotte mes mains l'une contre l'autre pour mieux sentir ma consistance, ma densité.
Mon corps est toujours très fin dans ce Monde, presque doré. Je ne perçois pas Johany.
J'entends :

– Tu ne me perçois pas parce que je ne suis pas là, je t'attends ailleurs, rejoins moi…Rejoins-moi chez le grand Sage que nous avions vu ensemble la dernière fois.

Je comprends que Joh me convie chez le bouddha mais avec un point d'interrogation… je ne sais pas exactement s'il s'agissait d'un bouddha ou non, mais je comprends qu'il s'agit de cet être que nous avions rencontré dans son temple en méditation et qui nous avait demandé de le prévenir une autre fois avant notre arrivée.
Je suppose que Joh l'a fait.
C'était un homme très gros, cela m'avait étonnée, dans ce Monde où les êtres sont plutôt fins et bien proportionnés.
Je m'élance… Je ne sais plus du tout où il était mais je me laisse diriger par l'intention que j'ai de retrouver Joh dans ce lieu.
Je vais très loin mais je vois que je ne change pas de Monde. Je reste dans les premier et deuxième Mondes du Royaume bien sûr. C'est beaucoup plus loin que les contrées que je visite habituellement, je ne m'en étais pas rendue compte. La dernière fois, j'avais dû faire d'autres détours avant d'aller le visiter.
Voila, je suis au-dessus du temple…

Le toit a plusieurs niveaux comme les temples bouddhistes traditionnels. Je me laisse descendre doucement à la verticale, les pieds en premier bien sûr. Je suis dans la cour. Le jeune garçon que j'avais vu une première fois, n'y est plus. Je ne vois pas Joh non plus. Je vais entrer dans le temple quand même.
Il fait plus sombre, je suis le dédale des pièces et j'arrive dans une pièce où, j'allais dire, « trône » cet être car il semble s'agir en effet d'une sorte de trône, enfin cela y ressemble. Tout un apparat entoure cet homme mais en même temps, dans une grande sobriété et une grande simplicité. C'est comme un ressenti, c'est étrange…
Joh est là, devant lui, recueilli, il lève la tête en me voyant arriver.

J : Maman, on va attendre qu'il finisse sa méditation. On ne va pas parler pour ne pas le déranger.
M : Bien.

Je m'assois comme Joh, en tailleur, devant l'être et nous attendons… Puis l'être ouvre de grands yeux noirs étirés comme ceux des asiatiques. Il nous regarde fixement…
Je le salue de mes mains jointes sur ma poitrine.

M : Etes-vous prêt cette fois à répondre à quelques-unes de mes questions ? Je viens pour la Terre, pour transmettre aux hommes de la Terre ce que vous voudrez bien me dire. Avez-vous l'esprit disponible pour cela ? Etes-vous disponible ?

– Je le suis. Pose tes questions, mon enfant chérie.

Son visage est impassible, mais ses yeux brillent d'un éclat particulier, d'une ferveur, d'un feu intérieur, voilà le mot que je cherchais.

M : Ma première question est celle-ci : êtes-vous un bouddha ?

– Je suis en effet cela.
M : Etiez-vous un bouddha asiatique ?

– En effet, *dit-il en inclinant la tête légèrement.*

M : Eh bien, je suis très honorée. Je n'ai pas moi-même pratiqué

véritablement le bouddhisme, mais je m'en suis approchée et je l'ai beaucoup apprécié.
Avez-vous écrit le Gohonzon ?

Il incline la tête, en signe d'assentiment.

M : Est-ce une parole révélée, l'avez-vous reçue ?

Il incline de nouveau la tête silencieusement.

M : La religion que vous êtes venu établir a toujours cours sur la Terre. Vivez-vous au treizième siècle ?

Il incline la tête en signe d'assentiment.

M : Que pensez vous de notre humanité aujourd'hui ? Quels conseils pourriez-vous donner à ceux qui pratiquent le bouddhisme aujourd'hui ? Enfin, ce sont deux questions bien distinctes et je préfère les poser l'une après l'autre.

— Ce que je pense de ton humanité, petite abeille ? Peu de bien, peu de mal. Peu de bien ne veut pas dire beaucoup de mal et peu de mal ne veut pas dire beaucoup de bien. Je pense qu'elle suit un rythme assez lent et qu'il pourrait être plus rapide et qu'ainsi les hommes souffriraient moins, car la souffrance dépend de ce rythme qu'ont les hommes pour parcourir le Chemin. *Je sens qu'il dit Chemin avec un grand C bien sûr.*
Les hommes ne sont pas prêts de quitter leurs souffrances. Ils continuent de se créer de lourds karmas et de tomber dans les pièges de l'ego. Leur sages- se n'est qu'humaine et ne s'épanouit pas au niveau supérieur de leur être. Leur sagesse n'est pas divine. Voilà le sens de mes paroles. Ils s'épanouissent au niveau de leur ego, encore et toujours, et bien peu font le pas de maîtriser cet ego pour épanouir l'étage supérieur de leur être, bien peu.
Tu me demandes un conseil à leur donner, ou à donner aux pratiquants, ce n'est pas la même chose. L'humanité a besoin d'un conseil, le mien est : « Aime ton prochain, petit frère de la Terre, car là seul est le salut. Sors ainsi du cycle de la réincarnation. Seul l'Amour de ton prochain va te le permettre. Ainsi va le salut des hommes. »

J'aurais un autre conseil pour les pratiquants de ma religion. Je leur dirais :
« vivez la compassion sans relâche pour vos frères humains dans la souffrance mais ne vous laissez pas abattre vous-mêmes par cette souffrance. Soyez dans le recul, dans la sagesse qui fait que ta souffrance ne m'abat pas, elle reste tienne même si mon cœur plein de compassion se penche sur toi. Le UN, l'unité avec l'autre ne signifie pas crier de douleur avec lui. Comprends-tu mes paroles et ce que je veux leur dire par là ?

M : Oui, c'est très intéressant. Continuez, s'il vous plait.

– **Aimer n'est pas aimer la souffrance de l'autre, ce n'est pas partager la souffrance de l'autre, aimer c'est tendre la main à l'homme souffrant pour le tirer vers soi non souffrant. Pour le tirer vers plus de lumière, de joie, de bonheur, vers moins de souffrance en tout cas.** Pour cela il te faut, toi, je dis toi, mais je parle de celui qui pratique et est dans la compassion, il te faut, toi, être vaillant, solide, fort, puissant, puissant d'amour, puissant de force intérieure, également ne pas te laisser abattre par la souffrance de ton frère dans le malheur. Reste solide, c'est ainsi que tu l'aideras le mieux possible, comprends-tu mes paroles ?

M : Oui, je les comprends, elles me plaisent, je suis d'accord avec cela.

– Bien. Essaie alors de les appliquer.

J'acquiesce de la tête.

M : Certains mantras sont très puissants…Pouvez-vous m'en parler ?

Il attend quelques instants puis il me dit :

– Il font appel à des Puissances célestes très hautes, très pures, très élevées qui sont dans le don total, dans l'Amour, le Service, prêtes à faire de grandes choses pour l'être qui les sollicite, prêtes à faire l'impossible, prêtes à faire des miracles au sens où les hommes l'entendent.
Voilà en quoi certains de ces mantras sont adorables et si merveilleux

: c'est qu'ils sont soutenus, portés, vibrés, vivifiés par ces Etres divins, célestes, accomplis.

M : A quel Monde appartiennent ces Etres qui font vivre ces mantras et qui en quelque sorte, par là même, exaucent les souhaits des hommes qui les récitent ?

– Ils appartiennent au sixième Plan de ce Monde céleste.

M : Merci. J'aimerais vous poser encore quelques questions...

Comment percevez-vous ce Monde, ou peut-être, comment l'avez-vous perçu lorsque vous êtes passé de la Terre à ce Monde ? Percevez-vous Dieu ou continuez-vous à parler de Non-Soi pour exprimer cette...je ne sais pas quel mot employer pour exprimer ce qu'Il est.

– Tu me tends un piège dans ta phrase : « ce qu'Il est » car « ce qu'Il est » sous-entend que je reconnaisse « qu'Il est ».

M : Je veux dire par là : depuis huit ou neuf siècles que vous êtes dans ce Royaume, comment percevez-vous ce Monde ?

– C'est le Monde de l'Amour, c'est le Monde dont j'ai parlé sur la Terre, il n'y a pas pour moi ni en moi de contradictions.

Dieu, puisque tu l'appelles Dieu, a de nombreux autres noms qui conviennent pour Le définir. Tu as dit Vie, je dis Amour et j'ajoute Non-Soi, pourquoi pas ? Cela, à mes yeux, Le définit également.

Veux-tu me demander si je Le perçois comme une Présence, une Vivance ? Oui, c'est exact. En cela, il y a quelques nuances, une certaine nuance avec la façon dont je L'ai perçu sur la Terre, et avec la façon dont j'en ai parlé aux hommes mais cela reste une nuance car, vois-tu, ce qui compte c'est l'Amour. Et cet être que tu appelles Dieu et qui n'est pas un être, est l'Amour, tu le sais, je le sais et il n'y a là aucune contradiction. Comprends-tu ce que je veux te dire ? La notion que j'en ai est la même que celle que tu en as. Certains mots de vocabulaire peuvent varier mais la Connaissance que nous en avons, le sens est le même.

M : Hmm, je comprends. Je suis d'accord avec cela.
Quand tu es passé dans ce Monde après ta mort terrestre, comment l'as- tu vécu ? Comment l'as-tu ressenti ?

– Eh bien, j'ai compris que j'étais arrivé au séjour céleste, dans le Nirvana, la Béatitude des saints et de ceux qui ont vibré l'amour durant leur séjour sur la Terre. J'ai compris où j'étais, cela ne m'a pas causé de surprise, si c'est cela que tu veux savoir.
Non, je n'ai pas été étonné de ce Monde. J'y ai retrouvé certains des miens, des proches et d'autres, bien d'autres qui vivaient selon d'autres critères mais toujours, toujours, **ceux qui arrivent ici sont des êtres qui ont aimé et c'est finalement le seul critère de leur arrivée dans ce Monde.**

M : Puis-je te poser une autre question ? Je voudrais savoir pourquoi tu médites toujours ainsi, je trouve cela étrange dans ce Monde de méditer comme si tu continuais ce que tu faisais sur la Terre. Enfin, je vais peut -être dire une bêtise mais… que t'apporte cette méditation ? Est-ce un cœur à cœur avec le Non-Soi, Celui que tu appelles ainsi ou autre chose ?
Enfin, je voudrais que tu me parles de cette méditation qui semble prendre tellement de temps, j'allais dire de ton temps, oui de ton temps parce que je ne sais pas comment dire autrement.

– Que vis-je dans cette méditation ? Tu l'as dit, un cœur à cœur avec Celui qui Est, avec l'Amour et cela me comble de joie, de béatitude. C'est le bonheur extrême que j'ai longtemps cherché sur la Terre, que je trouve ici et dont je jouis sans relâche. Voilà à quoi me « sert » cette méditation : à la jouissance de l'Amour partagé, vécu.

M : Puis-je te demander encore…Est-ce que tu te tournes aujourd'hui vers les hommes de la Terre ? As-tu l'envie parfois de faire quelque chose pour eux ou exauces-tu leurs prières ?
J'imagine que beaucoup d'êtres pratiquants t'adressent leurs prières, leurs souffrances, leurs détresses, ou leurs souhaits, ou …je ne sais pas. Enfin, je suppose qu'ils doivent s'adresser à toi comme leur divinité, alors entends-tu ces prières et fais-tu quelque chose pour ces êtres ou pour les hommes de la Terre en général ? Es-tu dans ce type de Service ?

– Oui, dit-il gravement, je le suis. Tout mon « temps » comme tu le dis, n'est pas utilisé pour la méditation. Une grande partie de ma vie ici est utilisée pour l'écoute des hommes qui s'adressent à moi. Oui, je les écoute. Leurs prières me parviennent et elles me parviennent, vois-tu, car je suis relié à eux. J'ai gardé volontairement cette reliance : une corde dirais-tu, d'énergie subtile me relie à l'humanité souffrante et plus particulièrement aux bouddhistes qui s'adressent à moi, à ceux dans le besoin, dans la détresse, dans la souffrance, dans l'espoir que je puisse les aider, les soulager de leurs peines. Je les écoute et je fais plus que cela, je les soulage en effet dans la mesure du possible, dans la mesure où leur karma le permet, je fais mon possible pour au moins les soutenir, leur donner aide, réconfort. Je réponds aux prières, en effet, puisque c'est ce que tu me demandes.

M : Vas-tu dans le sixième Monde, pour exaucer les prières des hommes comme j'ai vu Johany le faire ou d'autres êtres ? Comment fais-tu, toi ?

– Non, je ne fais pas ainsi. Vois-tu, dans la religion que j'ai laissée sur Terre, le mantra révélé permet aux hommes de s'adresser aux Etres du sixième Monde qui exaucent certaines de leurs prières. Pour ma part, mon rôle est autre et je fais autrement. Je recueille ces prières en moi, je les reçois, je les accueille puis je les élève, je les offre, je les envoie dirais-tu, c'est un terme terrestre assez explicite, vers ceux dont c'est la tâche, dont c'est le Service d'y répondre, de les exaucer ou non selon leur grande Sagesse en fonction comme je te l'ai dit bien sûr des mérites et du karma des hommes qui les ont faites. Chacun selon ses mérites va donc recevoir en retour de ses prières de plus ou moins grands exaucements, de plus ou moins grands bienfaits, aides, soutien ou toute autre chose demandée. En d'autres termes, je transmets ces prières reçues avec tout mon amour, toute ma sollicitude et l'on peut dire que j'interviens pour ces êtres qui me prient. Je pourrais te dire, j'interviens, personnellement, pour eux et je peux te le dire : cela a un impact beaucoup plus important que si je n'intervenais pas, car ma parole est entendue par les Etres supérieurs à qui je m'adresse, pour ceux qui demandent aide, soutien, réconfort, exaucement etc. Oui, je suis entendu, car mes mérites me le permettent et ces hommes de la Terre qui s'adressent ainsi à moi dans leurs prières ont tout à fait raison en ce sens de le faire et je les exhorte à continuer car mon pouvoir est grand ici, je te le dis en toute

simplicité.
L'Amour, l'Amour qui est le Maître de ce Royaume, de ce Séjour céleste tient toujours extrêmement compte, un compte rigoureux, des mérites des hommes et des êtres qui le peuplent. Chaque mérite est reconnu et récompensé. Mérite fondé sur l'Amour, voilà ce dont je te parle bien entendu, car nous sommes dans le Royaume de l'Amour et le seul critère retenu est l'Amour, tu le sais.
Voilà, j'ai fini de t'instruire.
J'espère avoir répondu à tes questions. Je vais te laisser regagner d'autres contrées. Je vais, pour moi-même, retourner à mon instant, à mon éternel présent de jouissance absolue du bonheur que je vis ici. *Tu peux aller à présent, dit-il en me regardant intensément de ses yeux noirs.*

Je me lève, je le salue.

M : Je te remercie vivement de toutes tes réponses à mes questions.

Johany se lève également et nous sortons. Le Bouddha a refermé ses yeux sur le mystère du Bonheur qu'il est en train de vivre.

Voilà.... Nous sommes revenus à la porte du temple, Johany et moi.

M : Je suis bien heureuse d'avoir pu enregistrer toutes ces belles paroles dans ma petite boîte. J'espère que cela apportera quelque chose à ceux qui les liront et qui croient en lui.
J : Maman, si ça ne te fait pas trop tard, j'aimerais bien t'emmener à un autre endroit.
M : Eh bien, avec une grande joie, mon Joh. Toujours disponible pour te suivre !
Il prend ma main et nous faisons quelques pas.

J : J'aimerais bien t'emmener voir quelqu'un d'autre : Gandhi, tu en as entendu parler bien sûr en étant sur la Terre, c'est un personnage qui a vécu il y a peu de temps et dont on a beaucoup parlé. Je sais que tu l'appréciais beaucoup et je pense que tu auras également pas mal de questions à lui poser. Si tu veux, on peut aller voir comment il a choisi de vivre à présent qu'il est ici, parce que tu te doutes bien qu'il est arrivé ici après sa mort.
M : Ce sera avec un grand plaisir. As-tu déjà été le voir ?

J : Oui. J'y suis passé pour lui expliquer un peu ce que tu fais et le prévenir de notre venue.

M : Hmm…Quelle joie ! Est-ce que nous y allons maintenant ?

J : *On y va, dit Joh en s'élançant d'une pression des pieds. J'en fais autant… une légère pression et nous sommes déjà à deux mètres du sol.*

Il me tient la main et nous volons ensemble de concert vers une autre direction toujours dans ce même Plan, bien entendu.

J : Maman, *dit-il en volant,* on va juste lui rendre une petite visite, je te laisserai le temps de réfléchir aux questions que tu voudras lui poser et on y retournera à un prochain voyage.
M : Avec plaisir. Oui, je veux bien que l'on fasse comme cela, cela me convient.
J : On va voir son habitation, tu vas être étonnée.

Je pense en moi-même : je ne crois pas que je serais étonnée parce qu'en fait je n'ai aucune idée préconçue vu que je ne connais pas les habitats indiens, je ne suis jamais allée en Inde. Peut-être s'est-il fait quelque chose de tout à fait différent de ce qu'il avait sur Terre, c'est possible.
Nous arrivons.
Je vois pourquoi Joh me disait que j'allais être étonnée…
Nous nous posons devant un petit dôme de Lumière dorée qui ressemble étrangement aux habitats du troisième Monde. Bien sûr, il est un peu plus dense, il n'est pas de pure Lumière comme ceux du troisième Monde, mais il n'en est pas très différent.
Je m'approche… C'est bien un habitat de Lumière.

M : Oui, je suis étonnée…En même temps, je me souviens avoir visité avec toi Joh, il y a longtemps, tout au début de mes voyages une … ce que j'appelais la « ville Lumière »[4] ; tu te rappelles ? Des êtres de notre humanité avaient créé des habitats de Lumière. C'est vrai que ce n'était pas des dômes mais les parois étaient très proches des habitats

---

[4] Cf. Le Royaume Tome 1

de Lumière du troisième Monde. Leur regroupement était à la limite entre le deuxième et le troisième Monde. Il est donc possible de se créer ici même, dans le deuxième Monde, des habitats de Lumière.
Quelle étrange chose… J'avais oublié que cette « ville Lumière » existe bel et bien dans ce Plan. Puis, voilà l'habitat de Gandhi qui me le rappelle une nouvelle fois. C'est un petit dôme.
Pouvons nous entrer Joh ?
J : Je vais l'appeler en télépathie.

Il est là, une ouverture s'est créée dans la paroi et il apparaît.
Je suis étonnée car je m'attendais à le voir comme je l'ai vu dans les films ou sur les photos, c'est à dire âgé déjà, et là… il est un homme dans la force de l'âge, d'un peu plus de trente ans peut-être.
Je le salue.
Son sourire… c'est son sourire que je vois d'abord. Il a un air heureux comme si déjà la béatitude l'habitait. Un feu habite son regard : regard ardent, fervent, regard qui vous prend, qui vous aime. Alors, je fais ce que je peux pour lui rendre son sourire.

M : Je suis si heureuse de vous rencontrer. Je vous admirais beaucoup sur la Terre. Je veux dire j'admire beaucoup le personnage que vous avez été sur la Terre. Vous avez eu un rôle si important… La non-violence a tant besoin d'être propagée, enseignée, prouvée. Puis-je entrer ?

– Ma chère enfant, tu le pourrais mais ton temps ne le permet pas, pas aujourd'hui, c'est ce que j'ai cru comprendre. Il faut que tu dormes un peu. Ton temps sur la Terre l'exige et ta nuit est déjà bien avancée. Prends le temps, car il est un temps pour chaque chose. Tu reviendras me voir.
Je serai disponible pour toi autant que tu le voudras, j'ai du temps pour toi et pour les hommes de la Terre qui le souhaitent. Nous parlerons longtemps si tu le veux.

Il s'efface, se met de côté et me dit :

Tu peux regarder mon intérieur pour le décrire mais, comme tu le vois, il n'y a rien : c'est le dépouillement total que j'affectionne particulièrement.

M : C'est étrange comme cet intérieur ressemble aux intérieurs des habitats de Lumière du troisième Monde: même dépouillement, même absence de tout meuble, de toute chose, de tout objet.

– Oui, *dit-il avec douceur,* on peut créer ici ce dont on a besoin au moment même où l'on en a besoin et l'effacer d'un geste lorsque nous n'en avons plus besoin. Ainsi nous ne restons pas embarrassés par des objets. J'aime et j'ai toujours aimé le dépouillement, il nous rend libres, il nous libère pour d'autres choses plus essentielles. Nous en reparlerons, tu reviendras me voir, n'est-ce pas ?

M : Avec joie.
Je vais vous laisser, retrouver mon temps terrestre et continuer ma nuit.
Quelle joie vous devez avoir d'être ici ! Comme je vous envie d'être ici, même si je sais que j'ai encore de belles choses à faire sur la Terre. Cela doit être si heureux d'être là !

Il m'enveloppe de son regard profond, et me répond :

– Cela l'est en effet. Je viendrai te voir quand tu arriveras ici au Royaume, *ajoute t-il d'un air profond, grave et je le crois.*

M : Merci. Je vais y aller. Je vais m'en retourner, à plus tard, à bientôt.

Il me regarde m'éloigner, dans sa grande tunique blanche.

Eh bien Joh, aujourd'hui tu ne parles pas beaucoup, je ne t'ai presque pas entendu.

J : Maman, ce que j'ai à te dire ne regarde que nous.

M : D'accord.

Joh me raccompagne à ma porte et nous parlons encore quelques instants.

Voyage du samedi 4 octobre 2003

J'entends : « maman, je suis là » alors que je n'ai pas encore fini d'effectuer mon passage dans le Royaume.
Voilà, j'y suis et Johany me tend la main à mon arrivée comme pour me tirer davantage de ce côté-ci du Monde.

J : Maman, je t'ai attendu, il est tard déjà.

M : Oui, on doit être dimanche, ça ne fait rien, je n'ai pas sommeil et j'ai au contraire très envie de voyager avec toi ce soir.
J : Maman, je te propose quelque chose.

Je vois qu'il porte sa chemise grise à larges pans et un pantalon de toile clair. Je prends le temps de me serrer dans ses bras pour la bienvenue.

M : Joh, cela me fait tellement plaisir de te voir !

J : Si tu veux, je t'emmène quelque part. Tu viens ?

M : D'accord, toujours d'accord ! On vole ?

J : Oui, on y va en volant...

Il s'élance devant moi. Il est pieds nus. J'attrape son pied et m'envole derrière lui.
Quel bonheur toujours renouvelé d'être ici ! Je ne m'en lasserai jamais.

Je ne sais pas ce que Johany m'a préparé aujourd'hui.

J : Maman, je t'ai préparé quelque chose qui va te plaire, quelque chose de magnifique à voir. On ira voir Gandhi une autre fois. Là, ce n'était pas le bon jour. Je te dirai quand il sera prêt ou quand nous pourrons retourner le voir. Aujourd'hui, on fait autre chose.

En parlant, je n'ai pas regardé au dessous et je ne sais pas si nous avons passé la chaîne de montagnes. Je ne sais donc pas exactement où nous sommes. C'est étrange car j'aperçois plus loin des formes que je n'avais encore jamais vues, très curieuses comme des...comment décrire cela ? Des bulles, des boules, des sphères, des dômes bleu clair et rose, je ne sais pas. Ces formes sont très grandes, par rapport à la taille d'un être humain en tout cas. Qu'est-ce que cela ? De la matière dense ou vaporeuse ? Je ne sais pas.

M : Est-ce par là que nous allons, Joh ?

J : Attends, tu vas voir. On va s'en approcher tout doucement.

En même temps, il effectue une sorte de virage comme s'il voulait les contourner. C'est bien là que nous descendons, les pieds en premier, légèrement comme deux feuilles ou deux plumes qui se poseraient, sur le sol. Très étrange... on dirait des habitats.

M : Est-ce que c'est cela, Joh ? Est-ce que ce sont bien des habitats ?

*Joh met son doigt sur ses lèvres comme pour me dire « chut ».
Ces formes sont très rapprochées. Je pourrais presque dire qu'il s'agit d'une petite ville ou en tout cas d'un regroupement de maisons, enfin si l'on peut dire maisons, parce que l'on ne voit aucune ouverture : ni porte, ni fenêtres, juste une forme ronde et très douce. L'impression qui s'en dégage est une impression de douceur. J'ai envie de les toucher pour mieux me rendre compte.*

M : Est-ce que je peux toucher, Joh, n'est-ce pas un manque de respect ?

J : Maman, je vais te faire voir ce qui se passe à l'intérieur de ces dômes. Ce ne sont pas vraiment des dômes en réalité, ce sont...tu as raison, ce sont plutôt des sphères mais cela ressemble en même temps à des dômes.

M : Oui.

*Ce sont des formes rondes, légèrement aplaties sur le sol là où elles sont posées
Je suis sûre que des êtres vivent à l'intérieur, que ces formes sont habitées.*

Dans quel Monde sommes-nous, Joh ?

J : Tu vas voir, je vais appeler, tu toucheras après.

M : Bon, alors j'attends.

Joh se concentre un instant. Il appelle en télépathie bien sûr. Ici, ce ne doit pas être le genre d'endroit où l'on crie. Rien ne bouge. Il règne une immobilité absolue, enfin d'après ce que j'en perçois bien sûr et qui peut être tout à fait partiel. Mais là-bas... derrière une sphère, quelque chose a bougé. En réalité, je m'aperçois que ces sphères ont différentes tailles et il en est de toutes petites. Ce ne sont quand même pas des habitats pour bébés !...
C'est lent ... personne n'est encore apparu. Ce rythme lent me fait penser au quatrième Monde.
N'est-ce pas là que nous sommes, Joh ?

J : Attends.

Je sens que mon rythme de terrienne ne s'accorde pas trop avec le rythme si lent qui règne ici. Je pourrais dire en d'autres termes que je m'impatiente un petit peu. Mais les choses ici sont différentes, voilà tout ; enfin, s'il s'agit d'une petite ville ou d'un village, il semble plutôt abandonné.

M : *Est-ce que je peux toucher ? dis-je à Joh en montrant la paroi d'une sphère là toute proche.*

J : Non, attends.

M : Bon.

Puis, chose étrange entre toutes, je perçois que c'est la sphère qui bouge, la sphère bleue, celle que je m'apprêtais à toucher justement.
Eh ! Si cela se trouve, ce sont des êtres ! Non, quand même pas, cela m'étonnerait, c'est un drôle de mystère. Peut-être s'agit-il d'êtres qui sont en unité avec leur habitat comme certains êtres du sixième Monde que j'avais vus s'imprégner dans les formes si subtiles, si évanescentes de ce qui semblait être un habitat. Là, ces sphères sont plus massives que filiformes. Rien d'aérien ni d'évanescent en elles.

Puis, Joh s'avance pour circuler entre les sphères et je le suis. Il se dirige vers celle qui a semblé bouger tout à l'heure au tout début, une petite, un peu cachée derrière les autres. Je le suis, je vois qu'il se courbe, qu'il se penche vers la toute petite sphère et je m'étonne de le voir la caresser comme on caresserait un petit animal familier ou comme on caresserait un petit enfant.
Décidément, tout cela est bien étrange.

M : De quoi s'agit-il Joh ? Est-ce vivant ? Est-ce que ces formes sont des êtres ?

J : A moitié des êtres !... Ils se sont fondus à leur habitat. Tu as raison, leur forme et celle de leur habitat ne font qu'une. Tu trouves ça étrange, mais en fait il faut comprendre que l'habitat ici dans les Mondes plus élevés que le premier et le deuxième Plans est toujours formé de Lumière divine, d'énergie divine. L'être qui y vit se fond naturellement dans une sorte d'unité avec Dieu, de fusion avec cette Energie, et de ce fait, il entre en elle et à un moment il ne la quitte plus : il s'agit vraiment d'Unité. Ce qui peut t'étonner là, c'est la couleur, parce que d'habitude tu perçois l'énergie divine en lumière dorée.
Là, tu vois des roses et des bleus, ce qui fait penser à une autre énergie mais ces couleurs en fait proviennent de ce qu'ils sont et du fait que ce sont eux qui ont imprégné la Lumière divine : ils y ont imprégné leur couleur. C'est pour cela que je ne voulais pas que tu y touches tout à l'heure. Il y a quelque chose de sacré. On pourrait résumer cela en disant qu'il s'agit de Lumière divine unie à ces êtres. C'est vraiment quelque chose de très …très pur, très haut, de très sacré. On ne peut pas aller y toucher comme ça par curiosité, pour sentir la texture, y gratter un peu pour voir si c'est résistant ou non. On peut le toucher comme je viens de le faire, se baisser pour caresser, mais dans mon geste il y avait tout l'amour du monde, tu comprends. Ce n'était pas un geste de curiosité, ce n'est pas pareil.

M : Oh, je comprends ; ça alors, c'est étrange ! Mais pourquoi y a t-il des formes de tailles différentes ? Pourquoi y a t-il de toutes petites sphères ?

J : Simplement parce que chez eux il y a de tout petits êtres, des grands et des moyens. Enfin, des êtres de différentes tailles. C'est aussi simple que ça.

M : Mais cela correspond-il à ce qui chez nous serait des enfants et des adultes? Ou s'agit-il uniquement d'adultes ?

J : C'est de cela que je voudrais bien que tu parles avec eux. Tu sais, ils sont en unité avec la Lumière divine, on pourrait dire dans un cœur à cœur permanent avec Dieu mais en même temps, tu peux communiquer avec eux, ils vont certainement te répondre, ils savent ce que tu fais, ils savent tout de toute façon, ce n'est même pas nécessaire de les prévenir ou de leur dire quoi que ce soit. Ils sont tellement en Unité qu'ils savent tout avant même que tu aies besoin de leur dire. A la limite, ils savent déjà les questions que tu vas leur poser alors que toi tu ne le sais même pas.

Je ris.

M : Hmm...C'est vrai que je n'ai pas trop d'idées de questions, à part cette question sur leur taille.
Comment est-ce que je fais ? Puis-je leur parler comme cela : je m'adresse à cette forme et je lui demande ?
Est-ce cela ?

J : Tu peux essayer et tu verras bien.

Je joins mes mains sur ma poitrine, je salue l'une des sphères-dômes et respectueusement je m'adresse à elle. Cela me donne une impression bizarre parce que c'est vrai que j'ai la sensation de m'adresser à un habitat réel en même temps. J'ai bien compris ce que m'a dit Joh.
Je demande donc : est-ce que les différentes formes qui sont les vôtres correspondent à des... *voilà je ne sais plus quoi dire, j'allais dire à des âges différents ? Je m'aperçois que ma question est stupide ici puisqu'il n'y a pas de temps et sûrement pas d'âge...* à des niveaux différents de développement ou de croissance ?

J'entends :

– Veux-tu savoir si nous avons des enfants ?

Oui, nous en avons et ce sont ces petites formes que tu vois près de nous.

La forme que j'avais saluée et à qui je m'étais adressée est de haute taille, plus grande que nous. C'est drôle, je sens une douceur toute maternelle dans cette réponse.

M : Comme c'est étrange ! Il y a vraiment de grands Mystères dans le Royaume !
Vous êtes d'un Monde très élevé, n'est-ce pas ?

– Nous sommes du cinquième Monde.

M : Oui, alors en effet, c'est un Monde très élevé. Comment se fait-il que vous ayez des enfants ? Comme tout cela est étrange !

– Pourquoi n'en aurions nous pas ? Que penses-tu des enfants ? N'ont-ils pas droit au Royaume ?

M : Oh là là…Je n'y comprends rien du tout.

Eh bien, les enfants pour grandir doivent bien s'inscrire dans un temps et à ce qu'il me semble, plus on s'élève dans les Plans du Royaume et moins le temps existe. Et alors ces enfants restent peut-être des enfants durant un temps extrêmement long, est-ce cela ? Parce que le temps…
Oui, je comprends, tant qu'on n'est pas dans le septième Plan, le temps existe un tout petit peu mais de moins en moins, n'est-ce pas ? Plus on s'élève et moins il existe et alors que deviennent ces enfants ? Restent-ils des enfants ou est-ce que vous êtes dans un espace à part ?
J'avais vu une fois un espace comme cela réservé aux êtres du premier et deuxième Mondes de notre humanité qui remontent d'incarnation avec leurs propres enfants lorsqu'ils meurent ensemble sur la Terre.
Bien sûr, je comprends que l'on ne puisse pas comparer mais je veux dire simplement : êtes-vous dans un espace à part semblable au niveau du principe ?

– Eh bien, ce n'est pas du tout cela, nous n'avons pas à être dans un espace à part car nous sommes.

M : Je te demande pardon mais cela ne m'éclaire pas du tout. Je n'ai pas compris du tout. Faites-vous des enfants comme sur Terre en unissant deux principes mâle et femelle ? Deux êtres s'unissent pour que de deux naisse le un ?

– Non, *dit-il doucement,* ce n'est pas cela non plus, chaque être ici est un androgyne si tu préfères, sans marque d'un sexe ou d'un autre, ni mâle, ni femelle mais un, et chacun donc peut créer son propre enfant de lui-même, seul.

M : Eh bien, je comprends cela mais quel est l'intérêt de créer son enfant ici ?
– Quel intérêt as-tu sur Terre de créer ton propre enfant ? Pour l'aimer, n'est- ce pas ? Pour en être aimé ? Ici, c'est exactement la même chose. Nous aimons nos enfants, nous aimons les enfants que nous créons, nous aimons les créer pour l'amour qu'ils nous donnent, pour l'amour que nous leur donnons. Tout ici est harmonie, tout ici est Amour et il n'y a pas de plus belle chose que l'amour d'un parent pour son enfant, ou d'un enfant pour son parent lorsqu'il n'est contrarié par rien, que tout dans cet amour est harmonie. Y a t-il plus belle chose ? non, c'est en vérité la plus belle chose que nous connaissons : faire naître ses enfants pour faire naître cet amour de nous vers eux et d'eux vers nous.

M : Je suis stupéfaite. Ça alors ! J'en reviens à ma question de temps : que deviennent ces enfants ? Restent-ils enfants quasiment éternellement ou… ? Vous êtes presque absolument hors du temps…

– Nous ne sommes pas tout à fait hors du temps, nous sommes encore dans un peu de temps. Tant que l'être n'est pas remonté dans l'absolue ultime Lumière divine, il vibre dans un certain temps.
Nous ne sommes que dans le cinquième Monde et une certaine notion du temps y existe encore quelque peu. Aussi, nos enfants évoluent et grandissent. Oh bien sûr, ce n'est pas comme sur la Terre, ils ne mettent pas quelques années pour grandir, ils mettent quelques milliards d'années mais qu'est-ce que cela importe puisque ces milliards d'années ne sont rien, comprends bien que je te parle de ce chiffre parce que pour ton esprit terrien, il correspond à quelque chose mais pour nous, cela ne correspond à rien. C'est un peu un éternel présent que nous vivons, nous vivons ce temps si lent que l'on peut appeler un éternel présent. En réalité, ce n'est pas exactement un

éternel présent, nous nous inscrivons dans un certain temps. Aussi, qu'importe que cette évolution dure si longtemps (ce qui te semble être si long), puisque c'est l'occasion pour nous d'aimer follement ces petits, et c'est l'occasion pour eux de nous aimer follement à leur tour. Nous sommes si heureux de cet amour que nous ne voudrions le quitter pour rien au monde. C'est ici, vois-tu, que nous sommes le plus heureux car c'est ici et ici seulement que cela est possible et nous faisons perdurer cela depuis des millénaires et depuis des milliards de millénaires car cela nous donne le bonheur absolu. C'est ainsi que nous avons réussi à intégrer totalement la Lumière divine qui se fait vivante ici en nous.

Bien sûr, au début cette Lumière divine nous entourait, elle formait les parois de notre habitat comme tu l'as vu dans d'autres Plans du Royaume et cela était déjà bonheur absolu. Mais, au fil de ce que l'on peut encore appeler du temps, nous avons appris à entrer dans cette Lumière, à fusionner avec elle, à nous faire Un en elle et, enfin, à la vivre, à la vibrer si unie en nous qu'il n'y a plus elle et nous, il n'y a plus Dieu et nous, il y a « Cela », ce que nous sommes devenus et qui est tout autant Amour, être-habitat, Tout, Un et multiple. Si tu préfères, **notre multiple a rejoint son Un** sans pour cela comme tu le vois bien, avoir rejoint le septième Plan du Royaume. Nous n'avons pas rejoint la Conscience Une mais comme je te l'ai dit, notre bonheur est si intense, si absolu ici que nous ne songeons pas un instant à vivre autre chose, nous ne le souhaitons réellement pas. Tout ici nous comble. Cet Amour pour nos enfants nous comble. Il me comble d'autant plus que, vois-tu, au cours de ces milliards de millénaires, nous avons eu le temps nous-mêmes d'être enfants ici et nous savons la joie que nous en avons eue et qu'importe que nous ayons mis autant de temps à « grandir » et à devenir adultes. Regarde ces petites formes, cela peut te sembler bien étrange, mais elles aussi sont Un avec la Lumière divine, elles ne sont pas différentes de nous, elles ne sont pas en nous non plus, elles sont bien indépendantes, êtres distincts, oui et consciences distinctes également mais Une avec leur habitat et donc Une avec Dieu, Une avec l'Amour.

Comment peux-tu imaginer qu'un enfant puisse être plus heureux que cela ? C'est impossible. Nous avons donc à cœur de continuer à vivre cela, à le faire perdurer, à faire en sorte que cela se perpétue éternellement. L'éternité est un beau projet. La notion d'éternité donne la joie. Le fait de savoir que l'éternité est devant nous, nous donne la joie, comprends-tu cela ?

M : Oh combien ! Ce n'est pas difficile à comprendre.

– Tu m'envies et c'est normal, on envie toujours le bonheur et l'harmonie parfaite… Cela peut être aussi un moteur pour les rechercher et donc pour les trouver. L'envie n'est pas toujours à rejeter. Il est bon d'avoir des modèles que l'on estime, que l'on admire et pourquoi pas que l'on envie. Cela n'est pas mauvais en soi.

M : Merci. C'est pour moi un vrai bonheur de vous voir et cette idée de penser que vous êtes heureux à travers vos enfants me donne une joie profonde; moi qui aime tant mes enfants, je vous comprends aisément. Bien sûr, je comprends aussi qu'il ne s'agit pas de la même qualité d'amour et que le vôtre est bien au-delà, mais n'empêche que cela m'aide à mieux vous comprendre encore. Je trouve cela merveilleux, vraiment merveilleux ce que vous vivez. Je n'imaginais pas une seconde qu'il puisse être possible de vivre cela dans le Royaume. Plus je découvre ce Royaume, plus je découvre que vraiment tout y est possible, enfin tout ce qui donne le bonheur, tout ce qui donne la joie. Oh quelle merveille, quelle merveille ! Comme Dieu sait donner tout ce qui nous donne la joie, tout ce qui nous rend heureux ici ! Je dis bien « ici », parce que sur Terre, ce n'est pas tout à fait la même chose évidemment.

– Dieu vous a donné les conditions pour être heureux au départ, souviens-toi d'Eden. Vois-tu, l'incarnation est bien loin de nous à présent et son souvenir l'est également,…si lointain…L'incarnation est devenue un vague souvenir, véritablement très lointain et ce n'est pas plus mal car il faut être sorti totalement d'incarnation pour connaître le bonheur absolu comme nous le connaissons ici, tu le comprends bien. Mais toi aussi, vous tous qui lirez ces paroles que tu vas transmettre, vous tous un jour, vous connaîtrez ce bonheur absolu que nous connaissons. Oh, peut-être ce bonheur sera-t-il autre mais en tout cas ce sera celui qui vous correspondra le plus, qui vous apportera le plus de joie. Certains parmi les nôtres ont choisi un autre mode de vie et vivent quelque chose de totalement différent. Si tu les voyais là aujourd'hui, tu ne les reconnaîtrais pas, je veux te dire par là qu'ils ne nous ressemblent pas du tout, ayant vécu depuis tous ces milliards de millénaires d'une autre façon, mais qu'importe… ils ont trouvé un autre bonheur, leur bonheur, qui ne passe pas pour eux par les enfants. Comprends-tu ?

La véritable joie ici est que chacun peut s'accomplir, s'épanouir selon ce qu'il aime par dessus tout. Chacun peut trouver son bonheur absolu là où il le souhaite et de la façon dont il le souhaite. Il fait vibrer l'Amour de la façon qu'il préfère, sur l'air qu'il préfère jouer et entendre car l'Amour est comme une musique très douce, très suave que l'être ne se lasse pas de jouer, de faire vibrer, comme l'on fait vibrer les cordes d'une lyre, d'une harpe céleste. Tout ici est harmonie, suavité, amour et vois comme ces petits êtres adorables nous regardent et t'écoutent.

L'être parle de ces enfants, de ces petites formes rondes là tout près de sa grande forme.

M : Mais quelque chose m'étonne... L'habitat que vous avez créé avec l'énergie de Lumière divine vous installe, si l'on peut dire, dans une grande immobilité, vous oblige à une grande immobilité, à être très statiques… Cela ne vous dérange t-il pas ? Aimez-vous cela aussi ou vivez vous à d'autres moments différemment, je veux dire : séparés de votre habitat ?

Je sens en réponse comme un très léger et très doux rire. Je dis cela parce que le rire est toujours un peu fort et là c'est un rire plein de douceur.

– Crois-tu que l'on ne voyage pas dans la Lumière divine ? Crois-tu que l'on soit statique ?! Crois-tu qu'elle n'est pas hors espace et donc en tout espace ? Etant dans la Lumière divine nous pouvons au contraire, bien au contraire être partout et même partout à la fois. Cela t'étonne… réfléchis bien, tu le sais, c'est dans la Lumière divine que l'on est le plus mobile : l'espace n'y existe plus, tu peux être là, et dans l'instant, dans la seconde, par ta seule pensée être tout ailleurs.
Non, nous ne sommes pas statiques, notre immobilité est une apparence. Nous sommes tout, sauf immobiles et nos enfants de même. Ils se déplacent, ils jouent dans cette Lumière divine et rien n'est plus heureux pour eux, que de découvrir cette mobilité justement où tout est possible y compris de circuler d'un Monde à un autre, car la Lumière divine est partout et, étant en elle, on ne saurait être limité à un espace, bien au contraire. Je te le dis, nous sommes illimités étant Un avec elle.
Etant Un avec elle, nous sommes Dieu et Dieu est partout, comprends

bien ces paroles, ne regarde pas l'apparence des choses mais comprends-les de l'intérieur, car lorsqu'il s'agit d'Energie divine, de la Lumière de Dieu, c'est ainsi qu'il faut procéder.

M : Je comprends bien, c'est magnifique.

— Nous allons te laisser repartir dans ton monde car il ne faut pas t'en éloigner trop longtemps, le goût de le quitter pourrait devenir trop puissant par comparaison avec le bonheur si grand, si total que tu vois possible ici. Viens souvent, mais ne reste pas trop longtemps, c'est mon conseil, mais bien sûr tu en feras ce que tu veux.

M : Merci.

Je considère ces paroles comme un au revoir. Je salue l'être profondément et très respectueusement. Je salue un peu alentours les êtres dont je sens, sans bien sûr les percevoir, les regards tournés vers moi y compris ceux des petites formes rondes au sol.

J'ai juste oublié de vous demander : pourquoi ces roses et ces bleu-ciel ? Correspondent-ils à des différences en vous ?

— Eh bien tu ne pourrais les comprendre, ils ne correspondent à aucune différence qui puisse avoir un rapport avec quelque chose sur la Terre d'où tu viens. Non, tu ne pourrais réellement les comprendre, ce sont des différences qui nous appartiennent. Elles nous sont ravissement, harmonie, beauté. Voilà la seule chose que je peux t'en dire. Je regrette de ne pouvoir t'en dire davantage.

M : Merci, merci beaucoup. Merci de tout mon cœur pour toutes vos belles paroles et tout ce que j'ai vu, compris ici, c'est si magnifique, si merveilleux, merci de tout mon cœur.

Je les salue encore et je m'éloigne.

Johany est resté un peu en retrait pendant tout cet échange.

Merci mille fois Joh de m'avoir amenée là, cela m'a fait un bien fou. C'est merveilleux, oh c'est incroyable. Je n'aurais jamais imaginé qu'il y ait un endroit comme celui-ci dans le Royaume.

J : Maman, il y en a mille comme cela, tous différents. Je t'ai dit un jour, que je te ferai découvrir tout ce que j'avais découvert moi-même, on y mettra le temps qu'il faut mais je te jure j'ai envie de te faire voir plein d'autres choses, tout est aussi magnifique que ça.

M : Ah oui !

Johany me prend les mains.

J : Tu sais, l'être n'avait pas tort, il ne faut pas que tu restes trop longtemps ici. Moi, je te dirai surtout que c'est à cause de l'heure et tu seras fatiguée demain matin. C'est comme tu veux.

M : D'accord.

Il me prend la main et d'une pression des pieds nous sommes déjà en vol. Quelle beauté !
Voilà, nous sommes revenus dans le premier Plan du Royaume.
Nous nous serrons dans les bras. Comme c'est doux. L'Amour est si palpable ici.

Merci Joh.

Voyage du dimanche 5 octobre 2003

Je suis en train d'effectuer mon passage dans le Royaume. Je suis arrivée. Personne ne m'attend ici, tout du moins près de ma porte. J'ignore où peut se trouver Joh.
Je m'envole avec le seul désir de le retrouver. Je pars très vite, je file à grande vitesse. Je passe les Mondes. Je vois les chaînes de montagnes se succéder, troisième Monde, quatrième Monde puis mon vol se fait différent. Je suis au-dessus du cinquième Monde et je sens que je tourne comme en spirale, c'est curieux et comme une spire je continue d'avancer, mais beaucoup moins rapidement. C'est un Monde que je connais peu, je suis très peu venue dans le cinquième Monde. Je me

branche toujours sur Johany et je descends. Tiens, c'est étrange, je suis descendue dans la même position que celle que j'avais en vol, ce qui fait que j'ai atterri à l'horizontale et je suis allongée sur le sol.
Je m'assois pour essayer de comprendre où je suis…
Je suis au milieu de ce qui semble être, je dis bien de ce qui « semble » être, depuis l'expérience d'hier, des habitats de Lumière. En tout cas ce sont des formes de Lumière dorée, de Lumière pure et qui ressemblent fort aux habitats que j'ai vus dans d'autres mondes ; déjà dans le troisième Monde se trouvent des habitats semblables.
Cela ne me dit pas où Joh !
J'entends :

– Maman, viens me chercher.

C'est une voix un peu plus lointaine, comme s'il se trouvait à quelques dizaines de mètres et m'appelait d'une voix un peu forte.
Aussi, je me dirige dans cette direction. Il est là ! Au seuil de ces habitats.

M : C'est toi, Joh ?

J : Tu ne me reconnais pas bien parce que j'ai changé d'aspect. Je suis en train de travailler à quelque chose et j'avais besoin d'avoir un aspect un peu différent.

En fait, son visage est le même, mais c'est sa tenue qui est très différente.

Il n'y a pas que ma tenue, ma tête aussi a changé, regarde : c'est la même que l'autre jour.

M : Oui, je vois bien mais je la reconnais bien à présent. Cela ne me dérange pas que tu aies ces traits. C'est un visage qui mélange les traits de plusieurs de tes vies passées, je les connais.
C'est cela, Joh, n'est-ce pas ?

J : C'est ça et en même temps ce sont les traits que j'aurai dans ma prochaine vie avec toi, je te l'avais dit l'autre jour.

M : Oui, je m'en souviens, c'est une tête qui me plaît, j'aurai de la chance, *dis-je en riant*.

Est-ce que tu es toujours fixé sur ta vie dans deux mille ans, parce que moi, tu sais, je ne suis pas pressée.

J : Maman, on verra ça ensemble quand tu seras remontée, on a le temps et on aura le temps surtout, ce n'est pas la peine d'en parler maintenant. C'était juste pour te dire que c'est une tête qui me convient, ce sont des traits qui me conviennent.

M : Alors, *j'ajoute en riant*, autant commencer à s'y habituer maintenant, c'est cela ?

Nous discutons de choses et d'autres, puis nous abordons le sujet des hologrammes.

M : Joh, un hologramme, a-t-il une réalité propre ?

J : C'est un grand sujet..

Est-ce que tu penses que toi tu as une réalité propre ?

M : Aïe, aïe, aïe… Joh tu me compliques les choses, je ne sais pas répondre à cette question. Dieu dit que notre vie sur la Terre est un rêve, une illusion et tu m'as montré comment on voyait la Terre d'ici dans le Royaume et je comprends bien que la Création manifestée, celle que nous humains appelons « visible », visible à nos yeux de chair, l'univers, est un hologramme. Cela je l'ai bien compris, je le crois.
Alors, ai-je une existence réelle ? Hmm, hmm, eh bien en tant que « moi », je la ressens bien réelle, oui, quand je souffre, c'est bien réel, quand j'ai de la joie, c'est bien réel, quand j'aime, c'est bien réel. Maintenant, si tu me dis que je suis une projection de la Source, de la Source Une qui se fait multiple puis multiple encore, jusqu'à s'incarner dans cet hologramme, alors, je ne sais plus si je suis réelle ou pas. Sans doute que non. Peut-être que tout ce qui n'est pas dans le Royaume est illusion et je dirais même sans doute que tout ce qui n'est pas Un avec Dieu ou plutôt tout ce qui n'est pas Un ou dans le Un est illusion, tout ce qui est encore de l'espace, du temps, dans une notion d'espace et de temps, est illusion. Est-ce bien cela ?

J : Je ne voulais pas aller si loin mais je peux t'accompagner et te dire que oui. Mais on va simplifier les choses, on va dire que **tout ce qui n'est pas ce Royaume est illusion et tout ce qui n'est pas ce Royaume est hologramme dont la Source est ici dans le Royaume.**

M : Moi, ce que j'ai compris, est que nous sommes …le reflet, la descente en incarnation, si l'on peut dire, de Dieu qui s'est fait multiple.

J : Oui, c'est exactement ça, et ce n'est pas contradictoire avec ce que je veux te dire : un hologramme est le reflet de quelque chose qui possède sa source ailleurs. **La vie terrestre, par exemple, est l'hologramme d'une Source qui se trouve en Dieu,** dans le septième Plan ; on peut dire que la **seule Réalité de la vie se trouve être dans le Royaume**. Et cette projection-hologramme de la vie qui se manifeste dans les univers, sur les planètes n'est pas tout à fait une réalité. Toi, en tant qu'hologramme, être incarné, tu le vis comme une réalité, tu as l'impression que tu es bien réelle, mais en Réalité tu n'es pas réelle du tout, tu es un hologramme. Un hologramme peut tout à fait être fait de chair et de sang mais je te l'ai dit une fois, **si moi je descends dans ton monde, sur la Terre, moi qui suis bien réel dans le Royaume, sur la Terre je passe à travers les murs ; les choses me semblent complètement impalpables, sans réalité, j'ai l'impression de me mouvoir dans un rêve ou dans un jeu vidéo si tu préfères, c'est pareil, dans un espace virtuel, dans un espace qui n'existe pas en réalité. C'est un champ d'expériences, on est d'accord là-dessus, un champ d'expériences pour expérimenter l'Amour, pour l'expérimenter de mille et mille façons différentes,** on est bien d'accord. **Dieu, Un, se fait multiple. Ces multiples se projettent à leur tour et s'incarnent, c'est à dire deviennent, acceptent de devenir hologrammes de leur Source initiale, de leur Source originelle, de leur Source première. L'être multiple sait cela. Il sait qu'en s'incarnant il deviendra hologramme, mais cela n'a aucune importance, ce qui compte est qu'il expérimente l'Amour et s'incarne pour ça : pour une nouvelle expérience, ou une nouvelle expérimentation si tu préfères, c'est un peu différent.** Je te parle de l'être multiple, je ne te dis pas que l'être dans le premier Plan du Royaume va avoir conscience de tout cela. Quand je te dis « l'être multiple », je parle de la Conscience supérieure de l'être du premier Plan : l'Etre essentiel si tu préfères ou l'Esprit comme on dit sur Terre. Lui, est conscient de ça, il sait que cette incarnation représente cela. Le fait que l'être incarné soit un hologramme n'enlève rien à personne, c'est juste une constatation. Je t'ai montré cela pour que tu comprennes mieux ce qu'est un hologramme, et surtout, ce qu'est la vie sur la Terre. **L'être sur la Terre est la projection de son Etre supérieur, uniquement une projection, en trois D.**

Je reste pensive et songeuse devant toute cette théorie, évidemment juste.

M : Je ne sais pas si cela m'aide à vivre de savoir cela. En fait, je le savais déjà. Je savais aussi que nous sommes ici, nous, projection de notre Etre essentiel, nous sommes ici pour expérimenter différentes façons d'aimer. Je savais cela… ce que tu me dis permet d'en avoir une plus grande conscience, cela permet peut-être d'avoir un plus grand recul par rapport aux choses de la vie, surtout par rapport à la souffrance. Il est clair que bien des théories disent une même chose : la souffrance n'est rien en Réalité. Cela ne nous empêche pas de la ressentir, nous hologrammes de notre Conscience supérieure, mais elle n'existe pas par elle-même.

J : C'est exactement cela, elle n'existe pas par elle-même. L'Amour lui, existe par lui-même, ainsi que l'harmonie et toutes les qualités de l'Amour. **Donc tout ce qui sur Terre est amour ou tout ce qui est appartenance à l'Amour a une réalité, existe réellement puisqu'il a sa Source dans le Royaume.** Mais tout ce qui est autre chose que l'Amour ou ses dérivés, c'est à dire tout ce qui n'est pas Lumière, tout ce qui est ombre, tout ce qui est haine, justement n'a pas de Réalité. C'est une pure illusion. Mais ça te permet d'expérimenter l'amour, tu comprends la nuance ? Ou plutôt, cela te permet d'expérimenter d'autres formes d'amour, différentes formes.

M : Oui, c'est compliqué mais je m'y retrouve. On en revient à dire, et je me souviens qu'un être du quatrième Monde, je crois, m'avait dit cela, que l'ombre n'existe pas en réalité, qu'elle est pure illusion. Je comprends bien qu'on dise cela quand on est dans le Royaume, mais quand on est sur la Terre, c'est autre chose. Quand on est sur la Terre, pour nous, elle existe, je veux dire par là, qu'on la subit.

J : Maman, elle n'a pas sa Source dans le Royaume, tu comprends. Si elle n'a pas sa Source dans le Royaume ou dans le UN, cela veut dire qu'elle n'existe pas. Ce n'est même pas un hologramme, c'est une pure illusion. Elle a été créée par les hommes, elle est manifestée par les hommes, par rien d'autre, pas par Dieu. Elle est pure illusion.

M : Je ne comprends pas bien... je peux toujours me dire profondément que la haine est une illusion, d'accord, qu'elle est propre à la Terre ou à la création manifestée, d'accord, l'intégrer, cela n'empêche pas que là, pendant mon séjour sur Terre, je la vois, je la subis, je dirais que je la vis chez mes frères humains et j'en vois les terribles conséquences. Ce n'est pas parce que j'aurais intégré que la haine est une illusion qu'il n'y aura plus de guerres et de violences sur la Terre, tu comprends ce que je veux dire.

J : Je te parle de ce que l'on vit, de ce que l'on découvre, de ce que l'on sait quand on est ici dans le Royaume.

J'ai été incarné il n'y a pas si longtemps, je sais très bien que sur Terre on ne vit pas les choses comme une illusion. L'illusion terrestre dont je te parle c'est la Connaissance que l'on a ici dans le Royaume.

J'espère que ça va te servir. C'était un peu long comme explications, mais cela valait la peine parce que ça peut changer complètement la façon de voir les choses. C'était un petit peu le but de ce voyage.

M : C'est passionnant. Je te remercie beaucoup, Joh, vraiment.

Je te remercie infiniment de tout ce que tu me fais découvrir, de tout ce que j'apprends avec toi. C'est fabuleux, fantastique, c'est passionnant ce que tu fais !
J : Merci.

Nous sommes revenus à la porte du dôme que Joh a donc créée là dans ce Monde.

M : Si on intègre réellement ces notions dans la vie, **il n'y a plus que l'Amour qui compte** et l'on doit voir effectivement les choses et les hommes d'une toute autre façon quand on a réellement intégré cela. Je te remercie encore Joh.

Puis Joh me raccompagne jusqu'à ma porte.

Nous volons côte à côte. Nous nous disons au revoir et je regagne mon monde d'hologrammes, mon monde virtuel, mon champ d'expérimentation…

Voyage du mardi 7 octobre 2003

J'arrive dans le Royaume, Johany m'accueille d'un sourire.
Tu es prête ? *me demande- t-il,* on a un grand voyage à faire et il est tard.
Johany s'est envolé devant moi et je l'ai suivi.
Je sens que nous sommes partis pour aller loin, nous survolons déjà le troisième Monde.

Nous arrivons au-dessus du quatrième. Je dis cela parce que nous survolons la deuxième chaîne de montagnes qui indique les limites de ces Mondes. Nous sommes très haut en altitude, Johany a ralenti son vol comme s'il cherchait quelque chose au sol et il commence une lente descente progressive, je le suis, bien sûr.

Il se dirige toujours en volant, vers une forme arrondie qui ressemble à un habitat dont je ne perçois pas la Lumière dorée propre à ces Mondes. Nous sommes posés à présent à côté de ce qui semble bien un habitat.

M : A qui appartient cette maison ? Elle ne semble pas faite de Lumière pure… Comment expliquer cela dans ce Monde si élevé ?

J : Maman, tu parles trop, attends, on va avoir des explications.

Un être est là. Il est sur le seuil de sa porte mais là encore, les détails me semblent étranges, car je n'ai pas vu la porte s'effacer comme cela se fait habituellement et cet être a un double aspect comme si les images se superposaient : je vois un être de Lumière dans une longue tunique blanche, ce qui est la représentation courante des êtres de ce Monde et en même temps je vois la représentation d'un être bien humain, assez rond, asiatique, je dirais volontiers chinois, c'est encore un mystère car je ne vois pas pourquoi cet être serait ici... Ce n'est pas très correct de ma part de parler ainsi devant lui... je le salue respectueusement et je demande : qui êtes-vous ? Comment se fait-il que divers aspects de vous m'apparaissent de cette façon ?

– Entre, tu en sauras un peu plus.

Nous descendons dans son habitat très concret décidément, très matériel si l'on peut dire. D'énormes édredons posés à même le sol donnent une impression de grande douceur, presque de mollesse dans le sens de se laisser aller au bien-être.

Installe-toi, *me dit-il en m'indiquant les édredons aux couleurs vives.*

J'en choisis un rouge et je m'y installe confortablement, il prend la forme de mon corps.
L'être s'est allongé, posé sur un coude, sa main soutient sa tête dans une pose très terrienne, son aspect est celui d'un être humain asiatique à pré- sent.
Joh est toujours debout puis il choisit de s'asseoir dans un autre édredon...

J : Maman, je te préviens, c'est un être virtuel !

J'observe un temps d'arrêt et je m'adresse à l'être...

M : Que dites vous de cela ?

–   Il a raison, je ne suis pas une créature ordinaire. Je suis là par création de votre ami Joh pour vous donner une explication, une compréhension que vous avez besoin de recevoir en ce moment.

M : Comment est-ce possible ? Vous êtes créé pour ce court moment, pour me faire comprendre quelque chose !?

–   Oui, cela ne me dérange pas, je n'ai pas d'état d'âme, ce que j'ai à faire me plaît.

M : Le fait d'être « dé-créé » une fois que vous m'aurez expliqué quelque chose ne vous fait-il rien ?

– Absolument pas, je suis créé du néant et je retourne au néant.

M : Dieu est partout ! Quel néant ?!

– Je vois que tu commences à avancer dans cette explication que je suis venu t'apporter.

Nous sommes là pour parler de ce qui est ou qui n'est pas.

M : Je ne sais pas quoi te dire, la balle est dans ton camp si je puis dire. De quoi me parles-tu ?

– De cela : je te dis que je n'ai pas de Source.

M : Pouh…Veux-tu dire que tu n'es ni une projection multiple du Un, ni un être en Evolution, ni un être parfait ?
As-tu été créé par Johany ?

– Oui, peu importe… le « qui » m'a créé n'est pas le sujet de cet entretien.

M : Quel est le sujet de cet entretien ?
Un être peut-il avoir une existence propre sans être icône du Père ?

– C'est le sujet, j'ai pris ou l'on m'a donné, c'est pareil, une apparence terrestre afin d'éviter de t'induire en erreur.

M : Cela doit-il me faire penser à une créature de la Terre qui serait dans ton cas ?

– Non, il existe des créations qui ne sont pas, comme tu l'as dit, des icônes du Père ou hologrammes du Père ou de la Source Une…

M : Mais qui t'a donné ces Connaissances ?

– Celui qui m'a créé.

Je regarde Johany qui a les yeux brillants.

M : Veux-tu parler des créatures physiques ou des esprits, des entités ?

L'être garde le silence puis il dit : *quelle différence fais-tu ?*

M : A mes yeux un être incarné est forcément créé du Père et il a sa Source dans le Père, cela fait partie de mes acquis. Mais je sais que les hommes peuvent par leur pensée créer des égrégores qui eux-mêmes génèrent des entités invisibles aux yeux des humains.

– Oui, mais ne suis-je pas invisible aux yeux des humains ?

C'est à mon tour de garder le silence...

M : Je ne sais pas Joh où tu veux m'emmener...
Veux-tu dire qu'il existe sur Terre des créatures invisibles aux yeux des humains et néanmoins originaires du Royaume : des créatures virtuelles missionnées sur Terre tout en étant invisibles ?

– C'est un peu cela, mais c'est aussi autre chose. Je te parle de la vie qui s'incarne sur Terre, cette vie est Une, toujours originaire du Père : tout être humain est créé du Père et y reviendra un jour, mais alors, qu'ai-je à t'apprendre ?

M : Je ne sais pas. Je ne comprends pas ce que tu souhaites m'expliquer.

– Prends ton temps. Tu dois comprendre une chose, pas très compliquée, mais qui n'est pas simple pour un être humain. Je peux, moi, créé par un être du Royaume et peu importe de quel Plan, je peux être envoyé sur la Terre pour un but précis.

M : Ah bon ! Que serais-tu ? Une entité bienfaisante ?

– Bien sûr, puisque je suis envoyé par un être qui lui-même est dans l'Amour et qui souhaite envoyer quelque chose concernant l'amour sur la Terre.

M : Ah bon ! Je découvre quelque chose. Est-ce que cela se passe ainsi, est-ce que des êtres du Royaume sont envoyés sur la Terre : des êtres réellement existants, ayant leur source dans le Père ?

J : Un être d'un Plan élevé du Royaume comme tu le dis, ne pourrait pas descendre sur Terre et y rester. C'est impossible.

M : Hmm hmm …Je comprends mieux. Ainsi, ces entités bienfaitrices ont été créées par un être du Royaume qui veut du bien à telle personne…

J : Maman, ces entités sont plus souvent que tu ne le crois envoyées sur la Terre pour un rôle spécifique. Elles peuvent, par exemple, être envoyées dans un lieu sacré pour le bénir, pour y mettre des énergies sacrées, elles peuvent être envoyées auprès d'une personne pour la soutenir, pour l'aider, par amour, par compassion.

M : Mais qui, alors, crée ces esprits ?

J : Cela dépend, ce peut être quelqu'un comme moi pour aider une personne, ce peut être des êtres plus élevés, des êtres du premier jusqu'au sixième Monde et une fois la mission terminée, ils les rappellent et les « dé-créent ». En général, ces entités sont spécifiques à une mission, elles ne ressentent aucune gêne, elles sont créées pour ce but, toutes tournées vers leur mission.

M : Génial ! Que faut-il faire pour avoir une entité bienfaisante près de soi, pour avoir toutes ces aides dont un être humain a besoin ?

J : **Pour avoir une entité comme cela, il suffit de le demander.**

M : A qui ?

J : A moi si tu veux. **Les êtres humains peuvent le demander dans leur prière, ils recevront cette aide.**

M : Est-ce que ces entités ont un pouvoir sur les choses ?

L'être prend la parole :

– On peut parler de pouvoir effectif, les choses commencent

dans l'invisible et nous œuvrons dans l'invisible. Nous pouvons faire qu'une chose arrive ou n'arrive pas, dans le sens bien sûr d'une plus grande harmonie, nous pouvons agir concrètement et modifier une situation dans le sens positif que la personne souhaite, du moment que cela va dans le sens de l'Harmonie du Père, de l'Amour et nous le faisons extrêmement consciencieusement, nous sommes le mieux adaptés pour faire cela.

M : C'est intéressant. Les hommes ne demandent pas assez dans leur prière car dans le Royaume, il y a toujours une oreille attentive. Dieu entend toujours la prière et demande à l'un ou à l'autre de l'exaucer.

— Pour que cela se fasse, il faut demander une aide spécifique.

Un être peut demander près de lui un esprit bienveillant qui le soulage de ses peines, qui l'entoure de sa grâce, qui l'aide à surmonter ses difficultés matérielles ou affectives. Nous pouvons agir dans tous les domaines, du moment qu'il s'agit d'aller vers plus d'amour. Nous pouvons l'entourer simplement d'une grande compassion, nous sommes des créatures de l'Amour faites pour aimer.

M : Incroyable ! Le Royaume décidément est merveilleux ! Plus je le découvre et plus je suis émerveillée.
Je suppose que les hommes qui liront ces lignes vont tourner leurs yeux vers le Ciel et demanderont avec confiance. Vous allez avoir du travail !

J : C'est exactement cela, les hommes ne demandent pas assez ! Dès que je le peux, je crée des esprits, des entités bienfaisantes comme cet être que tu vois, et je m'en sers pour exaucer les prières des hommes ; c'est très efficace, ils peuvent faire beaucoup.

M : Ça alors Joh, c'est magnifique ce que j'apprends là !
J : Est-ce que l'explication te convient ?

M : Oui, j'ai bien envie de la faire partager à beaucoup de personnes… Je suppose qu'il faut le mériter …

J : C'est comme pour une prière normale : plus la personne est aimante, plus elle aura droit à être exaucée, c'est normal, c'est juste.

M : Merci Joh, merci à vous. Je vais en faire un excellent usage en le faisant partager. De cette façon je peux Servir l'Amour, en toute modestie, mais au moins davantage d'hommes pourront être aidés en s'adressant à Dieu.

Je vais vous laisser, *me dit l'être*, votre nuit est déjà avancée.

M : Cela n'a pas d'importance, j'ai tellement de joie à découvrir, à être ici.

L'être me salue et m'invite de cette façon à quitter cette demeure.
Johany a toujours les yeux brillants.
Nous saluons cet esprit bienfaisant.

Merci, *lui dis-je*, au nom de l'Amour.

Nous sommes dehors dans la Lumière resplendissante du Royaume.

J : Qu'est-ce que tu en dis ?

M : Magnifique, Joh ! Ce voyage va aider beaucoup de gens qui vont pouvoir demander de l'aide à Dieu, beaucoup d'hommes pourront être aidés bien davantage.
Que veux-tu faire à présent ?

J : Je vais te raccompagner à ta porte, il faut que tu dormes.
On y va ? dit Joh *en me prenant doucement par les épaules.*

M : D'accord.

D'une pression des pieds, il s'est élevé; je le rejoins.

Quelle merveille ce Monde, *dis-je en volant.* Je ferai comme toi quand je viendrai, je ferai en sorte de répondre aux espoirs des hommes, c'est tellement bien de pouvoir le faire ici.

J : C'est exactement ce que je pense et c'est pour ça que je le fais.

Voilà, nous sommes à ma porte.

M : Joh, *dis-je en me mettant dans ses bras*, tu es quelqu'un de merveilleux.

C'est important de penser à ceux qui restent dans la souffrance, qui n'ont pas encore la chance d'être ici.

Je pense que je ferai comme toi, c'est ce que je souhaite.

J : On travaillera ensemble si tu veux.

On fera ce que tu veux.

Voyage du vendredi 10 octobre 2003

J'ai rejoint Joh dans le Royaume, nous sommes dans le premier Monde, je lui pose une question que j'ai oublié de poser la dernière fois.

M : A propos des aides invisibles, des esprits bienfaisants, comment les êtres humains peuvent-ils savoir qu'ils ont été exaucés puisque cela dépend des mérites de la personne qui demande, comment peut-elle en être sûre ?

J : C'est un sujet délicat, c'est comme si tu me demandais si la personne était sûre que sa prière sera exaucée. On n'est jamais tout à fait sûr, mais ce qui compte dans une prière et dans une demande d'une aide invisible, c'est de répéter cette prière ou cette demande.
Dieu est sensible au fait que l'homme insiste pour être exaucé, c'est comme si à chaque fois l'homme affirmait sa confiance dans l'Amour divin, dans la Miséricorde divine…
A mérite égal, si l'être insiste, il a plus de chance d'être exaucé.

M : Comment peut-il savoir s'il a été exaucé : si un esprit bienfaisant lui a été envoyé ?

J : Au niveau du résultat, il voit bien ce qui se passe, si le problème se résout, si les clefs lui sont données, il va bien comprendre que c'est grâce à l'esprit bienfaisant qui est venu l'aider. Le résultat en est le seul critère.

M : Merci Joh.

Voyage du lundi 13 octobre 2003

J'entends : maman, si tu veux, je t'attends.
Je sens que Johany n'est pas loin, je passe ma « porte ». Johany est là.
Je l'embrasse chaleureusement et, comme souvent, je prends le temps de le toucher, je passe ma main sur sa jolie chemise grise à grandes poches, ses bras.
Tout va bien, c'est bien toi, *dis-je en riant.*

J : Si tu veux, on se dépêche, on va faire un voyage éclair, je t'ai préparé quelque chose d'agréable et pas trop long.

Nous marchons un peu et nous parlons de choses et d'autres…

M : Est-ce que tu retournes au château ?

J : Pas souvent, j'y vais pour me replonger dans certains souvenirs, une ambiance. Je retrouve Snoopy.
M : Mais qui s'occupe de Snoopy ?

J : Je ne peux pas te dire, il est content de me voir mais quand je n'y suis pas, c'est comme s'il n'était pas là, Dieu le prend en Lui quand je ne suis pas là. Quand je vais vagabonder, il ne reste pas à m'attendre, ce ne serait pas vivable s'il avait besoin de quelqu'un pour se nourrir. Un animal ici est particulier, on ne peut pas comparer avec la Terre…Quand je le retrouve, ses réactions sont celles d'un chien normal, mais quand je quitte le château pour longtemps, il est ailleurs, c'est comme s'il était en Dieu.

M : Hmm hmm, d'accord, c'est parfait comme cela. S'il restait à t'attendre, tu pourrais culpabiliser.

…Tout de même, cela me manque que Chaudronne et Fernand[5] ne soient plus là, j'étais habituée, j'avais déjà mes repères ici.

J : Quand tu reviendras ici, tu les retrouveras …

M : Ça ne sera pas pareil, ils n'auront peut-être pas envie de revenir au château…

J : Les choses évoluent, ils reviendront au château, pas sous la forme « Chaudronne et Fernand » mais sous la forme du couple qu'ils auront formé dans cette vie là où ils sont descendus s'incarner, ils seront toujours amoureux et on sera toujours amis, c'est cela qu'il faut voir. Le fait que leur apparence ait changé n'a pas d'importance. Ici, un être retrouve toujours ce qu'il est. Quand Chaudronne s'était fait des cheveux blonds tu la reconnaissais bien, c'est l'énergie qui compte, l'aspect physique n'est pas important.

M : Tu as encore raison. Disons que j'aurais plaisir à les voir au Royaume mais ils doivent à peine être nés sur Terre. Cela ne sera pas pour tout de suite. Merci pour ce ressourcement, j'ai vraiment besoin de me ressourcer ici, de revivre à chaque voyage que tout cela existe, de m'imprégner de cette vie ici que j'aime tant.
Est-ce que l'on continuera les «leçons» pour m'apprendre à exaucer les prières ?
J : Si tu veux.

Nous parlons encore un moment avant de nous séparer.

Voyage du vendredi 17 octobre 2003

Johany m'a dit qu'il m'attendait pour un joli voyage et j'effectue mon passage de l'autre côté.
Après les paroles de bienvenue, il me propose d'aller découvrir une contrée inconnue.
J'acquiesce, il s'envole, et je le suis. Tout en volant, je fais part à Joh

---

[5] Cf. Le royaume Tome 1

d'une question que je me posais concernant le Royaume:

M : A propos des enfants, lorsqu'une femme meurt sur la Terre et remonte dans le Royaume en étant enceinte que se passe t-il ? Est-ce que le fœtus continue sa croissance, est-ce qu'elle va aller dans le Monde où se trouvent les enfants, enfin dans ce Plan un peu à part que nous avions vu l'autre jour[6], ou est-ce que cette âme qui était en train de s'incarner va retourner simplement dans le premier Plan du Royaume, comme si rien ne s'était passé? Comment cela se passe à ce moment-là ? J'aurais bien aimé avoir une explication, une réponse, le sais-tu ? Connais-tu la réponse ?

J : Oui, j'en ai entendu parler. Il y a déjà eu des cas semblables, ce n'est pas si extraordinaire : soit des accidents de voiture, soit quand il y a des problèmes à l'accouchement, à la naissance où la mère et l'enfant meurent en même temps, ça peut arriver. Mais pour rester vraiment dans le cadre de ton exemple, ça peut arriver pendant la gestation, quand la femme est encore enceinte.

M : Qu'advient-il d'eux ?

J : A ce que j'ai compris, ils allaient dans le monde des enfants. Soit « l'âme » est déjà incarnée, si la femme a dépassé les trois premiers mois de grossesse, soit « l'âme » n'est pas encore incarnée, elle n'a pas encore effectué sa descente en incarnation, alors le problème ne se pose pas, la femme remonte mais c'est comme si elle faisait une fausse couche, elle arrive ici…avec un ventre vide sans « âme » à l'intérieur, et l'être qui comptait s'incarner, évidemment dans ce cas-là, ne s'incarne pas et bien sûr reste alors dans le premier Plan du Royaume. Mais si «l'âme» s'est déjà incarnée, si l'être a déjà effectué sa descente en incarnation, je te dirai que l'être qui vit cela le sait à l'avance : il sait que la femme qu'il s'est choisi pour mère va avoir un accident et qu'il ne terminera même pas sa gestation sur la Terre, qu'il n'aura pas le temps de vivre une vie sur Terre, il le sait mais il peut tout à fait choisir de vivre ce destin-là pour justement rester avec cette femme. Ils vont aller dans le Monde des enfants et finalement, l'enfant sera élevé comme un enfant normal, mais dans le Monde des enfants, celui que l'on a vu l'autre jour. Tu pourrais me demander, parce que

---

[6] Cf. Le royaume Tome 2

c'est aussi une question intéressante et importante, pourquoi des êtres du Royaume choisissent des vies comme ça, c'est à dire des destins aussi courts sur la Terre. En général, je t'avais dit qu'un être du Royaume s'incarne pour une mission spirituelle sinon il ne va pas s'embêter à aller s'incarner. Donc, pourquoi, à ton avis, un être va s'incarner en sachant que tout petit il va remonter ici ?

Je réfléchis un instant :

M : Il est possible que ce soit pour faire vivre certaines choses à l'entourage, aux personnes qui restent justement sur la Terre et qui vivent ce deuil, c'est peut-être quelque chose comme cela ou peut-être, tout simplement, parce que cet être a envie d'être élevé, d'avoir une enfance particulièrement agréable, dans le Monde des enfants. Je dis cela en riant mais pourquoi pas ? Peut-être pour effacer certains mauvais souvenirs d'une enfance difficile ou je ne sais pas.

J : En règle générale, c'est plutôt le premier cas qui se présente : c'est-à-dire que les enfants qui meurent jeunes, je te parle des êtres du Royaume qui se sont incarnés avec le destin de mourir jeunes, le font pour faire vivre des expériences particulières à une personne de leur entourage ou à plusieurs personnes. Souvent, il s'agit de karma, non pas pour l'enfant, mais pour la personne qui reste et qui subit ce deuil, cette douleur-là.

Mais c'est vrai, tu as raison aussi, que l'enfant, enfin l'être du Royaume qui va s'incarner sait qu'il va monter en tant qu'enfant avec son parent, sa mère ou son père qui va décéder avec lui, puisqu'il a créé sa vie future, il le sait à l'avance, il sait son destin et il sait donc très bien qu'il va aller rejoindre le Monde des enfants où il sera éduqué là par le parent remonté avec lui. Donc, il sait très bien qu'il aura une enfance fabuleuse et c'est vrai que pas mal d'êtres du premier Plan du Royaume, à ce que j'ai vu, sont attirés par le fait d'être éduqués dans ce Monde des enfants, d'aller y vivre une éducation idéale. Je pense que ça doit être quelque chose d'assez fantastique pour un môme et j'ai vu des êtres ici assez attirés par l'expérience... S'il se trouve qu'ils peuvent avoir un rôle sur la Terre dans un karma à faire vivre à une personne qu'ils connaissent ou même qu'ils ne connaissent pas, ils peuvent tout à fait choisir de s'incarner dans une femme dont ils savent qu'elle va mourir très tôt,

quand ils seront petits, en les mettant au monde ou pendant la gestation ou quand ils seront un peu plus grands, vers dix ou douze ans.
C'est vrai aussi qu'il est plus agréable pour un enfant d'y arriver jeune, du point de vue du Royaume bien sûr, parce qu'il va passer plus de temps de son enfance dans ce Plan-là. C'est vrai qu'il va se régaler, donc, l'être du Royaume qui choisit ce destin-là, le sait à l'avance. Il y en a pas mal sont partants pour ce genre d'expérience.
Personnellement, je ne l'ai jamais vécu. Je n'ai jamais vécu d'éducation là-bas mais je pense que ça doit être assez chouette, assez excitant, c'est super pour un môme, c'est vrai, il n'y a pas mieux ! Je comprends que ça doit être assez attirant pour certains, c'est une expérience.

M : Merci de ta réponse, Joh. Cela m'a intéressée. Je voulais également savoir pour le cas des femmes enceintes… Vont-elles donc accoucher dans ce monde des enfants ? C'est curieux d'imaginer cela.

J : Tu sais, je pense que là aussi dans ce cas, l'accouchement est complètement différent de ce qu'il est sur Terre. Il n'y a pas de douleur dans le Royaume et on est quand même dans notre corps d'âme, notre corps subtil.
Je pense que ça se passe autrement, plus facilement, ça c'est sûr, et plus simplement : aussi ça doit être différent, je ne me suis pas trop penché sur la question. En tout cas, je sais que l'enfant vient au monde dans le Royaume, dans le Monde des enfants donc, et qu'il y est élevé depuis son plus jeune âge jusqu'au bout de son «enfance».

M : Hmm, hmm, super ! Cela me fait très plaisir de le savoir. C'est bien.
….

J : Est-ce que tu veux que je te parle de la contrée où l'on va ?

M : Avec grand plaisir. Est-ce loin ? Dans quel Monde est-ce ?

J : Le quatrième.

Nous sommes en train de voler tout en parlant. J'ai remarqué que lorsque nous discutions, nous allions beaucoup moins vite, peut-être

même avons-nous fait une pause sans que je m'en aperçoive dans le Ciel du Royaume. Mais nous approchons du quatrième Monde et Johany descend tout d'un coup, presque en piqué, très brusquement et rapidement car nous étions assez haut en altitude. Je le suis, bien entendu, de la même façon. Oh ! Nous plongeons dans la Lumière, je n'ai même pas eu le temps de visionner ce dont il s'agissait, j'ai juste eu le temps de voir un amas de Lumière et nous l'avons traversé, enfin, plus exactement, nous sommes à l'intérieur.
Je ne sais pas ce dont il s'agit pour l'instant, je ne vois que de la Lumière d'or, la plus pure des Lumières divines que je sais maintenant pouvoir être un habitat ou un endroit empli d'êtres en tout cas.

J : Maman, je suis là devant toi.

Je ne voyais plus Joh. Il est comme identifié à cette Lumière, je ne le distingue pas.

M : Que faisons-nous ici, Joh ?

J : On attend.
Ce sont ici des êtres qui vont t'aider à effacer une partie de ton chemin.

Je crains d'avoir mal entendu.

M : Qu'est-ce que cela signifie ?
Je ne comprends pas, Joh… Une partie de mon passé ?

J : Des mémoires négatives, si tu préfères.

M : Oh ! Des mémoires négatives…que je porte en moi ? Qui m'appartiennent ou qui appartiennent à mes ascendants ?

J : Je te parle de choses à toi.

M : Ah bon, des choses difficiles que j'ai vécues et qui laissent des empreintes négatives, c'est cela ?

J : C'est exactement cela. En fait, quand on vit des choses difficiles sur la Terre, c'est valable pour tout le monde, ça laisse des empreintes dans l'être. J'appelle ça des mémoires mais on peut dire des empreintes, qui le marquent, qui restent, qui peuvent même rester d'une vie sur l'autre, tu l'as remarqué et qui en fait sont très néfastes pour l'harmonie de l'être. Elles forment une tache sur l'être dans l'invisible et cela crée une sorte de faille qui attire des énergies négatives ou nuisibles pour la personne.

M : Ça alors ! Veux-tu dire que toutes les expériences passées qui ont créé des souffrances, des douleurs, des chocs, des choses négatives comme cela, des émotions négatives sont marquées dans l'être de cette façon ?
J : Oui, c'est cela, elles sont marquées. C'est un mot qui convient bien.

M : Ah bien, j'ignorais. A quel niveau de l'être est-ce marqué ? Est-ce au niveau de son corps physique, de ses cellules, de son ADN ou au niveau de ses corps subtils : éthérique, astral, mental, causal ou même de son corps divin ? Tu dis que l'être peut les transporter d'une vie sur l'autre… cela signifie que ça doit se passer à un niveau très subtil ou très profond. A quel niveau de l'être est-ce inscrit ?

J : Maman, je ne saurais pas te dire exactement. Quand l'être est incarné, c'est au niveau de son corps, de ses cellules et même de son ADN. Je sais qu'il peut transmettre de ces empreintes, de ces mémoires comme ça à ses enfants, mais quand il se désincarne, cette mémoire part avec lui : il la transporte…cela dépend à quel niveau il en est, mais s'il s'agit d'un être par exemple du Monde divin, je pense que c'est son âme qui la transporte, qui transporte ces mémoires, ces empreintes. Quand il est ici dans le Royaume, il ne les sent plus, c'est évident puisqu'ici on ne sent plus aucune énergie négative, il n'en subit même pas les conséquences, n'en a aucune séquelle, mais le jour où il se réincarne, hop, il emmène cela avec lui.

M : Hmm, très intéressant. Tu m'ouvres des horizons. Je suis enchantée que tu m'aies amenée ici.
Ces êtres vont-ils pouvoir me purifier à ce niveau là ?

J : C'est exactement ce que je te proposais.

M : Génial. Je suis très heureuse de cela. Quand on est sur Terre, y a-t-il des moyens ?

J : Certains moyens, oui : le travail sur soi, tu en connais certains, mais ce n'est jamais aussi efficace que ce que l'on peut faire ici...On ne peut pas comparer.

M : Super ! Alors je suis partante. Je pense même que je vais me trouver beaucoup mieux ensuite.
Mais je ne vois personne...

J : C'est normal, ils attendaient que j'aie fini mes explications, il fallait bien que je t'explique de quoi il s'agit.

M : Hmm, d'accord. Alors, je suis prête et disponible.

– Nous allons te dégager de tes mémoires ancestrales.

M : Avec grande joie.

Je sens que Joh ... est en mouvement là, un peu plus loin mais il m'apparaît comme une silhouette dorée et dans cette Lumière d'or je ne le distingue qu'à peine. J'ai l'impression qu'il fait signe à d'autres êtres de Lumière tout aussi indistincts de s'approcher. C'est une simple impression, mais je suis dans un espace un peu plus clair, moins dense où je vois mieux et là, en effet, des êtres s'approchent de moi. Ils semblent être très nombreux. Ils sont silencieux, moi de même. Ils m'entourent, me touchent, ils sont plus d'une dizaine peut-être quinze, vingt, je ne sais. Ils touchent tout mon corps de leurs mains impalpables, ce ne sont pas vraiment des mains d'ailleurs, ce sont des formes. Ils sont tout en blanc, blanc doré.
Joh s'est assis un peu à l'écart, il regarde la scène.
Les êtres m'ont saisi doucement, délicatement et m'ont portée à l'horizontale afin de m'allonger sur le sol. Je suis donc par terre à présent enfin sur un sol tout aussi doré que les alentours. L'un passe sa main au-dessus de mon corps, un autre ramasse du sable dans un petit récipient et le saupoudre sur moi. Je perçois, car ils parlent en

télépathie :

– Tu ne sentiras rien, *dit l'un d'eux,* car dans le corps dans lequel tu es, tu ne peux sentir la subtilité de ces échanges, mais tu en sentiras les effets, tu en sentiras la purification de ton être le plus profond. Des mémoires sont inscrites en toi depuis plusieurs générations car il en est ainsi pour chaque être humain et vous portez en vous le poids de vos générations passées. C'est injuste mais cela ne peut être autrement.
Je te libère de ta lignée maternelle.
Un être s'est mis à ma tête et la tient de ses deux mains, en fait il a posé ses deux mains sur mon crâne.

Je te libère à présent de ta lignée paternelle.

Ici, dans ce Monde où nous sommes, cela se fait très rapidement comme tu le vois.

M : Extraordinaire… et pour ma vie présente, pouvez-vous aussi…?

– Nous le pouvons. Nous allons te libérer de tes mémoires traumatiques de ton enfance, de ton adolescence, de ton âge mûr. Ne bouge pas, ne fais rien, attends. C'est tout…

*Comme les êtres me l'ont dit, je ne sens rien qu'une grande paix, une grande quiétude envahir mon être. De longues minutes s'écoulent et je ne m'en plains pas car je sais que le travail se fait et au fil des minutes mes souvenirs remontent, je sens de quelle mémoire ils me libèrent, ils me purifient. Tout y passe depuis ma plus tendre enfance.
Voilà, un long moment s'est écoulé. L'être me dit que le travail est terminé. Je me sens bizarre, légère, vaporeuse, oui c'est le mot, comme si je n'avais plus de densité.*

– Tu es pure à présent de ton passé, plus aucune mémoire négative ne demeure inscrite dans ton être. Nous les avons effacées une par une, empreinte par empreinte et te voilà comme neuve.

M : Merveilleux ! Comme je vous remercie !
Comment vais-je sentir les conséquences de cela ?

– Tu vas te sentir plus libre, plus légère, c'est certain, moins alourdie par les énergies terrestres. Plus libre, est le mot qui convient, libre de ton passé, libre de tes aïeux.

M : Merci grandement.

– Voilà, *dit l'être doucement en se penchant vers moi, en caressant ma tête,* nous avons fini notre travail avec toi, tu peux aller à présent. Essaie de te relever, de retrouver ton corps *doucement*.

J'essaie de m'asseoir. J'ai l'impression d'être une masse de Lumière informe, je n'ai plus de corps, de silhouette, c'est très étrange. Je ne me sens pas très à l'aise dans cette non- forme.

– Cela va revenir, *dit un être qui m'aide en me prenant dans ses bras pour me relever.*

Je sens que mes pieds se reforment et je pense que mon corps va lui-même, après un moment, se reformer également, c'est une question de temps ou de vibrations peut-être, je ne sais pas. Peut-être est-ce dû à ce travail dans lequel les cellules subtiles se replacent autrement, différemment pour me recréer autrement. J'extrapole peut-être un peu...

– Tu seras différente, c'est certain, à n'en pas douter. Il est normal que tu sois différente après ce travail. Tu n'es plus la même puisque tu n'as plus ces mémoires, ces souvenirs négatifs imprégnés en toi. Tu es véritablement différente.

N'aie aucun souci, tu vas bientôt retrouver ta densité normale, celle que tu as habituellement dans le Royaume, puis un peu plus tard, celle de ton corps physique. Rien, en apparence, n'aura changé dans celui-ci, mais dans l'invisible, dans ce que les yeux ne voient pas, il y aura de grandes différences et tu le sentiras au fil des jours. Tu sentiras une liberté toute nouvelle se faire jour en toi.

M : Eh bien, quel cadeau vous m'avez fait là ! Quelle merveille ! Je ne saurais vous remercier autant que je le souhaite.

– Tu ne nous dois rien, nous sommes au Service de l'Amour, et nous

Servons de cette façon ou d'une autre, qu'importe. Nous sommes toujours heureux de donner de la joie à un être.

M : Merci mes amis, dis-je *en les saluant avec mes deux mains croisées sur la poitrine et en m'inclinant.*
– Nous te remercions aussi petite abeille.

M : C'est drôle ce nom que de nombreux êtres dans le Royaume me donnent...

– Car tu butines le miel couleur d'or, le miel divin.

M : Hmm hmm.

Joh s'est levé. Il s'approche de moi...

– Si tu veux, on va changer de Plan.

M : Je vous quitte mes amis.
Je te suis avec joie, Joh.

*Il me faut un peu de temps, je le sens, pour retrouver mon corps.
J'ai toujours cette forme de masse vaporeuse, de Lumière, je sens que cette masse va se déplacer sans problème, et je peux même, d'une pression des pieds, comme à l'accoutumée, m'élever dans le Ciel. Je fais un signe d'au revoir à ces nouveaux amis et je suis Johany.
Je fais un moment la planche comme portée par une main invisible.*

Quelle merveille ! Quel cadeau ! Merci Joh de m'avoir amenée jusque là. C'est toi que je dois remercier.

J : Il fallait que ça se passe comme ça.

*Hmm, ça y est, je sens que j'ai repris mon corps normal, je porte ma robe blanche. Je vole sur le dos, cela m'amuse puis, après quelques loopings arrière, j'arrive près de ma « porte ».
Nous nous sommes posés.*

J : Je vais rester avec toi après cela. Tu me diras comment tu te sens dans les jours qui viennent, si tu sens une différence, si tu sens quelque chose, mais là, je vais te laisser dormir. Je te raccompagne et puis je m'en vais.

M : D'accord. Merci encore Joh pour ce voyage magnifique et pour tout ce que tu me donnes.

Voyage du samedi 18 octobre 2003

Johany m'attend. J'effectue mon passage.
Lorsque j'arrive, je vois qu'un petit filet d'eau coule entre lui et moi, à nos pieds. Il s'agit d'un petit filet d'eau qui vient de cette eau purificatrice dont j'ai déjà parlé, qui se trouve tout près de ma « porte » lorsque j'arrive et où j'aime poser mes pieds pour une purification très agréable.

J : Maman, je te propose d'y aller poser tes pieds.

M : C'est d'accord.

Il me prend par la main et nous marchons dans cette direction. C'est bien une eau vivante qui enveloppe le pied lorsqu'il s'y pose et même qui le masse légèrement...
Puis je demande à Johany ce qu'il me propose.

J : Maman, je voudrais que l'on aille voir quelqu'un.

M : Bien, je te suis.

Nous partons en vol côte à côte. Nous passons la première chaîne de montagnes, puis nous obliquons. Je sens donc que nous allons quelque part dans le troisième Monde. Nous survolons ces habitats de Lumière que je connais bien à présent, puis nous nous posons près de l'un d'eux.

M : Est-ce quelqu'un que j'ai déjà rencontré, Joh ?

J : Tu vas voir.

M : Bien.

Joh se met à la porte, enfin ce qui pourrait sembler une porte puis, comme je l'ai déjà vu faire, il se penche un peu et se recueille. Je sens qu'il parle en télépathie à l'être qui doit se trouver à l'intérieur. En effet aussitôt, un être sort, c'est à dire que la paroi s'efface, disparaît sur une certaine surface et l'être apparaît vêtu de blanc, d'une longue tunique blanche comme la plupart des êtres du Royaume dans les Mondes supérieurs.

– Me reconnais-tu ?

Je ne réponds pas, je crains d'avoir un oubli. D'être ici me rappelle quelque chose, mais je ne me souviens plus très bien.

M : Oui, nous avons parlé mais, je ne sais plus de quoi, je ne sais plus qui tu es.

– Eh bien entre, nous allons nous rafraîchir la mémoire, nous allons reparler de certaines choses et tu me reconnaîtras très bien.

L'intérieur de ce dôme de Lumière d'or est comme les autres : creusé par des gradins circulaires, qui nous servent de sièges.
Il nous invite à nous asseoir. Nous nous installons.

– Je voudrais te dire quelque chose d'important. Je veux que tu saches une chose avant de remonter définitivement ici, je veux dire autrement qu'en ces voyages que tu fais avec Johany. Tu vas bientôt remonter ici durablement, le terme est plus juste.
Eh bien, avant cela, je veux que tu saches ce que je vais te dire maintenant : ce Monde bien sûr est le plus beau des Mondes que l'on peut imaginer, j'entends par là ce Royaume est le plus beau des Mondes et il est impossible d'en concevoir plus merveilleux, plus parfait bien entendu. Il est la Perfection même et qui pourrait s'en plaindre ?
Néanmoins, je te le dis, la vie sur Terre ou la vie dans n'importe quel petit monde, dans n'importe quel univers, sur n'importe quelle planète est une autre forme de perfection. Comprends-tu ce que je veux te dire ? Je veux te dire que **la Vie du Père y vibre, son Cœur y bat dans chaque cellule de chaque chose**. Les êtres ne le savent pas car cette

vie se fait plus discrète, plus cachée, plus statique également, mais elle y est présente. Le Père a créé le monde, le monde habité, je veux dire la Création manifestée, avec ce qu'Il est, avec Son Amour. Ce que les hommes en ont fait, pour parler de la Terre, n'est pas de Sa Responsabilité mais de la vôtre.

Néanmoins cela n'empêche pas cette planète et ce qu'il y a dessus de vibrer de cet Amour… je veux te parler de la flore et de la faune. **Les arbres, les fleurs et tout le végétal sont pétris de tout cet Amour. Chaque cellule du végétal vibre de Son Amour et chaque bête également.** Bien sûr, tu hausses le sourcil et tu penses de suite à des bêtes désagréables, des araignées, des moustiques ou tout autre petite chose que tu n'hésites pas à écraser ou à supprimer… Alors, ne parlons pas si tu le veux bien de ces bêtes un peu à part qui troublent la vie des hommes, mais parlons de toutes les autres bêtes, même dites féroces : vois-tu, l'Amour de Dieu les tisse, les trame, elles en sont pétries.

Y as-tu pensé déjà ? Les vois-tu ainsi ?

M : Je l'oublie, *dis-je avec sincérité*. Oui, je dois dire que c'est vrai, sur la Terre nous oublions cela et moi-même, j'ai tendance à l'oublier. J'y pense davantage quand je vois des fleurs mais j'y pense moins en voyant des bêtes… des vaches, ou des poules, c'est vrai, j'y pense moins et même pas du tout pour être honnête.

– Hmm, hmm, je le sais bien que tu n'y penses pas. Tu ne penses qu'à ici, à la Lumière du Royaume, à sa Beauté, à l'Amour qui y circule entre les êtres et tu penses avec justesse que ce Monde est merveilleux car la souffrance n'y a pas cours, ni la séparation, ni la mort, ni le malheur, ni le chagrin, ni la haine des hommes. Bien sûr, c'est juste, tu es sur la Terre et tu subis cela et chaque être humain subit cela, alors me diras-tu tout cela n'est pas de l'Amour de Dieu ou alors cela n'y ressemble pas, n'est-ce pas ?

M : Je comprends bien que certains apprentissages à l'amour ou certains karmas plus ou moins lourds à porter passent à travers ces souffrances et ces difficultés, mais je trouve que la vie sur Terre est trop difficile… Hmm, c'est ce que je pense en ce moment ; bien sûr dans d'autres conditions je penserais autrement…Mais je ne sais pas s'il y a beaucoup d'hommes sur cette Terre qui puissent dire qu'ils sont vraiment heureux, vraiment, à tous les niveaux ; je ne suis pas sûre qu'il y en ait beaucoup.

– Tu as raison, le bonheur, le vrai Bonheur, est d'ici, du Royaume, mais néanmoins, **essaie de voir l'aspect positif de la Terre ou de ce qui s'y trouve, de ce qu'elle porte, essaie de voir l'Amour que porte cette Terre, sans que l'homme ne le soupçonne dans chaque feuille, dans chaque bête et dans chaque pierre du chemin** également. Bien sûr, tu habites en ville, mais tu n'es pas loin des chemins de sable et de pierres ; pense que ce sable, que ces pierres, que ces herbes sont pétris de l'Amour divin. Penses-y la prochaine fois que tu marcheras dessus. Ce n'est pas le sable du Royaume, c'est vrai, mais c'est un autre sable. La Vie du Père y est plus discrète comme je te l'ai dit, plus cachée mais elle y est néanmoins.
Il a créé ces mondes avec tout Son Amour, ne les dénigre pas, ne les balaie pas d'un geste parce que les hommes y font vivre la haine ou le non-amour sous toutes ses formes.
Essaie de ne pas penser à toute cette haine, **essaie de ne penser qu'à ce qui est beau sur cette Terre, qu'à l'Amour du Père dans Sa Création, tu ressentiras davantage la douceur dans ce qui t'entoure au lieu de ressentir l'agressivité.**
Je te dis cela pour te faciliter la vie et chaque être humain aurait avantage à faire de même. Bien sûr, l'être humain est important et il est important de voir l'Amour présent en chaque être humain, lorsque cela est possible car cela ne l'est pas toujours. Certains êtres humains sont beaucoup plus difficiles que d'autres mais lorsque ces êtres humains apparaissent bien difficiles alors tourne toi vers la douceur de la Création, vers l'arbre, la feuille, l'herbe, la tige, le fruit, l'animal, les petites pierres, les petits cailloux sur le chemin.
C'est lorsque la vie semble bien difficile sur la Terre qu'il faut savoir regarder ce que je viens de te dire, c'est une autre façon de voir les choses, un autre regard à porter sur la vie terrestre, tout n'y est pas mauvais.
Voilà un peu mon message :

La douceur y règne… Il faut juste savoir la trouver au milieu des difficultés.

Je comprends ce que tu veux me dire dans ta pensée: qu'ici, dans le Royaume, la vie est si facile et c'est si facile également de se rendre utile et de donner et d'aimer alors que c'est si difficile sur la Terre. C'est cela que tu penses, je ne te dis pas que cela n'est pas juste, j'essaie seulement de te donner un message pour que la vie te semble moins amère et plus douce en sachant que Dieu, là aussi, a mis Son Amour tout simplement.

Je remercie l'être pour son message puis nous nous séparons. Johany me raccompagne.

Voyage du jeudi 23 Octobre 2003.

Johany m'a dit qu'il m'attendait et je passe de l'autre côté.
Je traverse, Johany est là et je prends le temps de bien le percevoir, de le toucher et de me toucher également car c'est ainsi que je prends conscience davantage de ma densité dans cette vibration.

J : Si tu veux, maman, on s'élance.

M : D'accord. Pour aller où ? As-tu une idée précise ? As-tu préparé quelque chose ?

J : Nous allons voir quelqu'un.

M : Je te suis.

Nous nous envolons en même temps. Je le tiens par sa chemisette. Nous passons déjà la chaîne de montagnes, nous survolons le troisième Monde puis nous passons la suivante et nous survolons le quatrième Monde.
Là-bas au loin, très loin, j'aperçois la chaîne de montagnes qui sépare le quatrième Monde du cinquième. Nous nous dirigeons vers elle très rapidement maintenant et la passons. Puis Johany oblique à droite et nous atterrissons, nous descendons les pieds en premier. Nous sommes devant un habitat de Lumière d'or, un dôme comme il y en a tant dans le Royaume, enfin dans les troisième, quatrième, cinquième Mondes.

J : Maman, on va voir quelqu'un que tu ne connais pas.

J'attends, Joh semble attendre également, mais je sens qu'il est en train d'appeler l'être en télépathie, de lui parler. Je vois alors un être venir vers nous, s'approcher en nous faisant un signe, mais il arrive de l'extérieur de cet habitat.
Il est vêtu, comme la plupart des êtres du Royaume, d'une longue tunique blanche serrée à la taille.
Il est avec nous à présent.

– Eh bien, mes amis, *dit-il d'un ton jovial en mettant l'un de ses bras sur les épaules de Johany et l'autre sur les miennes*, quand nous rencontrons nous ? Tout de suite ? Allons-y, entrons dans mon humble demeure.

Nous entrons avec lui. C'est curieux, cet accueil est très terrestre. Je ris car je trouve sa jovialité, sa gaieté, très contagieuses.

– C'est de la joie ! Ici, nous ressentons de la joie : c'est beaucoup plus que de la gaîté ou de la jovialité, c'est beaucoup plus profond si tu préfères, cela vient de l'intérieur de nous, cela nous nourrit également. Notre être, tout notre être est dans cette joie. C'est véritablement très heureux, tu sais, je te le souhaite. Cette joie, tu vois, n'est pas perceptible sur la Terre, elle ne peut pas être vécue sur la Terre, c'est impossible mais ici il n'y a que cette joie, on ne peut pas ne pas la ressentir.

M : Pourquoi ne peut-elle pas être vécue sur la Terre ?

– Parce que la Terre est un terrain d'apprentissages comme on te l'a dit et alors un terrain d'apprentissages n'est pas un terrain de jeu. Je te fais une comparaison qui peut être comprise par un esprit humain.

M : Oui. Penses-tu que ce terrain d'apprentissages ne propose ces apprentissages que dans l'effort, dans la souffrance ou la difficulté?

– Cela dépend, *dit-il plus gravement*, cela dépend beaucoup de l'être à qui s'adresse cet apprentissage, cela dépend du choix de vie

qu'il s'est proposé de vivre, cela dépend de la planète sur laquelle il vit ces apprentissages, cela dépend de ses frères. Car les frères d'un être, sur quelque planète qu'il soit, ont toujours, toujours leur libre arbitre et peuvent lui mettre certains bâtons dans les roues, toujours pour apprentissage, mais qui peuvent changer parfois la donne de départ, qui peuvent faire parfois qu'un choix de vie, que le choix de vie d'un être qui était moyennement difficile, peut devenir un casse-tête à cause de ce libre arbitre des autres autour de lui. L'être, tu sais, n'est pas totalement libre dans son incarnation, c'est un leurre de croire cela. Il a son libre arbitre, certainement, mais justement il peut faire des choix qui rendent plus difficile à ses frères, le chemin qu'ils se sont choisi. En effet, vois-tu, on te l'a déjà dit, mais je te le répète, lorsqu'un être ici, un être du Royaume, dont la « Vague de Vie » ne s'est pas encore désincarnée, choisit de se réincarner pour suivre un certain chemin, un certain tracé, il ne peut pas tout prévoir, c'est impossible. Il prévoit bien sûr les grandes lignes de son destin, sa mission et le pourquoi de sa réincarnation mais il lui est impossible de prévoir à l'avance tout ce qui se présentera sur sa route du fait du libre arbitre, du libre choix de ses frères. C'est impensable et de ce fait, beaucoup d'êtres, lorsqu'ils se retrouvent dans l'incarnation, ont bien plus de difficultés qu'ils ne pensaient en rencontrer au départ. C'est pour cela que pour beaucoup l'incarnation est une sorte de piège, parce qu'ils se retrouvent dans des difficultés non prévues et surtout non souhaitées. Cela fait qu'après quelques expériences de ce type, l'être lorsqu'il remonte dans le Royaume hésite beaucoup plus à redescendre en incarnation, à se réincarner. Il préfère porter ses choix sur d'autres façons d'aimer, d'autres façons de progresser, d'autres façons de Servir l'Amour, d'autres façons d'apprendre puisque nous parlions de terrain d'apprentissages.
Alors, lorsqu'il expérimente quelques fois, plusieurs fois même, que cette incarnation est plus difficile que prévue, plus douloureuse que ce qu'il avait souhaité, organisé, il préfère à « l'avenir », avec toute la réserve que ce mot implique, il préfère rester ici.

M : Comment peut-on apprendre ici ? Apprendre à aimer davantage ? Johany m'en a un peu parlé avec les prières. Il m'a dit que le fait d'exaucer les prières des hommes de la Terre justement était une façon de Servir l'Amour bien sûr, mais aussi de travailler sur soi, de progresser, de travailler certaines qualités, et je comprends bien… mais y a t-il d'autres façons pour un être humain comme nous, lorsqu'il remonte dans le Royaume, de Servir l'Amour ? En te posant cette question, je repense aux êtres que j'avais vus au début de mes voyages lorsque Johany m'avait emmenée dans une ville de Lumière[7], enfin je l'appelais ainsi. Ces êtres apprenaient à travailler sur leur unité. Cela semblait vraiment très intéressant, très beau, je dirais même magnifique. Je pense maintenant qu'ils sont peut-être beaucoup plus utiles ou au moins tout autant utiles à l'Amour et même à l'humanité en vivant cela plutôt qu'en se réincarnant. C'est ce que j'ai tendance à penser parce qu'après tout, ils travaillent leur Lumière et cette Lumière peut tirer vers eux l'humanité avec laquelle ils sont nécessairement reliés, puisqu'ils lui appartiennent. Tandis que lorsque l'on redescend sur la Terre, les difficultés sont si grandes que l'on a tendance à s'y perdre, et à se trouver comme piégé par les énergies lourdes qui pèsent sur cette Terre, sur cette humanité, les énergies lourdes de nos sociétés avec leurs lois bien rarement spirituelles.

– Tu as tout à fait raison. Je suis de ton avis. Penser que la Terre est un apprentissage à l'Amour est bon pour les êtres qui ont à vivre des karmas, qui ont réellement à apprendre à aimer, qui n'ont pas su le faire jusqu'à présent, mais pour les êtres humains qui se sont libérés de leur karma en aimant suffisamment et qui remontent ici après leur mort, je ne suis pas sûr que ce soit une excellente chose de se réincarner.

Bien sûr, ils peuvent descendre en tant que hauts Maîtres spirituels et avoir un rôle pour élever d'autres âmes, mais encore faut-il qu'ils puissent réaliser cette mission et je ne suis pas sûr que ce soit si facile aujourd'hui sur ta planète. Si c'est pour vivre des difficultés, voire des impossibilités à remplir ce rôle de Maître spirituel l'on peut se demander en effet, quel est l'intérêt de cette incarnation et je suis de ton avis pour penser que bien souvent l'être est plus utile à Servir l'Amour ici dans le Royaume que dans l'incarnation. Nous pouvons nuancer en disant que tout dépend de l'élévation de cette humanité au moment donné. Si l'humanité est plus élevée, moins contrariante si l'on peut dire, il aura plus de facilité et à ce moment-là, son rôle peut être réellement efficace, je te l'accorde mais avec l'humanité telle qu'elle est aujourd'hui, cela me semble réellement bien difficile. C'est une gageure.

---

[7] cf Le Royaume, tome 1.

M : Oui, je comprends ce que tu dis, cela n'encourage guère à se réincarner lorsque l'on remonte.

Je n'en avais pas très envie non plus, pas avant longtemps en tout cas, pas avant comme tu dis que cette humanité n'ait évolué vers plus d'amour, de tolérance, de compréhension. Je dirais même pas avant que cette humanité n'attende, ne souhaite, ne veuille des Maîtres spirituels.

– Tu as raison, c'est exactement cela. Il faut en effet pour que le futur Maître spirituel soit accueilli et bien accueilli, que l'humanité en ait soif, le réclame, en ressente le besoin, le demande et ce n'est pas le cas du tout dans la société qui est la tienne actuellement, c'est même presque le contraire.
La réincarnation n'est pas indispensable à la progression de l'être en amour, sinon, cela ne signifierait rien que nous sortions définitivement d'incarnation. Cela signifierait que nous qui en sommes sortis définitivement, ne progressons plus, cela n'aurait alors aucun sens. Tu vois bien que nous, ceux du cinquième, du quatrième, du troisième Monde continuons de progresser, de Servir
l'Amour. C'est bien la preuve que nous n'avons nul besoin d'incarnation pour cela, je veux te dire qu'à partir du moment où l'être a épuré ses karmas, il a suffisamment aimé pour cela, il a alors plus avantage à être ici, à Servir ici qu'à redescendre Servir au milieu des siens. Il peut imaginer que la solidarité, la compassion qu'il a pour ses frères humains restés sur Terre lui demandent cette redescente, mais ce n'est pas très juste de voir les choses ainsi car la solidarité, la compassion peuvent se vivre d'ici. Crois-tu que nous du cinquième Monde, par exemple, n'ayons pas de compassion, n'ayons pas de sentiment de solidarité envers nos autres frères quels qu'ils soient dans l'univers ? Nous avons de la compassion et nous pensons à juste titre que cette compassion peut s'exercer d'ici et que nous pouvons les aider ou Servir l'amour d'ici. Nous avons, comprends-tu, beaucoup de pouvoirs en étant ici. Le pouvoir d'exaucer les prières, tu en as parlé, tu l'as vu mais bien d'autres pouvoirs encore, celui d'aider des frères en difficulté, celui d'aider des peuples entiers en difficulté. Nous avons réellement beaucoup de pouvoirs et ces pouvoirs, vois-tu, sont à l'abri de tout obstacle, de tout empêchement, de toute entrave, ils sont libres. Nos pouvoirs ici sont entièrement libres, alors que comme je te l'expliquais tout à l'heure l'être humain qui se réincarne est à la merci

du libre arbitre de ses frères et peut se retrouver dans l'impossibilité de suivre le chemin qu'il s'était choisi de suivre.

M : Je te suis, bien sûr mais en même temps comment cela est-il possible, puisque tout, quand même, est dans la Volonté de Dieu ? Cela voudrait dire que cet être qui se réincarne en venant du Royaume peut être réellement empêché sans que Dieu n'intervienne …

– Tu poses un problème très délicat car la réponse est toute en nuance, en subtilité.

Dieu peut intervenir, c'est certain, et Il le fera, si l'être sur la Terre s'adresse à Lui et le Lui demande, mais Dieu, l'Amour est la Liberté même, et Lui-même ne peut aller contre Ses Lois, Il ne peut donc enlever le libre arbitre aux hommes, comprends-tu ? Il ne peut empêcher l'homme d'être libre.

M : Oui, mais néanmoins rien ne peut se faire sur la Terre sans être dans la Sagesse divine, il ne peut pas y avoir réellement d'injustice ou est-ce que je me leurre sur ce sujet ? Est-ce qu'un être qui exerce son libre arbitre peut par exemple réellement empêcher un être spirituel, un être qui vient du Royaume d'exercer sa mission spirituelle, de suivre le chemin que son âme s'est tracé ?

– Eh bien, il le peut, oui. L'être non spirituel, l'être qui exerce son libre arbitre en choisissant le non-amour par exemple, peut empêcher un être venu du Royaume, descendu du Royaume pour une mission spirituelle, de l'exercer.

M : Alors, c'est peut être un manque de rigueur de la part de l'être spirituel venu du Royaume car il n'aurait pas suffisamment préparé, organisé cette vie. Il est tout de même apte à voir s'il sera empêché ou non et à préparer son incarnation en fonction de ces paramètres. Il a ces moyens-là, ces pouvoirs- là…

– Il en a le pouvoir, oui, c'est certain, il a le pouvoir « d'éplucher » toute sa vie future, l'incarnation qu'il se prépare et de tout prévoir en conséquence, mais dans la réalité cela ne se passe pratiquement jamais ainsi car prévoir chaque détail et la réaction, le libre arbitre de chaque personne rencontrée, prendrait une énergie et un temps démesurés. L'être qui va dans le sixième Monde pour préparer son incarnation ne prépare jamais les détails, vois-tu, il faut savoir cela. Les détails sont laissés au libre arbitre de ses frères et bien sûr à la tolérance divine.

M : Oui, je comprends bien à la tolérance divine, est-ce que cela signifie que Dieu tolère que de méchantes gens empêchent un être spirituel de mener sa mission à bien ?

– Je ne peux répondre à ta question de façon aussi générale car il n'y a pas là de généralité à faire, chaque cas est particulier.

M : Hmm… Mais c'est possible, est-ce cela que tu veux dire ?

– C'est possible, je l'ai vu.

M : Eh bien, ce n'est pas encourageant. Cela n'incite pas à redescendre.

– Je ne suis pas là pour t'encourager à t'incarner, je suis là pour te dire que l'on peut tout aussi bien Servir l'Amour, en étant ici et tu en feras le constat toi même lorsque tu remonteras, il n'est pas nécessaire de redescendre.
Je ne suis pas pour la réincarnation systématique si l'on peut dire, même fréquente. Je ne pense pas que ce soit forcément une bonne chose d'aller, pour un être du Royaume, se mêler aux êtres humains qui sont dans le karma et qui ont encore beaucoup de choses à régler avant d'apprendre à aimer suffisamment, correctement, convenablement, car l'un des risques majeurs, comme je viens de te l'expliquer, est d'être empêché soi-même de Servir et de rayonner l'Amour que l'on est venu rayonner, que l'on est venu descendre sur cette Terre.
Quel intérêt alors de perdre son temps, son énergie ? C'est une souffrance vaine puisqu'elle n'apporte pas grand-chose à l'être. Il serait beaucoup plus utile à Servir ici dans le Royaume, d'apporter son amour, sa paix, sa bénédiction aux êtres humains restés sur Terre, il peut le faire d'ici. L'être ici peut beaucoup, il peut envoyer de la paix sur la Terre, son amour, sa compassion et beaucoup d'autres choses qui servent les êtres humains. Il peut même prendre en charge un petit groupe d'êtres humains et le conduire, le mener bien mieux que le

ferait un Maître spirituel terrestre car, lui, d'ici, ne peut être touché par les énergies négatives et lourdes qui pèsent sur l'humanité incarnée, qui pèsent sur la Terre. Sa pureté reste intacte, son amour de même et il peut aider beaucoup plus efficacement. Il peut guider un groupe d'humains incarnés en les inspirant, en parlant à certains d'entre eux ou à l'un d'entre eux si au moins l'un d'entre eux est réceptif, sensitif. Alors son rôle ici est très efficace.

M : Tes paroles me laissent perplexe. Je le ressens si profondément et en même temps je dis qu'elles me laissent perplexe parce que je n'avais encore jamais entendu aucun être du Royaume me parler dans ces termes. Je pensais même, vois-tu, que les êtres du Royaume dans leur globalité pensaient le contraire, c'est à dire pensaient qu'il est bon, plus aimant, plus généreux etc., de se réincarner lorsque l'on est ici et que l'on appartient au premier et au deuxième Mondes, c'est à dire à notre humanité…

– Eh bien, tu te trompes. Mon avis est partagé par une multitude d'êtres. Je dirais même que la majorité des êtres du Royaume dont la Vague de Vie s'est désincarnée pense la même chose que moi. Ils pensent que vous humains du premier et deuxième Mondes du Royaume, vous humains qui avez suffisamment su aimer pour arriver jusqu'ici, devriez en profiter pour goûter l'Amour que l'on ressent ici, pour goûter la Joie, le Bonheur, la Paix que vous avez mérités, au lieu de risquer de tomber à votre tour pour assumer une mission que vous vous confiez à vous-même, d'être englués et pris dans ces énergies terrestres si lourdes et à la merci, je le répète, du libre arbitre de personnes non seulement non-aimantes mais malveillantes, hostiles à la spiritualité, hostiles à tout ce qui est spirituel et à Dieu Lui-même. Car de telles personnes sévissent sur Terre en grand nombre et il y a risque pour une personne venant du Royaume, d'être empêchée de Servir comme elle s'était promis de le faire.
Oui, il y a un grand risque et je juge qu'il est inutile de le courir car c'est une source de souffrance pour l'être empêché, une souffrance qui ne lui apporte rien, qu'une certaine amertume, une déception de ne pouvoir avoir la possibilité d'assumer sa mission.

M : Est-ce que cela se produit fréquemment ? Est-ce souvent le cas qu'un être venu du Royaume, non pas échoue, mais n'ait pas la possibilité d'assumer sa mission ?

– C'est le cas, oui bien souvent, pour ces raisons que je viens de t'expliquer. C'est bien souvent le cas, dans ton humanité actuelle bien entendu nous restons dans ce contexte, c'est de cette actualité, de ce présent que je te parle. Tout sera différent dans bien longtemps et dans des temps futurs il pourra être au contraire très utile pour les êtres du Royaume de s'incarner car ils seront accueillis, voulus, attendus, espérés et leur parole sera alors nourriture pour les hommes assoiffés. Leur parole abreuvera ces hommes mais ton époque sur la Terre est bien loin de cet état de fait, de ce niveau-là, bien loin. Il faudra des millénaires avant que les hommes n'en soient là et ne réclament des Messies. Dans de longs millénaires, il vous sera utile à vous êtres humains du Royaume de vous réincarner, mais avant : beaucoup d'espoir pour peu de résultats, beaucoup d'investissement personnel pour peu de retour.

M : Comme c'est intéressant. Je suis vraiment très intéressée par ton discours et comme je te le disais, très étonnée. C'est, vois-tu, exactement ce que je pense en ce moment mais en même temps en étant sur la Terre je ne peux pas m'empêcher de toujours continuer d'espérer que cela va changer, va s'arranger et que cela peut servir comme des graines que l'on sème. Je vois un peu les choses ainsi : les êtres spirituels qui s'incarnent en venant du Royaume viennent semer des graines et ces graines vont forcément faire progresser certains hommes qui pourront par leur mérite, leur amour donné, accéder au Royaume, se libérer du karma et, de ce fait, à leur tour redescendre et semer d'autres graines et ainsi de suite. C'est ainsi que l'humanité pourra avancer plus vite parce que sinon je ne vois pas bien comment elle va s'en sortir.

– Ce serait juste si tu ne tenais pas compte de tout ce que je t'ai expliqué avant ce propos. Ce serait juste si à ce jour le libre arbitre des hommes sans amour, voire contre l'amour, n'était pas un obstacle aussi puissant à la libre circulation de l'Amour divin, justement.
Très peu de résultats, je te le dis, pour tant d'investissement.
Je ne veux pas te dire de ne rien faire, de ne pas vouloir Servir l'Amour, bien au contraire, tu m'as compris du reste, je veux juste te parler en termes d'efficacité, je veux juste te dire que d'ici, d'où nous sommes, dans le Royaume, tu es plus efficace. Tu le penses, tu l'exprimes sans arrêt, eh bien je suis en train de te dire que, pour moi,

tu as raison. Tu as l'impression que beaucoup pensent le contraire, te disent le contraire…Beaucoup d'êtres humains peut-être et même peut-être beaucoup d'êtres dans ce Royaume, dans les premier et deuxième Mondes : des êtres humains qui ont bien peu d'expérience. Mais vois-tu, comme je te l'ai dit, dans les Mondes supérieurs, là où les êtres ont beaucoup plus d'expérience, des milliards d'années d'expérience de Service de l'Amour, les êtres pensent comme moi que la réincarnation est rarement une bonne chose lorsqu'elle se fait dans des conditions difficiles : celles d'une planète comme la tienne, d'une humanité comme la tienne plus exactement, puisque la planète ici n'est pas en cause mais seulement l'humanité qui y vit et que cette planète supporte. Dans un contexte suffisamment aimant pour accueillir un être spirituel avec bonté, bienveillance et même reconnaissance, gratitude, alors oui, la réincarnation est utile, est une bonne chose pour l'être qui descend du Royaume, sinon j'estime qu'elle ne l'est pas.
Vois-tu dans quel sens vont mes propos ?

M : Oui, et cela me laisse réellement songeuse.
Tout cela est très intéressant.
Veux-tu me dire autre chose par rapport à ma propre mission ?

– Non, je ne veux rien te dire de personnel, mes propos n'avaient rien de personnel, je ne te parle pas de toi d'ailleurs, je te parle en général, prends le comme tel. Bien sûr tu te sens concernée mais je t'ai parlé pour la globalité des êtres du Royaume, des êtres qui sont ici et qui pensent Servir efficacement en descendant sur la Terre, en se réincarnant. Pour beaucoup de souffrances, ils ne sont pas plus efficaces que s'ils étaient restés ici pour Servir ce même Amour et même la plupart du temps ils le sont beaucoup moins. Voilà, c'est tout ce que je voulais te dire. Garde-le en mémoire car lorsque tu seras ici avec nous entièrement, je veux dire lorsque tu auras quitté ton habit d'incarnation, tu viendras me voir, je t'appellerai et je te redirai ces paroles. En effet je crois réellement, profondément, au fond de moi, que la souffrance, lorsqu'elle n'est pas karmique : lorsqu'elle ne se vit pas pour des raisons de karma, est profondément inutile et l'être pour Servir l'Amour n'a pas besoin de souffrir. Pour les êtres sortis du karma, les êtres qui remontent ici dans le Royaume, il existe toujours un moyen de Servir l'Amour d'ici, très efficacement, au mieux, par rapport à ce que l'être peut donner de lui-même, comprends-tu ?

M : Si je comprends ? Bien sûr ! Tes paroles résonnent en moi très profondément. C'est très intéressant.
Je te remercie, cela m'interpelle vraiment beaucoup.
Jusqu'à présent, vois-tu, j'avais un petit peu tendance à penser qu'il y avait un certain égoïsme de la part des êtres du Royaume, des premier et deuxième Mondes de notre humanité à ne pas vouloir se réincarner, « se mouiller » si l'on peut dire, s'investir dans les tourments de la Terre pour les soulager. Quelque part, j'avais des idées comme cela mais je m'aperçois en t'écoutant que ces idées sont erronées, qu'elles ne sont pas justifiées et au fond de moi, je m'aperçois que je suis au contraire tout à fait d'accord avec tes paroles. Je sens que tu as raison, que tu vois juste. Bien sûr, tu as l'expérience de milliards d'années, même si le temps ici n'existe plus vraiment, tu as tout de même cette expérience et tu sais de quoi tu parles. C'est très intéressant.

– Ecoute, je vais te laisser. Tu as entendu mon point de vue. Comme je te l'ai dit, je te le répéterai lorsque tu viendras ici, nous en parlerons.
En attendant, garde précieusement mes paroles car elles ont leur importance et même de là où tu es, ici-bas comme les hommes disent, elles peuvent te faire réfléchir, t'être utiles, te permettre de voir les choses un peu différemment.

M : Oui, je comprends tout à fait.

Je te remercie très vivement de m'avoir appelée et fait venir pour me dire cela.

Je le salue.

Je sors à reculons.

Johany nous a écoutés silencieusement, sans intervenir comme il le fait la plupart du temps dans ces échanges que j'ai avec les êtres d'ici, puis nous nous retrouvons dehors.

Nous marchons silencieusement comme recueillis après cet exposé.

M : Il est spécial, non ? C'est assez fou de me dire cela et en même temps, comme je le comprends bien !

J : Maman, cela avait pour but de t'aider.

M : Oui, je l'ai senti. Ce n'est pas pour rien qu'il m'a dit cela et ce n'est pas pour rien que tu m'as emmenée vers lui. Après tout, il aurait pu attendre que je remonte justement pour m'appeler et me dire ces paroles. S'il me les a dites aujourd'hui, c'est pour quelque chose.

Je réfléchis à tout cela ...

M : Joh, l'être dans les niveaux plus inférieurs du Royaume, lorsqu'il prépare, dans le sixième Monde, sa vie future, doit bien voir la souffrance et les difficultés qui se préparent, qui vont l'entourer ...

J : L'être qui prépare sa future incarnation, ne tient pas compte de la souffrance, de la douleur : pour lui, ça ne représente rien parce qu'ici on ne la ressent plus. Si tu préfères, l'être à ce niveau-là, à ce moment-là, pense que ce n'est pas important et que ce qui compte est la mission qu'il s'est choisie de faire. Le reste, c'est autre chose. C'est en incarnation que l'on voit les choses autrement. Tu comprends ?

M : Je comprends tout à fait.
Donc en résumé il y aura toutes les difficultés que l'être qui prépare sa vie n'a pu prévoir comme disait cet être que nous sommes allés voir, toutes les difficultés dues au libre arbitre des hommes et d'autres, que l'être a vues et prévues même, mais qui à ses yeux ne représentent pas grand-chose, pas suffisamment pour changer son programme en tout cas.

J : C'est un peu ça mais quand même, en règle générale, les difficultés sont dues à l'imprévu, elles sont la plupart du temps imprévues dans leur ampleur. Si tu veux, l'on prévoit de petites difficultés mais une fois que l'on est sur Terre, ajoutées les unes aux autres ou augmentées par le libre arbitre de gens malveillants, ça devient de grosses difficultés et ça ce n'était pas prévu !

M : Hmm, hmm, je comprends mieux, merci.

J : Maman, je vais te laisser, tu as d'autres choses à faire.

Nous nous disons au revoir et je le vois s'envoler. Je vais donc retourner jusqu'à ma « porte », ce qui n'est pas un problème.

Voyage du dimanche 26 octobre 2003

Je passe de l'autre côté, Johany m'attend.

J : Je suis prêt pour t'emmener quelque part. Si tu veux, nous partons tout de suite.

Nous partons en vol. Nous survolons le troisième Monde à présent puis le quatrième. Johany tourne vers la droite et je comprends que nous allons nous arrêter à ce Monde. J'aperçois au loin une construction très étrange, on dirait un château de conte de fées.
Nous arrivons au-dessus de cette forme étrange : ici un minaret, là des formes courbes, plus loin une forme arrondie et penchée.
Nous descendons. L'entrée est tapissée de rouge. C'est donc un tapis rouge qui nous accueille. J'y pose mes pieds nus et aussitôt je sens une sensation étrange, une sorte de fourmillement dans les pieds comme si ce tapis vivant me massait, me grattait, caressait, chatouillait les pieds, enfin, toutes sortes de sensations mêlées qui donnent une impression étonnante et agréable. Je continue d'avancer, d'autres tapis se présentent au sol devant nos pas, bleu ciel celui-ci, vert celui-là... Johany aussi est pieds nus, il avance à mes côtés.

C'est bien une vaste demeure; à l'intérieur, s'élèvent différents niveaux, aux formes toujours très surprenantes, très diverses, variées, certaines sont pointues presque tranchantes, d'autres toutes en courbes et en souplesse. Au centre de ce qui paraît être une vaste entrée, un objet assez grand évoque une fontaine... Il semble bien s'agir d'une fontaine. De l'eau en coule à larges flots et plus loin sur la gauche une lumière clignote, c'est décidément très insolite parce que cette lumière ressemble à une petite lampe ronde, rouge et brillante. Elle est suspendue dans l'air et clignote.
... Peut-être, doit-on prendre cela pour un appel, une invite.

M : Y allons-nous, Joh ?

J : Maman, c'est un être ! Ce n'est pas un clignotant, c'est un être !

M : D'accord. Est-ce pour nous faire signe qu'il brille comme cela et qu'il clignote, ou est-ce que cela n'a aucun rapport ?

J : Je perçois peu sa pensée. Attends, je vais te dire…

Je sens qu'il parle en télépathie à l'être-Lumière.

J : Si tu veux, il me dit que l'on peut entrer chez lui.

M : Oh ! Je crains que ce ne soit déjà fait !

J : En disant « chez lui », il veut dire un peu plus loin. Il doit avoir un endroit personnel.

M : D'accord.

Je m'avance en même temps que Joh vers cette lumière rouge. Nous traversons un couloir et la petite lumière nous suit. Je pense en moi-même que c'est une bien grande demeure pour une petite lumière qui n'est pas plus grande qu'une ampoule sur la Terre. Mais peut-être sont-ils nombreux ici …
Nous nous arrêtons dans une pièce où se trouvent là encore des formes singulières. La comparaison qui s'en approche le plus pourrait être celle d'un rideau de perles de cristal très brillantes et très lumineuses. De longs fils de ce qui semble être des cristaux très purs sont suspendus ici et là. C'est une splendeur !

La petite lumière rouge nous dit :

– Nous vivons ici, nous sommes cela.

Je ne comprends pas très bien ce qu'il veut dire. Je lui demande :

Voulez-vous dire que ces perles, enfin, pardon ce qui ressemble un peu pour moi à des perles sont des êtres reliés les uns aux autres ?

– Oui, c'est cela, nous sommes cela : de purs diamants. Ce n'est pas du verre taillé, tu sais. Notre valeur est grande, nous aimons, nous aimons très très fort. J'ai pris cet aspect de lumière rouge pour t'accueillir, afin que tu me voies, car tes yeux n'auraient pas vu le petit diamant que nous sommes.

M : Je suis confuse, vous savez, tout cela ici est si loin de ce que nous pouvons imaginer sur la Terre.
– Je le sais, il n'y a nul jugement en moi à ton égard dans mes paroles. Tu es la bienvenue au contraire. Je t'explique simplement que nous vivons ainsi reliés les uns aux autres pour notre plus grande joie, et en même temps distincts car nous avons aussi de la joie à être distincts, cela nous permet davantage d'échanges pensons-nous, tu le comprends, n'est-ce pas ?

M : Oui, bien sûr. C'est tout à fait intéressant comme façon de voir, il est certain que l'on échange davantage en étant distincts.

– C'est ainsi que nous le pensons.

M : Et pourquoi cette étrange demeure aux formes si diverses ? Pourquoi pas un dôme de Lumière d'or comme tant d'êtres ici en ont ?
– Nous avons préféré cette diversité, vois-tu, nous aimons la diversité, nous tous qui nous sommes rassemblés ici et qui formons ce groupe. Nous sommes rassemblés par ce point commun qui est justement que nous aimons la diversité et nous aimons donc pour cette même raison être distincts et ne pas nous mêler tous en Un comme nous pourrions le faire. Nous avons choisi autre chose, une autre expérience d'Amour qui nous semble-t-il, là où nous en sommes, j'allais te dire : « pour le moment » (afin que tu comprennes mieux, mais ce mot n'a pas de sens pour nous), nous correspond, nous semble la meilleure expérience d'Amour que nous puissions vivre. Nous la prolongeons donc indéfiniment, semble-t-il, mais pas réellement indéfiniment.
Nous vivons vraiment le bonheur, un Bonheur absolu à travers cette expérience. Nous aimons follement, amoureusement, dirais-je pour que tu puisses mieux me comprendre, chaque être ici présent, chacun de ces « diamants », chacun de ces êtres-diamants. Nous n'avons pas de préférence pour l'un ou l'autre, nous aimons indifféremment, passionnément chacun de nous, ce qui fait que chacun de nous est

passionnément aimé par tous les autres.
Comprends-tu cette folle abondance d'Amour que chacun de nous reçoit ?

M : Cela laisse rêveur. Cela m'est très difficile de l'imaginer, c'est si puissant, si différent !
Je suppose que vous avez mis très très longtemps pour arriver jusqu'à cela, jusqu'à pouvoir vivre cette expérience-là.

– Oh oui ! Mais le temps n'est rien, le temps est une illusion. Ce n'est pas le temps qui compte, c'est le résultat auquel on parvient après tous nos efforts pour aimer toujours davantage. C'est la récompense de tous nos efforts d'amour et c'est cela que ces «diamants» représentent : tous les efforts que nous avons fournis pour aimer toujours plus, pour Servir l'Amour toujours plus.

M : Quel bonheur! C'est véritablement magnifique, magique ! C'est si beau de voir l'Amour ainsi manifesté !
Voyez-vous, ce qui me paraît le plus heureux, c'est de savoir qu'un jour nous en arriverons là, si nous le souhaitons, bien sûr, *j'ajoute avec un sourire*, puisque tout le monde ne souhaite pas avoir cette expérience d'Amour distinct, mais un jour, nous arriverons à ce niveau d'Amour, c'est cela que je vois, c'est cela qui me rassure, qui me donne de la joie, de l'espoir. Et….de la confiance en ce Chemin.

– Tu as raison d'avoir confiance en ce Chemin, c'est ici qu'il mène : à l'Amour absolu ! Oh pas nécessairement de la façon dont nous l'exprimons mais toujours néanmoins à **l'Amour absolu tel que l'être souhaite l'exprimer** et, bien sûr, il mène au Bonheur absolu car **le mot Bonheur absolu est synonyme du mot Amour absolu, ils ne vont pas l'un sans l'autre, ils sont Un**, comprends-tu mes paroles ?

M : Oh oui, je les comprends, c'est splendide ! Tellement rassurant…
Cela nous montre que l'on ne peut pas se perdre en quelque sorte. **Le Chemin est Un et quels que soient les chemins de traverse que les hommes prennent, un jour ils connaîtront ce Bonheur absolu.** C'est cela que par ce voyage j'aimerais leur transmettre comme message.

– Oui, c'est la teneur de ce message, nous sommes cela et nous

sommes dans la joie profonde.
Dis-leur qu'aimer est joie et mène à la joie, surtout cela : **qu'aimer mène à la joie.** Cela se fait dans un avenir plus ou moins proche ou plus ou moins lointain selon les efforts que l'être fait pour aimer.
Je vais te laisser, tu dois redescendre à présent porter ce message aux hommes de notre part. Dis-leur bien tout ce que nous t'avons dit car **la Joie est l'avenir de l'homme, le Bonheur et l'Amour le sont de même.**

M : Merci, tout cela est tellement beau ! Je vous salue.

Je me retire toute émue. Johany est resté en retrait comme il le fait souvent, juste là à écouter.
Nous ressortons.

Merci Joh de m'avoir emmenée jusque là. Quelle merveille ce voyage ! Quelle chance de pouvoir vivre cela !
Je ne te remercierai jamais assez de préparer cela pour moi. Tu dois te donner beaucoup de « mal », tu dois faire beaucoup de travail pour préparer tout cela quand j'arrive.

J : Maman, c'est pour ton bonheur aussi.

M : Oui, je sais, merci.

Nous nous en retournons ensemble, nous envolant d'un même élan.
Je suis encore dans l'énergie de cette rencontre. Les êtres ici, vivent réellement des expériences très différentes non seulement d'un Monde à l'autre, d'un Plan à un autre mais même à l'intérieur d'un même Plan. Cette diversité d'expériences d'Amour est assez incroyable ! Chacune doit être ce qui correspond le mieux à l'être bien sûr.
...
Nous repassons au-dessus des chaînes de montagnes.
Nous ne sommes pas très loin de ma « porte ».

Voyage du mardi 28 octobre 2003

Johany est là qui m'attend.
Il me dit que nous sommes pressés car j'ai assez peu de temps.

J : Nous allons rencontrer un être élevé d'un Plan supérieur.

Il me propose puisque nous avons peu de temps de nous projeter en conscience à l'endroit où il souhaite aller. Ainsi, nous gagnerons du temps. C'est ce que nous faisons.
Nous sommes arrivés dans le quatrième Monde... Les habitats de Lumière sont ici très rapprochés.

J : Viens, je vais te montrer quelqu'un.

Comme à l'habitude, il se penche vers ce qui doit être une porte et parle en télépathie à l'être qui se trouve à l'intérieur, comme je l'ai vu faire plusieurs fois. L'emplacement de la porte semble s'effacer, disparaître et l'être apparaît sur le seuil vêtu d'une longue tunique blanche qui lui descend jusqu'aux pieds, je dis jusqu'aux pieds mais cet être est fait de pure énergie.
Il nous fait signe d'entrer. L'intérieur est semblable à celui que j'ai vu bien souvent maintenant : une pièce sphérique creusée en son milieu de sièges en gradins circulaires. Il nous invite à nous y installer confortablement.

M : Je suppose que vous avez quelque chose à me transmettre. Si Johany m'a fait venir jusqu'ici, c'est peut-être parce que vous l'avez appelé.

— Tu vois juste, c'est ainsi que cela se passe comme Johany a dû te le dire. Johany est notre ambassadeur en quelque sorte, par ton intermédiaire auprès des hommes de la Terre. C'est un beau rôle qu'il s'est choisi, c'est un rôle important. Il est important de parler d'ici aux hommes de la Terre car ils n'ont jamais entendu parler d'ici dans ces termes-là. Leur connaissance de notre monde est des plus restreintes.
Je dis nous car je ne suis pas seul dans cette forme que tu vois, mais tu connais cela maintenant, tu sais que nous nous regroupons par affinités, c'est à dire par plus d'amour, plus d'amour encore pour certains êtres que pour d'autres et nous aimons vivre ainsi l'un en

l'autre.

M : Je vois.

– J'ai voulu te faire partager certains enseignements, certaines pensées qui sont miennes, qui sont nôtres.

M : Avec joie. Sur quel thème voulez-vous que nous partagions, enfin, je veux dire, sur quel thème voulez-vous m'enseigner ?…

– Parlons de Lumière, veux-tu ? De Lumière pure. Qu'est-ce que la Lumière pure, d'après toi ?

M : Je ne sais pas trop. Bien sûr, la première réponse qui me vient à l'esprit est qu'il s'agit de la Lumière divine…Justement, je ne sais pas si la Lumière divine que l'on voit dans le septième Plan, dans le Cœur de Dieu, est de même nature que celle que l'on voit dans les autres Plans du Royaume, par exemple dans vos dômes de Lumière qui sont apparemment de cette même Energie d'or, de cette même Energie divine.
Est-ce réellement la même ? Je ne sais pas et je ne sais pas non plus si sa Pureté est absolue ? Dans ce cas, je ne sais pas non plus si lorsque, en tant qu'être humain incarné nous percevons cette Lumière en nous, elle est aussi pure que dans le Plan ultime du Royaume ou aussi pure que dans vos Plans. Non, je ne sais rien de cela. J'ai entendu dire que la Lumière est Une, mais cette Lumière Une peut être moins pure dans certaines conditions, des conditions humaines justement, parce que j'imagine que dans les conditions humaines elle est peut être recouverte ou mêlée à des énergies impures et imprégnée en quelque sorte…Je l'ignore, mais voilà, peut être, le bon moment pour répondre à cette question que je me posais.

– Eh bien, je vais y répondre.

Vois-tu, dire que la Lumière divine est Une, dans ce cas précis, ne signifie rien. Bien sûr la Lumière est Une mais la question n'est pas là. La question est de savoir si la Lumière ultime de Dieu, qui est le Cœur de Dieu, est de même pureté absolue lorsque l'être la perçoit dans son propre cœur par exemple ou dans tout son être et même dans toute son aura lorsqu'il est plus évolué.

Je te dirai qu'elle est de même nature, c'est bien la même Lumière, exactement la même Lumière.

Pourquoi crois-tu, car tu t'es posé la question, que nous, les êtres du Royaume sur des Plans élevés : les troisième, quatrième, cinquième et même sixième Plans restons aussi longtemps ? Je dis longtemps pour utiliser des mots que tu peux comprendre dans ton langage terrestre. Pourquoi restons nous aussi longtemps dans ces Plans alors que nous pourrions tout à fait accéder au septième Plan, au Cœur de Dieu ? C'est une question d'Evolution, tu le penses et ce n'est pas faux, mais à l'intérieur de cette Evolution nous pourrions en réalité aller beaucoup plus vite, évoluer jusqu'au niveau du Cœur de Dieu beaucoup plus vite et pourtant nous ne le faisons pas, nous pouvons rester des temps immémoriaux dans ces Plans du Royaume. Pourquoi ? Tout simplement parce que Dieu y vibre de Sa pure Lumière absolue sans aucune différence avec la Lumière qu'Il EST dans le septième Plan.

Je ne te dirais pas que les choses sont semblables dans la Lumière divine qui se manifeste dans le troisième, quatrième Plan par exemple et dans le septième Plan, non bien sûr, ce que l'on y vit est différent. L'Union ultime, totale, absolue avec Dieu dans le septième Plan, dans ce que tu appelles le « Cœur de Dieu » est bien entendu bien plus puissante, plus totale que dans un autre Plan. Néanmoins, cette Lumière de laquelle nous créons nos habitats pour la plupart d'entre nous, est bien la pure Lumière divine, elle n'est pas moins pure, elle n'est pas abaissée parce que nous sommes dans ces Plans, c'est la même. Alors, pour l'être humain que tu es, est-ce la même ? C'est une grande question. Tu vas me dire : « si cette Lumière était la même, eh bien avec cette Lumière je ferais tout, je pourrais créer moi aussi sur cette Terre de pures Merveilles et en somme ce que je veux : un paysage, un château, que sais-je encore, tout ce qui me passerait par la tête »… Cela semblerait logique puisque c'est bien cette Lumière Une qui crée et l'être en entrant dans le Royaume la sent vibrer en lui et autour de lui bien entendu, et il l'utilise à son gré pour son bonheur.

Il est facile pour toi de conclure qu'ainsi, la Lumière divine que l'être humain incarné révèle en lui par son travail sur lui, par l'épuration de tout son être, n'est pas tout à fait de même nature. Eh bien, c'est de cela que je veux te parler…

Tu as raison sur un certain point : elle est recouverte par les corps subtils d'incarnation de l'être terrestre et l'être ne perçoit sa Lumière divine qu'à travers ses corps subtils d'incarnation. Cela ne peut être autrement tant qu'il est incarné. C'est comme si tu regardais le soleil au dehors à travers plusieurs vitres superposées plus ou moins propres. Le soleil lui est pur, sa lumière est la même que si tu étais dehors et pourtant tu es dans ton petit habitat ; pour continuer cette image : tu es dans ton corps terrestre, et tes corps subtils sont ces différentes vitres... Plus tu les nettoies, plus tu les rends transparentes, plus tu te fais transparence et plus tu vois la pure Lumière divine, plus tu es en échange avec elle, en union même. Cette Lumière est la même mais tu n'as accès à sa pureté totale qu'en étant hors de ton corps, dans le Royaume, lorsque tu as posé tous tes autres corps d'incarnation, tous tes corps subtils. Bien sûr, tu comprends et tu sais que plus tu joues la transparence et plus ton contact étroit avec cette Lumière pourra se faire. Alors nous pouvons retrouver la notion d'ombre justement car bien sûr plus les corps subtils de l'être sont alourdis, sont impurs et plus ils font obstacle à cette Lumière ou à ce qu'il en perçoit. Tu comprends donc l'importance pour l'être de purifier ses corps subtils et même bien sûr son corps physique. Plus ses cellules sont pures, libérées de toute pollution, de toutes mémoires négatives, etc., plus ses corps subtils sont travaillés, purifiés là aussi de toutes émotions négatives, de toutes mémoires négatives, plus il pourra faire vibrer en lui cette Lumière, la faire entrer en lui et la faire sienne car, fondamentalement, elle est sienne. Ce Soleil bien sûr est à l'intérieur de l'être et non pas seulement à l'extérieur comme mon image des vitres le faisait supposer. Voilà ce que je voulais te dire en substance.

M : Merci, merci beaucoup.

Voyage du mercredi 29 octobre 2003

Je suis passée de l'autre côté, Johany est là, il a l'air tout heureux, je dirai même ... tout excité.

M : Qu'est-ce qui te rend heureux comme ça, Joh, est-ce que tu as de bonnes nouvelles, quelque chose de particulier que tu as vécu ?

J : Maman, je veux absolument t'emmener voir quelqu'un, c'est très important.

M : Est-ce en rapport avec ta joie ?

J : C'est indirectement en rapport, ce n'est pas de la joie ou plutôt c'est de la joie…et …autre chose.

M : Ah alors, cela me met en joie si tu es content pour moi.

J : Viens, je ne t'en dis pas plus, tu me suis, on verra après.

M : D'accord.

Il s'envole et d'une impulsion des pieds, je suis à ses côtés. Il met son bras sur mes épaules en même temps que nous volons. J'ai bien besoin de ce réconfort. On est toujours bien ici de toute façon.
Nous survolons des dunes puis le troisième Monde, nous continuons et je sens que nous allons dans la direction où nous sommes allés hier. Nous atterrissons près du petit dôme de Lumière où se trouve l'être qui m'a parlé hier. L'être est là sur le pas de la porte si l'on peut dire, ces portes qui disparaissent, qui s'effacent lorsque l'on a besoin d'entrer ou de sortir. Il nous fait entrer et nous nous installons sur les banquettes circulaires au centre de la pièce. L'être nous sourit, il est en face de moi. Johany s'est installé à la « romaine » c'est à dire qu'il est à moitié allongé sur la banquette, appuyé sur un coude, une jambe repliée, à l'aise. Peut-être veut-il me signifier par là qu'ici, nous n'avons pas à être guindés dans notre attitude, nous pouvons être détendus…

– Johany est toujours à l'aise, où qu'il soit, c'est une qualité.
J'acquiesce, je suis forcément d'accord.

J : Maman, je crois qu'il voulait te dire encore des choses intéressantes.

M : Alors, j'écoute de toutes mes oreilles.

– Eh bien, je voulais te parler d'autres choses, d'autres sujets. Je t'ai parlé de l'ombre, je t'ai parlé de la Lumière, mais je ne t'ai pas parlé de ce qu'il y a entre les deux ou plutôt pour être plus simple je souhaitais te parler des Plans intermédiaires : ni le plan terrestre, ni le Plan de l'ultime Perfection, de l'ultime Lumière, mais des Plans sur lesquels nous sommes Johany, moi-même, ces plans intermédiaires entre l'incarnation et le pur Divin. Je voulais t'en parler car il te manque certaines notions et il est bon que tu les aies pour les transmettre aux autres hommes. Ces Plans sur lesquels tu viens t'instruire, apprendre, découvrir, explorer sont des Plans que Dieu a créés pour nous les êtres qui venons les occuper, les habiter pour notre plus grand bonheur. Il les a créés pour la Joie, pour l'Amour et pour que là encore, là aussi, nous ayons le goût, le désir et la possibilité bien entendu de Servir l'Amour d'autres façons que dans l'incarnation. Tu te demandes où je veux en venir... Je vais te l'expliquer.

Il y a une grande différence, penses-tu, entre le premier ou deuxième Plan du Royaume, là où demeure Johany, tu connais ces Plans, et le sixième Plan par exemple, là où l'on t'a dit que tout est possible, là où les prières sont exaucées
...Quelle perspective ! Quel pouvoir, n'est-ce pas ?
Il y a quelque chose que l'on ne t'a pas dit. Si on t'a présenté ce sixième Plan comme un Plan d'absolue Sagesse, d'absolu Pouvoir, d'absolue Créativité, car l'être là y est absolument créateur, c'est à juste titre, ce Plan est en effet l'expression de tout cela : de la Sagesse absolue, de la Créativité de l'être revenu au Divin, revenu à son Essence divine et possédant tous les pouvoirs inhérents à cette Essence divine. Ce sixième Plan représente bien cela et les êtres qui sont arrivés à ce niveau-là possèdent également tous ces attributs, Sagesse, Pouvoir, Créativité absolus. Ils sont créateurs, on peut dire cela... mais, je t'ai parlé hier de la Lumière Une, je t'ai expliqué que dans les Mondes légèrement inférieurs au sixième Plan nous pouvons dire dans le troisième, le quatrième, le cinquième Monde, la Lumière que tu vois, la Lumière qui compose les habitats des sujets qui y vivent, est de la même nature que la Lumière divine. Je t'ai parlé de cela, n'est-ce pas ?
Que peux-tu en conclure ?

Tu pourrais en conclure logiquement que si cette Lumière est de même nature, les êtres qui y vibrent à l'unisson de cette Lumière, qui intègrent cette Lumière, qui la font vibrer en eux, qui s'y unissent, qui sont en totale harmonie avec elle, peuvent posséder eux aussi ces attributs : Créativité totale, Sagesse divine, Pouvoir sur toute chose.

M : Pourtant, il y a une différence, je suppose, entre être comme vous l'êtes dans un habitat de Lumière et être soi-même Lumière, dans le Cœur de Dieu, ce qui à mon sens peut se dire être le Cœur de Dieu puisqu'en effet tout est Un. Je pense que ce n'est pas tout à fait la même chose, que vous ne pouvez pas vibrer comme tu dis cette Lumière en vous de la même façon que si vous êtes vraiment Un avec cette Lumière.

— Tu as raison, ce n'est pas la même chose en effet, si cela l'était, nous y serions. Ce que je veux te dire, c'est que nous pouvons nous unir à cette Lumière très subtilement, très profondément, très intimement, nous pouvons en posséder les attributs et faire réellement de grandes choses, ici même bien entendu, mais aussi sur la Terre dans l'univers manifesté, si tu préfères et dans la création que les hommes disent visible, visible pour eux, comprends-tu ce que je veux dire ?

M : Oui, je crois comprendre. Veux-tu me dire que là où vous en êtes, dans les troisième, quatrième, cinquième Plans, vous avez un pouvoir sur la matière, dans notre incarnation, sur notre Terre ?

— Oui, c'est exactement cela que je veux te dire. Il nous suffit pour cela de vibrer à l'unisson de cette Lumière, nous intégrer à cette Lumière, ce que nous faisons très aisément, car notre niveau est déjà très élevé, notre élévation est grande, très grande, eu égard aux milliards d'années que nous avons passés à la peaufiner, à la perfectionner. Je te parle de temps terrestre.

M : Mais par exemple, comment cela se passe justement dans les premier et deuxième Mondes du Royaume, là où se trouve Johany, pour les êtres de l'humanité qui remontent?
Cette Lumière semble beaucoup moins perceptible. Elle peut l'être, j'ai vu des habitats de Lumière dans le deuxième Monde... je pense à la maison d'Amalia[8], à la ville Lumière[9], à la maison de Gandhi, à la

---

[8] Et [9] cf Le Royaume, tome 1

cathédrale de Padre Pio, à des choses comme cela… mais cela reste très rare, enfin d'après le peu que j'en ai vu…Je ne peux pas prétendre connaître l'ensemble des premier et deuxième Plans…mais apparemment ce n'est pas très courant et alors les êtres qui ne sont pas dans ces habitats de Lumière ?…

– Ta question est sensée, en effet les habitats de Lumière dans le deuxième Monde restent une chose assez peu courante, assez exceptionnelle. Les êtres qui remontent de l'humanité, qui remontent de la Terre, après leur décès ne sont pas encore tout à fait prêts dans leur grande généralité à vivre cela…et pourtant, les êtres dans ce Plan savent ce qu'est la Lumière divine, ils la portent en eux. Tout au début, lorsqu'ils remontent de la Terre il leur faut un temps d'adaptation et c'est vrai que ce premier Monde est un peu un sas comme tu l'as dit très justement précédemment. Mais lorsque les êtres sont prêts, c'est à dire, lorsqu'ils sont très évolués spirituellement, Dieu se révèle en eux : Dieu révèle sa Présence, et ils ont alors cette Lumière divine en eux. **Et cette Lumière divine possède les mêmes attributs : elle est Sagesse, elle est Pouvoir, elle est Créativité** et bien d'autres choses encore, bien entendu.

Tous ces attributs se regroupent sous un même vocable : Amour.
Tu le comprends, n'est-ce pas ? Inutile de te le répéter. Mais continuons notre descente et arrivons aux êtres sur la Terre, car vois-tu, les êtres dans l'incarnation, peuvent aussi révéler en eux cette Lumière divine. Je te parle des êtres très évolués qui vivent l'Eveil, l'Illumination, la Libération. Tous ces termes représentent une seule chose. L'être terrestre, **l'être incarné a révélé par son travail sur son ego, la Présence divine en lui, son Essence divine** peut-on dire, l'être a si bien travaillé sur ses vitres, les vitres dont je te parlais hier, qu'il a gagné la transparence et cette transparence lui permet de repérer la Lumière divine qui est en lui, qui est lui…mais il ne le sait pas avant de l'avoir révélée puisque avant de l'avoir révélée il est dans son ego, il est là où est sa conscience. L'être est toujours là où est sa conscience.
Mais l'être qui connaît l'Eveil, l'Illumination, commence à déplacer sa conscience et sa conscience alors, ne réside plus dans son ego, mais dans cette Lumière. Dès lors, tu peux imaginer que

cette Lumière en l'être, possède là encore, les mêmes attributs, comprends-tu mon raisonnement ?
Cette Lumière possède la Sagesse, tu peux dire : elle est Sagesse, Pouvoir de créativité.
Qu'est-ce que cela signifie pour l'être dans l'incarnation qui a révélé cette Lumière divine en lui ?
Cela signifie tout simplement que cet être, lorsqu'il vibre à l'unisson de cette Lumière, lorsqu'il l'a intégrée suffisamment dans ses cellules, qu'il l'a faite sienne, qu'il la vit réellement, cet être est Sagesse, qu'il est ce Pouvoir et cette Créativité, tu préfères sans doute dire qu'il a cette Sagesse, ce Pouvoir et cette Créativité mais en réalité c'est un peu la même chose, il ne faut pas jouer sur les mots.

M : Oui, je te suis. Je te comprends et pourtant…

– Que veux-tu dire, qu'y a t-il dans ce « pourtant » ?

M : Je sais que des êtres sur cette planète créent la matière, il y en a très peu, mais ces êtres-là, je crois, ne créent pas n'importe quoi, ils ne créent pas comme dans le Royaume par exemple, une forêt de fleurs géantes, comme cela, en étendant un bras. Je veux dire par là que je crois que la Terre impose des contraintes, des limites. Si l'on a révélé cette Lumière, nous restons néanmoins dans l'incarnation, dans les limites, les contraintes de notre existence terrestre. Est-ce que je me trompe ?

– Oui, tu te trompes ! Tu te trompes et tu crois être dans le juste, c'est en cela que réside l'erreur la plus importante. Quand on se trompe, il est bon de savoir que l'on se trompe, même si on n'arrive pas à penser autrement, il est bon de le savoir. Alors, je te dis : tu te trompes !

M : En quoi est-ce que je me trompe ?

– Je vais te l'expliquer. L'être sur Terre est le même que l'être dans le Royaume, excepté qu'il a ses corps d'incarnation, ses corps subtils et son corps physique : autant d'habits subtils et d'habit de chair qui le séparent et le coupent de la Lumière. Néanmoins, son Essence est la même, **il est Lumière recouverte de manteaux plus ou moins épais**, sommes-nous d'accord ?

M : Oui.
Et par rapport à vous ?

– C'est la même chose par rapport à nous.
Nous sommes également cette Lumière, nous le savons. Elle est notre habitat mais elle est beaucoup plus que cela. Et dans notre habitat elle est amour protecteur, abri divin, sollicitude amoureuse de la mère pour son enfant, elle est tant de choses.

Je sens, lorsque l'être dit ces paroles un amour infini dans sa voix pour cette Lumière divine.

M : Et bien sûr, vous êtes cette Lumière divine, je suppose... Vous tous vivez comme étant cette Lumière ?

– Oui, nous le sommes. Sais-tu qui tu es ?

M : Je le sais, oui.

– Alors dis-moi qui tu es...

M : Je sais que je suis cette Lumière divine recouverte de mes manteaux d'incarnation, mais vois-tu le problème se pose lorsque l'être humain veut rendre cela effectif.

– L'être humain, s'il est dans ce cas ne se vit pas suffisamment comme étant cette Lumière, il se vit comme ayant suffisamment travaillé son ego pour révéler cette Lumière, c'est tout à fait différent. Ces deux notions sont de nature différente, essentiellement différente.
L'être humain éveillé n'est pas « un être qui a suffisamment travaillé pour révéler cette Lumière », **il est cette Lumière,** comprends-tu la nuance ? Car tout est dans cette nuance.

M : Oui, je perçois ce que tu veux dire. Peut-on dire alors : « l'être humain éveillé est cette Lumière qui a suffisamment travaillé sur son ego pour se percevoir ? »

– Exactement, c'est exactement cela. Il est juste que l'être humain éveillé se dise : « **je suis cette Lumière qui a suffisamment** travaillé sur mon ego, sur mes corps subtils, sur différents aspects de mon être incarné pour me voir tel que je suis en Réalité. »** Ces paroles sont décisives et en intégrant cela, l'être humain éveillé **va réintégrer sa nature profonde, ce qu'il est réellement.** Alors il va le vivre, ce ne seront plus des mots. Si ce ne sont que des mots, il ne le vit pas au fond de lui-même, **il vit cette Lumière qui est en lui comme étant Dieu mais pas lui**. Si l'être le vit tout est à lui, tout est possible car cette Lumière est l'Amour absolu et je te le répète elle est la même, qu'elle soit dans le septième Plan du Royaume, dans le premier ou dans le monde manifesté. **Quand l'être se révèle être cette Lumière, où qu'il soit, c'est à dire dans le monde manifesté ou tout autre Plan du Royaume, tout est possible car il est Sagesse, Pouvoir, Créativité,** rappelle-toi mes paroles, elles vont servir aux hommes à faire ce pas qui leur manquait.

M : Quel magnifique enseignement ! Bien sûr tout est là, tu as raison.

– Oui, tout est différent, l'homme n'est plus une victime, il est Dieu.

Je laisse ces paroles de l'être faire leur travail, entrer en moi, je sens que cela est si important.
– Je vais te laisser tout le temps nécessaire pour intégrer ces paroles. Elles sont en effet d'une extrême importance, tu vas avoir à travailler sur ces paroles mais réfléchis bien et dis-toi : si ce n'est pas pour gagner cette conscience-là, alors à quoi sert l'Illumination, à quoi sert l'Eveil, la Libération ? A rien ! Ils ne servent en fait qu'à gagner cette conscience d'être « Cela ». Alors, étant Cela, l'être peut tout, tout ce qu'il veut. Ces mots ne s'adressent plus à l'ego puisque l'être humain éveillé n'est plus son ego depuis longtemps, il est cette Lumière et étant cette Lumière, il peut tout, tout ce qu'il veut !…
Frère, rappelle-toi mes paroles et fais ce que tu voudras.

M : Merci, *dis-je très respectueusement*, je sens que cet enseignement est si décisif.

Merci, Joh de m'avoir amenée ici une fois encore.

C'est comme si je brillais d'un nouvel éclat, comme c'est curieux …
– Je vais te laisser retrouver ton Monde.

Je le salue et nous nous quittons.

Voyage du jeudi 30 octobre 2003

J'entends Johany qui me dit :

« Maman, viens vite, on a plein de choses à faire. »

J'effectue mon passage. J'arrive dans ma robe blanche sur le sable doré du Royaume, pieds nus. Je prends le temps d'ajuster mes vibrations. Je caresse la joue de Joh qui est là devant moi. Il est vêtu comme bien souvent de sa chemisette grise et de son pantalon de toile claire.

J : Je te propose un voyage en plusieurs épisodes. On va commencer par le premier. Tu ne poses pas de questions, tu vas voir. Ce sont des surprises que je t'ai faites.

M : Avec joie, Joh.

Nous partons en vol, nous passons la première chaîne de montagnes puis la deuxième. Nous sommes donc au-dessus du quatrième Monde mais Joh continue et nous arrivons au-dessus de la chaîne de montagnes qui sépare le quatrième du cinquième Monde.

J : On va s'arrêter là.

Nous sommes juste au-dessus de ces montagnes. Nous atterrissons les pieds en premier sur ce sol un peu gris bleuté qui ressemble à du sable compact. Cela fait penser à une haute dune bleutée.
Nous nous asseyons en tailleur l'un en face de l'autre.

M : Est-ce que tu veux me parler ?

J : Je veux surtout te faire rencontrer quelqu'un.

M : Ici ?

J : Normalement, il devrait arriver par la voie des airs.

M : Hmm, je vois.

Je scrute le Ciel du Royaume m'attendant à voir une petite sphère de Lumière apparaître quelque part, mais l'être, en réalité n'a pas pris ce moyen de transport, il a utilisé la projection de conscience et il apparaît spontanément, là tout d'un coup, à nos côtés, debout. Il se « matérialise » en une seconde. Il s'assoit à présent comme nous.

– Vois-tu, Midaho, je t'ai fait venir jusqu'ici pour une raison bien précise.

J'aurais pu te demander par l'intermédiaire de Johany de venir dans ma demeure mais j'ai préféré que nous nous rencontrions ici au sommet de cette montagne. Que signifie le sommet pour toi ?

M : Eh bien, normalement le sommet c'est quand on est arrivé en haut d'un parcours ascendant plus ou moins difficile, plutôt plus que moins en général et que l'on a surpassé un tas d'obstacles pour y parvenir. Avant, je pensais que lorsque l'on arrivait au sommet, l'on pouvait goûter les fruits de ses efforts.

– Eh bien, que veux-tu dire par là ?

M : Je crois maintenant que sur le Chemin spirituel, le sommet est bien souvent suivi d'un autre lui-même suivi d'un autre et que lorsque l'on se croit au sommet il y en a toujours un autre plus élevé qui apparaît derrière, que l'on n'avait pas vu, que l'on ignorait. J'en retire l'impression que l'on n'a jamais fini, que ce sont toujours des efforts à fournir pour arriver à un sommet, qui n'est en fait qu'une étape vers d'autres sommets. C'est un peu l'impression que me donne le Chemin spirituel en ce moment: l'impression qu'il n'a pas de fin et donc que les efforts pour parvenir au sommet n'ont pas de fin non plus.

– Tu as tort et tu as raison. Ce Chemin n'a pas de fin tant que nous ne sommes pas revenus dans le Cœur de Dieu, tant que nous ne sommes pas devenus ce Cœur, c'est à dire tant que notre conscience n'est pas totalement remise en Lui, remise en nous, tant que nous ne sommes pas pleinement, divinement Dieu, le Chemin n'est pas fini, tu as raison en ce sens. Mais tu as tort dans le sens où tu penses que l'on ne peut goûter les fruits de ses efforts qu'au terminus de ce voyage, c'est faux.

A chaque sommet, les fruits sont offerts et l'être peut profiter du résultat de ses efforts, il peut également s'arrêter là et ne pas poursuivre sa route. Un être a toujours le choix, je te parle de l'être dans l'incarnation. Ensuite, les choses sont différentes et les êtres du Royaume vivent tout cela de façon différente. Ils ne vivent plus le fait de gravir ces sommets comme des efforts mais comme une joie, c'est différent, mais il est vrai que sur la Terre ce Chemin est effort. Néanmoins, à chaque étape vient une joie nouvelle, un cadeau et l'être peut aussi mesurer le chemin parcouru à la mesure de ce qu'il reçoit. Viens, je vais t'emmener quelque part, dit-il en se levant.

Johany s'est levé aussi.
L'être me prend dans ses bras et je sens que nous nous projetons ailleurs tous les trois.

– Voilà, tu es ici chez moi.

Nous sommes là où nous étions hier ! Je reconnais ainsi qu'il s'agit du même être parce que je n'en étais pas tout à fait sûre jusqu'à présent.
De nouveau nous entrons chez lui où nous partageons les autres épisodes plus personnels de ce voyage...

Voyage du vendredi 7 Novembre 2003

Joh est là lorsque j'arrive ; il m'annonce que nous allons faire un joli voyage.

M : Alors, je suis prête Joh. Cela me fera du bien !

J : Maman, je te l'ai préparé pour toi. On y va en vol si tu veux.

Il s'élance d'une simple pression des pieds qui l'élève déjà et je le suis. Très rapidement nous sommes haut dans le Ciel, je ne sais pas où nous allons.

M : Allons-nous voir quelqu'un, Joh ?

J : Je vais te faire la surprise.

Nous partons en oblique. Nous passons le troisième Monde, le quatrième, le cinquième. Nous sommes à un endroit où les chaînes de montagnes semblent s'arrêter, disparaître. J'avais déjà remarqué que lorsque nous obliquions vers la gauche ou vers la droite à un moment, les chaînes de montagnes s'arrêtaient et les Mondes alors semblaient indistincts : seule la vibration, je suppose, continue de les différencier.

J : Aujourd'hui, nous allons voir quelqu'un qui se trouve dans le cinquième Monde, et qui souhaitait te voir pour te parler.

M : Comment cette personne me connaît-elle ?

J : Les êtres sont reliés quand ils sont à ce niveau-là ; ils ont une conscience du Tout, ils sont dans l'unité avec toute chose. Ils ont une sorte de Conscience universelle qui fait qu'ils peuvent se relier instantanément à toute chose, toute forme de vie.

M : Oui, je comprends, mais cela ne m'explique pas comment ils me connaissent.

J : Eh bien, tu sillonnes assez souvent le Royaume et ça n'est pas très courant de voir un être de la Terre voyager comme tu le fais dans le Royaume. Alors comme ils sont tous connectés les uns aux autres, comme je te l'ai dit, c'est un peu normal qu'ils aient entendu parler de toi.
C'est comme moi-même, je voyage pas mal d'un Monde à l'autre pour explorer, pour découvrir et comme nous sommes reliés toi et moi, tu vois l'un dans l'autre, c'est assez normal qu'ils te connaissent finalement ; et si l'un a quelque chose à te dire, à t'apporter, s'il pense que ses paroles vont t'apporter quelque chose, il m'appelle, il me le

fait savoir.

M : Oui, je comprends.

Tout en parlant, nous avons survolé une partie du cinquième Monde... En bas, je vois du sable et de nombreux habitats toujours faits de cette même Lumière dorée.

J : C'est dans un petit dôme que nous allons.

Il se dirige en descente progressive vers l'un de ces dômes. Voilà, nous sommes arrivés devant l'un d'eux.
Joh chuchote quelque chose contre la paroi de ce dôme et un être apparaît aussitôt : être de pure Lumière, plus un trait ne le différencie. Et pourtant, une longue tunique blanche d'un voile très fin recouvre sa... flamme de Lumière, son énergie de Lumière comme pour lui donner un semblant de silhouette plus humaine, plus proche de nous.

– Entrez amis.

Nous le suivons.

– On t'a parlé d'Unité, on t'a même dit qu'il s'agissait pour toi d'être dans la plus grande Unité avec le Père, la Source et que tu devais pour cela regagner ta conscience d'être ce multiple du Un et d'être une partie de ce Un, de vivre l'Unité plus présentement dans ton être, plus fortement. Mes propos sont jolis mais c'est impossible de le vivre autrement que tu ne le vis compte tenu de ton état terrestre.
Tu vis en incarnation et l'incarnation ne permet pas de vivre l'Unité telle qu'il t'a été demandé de la vivre.
Dans ton état terrestre, tu peux et tu dois dans une certaine mesure, c'est le but de ce Chemin, retrouver la conscience d'être issue de cette Source directement et d'en être donc de même Essence, de même nature, d'être au fond de toi, cette même Lumière Une, que celle que pulse, que vibre le Père. En retrouver la conscience est déjà une grande chose. Tu le fais, tu l'as réalisé, mais vivre cette Unité, réellement en toi est chose impossible tant que tu es incarnée. Tu as vu les êtres de l'humanité remontés dans le Royaume qui occupent le premier et deuxième Mondes du Royaume. Tu as vu que même sortis

d'incarnation, ils ne vivent pas cette Unité totale avec le Père. Ils savent bien sûr, qu'ils en sont issus, mais finalement, ils en ont la même conscience que celle que tu en as aujourd'hui : une conscience, j'irai jusqu'à dire mentale, quelque chose que l'on sait, que l'on a intégré, mais de là à le vivre, c'est autre chose !

C'est d'autant plus autre chose que, tu l'as vu, c'est le travail si l'on peut appeler ça travail, c'est le but de tous les êtres qui sont dans les Mondes supérieurs, troisième, quatrième, cinquième, et même sixième Monde puisque tant que les êtres n'ont pas rejoint le septième Plan, le Cœur de la Source, ils sont encore dans une certaine mesure dans la différenciation de cette Source, dans un état distinct, ce qui signifie qu'une partie d'eux n'a pas intégré totalement, ne vit pas totalement l'Unité avec Dieu.

Peux-tu imaginer que ces êtres depuis des milliards d'années sont dans cet état et que l'on te demande à toi de le vivre comme cela, spontanément, comme si c'était chose facile ?...

L'important est de conscientiser à chaque instant que tu es issue de cette Source, que tu es une partie de cette Source, et que tu es donc dans une relation d'amour total avec cette Source...mais tu ne peux guère aller plus loin durant ton incarnation, et c'est déjà beaucoup.

...

M : Parfois, je ne comprends pas le dessein de Dieu...

– Le dessein de Dieu n'est pas facile à comprendre. Il se tait, Il agit, Il mène, dirige, guide mais c'est souvent bien après que l'on comprend le Chemin qu'Il nous a fait parcourir.

Sur le moment, il est souvent bien difficile de comprendre le but de ce Chemin, où va ce Chemin. Dieu nous demande bien souvent de Le suivre sans comprendre, sans même savoir où Il nous mène. C'est lorsque le but est atteint que l'on comprend tout le sens, l'intérêt et l'utilité de chaque pierre de ce Chemin. Lorsque tu butes ton pied sur une pierre de ce Chemin, tu n'en ressens que la douleur et selon ce que tu es, tu réagis d'une façon ou d'une autre. Mais ce n'est pas cette pierre qui permet de comprendre où va ce Chemin et le but, bien souvent, ne t'en est pas donné sur le moment à part quelques lignes générales, mais qui ne t'expliquent en rien pourquoi cette pierre était là, à ce moment-là, pour heurter ton pied et te faire mal ; tu n'en vois que la douleur inutile à tes yeux et peut-être même méchante.

Si ton esprit l'interprète ainsi, si de nombreuses pierres parsèment ton Chemin, alors tu ne ressens de ce Chemin que la souffrance et tu ne

comprends pas pourquoi ce Dieu d'Amour, ce Dieu si bon, te mène sur un Chemin où il n'y a que des pierres qui heurtent tes pieds et te font souffrir. Tu n'en vois plus l'intérêt car le but t'en est encore caché. Un jour, plus tard, lorsque tu atteins ce but, beaucoup plus tard bien souvent, tu comprends que chacune de ces
pierres avait un nom, une qualité propre qui t'a aidée à développer en toi un aspect de ton être, une qualité de ton amour pour les hommes ou pour Dieu, pour toute chose de la nature ou de la Création, que chaque pierre a eu son sens de t'aider à progresser, à aimer davantage, à faire grandir ton amour d'une façon ou d'une autre.

Tu comprends le sens de chacune de ces pierres mais il faut pour cela avoir atteint ton but, être arrivée au terme de ton voyage et que tes pieds se soient guéris. Alors, la souffrance appartient au passé et tu peux regarder ce Chemin d'un œil plus serein, d'un œil détaché avec le recul nécessaire et tu comprends pourquoi Dieu te l'a fait parcourir exactement de cette façon, pourquoi chacune de ces pierres était à cette place précisément.

Lorsque tu es sur le Chemin, la seule chose que tu ressens est qu'un Chemin de sable serait beaucoup plus agréable et tout aussi efficace et même beaucoup plus efficace puisque tu pourrais le parcourir beaucoup plus rapidement et dans la joie. Tu peux penser que la souffrance ne se justifie pas, qu'elle n'a pas de sens sinon de tracasser, de retarder, de faire souffrir, être négative en résumé et je ne veux pas faire pour toi l'apologie de la souffrance, bien au contraire, je ne justifie pas la souffrance en soi, je te dis simplement que les pierres que tu rencontres sur ta route ont un rôle, un sens et que Dieu les met là dans ce sens.

Lorsque ces pierres n'ont plus de sens, lorsqu'il est clair qu'elles n'apprennent plus rien, sinon à désespérer, elles disparaissent de ton chemin.

Voyage du samedi 08 novembre 2003

Joh m'a appelée pour un voyage et je suis prête. J'effectue donc mon pas- sage dans le Royaume...
Voilà, je suis arrivée et bien sûr Johany est là qui m'attend.

J : Maman, je voudrais te montrer quelque chose. Je voudrais te faire voir comment on voit quelque chose lorsque l'on est ici. Tu es prête ?

M : Oui, tout à fait prête. Cela m'intéresse. Où va-t-on aller pour cela ?

J : Pas très loin, parce qu'en fait, c'est quelque chose que l'on peut voir d'ici du premier ou du deuxième Monde, sans problème. C'est quelque chose que tous les êtres qui sont ici dans ce Monde peuvent voir assez facilement. Il suffit qu'ils le veuillent, qu'ils le souhaitent.

M : Est-ce que cela concerne la Terre ?

J : Attends, je voudrais que tu voies par toi-même avant de poser des questions. On verra les questions en même temps. Viens.
On y va en projection de pensée, tiens-moi les mains, je t'emmène.

M : D'accord.

Nous sommes debout face à face, nous nous tenons les mains et je ferme les yeux... Je suis étonnée car nous sommes arrivés tout simplement, j'allais dire tout bêtement, sur le sol du Royaume assis face à face sur le sable, un endroit neutre en quelque sorte, comme il y en a partout ici. C'est ce qu'il semble en tout cas.

J : C'est ce que je t'ai dit. Ce que l'on va voir, on peut le voir de n'importe quel endroit et assez facilement.
Regarde, on va se tourner et on va regarder dans la même direction. Tu vois... là par exemple, tu ne vois rien, c'est un endroit assez désert, tu vois du sable à perte de vue. Bon, c'est le paysage que j'ai choisi pour notre petite expérience.

En même temps, Joh s'est retourné et nous sommes donc assis maintenant côte à côte. Nous regardons dans cette même direction.

Maintenant, suis moi bien, on va décider de voir la Terre, pas la Terre entière, pas la planète mais un endroit précis...tiens, par exemple, on va aller voir M[10].

---

[10] cf *Le Royaume*, tome 1. M était le meilleur ami de Johany sur la Terre.

C'est très bizarre... Je vois un décor apparaître sous mes yeux, là, devant moi, comme quelque chose de virtuel. C'est une chambre, je dois préciser que sur la Terre, là où je suis en tout cas c'est la nuit (quatre ou cinq heures du matin).

Je vois M dans son lit, il dort.

Joh se lève et me dit :

Maman, regarde ce que je vais faire, toi tu ne bouges pas, reste là, moi, je vais entrer dans le décor.

Il s'avance, il marche normalement, il marche sur le sable du Royaume mais en même temps bien sûr il entre dans ce décor virtuel et là il est sur le plancher de cette chambre à côté de M qui dort.

J : Tu vois, je suis à côté de lui et en même temps je peux te parler.

Il parle à M et lui dit :

M, c'est moi, Joh, ton pote, tu te souviens ? Je suis toujours là, je pense à toi, là, je suis à côté de toi, je te parle.

M n'a pas bronché, ces paroles ne semblent pas troubler son sommeil. Je ne sais pas s'il les entend.

M : Comment peux-tu savoir s'il les entend ?

Joh met un doigt sur sa bouche pour me dire « chut ». Je suppose qu'il ne veut pas me répondre pour l'instant. Il continue de parler à M, de lui dire des mots gentils, des mots pour lui dire sa présence, son amitié fidèle, des mots de réconfort aussi. Et je vois que Joh lui caresse la tête, lui caresse les cheveux. J'ai l'impression que M a senti quelque chose mais je n'en suis pas sûre.
Joh s'est assis sur le lit...
C'est drôle, parce que dans ce décor c'est Joh qui semble immatériel et M plus concret ; les choses de cette chambre semblent plus concrètes lorsqu'on se branche précisément dessus, comme si l'on y

était. Mais si ma conscience revient là où je suis assise, sur le sable du Royaume, c'est le contraire : je vois très bien Joh mais les choses de cette chambre, ainsi que M lui-même, m'apparaissent très vaporeuses, comme de l'énergie à travers laquelle on peut passer. C'est cela qui me faisait employer le mot «virtuel» tout à l'heure.

M : Comment fais-tu pour lui parler dans ses rêves ?
Comment fais-tu plutôt pour parler à quelqu'un dans ses rêves ?
Comment fais-tu pour qu'il t'entende ?

J : C'est assez simple. Soit je fais comme je viens de faire et si la personne est médium, ça suffit, elle va m'entendre, soit je mets ma tête dans sa tête, là c'est plus facile pour elle de m'entendre, mais je te dirai que même comme ça il y a des gens qui ne percutent pas. Si tu préfères, sur le coup ils entendent mais après, au réveil, ils ne s'en rappellent pas.

Joh s'est relevé, il fait une dernière caresse amicale sur le bras de son ami puis il repasse de notre côté...
D'un geste du bras il a effacé ce décor, cette chambre et il se rassoit à mes côtés.

M : Tu sais, Joh, je trouve cela compliqué à comprendre parce que j'ai l'impression, si je te suis bien, que tu aurais pu faire apparaître ce décor, plus exactement cette chambre précise en n'importe quel endroit où tu te serais assis... est-ce le cas ?

J : C'est presque ça.

M : Pourtant la Terre est bien à un endroit précis ?

J : La Terre, oui, mais je te rappelle qu'ici il n'y a pas d'espace ou plutôt, l'espace que nous croyons être est une illusion. En Réalité il n'y a pas d'espace. Tu te souviens, on avait travaillé sur ce concept...
M : Oui, je m'en souviens. Je comprends dans les mots, je comprends mentalement : on peut dire que tout est dans tout... mais concrètement je ne le comprends pas.
Là, à cet endroit précis où nous sommes, je ne comprends pas où est la Terre par exemple. Est-ce que la Terre est ici au même endroit mais dans une autre dimension ? Peut-on dire cela ?

J : Maman, si tu dis ça, c'est juste. Mais tout est juste, tu peux aussi bien dire : « la planète Mars est là dans une autre dimension »...

M : Alors je ne comprends plus... Tu ne peux pas dire que chaque point de l'univers est là...

J : Maman, quand on souhaite voir d'ici un endroit précis de la Terre ou de n'importe où dans l'univers, mais on ne va pas compliquer, on parle de la Terre, si donc tu veux voir un endroit précis, tu le fais apparaître. Cela veut dire en fait, que toi tu te projettes dedans. Là, tu as eu l'impression qu'on le faisait apparaître mais d'une certaine façon on peut dire que l'on se projette dedans.

M : C'est compliqué, je trouve. J'ai envie de te dire : où est-ce qu'il est cet endroit ?

J : En vrai, il n'existe pas !

M : Je regrette, pour moi il existe puisque j'y suis, puisqu'il y a six milliards d'êtres humains qui y sont, il existe forcément !

J : Dans la dimension où tu es, il existe. Dans la dimension où je suis, il n'existe pas !
Dans la dimension où je suis, c'est une illusion.
C'est ce que l'on vient de voir. Ce sont des trucs faits d'énergie où il y a des êtres comme toi, comme M, comme moi avant, comme tous les êtres humains qui se sont projetés dans ce décor virtuel, tu peux dire virtuel. Et dans cette projection, ils sont comme le décor, ils s'assimilent à ce décor. Je dirai : ils ont la même consistance, la même irréalité à nos yeux, quand on est ici.
Moi, je sais bien que lorsque l'on est sur Terre, on vit les choses comme si elles étaient absolument réelles. J'en viens, je m'en rappelle évidemment. Je sais à quel point on peut souffrir surtout du départ de quelqu'un que l'on aime par exemple. Mais tu vois comme on voit les choses d'ici... ici, pour moi, c'est moi qui suis réel. Je vis que tout cela est vrai, dit-il en prenant une poignée de sable et en la laissant couler de sa main et c'est vrai ! **C'est même la seule Réalité.**
Quand on est ici, on apprend à le savoir.
Les êtres humains qui sont sur la Terre se vivent eux, dans la réalité.

Tout cela tu le sais, je le sais, mais je voulais que tu voies ce que je viens de te montrer, et quel effet cela fait vu d'ici.
Je t'avais déjà montré sur mon écran[11], mais on ne voyait pas aussi bien.

M : Joh, peux-tu me montrer à plus grande échelle ?
Peux-tu projeter, puisque tu m'as parlé de projection, un endroit de la Terre plus vaste, je ne sais pas moi, si tu veux aller par exemple à M...[12], dans la ville, dans ce cas est-ce que tu peux la faire apparaître? Et toi, peux-tu marcher dans les rues ?

J : C'est exactement ça. Là, pour l'instant je n'en vois pas bien l'intérêt mais si j'avais quelque chose à y faire, je le pourrais sans problème.

M : Dans quelle mesure Joh peux-tu agir dans ce décor terrestre ? Je me rappelle dans le film « Ghost » de l'être dans le métro qui est passé de l'autre côté, qui shoote dans une canette et fait bouger des objets, est-ce que cela se passe comme ça ? Est-ce que toi par exemple tu peux faire bouger un objet ?

J : J'étais presque sûr que tu allais me poser cette question. En fait, tu l'as vu là, dans la chambre, quand moi, je vais sur la Terre, j'ai le sentiment que c'est moi qui suis réel et que les gens ou le décor n'ont pas vraiment de consistance : je peux passer à travers les murs.... Alors par rapport à ta question, c'est évident que oui. Je te dirai franchement quand même que ce n'est pas si simple. D'abord, il faut le vouloir et ensuite il faut avoir une petite expérience. Il faut s'exercer un petit peu si tu préfères quand on veut le faire une bonne fois, pour quelque chose de précis, il vaut mieux s'exercer un petit peu avant.

M : Comme dans « Ghost », *dis-je en riant*.

J : Non, ce n'est pas pareil. D'abord dans » Ghost », je te rappelle que le héros que l'on voit n'était pas encore remonté dans les Plans supérieurs, on ne peut pas tout à fait comparer. C'est quand même

---

[11] cf *Le Royaume, tome 1*.
[12] *La ville où nous habitions avec Johany.*

quelque chose d'approchant, je suis d'accord avec toi, mais ce n'est pas une question de concentration ni de volonté, ce n'est pas ça ; si je viens sur Terre et que je veux bouger quelque chose, c'est plus une question de précision. Moi, je suis réel, mais ma main par exemple, va passer à travers l'objet donc pour que l'objet bouge je dois descendre mes vibrations jusqu'à son niveau, je dois m'alourdir, me brancher beaucoup plus sur les vibrations de la Terre pour devenir un petit peu semblable au niveau vibratoire.

M : Cela doit être assez désagréable, assez pénible, assez lourd justement …

J : C'est particulier, je ne peux pas dire que ce soit désagréable, parce que si je le fais, c'est pour quelque chose de précis qui m'intéresse et je suis motivé, c'est parce que j'ai envie de le faire.

M : Est-ce que tu l'as déjà fait ?

J : Je l'ai déjà fait.
…
Je voudrais faire en sorte que vous me sentiez davantage toi et F[13], pas en permanence, je ne veux pas redescendre sur la Terre ou me projeter dans cette énergie tout le temps. D'abord, j'ai beaucoup à faire ici, je me rends utile. Ce que je fais là me plaît bien davantage que tout ce que je pourrais faire sur la Terre. Puis je prépare nos voyages à venir, enfin, je suis occupé. Mais j'ai envie de te proposer de descendre à des moments précis (je dis descendre, tu me comprends, en fait, je me projette), j'ai envie d'expérimenter cela. Je te préciserai à quel moment je me projette, à quel moment je descends à côté de vous. Donc à ce moment-là, vous serez plus vigilantes et je ferai des signes dans la pièce : un objet qui bouge ou un bruit insolite qui n'a rien à faire ici, ou un parfum particulier.

M : Quelle superbe idée ! Cela m'enchante !
J'imagine que tu ne peux pas faire bouger quelque chose de lourd, enfin plus c'est lourd plus c'est difficile pour toi d'après ce que tu expliquais…

---

[13] *La jeune sœur de Johany.*

J : C'est un peu ça, je ne peux pas bouger ton fauteuil par exemple, enfin ce serait vraiment compliqué.

M : Des « esprits » font des choses comme cela. On voit cela dans des histoires, des films… On les appelle les esprits frappeurs. Certains font bouger des objets importants. (Il est vrai qu'il s'agit d'êtres qui sont restés sur le plan terrestre dans une vibration lourde…)

J : Oui, on peut, mais je n'ai pas envie de faire ça, parce que en fait, c'est quelque chose qui fait peur aux gens et là, je crois que même en sachant que c'est moi, cela te ferait peur. Je préfère faire de petites choses plus douces, plus légères, plus précises.
J'avais donc l'intention de vous en faire assez souvent comme pour bien vous montrer ma présence « concrète », parce que je crois que c'est important que vous sentiez ma présence, que vous sachiez que je peux être là concrètement, physiquement.

M : C'est un peu étonnant que tu dises « physiquement »…

J : C'est presque ça. C'est juste que vous ne me verrez pas mais sinon je suis là physiquement, tu as bien vu avec M… : j'étais sur son lit, moi je peux le toucher, lui parler ; en fait, ce sont les gens qui ne me perçoivent pas mais moi, à mon niveau, j'y suis physiquement, je suis à côté d'eux.

M : Oui, je comprends bien.

J : C'est un peu ce que je voulais te montrer aujourd'hui. Ce sont des choses que tu connais mais c'était une façon de les voir un peu particulière, un peu plus précise.

M : Je me demande si M t'a perçu cette nuit, s'il s'en rappellera ?

Joh se lève.

J : Viens, on va marcher un peu, si tu veux.

Il fait quelques pas et nous bavardons…

Voyage du jeudi 20 novembre 2003

Je suis passée du côté de la Lumière. Johany est là.
J : Maman, j'ai senti quand tu allais venir. Je te propose d'aller voir quelqu'un. M : D'accord. Attends. Je prends le temps de te retrouver, de te toucher...
...

Nous nous envolons en nous tenant la main. Nous survolons le troisième Monde. Nous passons au-dessus de la chaîne de montagnes suivantes, sans la dépasser.
Nous en survolons la crête puis Johany se pose sur le sommet. Je fais de même.

J : On va attendre ici, *dit-il en s'asseyant.*

Nous sommes tournés vers le quatrième Monde. Il semble attendre quelque chose ou quelqu'un. Puis, je vois une sphère de Lumière arriver dans le Ciel à grande vitesse. Elle s'immobilise à quelques dizaines de mètres de nous, toujours dans le Ciel.

Nous t'attendons, *dit-il à cet être.*
– Je vais me matérialiser près de vous.

C'est un être de Lumière qui apparaît tout droit comme une énergie vivante, vêtu d'une longue tunique fine et blanche comme en portent souvent les êtres par ici.
Nous sommes à présent tous les trois assis en cercle au sommet de cette crête gris- bleu.

M : Qui êtes-vous ?

–   Un ami de Joh.

M : Je suppose que vous avez des choses à me dire ou à nous dire ...

– C'est en effet cela.

M : D'où venez-vous ? Je veux dire de quel Monde ? De quel Plan du Royaume?

– Du quatrième Monde. J'habite là, pas très loin d'ici. Nous avions des choses à nous dire depuis la dernière fois que nous nous sommes vus. Tu ne me reconnais pas car ici nous n'avons pas de traits particuliers, mais moi je te reconnais, tu es Midaho, la compagne et l'amie de Johany.

M : Oui, sur la Terre je suis sa mère, enfin j'étais.

– Nous le savons. Ces rôles familiaux ne sont pas très importants. Ce qui compte c'est l'amour qui relie les êtres.
Veux-tu venir chez moi pour que nous parlions ou préfères-tu rester là ?

M : Je veux bien rester là, ça change, on est bien ici. Il y a toute l'étendue, on ressent une impression d'immensité. Je me sens bien ici. C'est une impression que l'on n'a jamais sur la Terre, alors ça me change.

– Ce que je vais te dire est important. Cela concerne ta réincarnation prochaine.

M : ... *Le regardant étonnée*, ma réincarnation prochaine ?! Je n'ai pas l'intention de me réincarner ! Pas avant des temps extrêmement lointains en tout cas. Je ne ressens pas le désir de me réincarner, vraiment pas. Pourquoi dis-tu cela ?

– Eh bien j'avais pensé que cela aurait pu être une bonne idée.

M : Pourquoi ? A quoi penses-tu ? Tu dois bien avoir ta petite idée.

– Je pensais que vous pourriez tous les deux, toi et Johany vous réincarner dans d'autres conditions et faire avancer les choses dans la continuité de ce que vous avez commencé à poser.

M : Je crois que la période, cette période de l'histoire des hommes, n'est pas très propice à de grandes actions spirituelles ; les hommes ne sont pas prêts.

– Tu te trompes ! Il suffit parfois de les préparer.

M : Non, vraiment, je laisse cela à d'autres. Je ne souhaite plus me réincarner. Il y a trop de paramètres que l'on ne maîtrise pas. On sous-évalue beaucoup trop la souffrance que la vie terrestre suscite, que les hommes alentour provoquent. Je n'ai pas envie de recommencer ce même genre d'expérience, tu vois.

– Bien, je vais donc voir cela avec d'autres personnes.

Je me tourne vers Joh.

M : Que penses-tu, toi, personnellement, de l'idée de te réincarner très prochainement ?

J : Je ferai ce que tu voudras, mais personnellement je ne suis pas convaincu non plus que ce soit une excellente idée. On a d'autres choses à faire ici et on peut faire beaucoup de choses, être utiles de mille manières sans pour autant s'incarner.
– C'était juste une idée, je n'insiste pas.

M : Que voulais-tu me dire d'autre ? Tu sais, en ce moment je vois surtout des êtres dans le Royaume qui me disent que justement l'incarnation n'est vraiment pas indispensable pour Servir l'Amour et que l'on peut le Servir de bien des manières sans choisir pour autant la souffrance. C'est vrai que j'associe un peu la vie terrestre et la souffrance, et que ce n'est peut-être pas aussi lié, mais, je ne suis pas sûre que l'on puisse vivre une vie terrestre uniquement dans la joie.
Vraiment, je ne crois pas et là j'ai besoin de joie, comme d'une eau pour m'abreuver…
Tu vois, la souffrance, non, je n'en veux plus. Terminé !

– Tu te trompes quant à l'inéluctabilité de la souffrance dans une vie terrestre. Des êtres choisissent de vivre l'amour dans la joie et ne se programment nulle souffrance.

M : Oui, peut-être qu'ils ne se la programment pas mais je crois que

les autres peuvent la programmer pour eux. Le libre arbitre des hommes autour de nous quand on est sur Terre existe et l'on ne fait pas toujours ce que l'on veut, ni toujours ce que l'on a programmé. Je crois que l'on n'est pas aussi libre dans l'incarnation qu'on le croit lorsqu'on est dans le Royaume. On a des tas d'obstacles que l'on n'avait pas imaginés.
Enfin pour moi, c'est non.

– Bien, j'ai compris. Je n'insiste pas. Je vois que tu es déterminée à Servir l'Amour ici même, c'est un beau projet, je ne veux pas le contrarier.

M : Veux-tu me dire autre chose ?

– Oui, je veux te parler d'autre chose. Je veux te parler d'ici, de ce Plan du Royaume où tu viendras après ta mort terrestre pour me voir. C'est un Plan où tu pourras demeurer un moment si tu le veux. Un plan très agréable pour ceux qui désirent se poser, se reposer et se souvenir.

M : Se souvenir de quoi ?

– Du passé !

M : Je ne comprends pas.
Je n'ai pas l'impression de souhaiter me souvenir du passé. Quel passé ? Le passé que j'aurais vécu dans ce Royaume ?

– Sortir du temps ! Tu as vécu un passé, ici, dans ce Royaume et tu vis un avenir. Tu sais cela… le temps simultané.
Ici dans ce quatrième Plan nous commençons à le ressentir, pas autant que dans le sixième Monde mais nous commençons à le ressentir et alors lorsque nous le vivons, nous sommes pleinement heureux.

M : Pourquoi ?

– Car nous ressentons ce que signifie ce Chemin d'Evolution parce qu'il y a bel et bien un Chemin d'Evolution : **nous descendons, nous allons vers le multiple, puis vers le Chemin d'incarnation, puis nous remontons de l'incarnation vers le Royaume, vers le**

multiple jusqu'au Un. Lorsque nous prenons conscience de la simultanéité de ces étapes, nous jouissons réellement du bonheur d'être.

M : Pourquoi ? En quoi cela est-il un bonheur de sentir cette simultanéité ? Je ne comprends pas.

— Tu ne comprends pas parce que tu ne le vis pas et j'ai du mal à te le faire partager. **Ce temps simultané signifie qu'en ce moment même, tu bénéficies de toutes tes expériences passées et de toutes tes expériences à venir.**

M : Ouh ! Je comprends ce que tu veux dire mais franchement je ne le ressens pas du tout... Je n'ai pas l'impression non plus que les hommes le ressentent dans leur incarnation, parce que justement, s'ils ressentaient même dans une part infime d'eux-mêmes les expériences de leur vie future dans la Lumière, lorsqu'ils seront très évolués, ils devraient être déjà plus aimants, plus ouverts, plus avancés.
Pourquoi cela ne les change-t-il pas ? J'ai l'impression justement que cela n'influe pas sur leur présent.

— Je comprends ce que tu veux dire, mais je te parle de ce que l'on en perçoit d'ici dans le Royaume. C'est ici que l'être peut prendre pleinement conscience de ce qu'il est, de ce qu'il a été, de ce qu'il sera et que tout cela se résume, se concentre en un même point : **l'éternel présent.**

M : Et cela est heureux ?

— Oui, c'est l'immobilité.
Sur la Terre, on a l'impression que tout bouge, que le temps progresse et que toi, prise dans le temps tu avances. Il n'en est rien. Il y a en réalité une immobilité absolue de ton être dans cet éternel présent. Il n'y a pas eu de passé, il n'y a pas d'avenir, il y a un présent.

Je l'interromps...

M : Un présent où l'on vit différents aspects, un présent qui englobe différentes phases ?

– **Oui et dans cette immobilité dont je te parle ce n'est pas toi qui bouge, ce sont les choses qui bougent autour de toi, le décor si tu préfères. Toi, tu es immuable.**

M : Tu sais, je crois que c'est trop compliqué pour moi. J'entends bien ce que tu me dis mais de là à l'intégrer, quand on est sur la Terre…Le temps, justement, est si présent, il fait tellement, intrinsèquement partie de notre vie…

Je te dirais même que je me repose beaucoup sur ce temps qui passe et lorsque quelque chose ne va pas, je me dis : « au moins le temps passe, c'est une certitude ». Cela signifie que les mauvaises choses ont toujours une fin puisque le temps passe ! Ce qui donne l'espoir justement, c'est que le temps passe !
Lorsque tout est heureux pour les hommes, ils se disent qu'ils voudraient justement que le temps s'arrête.

– Ce n'est pas de ce temps-là que je te parle. Je te parle d'ici dans le Royaume. Le temps terrestre est une illusion plus grande encore que la notion de temps que l'on peut vivre ici dans le Royaume, car ici dans le Royaume, nous gardons une certaine notion de temps, d'autant plus dans les premier et deuxième Mondes où vous vous réincarnez le cas échéant, et où cette notion de temps reste assez présente, assez réelle ; même si ce temps est différent de celui que vous vivez sur Terre, il existe bel et bien une notion de temps.
Là où je suis, dans le quatrième Monde, cette notion commence à basculer dans la Réalité. C'est ce que j'essaie de t'expliquer. L'être ici prend conscience qu'il est un point immobile, que le temps n'existe pas, que ce qu'il croyait être le passé et l'avenir ne font qu'un dans ce présent : que ce sont les éléments du décor qui bougent mais pas lui.

M : Alors à quoi sert la vie, s'il n'y a pas Involution puis Evolution car finalement cette Evolution me semble être le sens de la Vie : le retour au Père si tu préfères. Et si tu me dis qu'il n'y a nul retour car il n'y a eu nul départ, je suppose alors que nous sommes des points immobiles qui vivons un ersatz de vie en Evolution, une vie… imaginaire… Je te dis à quoi cela sert-il, à quoi sert la Vie ?

– Le mot « sert » ne correspond à rien ici, elle ne sert pas, ELLE EST. **Nous sommes en vie et nous sommes la Vie.**

M : Pourquoi Dieu crée-t-il cette Vie qui est immuable sans involution ni évolution ?

– Pourquoi Dieu crée-t-il la Vie ? Tu me poses la question la plus difficile à laquelle répondre, car je ne peux t'expliquer ce qui se passe dans la Conscience de Dieu.
Ce « pourquoi » nous renvoie à ce qui se passe dans la Conscience de Dieu. Pourquoi choisit-Il de créer la Vie ? C'est un autre débat que celui dans lequel je voulais te mener. Nous répondrons à cette intéressante question une autre fois, mais aujourd'hui je voulais t'amener sur cette question du temps pour te dire que là où tu es, là où tu es réellement, c'est à dire lorsque tu es ici dans le Royaume, là où tu es **le temps n'existe pas**.

M : Veux-tu dire que lorsque je suis dans le premier Plan du Royaume là où une certaine notion de temps continue de perdurer, veux-tu dire qu'étant alors dans une certaine illusion du temps, en réalité, je suis plus haut, où le temps est figé, en quelque sorte simultané ?

– C'est un peu cela.

M : Et pourtant tu as commencé ce débat en me parlant de réincarnation. Nous sommes en plein dans la question du temps, la réincarnation pour moi c'est le futur, tu me parles en plus de futur proche…

– C'est à cela que je voulais en venir : que tu fasses la jonction entre ces deux propos. Je t'ai parlé de te réincarner, éventuellement, et un moment plus tard je t'explique que le futur n'existe pas, que l'avenir n'est rien d'autre que ce point immuable où tu es déjà, où tu es là en ce moment sans le savoir bien entendu, d'autant plus sans le savoir quand tu es sur la Terre.

Mais même dans le premier Monde tu ne le perçois pas.

M : Oui, je commence à comprendre où tu veux en venir.
Peux-tu me dire… si je te disais : « oui, d'accord, je me réincarnerai très prochainement pour ceci et cela », cela voudrait-il dire qu'en ce moment même je serais en train de vivre cette vie ?

– Exactement.

M : Quel intérêt ?

– En posant cette question tu reposes la question du sens de la Vie que tu posais il y a quelques instants. Nous reviendrons sur ce débat, du sens de la Création de la part de Dieu, mais revenons à des propos plus concrets.

Veux-tu te brancher sur une vie que tu auras dans cent mille ans ?

M : Oui, *dis-je en riant*, avec la plus grande joie parce que j'ai comme l'impression qu'elle sera nettement plus heureuse que celle-ci ! J'imagine aisément que dans cent mille ans les hommes auront tellement changé, qu'ils seront tous des frères adorables et que la vie sur Terre sera une vraie joie ! Là, oui je pense que l'on pourra parler réellement de joie.

L'être insiste...Veux-tu te brancher sur une vie que tu auras dans cent mille ans ?

M : Oui !
Si je te suis, je dois comprendre que cette vie dans cent mille ans, je suis en ce moment en train de la vivre.

– Exact.

M : Donc, cela me paraîtrait logique que je puisse me relier très fortement à ce moi « futur-présent », bénéficier de ce que je suis, de ce que je serai, je ne sais plus comment dire, à ce moment-là de mon expérience, expérience d'amour, expérience dans les champs matriciels successifs que j'aurai parcourus le long de ces vies et de ce temps qui semblait interminable et qui ne l'est pas. Oui, je souhaite faire cette expérience, me brancher sur ce moi « futur-proche », autre et moi-même, tout à fait moi-même en même temps. Comment puis-je faire ?

– Nous allons faire une petite expérience, tu vas tenir mes mains.

Il me tend ses mains. Je mets les miennes dans les siennes. Johany me regarde.

Je vais t'aider. Laisse-toi aller, laisse venir ce qui vient sans a priori, n'aie aucune idée préconçue sur ce que tu vas découvrir de toi-même et sur ce que tu vas vivre.

M : D'accord.
Je ferme les yeux. Mais ici dans ce Royaume même en fermant les yeux, je l'ai constaté, on continue de voir, ce n'est pas l'important. Je me concentre. L'être lui aussi a fermé les yeux et se centre. Je pense en moi même : « dans cent mille ans, comment puis-je être, apparaître ? Comment suis-je car en même temps, c'est là en ce moment ? »
...
Quelle étrange chose !
Je vois apparaître un être plutôt masculin, vêtu de blanc. Je n'ai pas de cheveux, ni de poils sur le visage, je porte une sorte de longue tunique à capuche, un léger voile blanc sur la tête. Les traits de mon visage sont réguliers. J'ai bien un corps de chair.

Puis-je voir ce qu'il y a autour ?

— Branche-toi plutôt sur ce que tu es, sur cet homme que tu vois. Branche- toi sur lui.

M : D'accord.

Je me branche, j'entre en lui. Je sais que ce n'est pas toujours une très bonne chose à faire mais je tente, je suis en lui. Je ressens LA PAIX, LA PAIX DU MONDE ! **Une immense paix sur la Terre, totale, profonde, définitive.**

Tous les hommes sont sortis du tourment, des querelles et je ressens la paix et la douceur de la Terre qui nous accueille.
Ce « moi futur » me dit :

...Vis que l'amour est partout, que l'amour est joie, alors, il n'y a plus de problèmes nulle part. Les problèmes dans l'amour n'existent pas, tu dois juste aimer avec une autre conception de l'amour, avec cette conception que l'amour est joie.

M : Hmm, hmm, ce n'est pas du tout ce que je vis, je sens qu'il va bien me falloir cent mille ans pour intégrer cela…

– Tu peux l'intégrer aujourd'hui même si tu le veux, ce n'est pas difficile, il s'agit simplement de regarder les choses comme elles sont, l'amour comme il est. **Tu es joie, et tu es Dieu, tu es Cela, tu es Dieu et l'Amour également. Tu es donc en même temps Amour et Joie.** Tu vois comme c'est simple.

M : Oui ! Avec les mots c'est très simple mais dans le contexte de la Terre, aujourd'hui, c'est différent, les énergies sont lourdes, les hommes sont souvent agressifs et les problèmes nombreux !

– Eh bien, c'est que tu ne sais pas regarder les choses comme je te le dis : l'Amour en même temps que la Joie.
Tu associes l'amour à la souffrance, c'est là ton erreur.
La souffrance n'a rien à voir avec l'amour, elle ne lui est pas liée et personne ne te demande de la lier à l'amour.
Ce n'est pas son rôle, son rôle est autre. Elle n'a rien à voir avec l'amour, sépare-les de ton esprit et tout se résoudra. Sépare ta souffrance et d'un autre côté l'Amour de Dieu qui est Joie, rejette la souffrance. Rejette-la loin de toi et accueille la Joie de Dieu en toi. Essaie d'intégrer mes paroles. La souffrance n'a nul besoin d'être. Tu n'en as plus besoin, tu n'en as jamais eu besoin. Elle n'a aucun rôle, ici bas, sinon un rôle expiatoire pour certains êtres qui ont besoin de vivre cela pour certaines raisons karmiques que tu connais, ce n'est pas ton cas, tu peux rejeter dès aujourd'hui toute souffrance de toi. Il suffit de le vouloir, de considérer que l'Amour divin n'est pas souffrance, ne veut pas ta souffrance. Que cet Amour divin est pure joie et que nous ici-bas sur la Terre nous pouvons déjà y goûter, non pas de la même manière que nous y goûterons dans le Royaume mais d'une autre manière toute aussi douce bien que différente. Ici, vois-tu, de là où je te parle nous avons reconquis le jardin d'Eden, nous en sommes là, nous vivons cette Paix-là, cette Harmonie et la vie est très douce. Tu sens la douceur, cette douceur est partout sur la Terre. Il a fallu beaucoup de temps, penses-tu ? Aucun temps en réalité, une illusion. Nous vivons en ce moment ici et en même temps en ce que tu es. Je suis toi-même ici et je suis toi-même en toi simultanément.

M : Oui, vas-tu m'aider à intégrer ce que tu me dis, ce que toi, là où tu es, tu as parfaitement intégré ?

– C'est en effet ce que je vais essayer de faire. Je vais essayer de m'intégrer en toi pour te faire passer intérieurement, intimement ces notions que je viens de t'expliquer. Je resterai le temps nécessaire si tu le souhaites car je veux bien t'aider. Je suis là pour cela aussi.

M : Merci grandement.

Je quitte cet être, cet autre moi-même, je reviens sur la crête bleutée où nous étions tous les trois avec Johany et l'être de Lumière du quatrième Monde.

– As-tu compris ce que je voulais te dire ?

M : Oui, je crois. Je pense que cet autre moi-même qui vit cela en ce « moment » peut m'aider. Je l'espère en tout cas. Je te remercie.

– Nous allons nous laisser. J'espère que tu profiteras de cette expérience unique et si enrichissante, tu verras.

M : Merci encore.

Je sens que Johany est à moitié là seulement.

Es-tu en même temps ailleurs, Joh ?

J : Je travaille à quelque chose pour toi. Viens, on va parler en marchant, si tu veux.

Je salue l'être de Lumière et nous dévalons la pente escarpée de la montagne bleue.

Voyage du samedi 22 novembre 2003

J'ai effectué mon passage depuis un moment. Johany est là. Il s'est allongé dans le sable du Royaume, la tête appuyée sur son bras. Je me suis allongée également la tête sur ses jambes et puis Snoopy[14] est arrivé. Lui aussi s'est couché, la tête sur mon ventre.

J : Tu vois, il t'a adoptée.

Cette idée me plaît. Nous parlons d'après.
Tu pourras faire ta maison où tu veux, c'est sûr mais moi ça me plairait bien que l'on habite ensemble, que l'on reste ensemble.

M : Moi aussi. Tu pourrais me faire mon coin au château ? J'ai déjà une idée de ce que j'aimerais.

Joh me propose d'aller voir quelqu'un pour discuter un peu et j'acquiesce. Nous nous envolons. Snoopy est resté, bien sûr. Il va retourner au château, je suppose.
Je demande à Joh si nous allons dans le Troisième Monde mais il me répond que nous allons un peu plus haut dans le quatrième.
Nous nous sommes posés devant un habitat de Lumière tout en hauteur. Il est circulaire, son toit est arrondi, sa forme est celle d'un dôme étroit. Joh se concentre devant la porte comme bien des fois je l'ai vu faire et un être apparaît, nous fait entrer, semblable à tous les êtres que nous voyons dans ce Monde. Excepté « Maître Yoda »[15], je trouve qu'ils se ressemblent tous beaucoup.

– Veux-tu que nous parlions ?

M : Peut-être pourrez-vous m'apporter un éclairage particulier, une aide, des conseils, une façon de voir enrichissante. Pouvez-vous me parler de l'incarnation ? C'est un sujet qui me préoccupe assez en ce moment, qui m'interpelle.
Nous avons, en venant du Royaume, des missions, des buts qui nous semblent importants, puis vus d'ici ce ne sont qu'illusions éphémères et parfois même bien inutiles, d'après ce que semblent dire certains êtres évolués du Royaume qui pensent que servir l'Amour ne nécessite pas d'être incarnés.

---

[14] cf *Le Royaume, tome 1 :* le chien de Johany dans le Royaume.

[15] cf *Le Royaume, tome 1*

– Tu as raison. Servir l'Amour peut se faire en tous lieux, en tout espace, en toute dimension et cela se fait plus facilement hors des contraintes terrestres. C'est tout à fait juste. Il est beaucoup plus facile de Servir l'Amour lorsque l'on est soi-même dans l'Energie du Père, dans l'Energie divine car alors aucun obstacle, aucune entrave ne vient nous alourdir, nous empêcher de voir ce qui est juste et beau et surtout aucune entrave, aucun obstacle ne nous empêche de le mettre en pratique.

C'est juste, tout ce que tu as entendu à ce sujet est juste mais parfois les hommes voient les choses autrement et pensent qu'il est bon de se réincarner pour aider leurs frères. Cette idée n'est pas une mauvaise idée en soi. L'être qui l'a est plein de compassion, ses motifs sont nobles, ses projets sont nobles mais c'est le résultat qui pose parfois problème, parce qu'en effet, il y a sur la Terre beaucoup d'obstacles, beaucoup d'entraves au fait de Servir l'Amour et l'être qui va s'incarner avec un potentiel de cent pour cent, c'est un exemple, ne pourra en mettre en œuvre que dix à vingt pour cent sur la Terre, le reste sera bien souvent perdu, oublié par l'être lui-même, empêché par ses frères d'incarnation qui vont lui mettre des bâtons dans les roues. Alors le dilemme qui se pose pour toi est : faut-il s'incarner malgré tout par esprit de compassion ou vaut-il mieux rester dans le Royaume ?

Tu connais ton ami Lucas qui, lui, était convaincu que l'on était plus utile à servir sur la Terre et que l'homme qui s'incarne est mieux entendu par ses frères que s'il parle aux hommes en restant dans le Royaume. Au niveau d'une parole à transmettre c'est juste, mais il n'y a pas que des paroles à transmettre pour Servir l'Amour, tu peux Servir l'Amour de mille autres manières, et alors, non, l'incarnation n'est pas indispensable. Nous autres qui sommes sortis de l'incarnation depuis bien longtemps sommes les preuves vivantes de cela : nous Servons l'Amour assidûment, nous ne faisons que cela et tu vois nous n'avons pas besoin pour autant d'être incarnés où que ce soit. Bien sûr penses-tu, si mon peuple était encore en incarnation peut-être verrais-je les choses autrement…Eh bien j'ai vécu cette époque, j'ai vécu ce temps où moi-même sorti d'incarnation j'avais le choix de retourner m'incarner ou non dans mon peuple encore sur sa planète. J'avais ce choix et vois-tu, je ne me suis pas réincarné. Je ne pense pas que cela soit indispensable, ni nécessaire. Nous pouvons très bien d'ici où nous sommes choisir sur Terre un être plus évolué qu'un autre, nous aurons pu d'ailleurs le choisir préalablement à son incarnation et lui transmettre par un don de médiumnité qu'il possède, par ses perceptions subtiles, les enseignements que nous souhaitons lui transmettre. Cela est tout à fait possible et beaucoup d'êtres sur la Terre ne demandent que cela et sont heureux de recevoir ces enseignements.

M : Oui, mais bien peu sont assez purs pour ne pas les déformer.

– Il y a moyen de s'arranger. Tu peux toi-même purifier l'être avant de l'enseigner. C'est tout à fait possible et t'assurer ainsi qu'il reçoit l'enseignement dans son intégralité, sans le déformer. Après, ce qu'il en fait est une autre affaire. Mais il y a des hommes sur qui l'on peut compter, tu sais. Et Servir l'Amour ne consiste pas toujours à communiquer avec les hommes de la Terre. Tu peux servir l'humanité d'une autre façon en étant dans la Lumière justement et en étant relié à cette humanité, tu l'attires ainsi vers cette Lumière d'une façon tout aussi intéressante qu'en t'incarnant parmi les hommes pour irradier cette Lumière, ce qui est chose difficile sur la Terre, surtout à certaines époques.

M : C'est ce qu'ont choisi les êtres que j'avais vus tout au début, des êtres de l'humanité qui s'étaient rassemblés dans une sorte de ville de Lumière[16].

– Oui, tout à fait. Ils sont dans ce cas. Ils n'ont pas choisi l'incarnation et pourtant ils servent l'Amour de très belle manière. Et, bien sûr, ils sont beaucoup plus heureux ainsi.

M : Oui, cela donne à réfléchir. Je pensais au début que d'une certaine façon la compassion nécessitait de se réincarner.

– Ce n'est pas tout à fait juste de voir les choses ainsi, la compassion nécessite de t'intéresser au sort de tes frères, c'est différent. Lorsque tu t'y intéresses, tu peux envisager les solutions les plus efficaces pour les aider, mais comme je te le dis, les solutions les plus efficaces peuvent se vivre ici dans le Royaume. Face à quelqu'un qui souffre, tu es d'accord avec moi, le plus intéressant est de considérer l'efficacité de la solution que tu lui proposes. Alors, je te le

---

[16] Cf. Le Royaume tome 1

redis, l'efficacité maximum n'est pas toujours dans l'incarnation.

Tu peux être efficace dans l'incarnation, je ne te dis pas le contraire mais ce n'est pas indispensable.
Tu peux être tout aussi efficace et même souvent beaucoup plus en restant hors incarnation, en restant ici à Servir cette humanité dans le Royaume par l'amour que tu vas libérer ici, tout en étant reliée à cette humanité puisque tu en fais partie. Cela suffit en soi à servir l'humanité. Bien sûr, en plus tu peux mener certaines actions particulières comme Johany te l'a montré : exaucer des prières par exemple ou faire d'autres choses sur la Terre au niveau subtil, faire partie des aides invisibles, faire des miracles, communiquer avec un être ou plusieurs, aider un être précis qui aura une responsabilité élevée ou un groupe d'êtres plus ou moins importants. Tu peux guider un peuple, apparaître comme une divinité à ce peuple et le guider vers plus de Lumière, plus d'Amour. Tout cela est possible et efficace.

M : Ah…Que de perspectives ! …

— La mission que tu t'es choisie nécessite l'incarnation et c'est une mission intéressante. Mais je veux te dire par là qu'il y en a beaucoup d'autres tout aussi intéressantes qui elles ne nécessitent pas l'incarnation. Tu peux donc, lorsque tu remonteras, renoncer à l'incarnation sans problème, sans avoir à culpabiliser de cela bien au contraire, en pensant même que tu peux bien souvent être plus efficace en restant ici.

M : Merci de ces propos.

— Mais je n'ai pas fini de t'enseigner. Il y a une autre chose que tu dois considérer lorsque tu es sur la Terre : étant du Royaume tu es reliée aux êtres d'ici, tout à fait reliée et ceux-ci à leur tour peuvent t'aider, toi, qui descends pour aider les êtres de la Terre. Les êtres du Royaume ne cherchent qu'à aider l'être missionné descendu pour aider ses frères alors qu'il n'y était pas obligé. Les êtres du Royaume ici se pressent pour aider les hommes dans l'incarnation qui se sont mis dans les difficultés, à cause d'une mission d'amour qu'ils ont pensé peut-être indispensable ou tout simplement utile. Tu peux alors toujours demander de l'aide et tu seras entendue.
…

Je remercie vivement l'être pour ces propos puis nous nous séparons.

Voyage du dimanche 23 novembre 2003

Johany me propose un voyage « d'agrément » pour découvrir de jolies choses.
Je suis passée de l'autre côté.
Johany me dit que nous allons emprunter une direction que je connais puis que nous obliquerons.

Nous nous sommes élancés, nous volons côte à côte.

J : Maman, je n'ai pas changé, *dit-il en volant à côté de moi.*

Il me dit cela parce que j'avais l'impression en le regardant que ses traits avaient pris quelques années.

M : Peut-être est-ce une apparence qui te convient mieux.

J : Je ne me rends pas vraiment compte, ce n'est pas volontaire si tu préfères, je sais que je me sens bien dans cette apparence mais je n'ai pas décidé d'avoir l'apparence de trente ans, de vingt neuf ans, de trente deux ans, ça se fait tout seul.
Peut-être que ça correspond à ce qui se passe dans ma tête, à mon évolution. C'est vrai que j'ai changé au sens où je ne vois plus les choses comme avant mais c'est tout. Sinon par rapport à toi, je n'ai pas changé.

Tout en volant, nous avons pris la direction où les chaînes de montagnes s'arrêtent, là où les Mondes ne semblent plus clairement distincts, pour moi en tout cas. Nous filons très vite dans l'immensité du Ciel et les dômes de Lumière défilent au-dessous de nous.

J : Maman, je t'ai fait quelque chose qui va te plaire.

M : Pourquoi est-ce nécessaire d'aller si loin, ne peux-tu le faire dans le premier Monde ?

J : Tu vas voir.

Nous sommes arrivés, je dis cela parce que nous avons atterri et devant moi, je vois apparaître une merveille de maison ! C'est si difficile à décrire... D'abord se présente un petit pont qui ressemble à celui d'un conte de fées, si léger, si fin qui passe au-dessus d'une rivière cristalline et bleue, une rivière d'eau vivante, bien sûr. Derrière ce petit pont, se dresse un château de conte de fées lui aussi extrêmement délié, aux lignes fines, épurées. Je me tiens devant ce petit château, si merveilleux. Les tons en sont mauve, jaune, rose, bleuté... tous les roses, les rouges et les pastels de toutes nuances se déploient comme une invitation à y entrer. Mais il semble en même temps si fin, si fragile... certainement trop fin pour nos corps du premier Monde, cependant peut-être nos corps subtils se sont-ils d'eux-mêmes allégés ici, il semble que ce soit le cas.

M : Joh, est-ce quelque chose à regarder ou peut-on y entrer ? Cela donne envie de le toucher, j'allais presque dire de le manger, de l'absorber tellement il semble délicieux à tous les sens de notre être.

J : Maman, je ne t'ai pas dit mais tu sais, l'on peut se faire des habitats dans plusieurs Mondes. Quand on vient ici on n'est pas tenu de se faire un habitat uniquement dans le premier Monde ou le deuxième, on peut s'en faire aussi dans les autres. Je t'avais montré au début la maison que je m'étais faite près de chez mes amis dans le troisième Monde[17].

M : Oui, je me le rappelle bien, j'avais oublié...

J : ....Après, je me suis aperçu que je pouvais m'en faire de la même façon dans n'importe quel autre Monde et dans celui-ci, dans le sixième Monde, parce qu'ici, comme tu l'as deviné, on est dans le sixième Monde et là tout est...très fin justement, très très pur.

M : Oui, je me souviens des habitats que l'on a vus l'autre jour ici même dans lesquels les êtres se fondent, avec lesquels ils forment une unité. Est-ce un habitat semblable à ceux-là que tu m'as fait ?

---

[17] Cf. Le Royaume tome 1

J : Oui, c'est forcément la même chose. Tu peux y entrer mais la différence c'est que celui-là est à toi, il n'y a que toi qui vas y entrer, enfin, toi et moi. Mais je veux dire que des êtres ne sont pas déjà dans les parois.

M : Hmm, oui je comprends. J'ai hâte d'y aller et d'essayer, dis-je *en franchissant le petit pont*, c'est joli, on le dirait fait pour des fées ou pour des elfes.

J : Je reste avec toi.

Je me suis approchée du château, je touche la colonnade rose, si fine, on dirait du marbre, mais ce n'est pas froid comme le marbre. C'est lisse et doux mais en même temps plutôt tiède. J'entre délicatement... Ici l'on ressent de faire des gestes très doux, très lents, très respectueux...très aimants. Je touche les parois pour les sentir mais aussi pour les caresser. Une pièce aux larges ouvertures s'ouvre devant moi, claire et dépouillée, je sens que je peux y créer ce que je souhaite. Je regarde par les ouvertures et ce que je vois n'a pas de mots pour être décrit. Ce ne sont que des merveilles un peu semblables à celles-ci ou différentes mais tout aussi fines, diaphanes, délicates, féériques... Cela ressemble à un Royaume de conte de fées.
Par rapport à la Terre, cela semble si irréel et pourtant nous sommes ici dans la plus grande Réalité puisque tout près du UN justement.
Comme c'est beau ! C'est la Beauté !
Je prends conscience une fois de plus que la Beauté fait partie intrinsèquement de l'Amour divin, qu'il n'y a pas d'Amour divin sans cette Beauté. Cette Beauté exprime la douceur, la paix, la sérénité. Des sons que je n'avais pas encore perçus jusqu'à présent parviennent jusqu'à moi, si cristallins, si purs, si mélodieux. Ils s'égrainent dans l'air entre les différentes merveilles. Peut être que ce sont les êtres ou les habitats eux-mêmes qui les expriment, qui les émettent. Je ne sais pas, mais c'est magnifique. Je ressens qu'ils expriment la vie, une vie bien vivante, une vie faite d'échanges ; ces sons semblent être des échanges entre les êtres ou les habitats, je ne sais pas.... Mais cela fait penser à un mode de communication. Les notes extrêmement pures, fluides s'entendent de très loin et bien qu'étant de sons différents, toutes créent une harmonie infinie, une harmonie parfaite.

M : Que représentent ces notes, Joh ? Ces sons sont-ils émis par les êtres de Lumière ou par les « habitats », si l'on peut appeler ces merveilles ainsi ? D'où sortent-ils ? De quelle conscience ?

J : Maman, ces sons viennent des êtres qui vivent là, c'est leur façon de parler, ils ont un langage codé, ils s'expriment de cette manière.

M : Incroyable ! Ça alors, je n'avais encore jamais perçu cela… comme c'est beau ! C'est peut être réellement cela le verbe sacré, le verbe créateur.

J : Tout est note dans l'univers. Tu sais que ce sont des notes qui ont créé l'univers ; eh bien là, les êtres expriment ce qu'ils sont avec des notes. Evidemment ce sont des sons beaucoup plus nuancés, plus riches, plus subtils que sur la Terre, on ne peut pas comparer.

M : J'ai presque l'impression de voir ces notes dans le subtil de ce Plan, de les voir courir, s'emmêler, se rencontrer, se croiser, se caresser, s'ajouter les unes aux autres et créer cet ensemble si mélodieux, c'est merveilleux ! C'est une perfection pour les sens, quelle magie, quelle féerie ! C'est d'une beauté inexprimable !

Je reste là, accoudée à cette baie et je sens que je pourrais y rester des heures.

Eh bien Joh, je n'ai pas de mots pour te remercier de m'avoir créé cet habitat ici, je ne savais même pas que j'avais le droit d'avoir un habitat ici.
Joh, est-ce que toi aussi tu t'es fait un habitat ici ou est-ce que celui-ci est pour nous deux ?

J : Au début je m'en suis fait un et après j'ai préféré faire celui-là et que l'on y vienne ensemble mais si tu veux je peux refaire le mien un peu plus loin.

M : Non, c'est très bien, c'est beaucoup mieux, comme cela je profite en même temps de ta présence et de cette beauté qui n'a pas de nom.

Je comprends qu'à force de voir des choses aussi belles dans tous les Plans du Royaume, on change, on soit différent, on voit les choses autrement, avec plus de douceur, de paix, de respect, d'amour, cela semble normal….C'est après lorsque l'on redescend sur la Terre que cela semble bizarre.

J : Maman, ce n'est pas non plus une habitude à prendre d'être trop souvent ici parce que sinon tu ne pourrais plus supporter la Terre justement. Elle te semblerait trop grossière, trop lourde et ce ne serait pas une bonne chose. Là c'est bien de venir de temps en temps, en sachant que tu pourras y venir plus tard davantage. Pour l'instant cela doit rester plus ponctuel, pas trop fréquent si tu préfères.

M : Oui, je comprends bien mais en même temps, tu vois, cela me dépayse complètement et j'en ai besoin, je ressens que cela me fait beaucoup de bien déjà de savoir que cela existe. C'est important, il est réconfortant de savoir que cette beauté est là immuable, éternelle depuis toujours et pour toujours et que je pourrai y venir de longs moments quand je serai dans le Royaume, c'est très réconfortant, très positif.

J : Plus tard, on viendra habiter un moment ici, tu verras que ça te fera du bien.

M : Je n'en doute pas ! C'est curieux que dans les Mondes élevés les habitats soient de pure Lumière d'or et ici dans le Monde le plus élevé avant le Un ils ont des couleurs et sont faits d'une sorte de matière qui n'est pas cette énergie pure de Lumière d'or. Comment cela se fait-il ?

J : Ici ce sont les êtres qui sont de pure Lumière et ils aiment créer des formes comme celles-ci. Ils trouvent que c'est la Beauté absolue, la Beauté la plus grande qu'ils puissent imaginer, tu vois, ils n'ont pas tort.

M : Oui, c'est sûr. J'imagine puisque c'est le dernier niveau avant le Un, avant l'Unité totale en Dieu, que les êtres qui vivent ici tout le temps ont expérimenté des formes d'unité très élaborées, qu'ils vivent donc à plusieurs dans ces formes-habitats, plusieurs en Un peut-être, certainement même.

J : Oui, on ira en voyage si tu veux une autre fois, on pourra alors leur demander comment ils voient les choses d'ici, ce sera intéressant.

M : Hmm, hmm.

J : Là, je vais te laisser redescendre parce qu'il est tard pour toi, il faut que tu te reposes.

M : Oui, je vais y aller. Que fais-tu toi, Joh ? Tu restes là ou tu redescends ?

J : Je vais redescendre, ça va te sembler curieux mais je vais chez moi. Je vais aller au château dans mon Monde, je vais aller voir mon chien, c'est aussi cela qui me rend heureux ! Ce qui me rend heureux aussi c'est de pouvoir passer d'un Monde à un autre comme ça, justement, d'un univers à un autre, enfin « univers » pris dans le sens imagé : de changer complètement d'ambiance, c'est génial je trouve.
Allez, viens on va y aller.

Il s'est envolé et je le suis, je sais que mon petit château reste là… Quelle joie ce Royaume ! Comme tout y est parfait ! Je rejoins Johany en vol.

J : Maman, je vais te laisser redescendre, moi, je vais directement au château. Il y a Snoopy qui pense à moi, je me suis branché sur lui pour lui dire que j'arrive.

M : Est-ce qu'il comprend la télépathie ?!

J : Bien sûr !

Je lui ai dit au revoir en vol, dans l'air, nous nous serrons dans les bras là comme cela avant de nous séparer.

Voyage du vendredi 28 novembre 2003

Johany est là qui m'attend, il me propose dans un premier temps d'aller voir un être de Lumière qui souhaite me parler et dans un deuxième temps voir ma mère.

En effet, j'avais l'impression, une impression assez vague qu'elle souhaitait me parler, je percevais légèrement son énergie, je sentais que ce serait bien que j'aille la voir.
Nous commençons donc par aller voir l'être de Lumière.

J : Tu me suis ?

Nous nous élançons.
M : De quel Monde est-il ?

J : Troisième, c'est un être que tu connais déjà.

Nous avons atterri au milieu de dômes de Lumière resplendissants comme le sont tous ces dômes ici. Ils sont assez rapprochés, quelques mètres à peine les séparent les uns des autres.
Johany murmure intérieurement à la porte de l'un d'eux, si l'on peut appeler cela une porte.
L'être nous ouvre, souriant, lorsque je dis souriant c'est une impression car il n'a pas de traits distincts. Nous entrons, nous descendons deux trois marches car la pièce est en contrebas. Je vois de nouveau ces sièges circulaires creusés dans le sol…

– Installez-vous.

Voilà, nous sommes installés sur des coussins confortables, des coussins de Lumière et de douceur qui se mettent à notre forme.

Midaho, je voulais te voir pour te parler de l'incarnation, l'incarnation n'est pas ce que tu crois. Il est vrai, nous te l'avons dit, qu'il s'agit bien d'une illusion et que vue d'ici, d'où nous sommes elle n'a pas de réalité propre, elle est un simple champ d'expérimentation de l'Amour dans une autre dimension, non indispensable, non obligatoire. On peut s'en passer et on peut Servir l'Amour de bien d'autres façons ailleurs, nous te l'avons dit, tu l'as compris. Mais il s'agit d'autre chose…
Lorsque tu es dans cette incarnation, tu l'es réellement à ton niveau, à ton échelle, par ta propre conscience, par ce que tu vis, tu l'es réellement et alors tu dois tout mettre en œuvre pour y vivre pleinement. Il est vrai qu'un être éveillé vit à demi dans l'incarnation et à demi dans le Royaume. Je suis d'accord avec toi puisque je sais

que tu penses cela... Néanmoins, cette « demi-partie » que l'être éveillé vit dans l'incarnation doit l'être pleinement et peut-être plus encore car il est à demi ailleurs. Plus encore, cela signifie qu'il doit s'incarner davantage encore proportionnellement à ce qu'il vit ailleurs, il doit s'ancrer plus encore en terre. Il y a différentes façons de s'ancrer en terre, de s'incarner réellement mais, vois-tu, la meilleure des façons, la plus efficace est de trouver du plaisir dans l'incarnation, trouver du plaisir à vivre ! Écoute attentivement ces mots car tout est là : **trouver du plaisir à vivre, il faut absolument trouver du plaisir à vivre pour réellement se sentir incarné pleinement, car alors, une partie de toi au moins, une moitié de toi a envie de rester sur la Terre et de vivre ce plaisir, on peut dire cette joie, ce bonheur,** même si tu sais aujourd'hui que la joie et le bonheur que l'on peut vivre sur la Terre sont tout à fait relatifs ; mais parlons d'une joie humaine, d'un bonheur humain ou si tu préfères, d'une joie terrestre, d'un bonheur terrestre car ils existent, il ne faut pas les nier.

La Terre a ses joies et ses petits bonheurs et tous ces petits bonheurs mis côte à côte font une vie heureuse. Et si tu penses sincèrement que cette joie peut être vécue sur la Terre alors tu vas la vivre, tu vas la faire venir dans ton champ de vie. Je te parle ainsi car il en est de même pour chaque être : chaque être doit se convaincre que la joie lui est possible, lui est autorisée, lui est offerte par le Don de Dieu tout simplement car **l'Amour de Dieu souhaite cela pour chaque être humain.** Mais combien, ô combien d'êtres humains s'en sentent indignes pour mille raisons, parfois justifiées mais qu'importe, le Don de Dieu va bien au-delà de cette indignité supposée ou réelle car Dieu nous aime suffisamment pour nous offrir cette joie. Encore faut-il que l'être l'accepte, y croie. **Si l'être, comprends-moi, est persuadé que la joie n'est pas possible sur la Terre, alors il va se refuser les portes qui vont s'ouvrir à lui vers cette joie**. Il va s'empêcher de vivre la joie. Cela est la plupart du temps complètement inconscient mais hélas bien réel ! Et crois-moi **si les êtres humains étaient persuadés que leur destin était de vivre la joie sur la Terre, beaucoup plus la vivraient réellement car elle ne leur est pas interdite, elle ne leur est pas enlevée, empêchée, bien au contraire.**
Mais comme je te le disais, c'est bien souvent, très souvent l'être humain lui-même qui se l'empêche inconsciemment, sans le vouloir consciemment, et si tu le lui dis, l'être humain généralement te répondra : « mais pas du tout, regarde ce qu'il m'arrive !" et il

t'énumérera tous les mauvais côtés de sa vie qui lui sont arrivés, tous les petits chagrins, tous les soucis, tous les malheurs…qui bien sûr empêchent sa joie de s'épanouir…Mais fais alors remarquer à cet être humain qu'il pourrait s'efforcer au contraire de voir tout ce qui lui est offert par la Main divine, qu'il appelle lui le « hasard de la vie », la « chance ». Il pourrait s'efforcer de voir les multiples chances qui lui sont offertes parfois dans les détails d'une journée qui commence par une bonne nouvelle, par un soleil qui éclaire sa chambre, par un sourire de la vie, quel qu'il soit, puis se manifeste par tant d'autres choses, par tant d'autres « chances » bien plus grandes mais qu'il faut savoir reconnaître.

M : Oui, je comprends bien ce que tu dis, mais comment faire justement pour passer de cet esprit maussade qui ne voit que les mauvais côtés ou les soucis à cet esprit heureux qui ne voit que les bons côtés, comment faire ce passage ? Je ne crois pas qu'il suffise de le décider, je ne crois pas que ce soit si simple. A quoi est-ce dû, que l'être justement, la plupart du temps ne voit que les soucis ?

– Ta question est une bonne question. En effet, cela semble appartenir chez l'être à un tempérament et changer un tempérament n'est pas chose si facile. Alors je vais te donner un bon conseil que tu utiliseras et que tu feras partager : **que l'être en se levant le matin tourne sa pensée vers Dieu. Comme la fleur se tourne vers le soleil, qu'il tourne sa pensée vers Dieu simplement pour Lui demander cette aide à ne voir que le bon côté des choses dans cette journée qui s'annonce, dans cette vie qui se prépare devant lui. Qu'il demande à Dieu de l'aider pour cela à devenir un esprit heureux** et à ne plus être un esprit maussade comme tu dis (je dirais même pour ma part, bien souvent négatif, ce qui va plus loin que maussade). **Qu'il demande à Dieu cette aide et il la recevra,** je te l'assure. Je le sais, il la recevra. Il suffit si souvent de demander et c'est si peu. C'est si peu mais c'est tout ! Il faut juste y penser. Penser à demander c'est simple vois-tu…Alors bien sûr il y aura toujours bien souvent dans la vie de la plupart des hommes encore bien des soucis, des tracasseries et de petits chagrins, parfois même de grands, mais si l'être est dans cet esprit positif de voir la joie là où elle est, de croire que la joie est possible, de vouloir cette joie et de vouloir se l'approprier, je dirais presque comme un dû, de s'en croire digne, de croire qu'il y a droit et, oui, pourquoi pas ? Alors l'être va devenir réellement beaucoup plus heureux. **Il va aimer la Terre et la Terre le lui rendra, car celui qui est heureux attire le bonheur comme l'être qui sourit attire les sourires autour de lui,** tu le sais. Eh bien, **l'être qui sourit à la vie attire les sourires de la vie,** tu me comprends, **les sourires de la vie ce sont les bienfaits, les bienfaits que la vie lui envoie** mais alors encore une fois, **il lui faut savoir les reconnaître sinon ce sont des sourires perdus, des bienfaits gâchés et quel dommage! Est-il plus grand dommage que de voir des bienfaits gâchés, des Dons de Dieu perdus ?**

Voilà ce que je voulais te dire à ce jour, essaie de garder cela en ton esprit et de le faire partager, tu rendras des hommes heureux ; de très nombreux êtres ont beaucoup à retirer de ces paroles ! Crois-moi.

L'être se lève, il a terminé, je le salue de mes mains jointes sur ma poitrine.

M : Merci grandement, je sens qu'il faut méditer tes paroles car elles sont vraiment très importantes. Merci beaucoup de t'être donné la peine de me les transmettre.

Nous sortons de ce dôme, Johany était à moitié allongé sur les coussins. Voilà, nous sommes dehors à présent, nous avons quitté l'être.

Joh est-ce que tu connaissais déjà ces paroles ?

J : Ce sont des paroles importantes, il faudra les transmettre dans le livre, elles peuvent aider. Elles devraient être écrites en grand sur les parvis des églises ou des temples pour que tout le monde puisse s'en imprégner !

M : Oui.

Joh me propose à présent que nous allions voir ma mère dans le monde astral.

M : D'accord, je te suis.

Nous partons en vol et comme la dernière fois, je vois que Joh dans le Ciel du Royaume tout d'un coup semble le traverser.

C'est très curieux comme impression. Je fais de même bien sûr à sa suite et aussitôt, nous changeons de dimension et nous étant branchés sur le Monde astral, c'est là que nous arrivons. Je reconnais les vertes forêts, les prairies. Nous volons un moment, ce sont des forêts denses parsemées de clairières d'herbe verte...
Nous nous dirigeons vers le village où mes parents se sont installés. Nous nous sommes posés un peu en retrait, puis nous avons marché jusque devant leur maison. Nous frappons à la porte. Ma mère nous ouvre, enjouée.

Ma mère : Ah mais tu sais, je ne savais pas trop comment vous appeler. J'ai essayé avec le truc que j'avais utilisé l'autre jour mais j'avais l'impression que ça ne marchait pas très bien.

M : Hmm, oui, j'ai perçu un peu ton appel mais c'était très flou, je n'étais pas très sûre. Bon, la prochaine fois que je sentirai cela, je viendrai plus tôt.

Ma mère : Oh, tu sais, ce n'est pas très important, mais on voulait vous voir un petit peu, il y a longtemps qu'on ne vous avait pas vus. Puis, on a bien cogité, ton père et moi, à propos de tout ce qui se passe sur la Terre. On avait envie d'en parler avec vous.

M : Avec plaisir.

Mon père est assis, il m'adresse un large sourire. Il semble consulter, ce qui m'étonne beaucoup... ce qui ressemble je dois bien l'avouer... à un journal !...

Est-ce qu'il y a des journaux ici dans ce Monde ?

Mon père : Eh bien, si l'on est intéressé par ce qui se passe sur la Terre, on peut s'en procurer ; ce sont des journaux un peu spéciaux qui sont faits ici, pour nous, on peut y trouver un petit résumé de ce qui se passe dans différents pays : le côté positif, le côté négatif, c'est assez objectif et je veux dire par là que ça ne te montre pas que tout le monde est beau et gentil, non ! Ça nous montre les choses comme elles se passent en réalité et c'est intéressant, ça nous permet de nous tenir un peu au courant, parce que ....on s'intéresse toujours à la Terre ta mère et moi, on aime bien savoir ce qui se passe ici et là.

Oh tu sais, on ne le lit pas très souvent mais des fois ça m'intéresse d'aller en chercher un. Il se trouve un endroit où l'on peut s'en procurer et de temps en temps j'en rapporte un ici.

M : ça c'est intéressant ! Je ne savais pas que cela existait. Je suppose que ce ne sont pas des nouvelles comme sur la Terre, politiques, sociales, etc.

Mon père : Non, ce sont plutôt des nouvelles des avancées technologiques, des dernières découvertes et de ce que font les hommes, des progrès de la paix, ou au contraire des avancées de la guerre dans différents endroits du globe, de ce que fait un peu l'humanité, selon son niveau d'évolution dans différents pays.

M : Hmm, hmm, je vois. Une autre façon de voir les nouvelles, cela doit être très intéressant. Qui est-ce qui fait ces journaux ? Est-ce que tu le sais ?

Mon père : Tu sais, on ne s'est pas trop préoccupé de ça, je sais qu'ils nous sont proposés mais je te dirai que je ne sais pas qui les fait. Je suppose que ce sont des êtres d'un monde plus élevé…c'est possible que ce soient des gens d'ici que cela préoccupe et qui sont intéressés pour faire ce genre d'activité : écrire un journal pour nous, je me renseignerai si tu veux.

M : Alors, comment vous êtes-vous occupés ces derniers temps, depuis que l'on ne s'est vus ? Toujours des balades ? Toujours des vacances ?

Ma mère : Tu sais, on ne voit pas le temps passer, c'est comme si on était toujours dans le présent. On est toujours aussi heureux, toujours aussi heureux d'être ensemble, d'être là. Le paysage nous semble toujours aussi magnifique, on ne s'en lasse pas, c'est vrai qu'on a continué d'aller explorer un peu, dans différentes directions, tu vois. On se fait de bonnes marches avec ton père, de bonnes randonnées, ça nous fait du bien, ça nous fait découvrir des tas de choses magnifiques, on n'est embêtés par personne et pour l'instant on n'a pas du tout envie que ça change. Bon, ton père continue de voir ses amis, ça c'est sûr, il joue toujours à la pétanque, un bon moment tous les jours mais moi ça me permet de faire d'autres choses de mon côté, ça ne me dérange pas du tout, au contraire, il revient tout content d'avoir vu ses amis, c'est très bien comme ça.

M : Est-ce que cela ne te manque pas de ne pas avoir une amie, toi?

Ma mère : Oh, pas du tout, qu'est-ce que j'en ferais ? Eh bien non, je passe tout mon temps avec ton père et puis comme je te dis, quand il est avec ses amis, ça me permet d'être seule pour faire de petites choses pour moi. Non, c'est très bien comme ça, on a trouvé un mode de vie idéal, parfait. Et vous alors, qu'est-ce que vous devenez ?

Je lui donne de mes nouvelles puis elle s'adresse à Joh :

Toi, je ne te demande pas, je sais que tu es dans les meilleures conditions possibles, ce n'est même pas la peine de te demander, ça doit être l'idéal pour toi, le bonheur, on s'en doute un peu, tu sais, ton grand-père et moi. Bon, on ne va pas vous retenir trop longtemps, c'était pour vous dire bonjour et prendre un peu de vos nouvelles.

Nous nous disons au revoir chaleureusement. Ils me donnent des paroles de réconfort et nous nous séparons... Joh leur promet de revenir les voir bientôt.
Voilà, ils ont refermé la porte et nous sommes sur la route, claire et douce sous nos pieds.
Là aussi il y a du sable par terre. Personne en vue, nous nous élançons en vol.
Déjà, nous sommes loin dans le ciel de l'astral et nous le traversons comme nous l'avons traversé tout à l'heure, dans l'autre sens, en nous branchant simplement sur le Royaume.
Voilà, nous passons dans la Lumière. C'est vraiment très différent, l'astral bien sûr c'est magique mais cela ressemble quand même un petit peu à la Terre. Le Royaume, c'est autre chose, la luminosité si intense, la douceur, la beauté si parfaite.
Nous avons atterri sur le sol du premier Monde, chez nous quoi.

J : Tu viens au château quelques instants ?

M : Avec plaisir.

Nous y allons en courant, c'est plaisant, j'aime toujours autant courir ici.

J : Maman, quand tu viendras, tu verras, on courra ensemble, on fera la course.

M : Hmm, tu me gagneras ! Ou est-ce qu'ici on court à la même vitesse, que l'on soit homme ou femme ? *dis-je en riant…*

J : Tu verras.

M : Hmm, *je crois qu'il ne le sait pas vraiment.*

J : Je n'ai pas tout fait ici ! *ajoute Joh en riant lui aussi.* Je n'ai pas encore fait la course avec une fille, ça ne fait pas partie des choses que l'on fait tous les jours, quand on rencontre quelqu'un ici ! …

M : D'accord. Alors, on se le réserve.

Nous sommes arrivés à la grille de Lumière de son château. Snoopy est là, et nous profitons de cet endroit que j'aime tant.
Nous obliquons vers le parc, sous les bambous géants, petit paysage des tropiques reconstitué ici, comme nous l'aimons tant. Les tropiques ici sont plus doux encore : douceur du Royaume, perfection. Je vais rester ici un petit moment. Nous nous enfonçons dans la forêt de bambous. Nous nous sommes assis sur un petit pont et Joh descend vers la rivière. Il tient une baguette de bois très fine dans la main qui fait vaguement penser à une canne à pêche. Il va s'asseoir près de l'eau et à mon grand étonnement, je le vois piquer sa baguette de bois dans ce qui semble être un tout petit poisson rouge... Je suis étonnée : il ressort sa baguette avec cette petite chose au bout. Mais ce n'est pas un petit poisson, bien sûr, il n'a pas tué une petite bête, je suppose qu'il n'y a pas non plus de petit poisson ici. Joh est en train de le manger. Puis il en pique d'autres au fond de l'eau, de différentes couleurs. Ces «petits poissons» sont en chocolat de toutes les couleurs. Je sens que je vais descendre de mon petit pont pour le rejoindre !

M : Tu me fais goûter ?

Je me suis assise à côté de lui. Il m'en tend un, au bout de sa longue baguette. Hmm, c'est un merveilleux chocolat, d'une finesse! Au goût fruité en même temps... La perfection du chocolat, ça c'est quelque chose ! Décidément quel Monde merveilleux !

Je suppose que l'on n'est jamais écœuré de ce chocolat ?

J : Disons qu'au bout de trois ou quatre on a envie de faire autre chose.

M : Hmm, je vois…on ne va pas dépeupler la rivière de ses poissons en chocolat, c'est cela ?

J : Tu fais ce que tu veux, mais moi, j'aimerais mieux marcher un peu maintenant.

M : D'accord.

Nous suivons une petite sente le long de la rivière, une petite sente sableuse toute étroite. Elle s'est élargie à présent.
Nous marchons côte à côte dans cette entente-complicité-fraternité, si douce...
Je remercie Joh pour ce voyage si intéressant et si agréable. Puis nous nous séparons.

Voyage du samedi 29 novembre 2003

Je suis passée, je pourrais dire : ma conscience a changé de dimension. Je ne perçois pas très bien Johany, il me dit qu'il n'est qu'à moitié là mais qu'il va se densifier pour moi.
En effet en quelques secondes, je le perçois normalement comme il est avec son corps subtil qui ici est un corps tout à fait dense et matériel, comme je le percevais sur la Terre quand il était incarné. Nous nous retrouvons. Je lui demande ce que nous allons faire.

J : On va parler à propos d'hier tout en marchant.

M : Si tu veux.

J : Après on verra. Tu sais, à propos de la joie, je voulais te dire quelques petits trucs parce qu'en fait ce que l'être de Lumière t'a dit pouvait porter à confusion. Il te disait que c'est l'état d'esprit de l'être humain qui s'ouvre ou non à ce que Dieu envoie. C'est son état d'esprit qui fait qu'il va voir les bons évènements, les bonnes choses ou qu'il ne va voir que les mauvais.
En y pensant, on peut aussi retourner le voir pour lui demander justement de préciser un peu sa pensée.

M : D'accord, c'est intéressant. Ce serait bien d'avoir des précisions de sa part mais, toi-même, Joh, voulais-tu m'en dire quelque chose ?

J : Ce que je voulais t'en dire n'est pas intéressant à côté de ce que lui va nous en dire mais si tu veux, ce que j'en pense c'est que l'on est créateur dans une certaine mesure et seulement dans une certaine mesure. Quand on est sur Terre, il y a beaucoup de choses qui nous échappent. Il ne faut pas trop mythifier le fait que l'on puisse tout faire quand on est sur la Terre parce que d'après ce que j'en ai vu, ce n'est pas tout à fait juste. Donc il s'agit de s'ouvrir, d'avoir un esprit plus ouvert à tout ce qui peut venir de bénéfique mais je ne dirais pas aux hommes qu'ils peuvent « créer » leur avenir comme ils le veulent parce qu'une fois qu'ils sont incarnés, je crois qu'ils ne peuvent plus grand chose, ils sont pris dans un réseau de contraintes, de lois terrestres ou humaines, d'obligations, dans un cadre. Et ils n'ont pas toutes les possibilités. Bon, si tu veux on y va et puis on va voir ce que lui peut ajouter.

M : D'accord.

Nous nous envolons vers le troisième Monde où nous étions hier. Voilà, nous avons atterri devant son dôme.
Joh l'appelle mentalement et l'être nous ouvre, enfin l'emplacement supposé d'une porte disparaît et l'être est là. Il nous fait entrer, l'air aimable, accueillant. Nous nous installons comme hier sur les mêmes coussins très confortables.

M : Nous voudrions avoir des précisions par rapport à ce que tu nous as dit hier. Veux-tu s'il te plaît préciser ta pensée sur ce qu'il est possible de faire lorsque l'on est sur la Terre par rapport à la joie, sur le fait que l'on peut être créateur de son avenir, de sa vie, des choses

qui nous arrivent, parce que justement vis à vis de cela, je doute un peu de la réalité de ces possibilités. Je pense que l'on n'est pas créateur de grand chose, je crois que l'être est un peu
«prisonnier» de ses choix d'âme, de son karma, de ces grandes Lois divines en quelque sorte, qui font que l'on doit suivre ses choix d'âme, ces choix que l'on a faits pour sa vie avant de descendre.
Qu'en penses-tu ?

– Ce que tu dis est juste mais le mot prisonnier ne convient pas. L'être n'est jamais totalement prisonnier, même de ces Lois divines dont tu parles.
L'être a toujours la possibilité de s'en échapper, de s'en écarter, de les adoucir, de les aplanir, d'en changer un peu la teneur.

M : Comment doit-il faire pour cela, parce que personne ne le sait ?

– Eh bien, je vais te le dire. Il faut qu'il sache qu'il peut les changer, il faut qu'il sache qu'il est lui-même créateur de son destin, il faut qu'il sache qu'il n'est pas une victime du sort mais un être à part entière qui a un pouvoir sur son destin et qui peut le modifier dans le sens où il le souhaite.

M : Mais lorsque justement cet être a fait certains choix d'âme et qu'une fois sur Terre il les regrette ou il souhaiterait en avoir fait d'autres, comment peut-il changer cela ?
Est-ce qu'il peut réellement changer cela ? On pourrait penser que son ego n'a pas la sagesse qu'avait son âme lorsqu'elle a fait ses choix ; mais parlons d'un être conscient, évolué dans son ego : peut-il réellement lorsqu'il est sur Terre changer un choix d'âme ?

– Oui, il le peut, il lui suffit de le refuser.

M : De le refuser ? Mais comment ? Après tout, on subit beaucoup son destin quand on est sur la Terre. Les évènements arrivent et puis…

– Ce que tu me demandes est très délicat. J'ai envie de te répondre plusieurs choses à la fois, car tu as raison et tu n'as pas raison tout à la fois. En réalité cela dépend des cas. Dans bien des cas tu as raison. L'être dans son ego ne peut rien changer à ses choix d'âme car l'âme, tu l'as dit, est sage et l'ego ne l'est pas. Aussi la plupart du temps, l'être sera créateur, mais dans un certain cadre donné, le cadre qu'il s'est fixé avant de descendre en incarnation ou qui lui a été fixé. Dans ce cas la limite de son pouvoir créateur sera son karma : ce qui lui est autorisé dans le cadre de ce karma, mais néanmoins l'état d'esprit qu'il peut avoir face à la vie, l'état d'esprit dont je te parlais hier, l'esprit maussade ou l'esprit heureux positif peut là tout changer sur sa façon d'appréhender les choses et de laisser la joie que Dieu va lui offrir arriver dans sa vie. Il y a donc encore une large marge de manœuvre pour l'être, même lorsqu'il est pris dans la loi du karma, et, face à un même karma, un être peut trouver un tas de choses positives dans sa vie et les y attirer et un autre, son voisin, ne voir que le mauvais côté de son destin et souffrir bien davantage, donc je reste sur mes paroles d'hier.

L'état d'esprit dans lequel on accueille la vie est essentiel et décisif. Il s'agit de laisser les bonnes choses arriver sur soi, arriver dans sa vie, car Dieu envoie toujours des bienfaits aux hommes dans Sa miséricorde et l'homme est libre de les voir ou non, de les reconnaître ou non, et enfin de les accepter ou non...

M : Bien, je comprends. Nous parlions de l'être pris dans la loi du karma. Peux-tu me parler de ce qu'il est possible de faire pour un être évolué dont l'ego est assez travaillé, peut-il être davantage créateur de son destin, c'est à dire peut-il changer un choix d'âme puisque tu m'as dit que cela dépend des cas ?

— En effet parlons de ces cas-là.

Dans ce cas dont tu me parles où l'être a suffisamment travaillé son ego pour avoir atteint une certaine sagesse, même si ce n'est pas la Sagesse divine, l'être éveillé ou même très évolué spirituellement est prêt à comprendre et même la plupart du temps à accepter ses choix d'âme. Néanmoins dans le cas où il lui semble qu'un choix n'a pas été fait en toute sagesse, n'a pas été judicieux, ou simplement ne lui convient pas, s'il refuse ce choix, a-t-il le pouvoir de le changer ? Je te dirai une chose simple, si cet être a atteint le niveau spirituel de son âme, il le peut, même en étant sur la Terre. Car, vois-tu, l'être humain dans les premier et deuxième Plans du Royaume n'a pas non plus toute la sagesse. Il faut attendre bien longtemps pour que l'être humain accède à la Sagesse divine.

M : Justement à ce propos, lorsque l'on est dans le Royaume, peux-tu me dire quelle est la partie de notre être qui fait ces choix d'âme avant de descendre en incarnation ? Est-ce nous dans le premier Plan qui décidons comme j'ai vu Lucas choisir de se réincarner, est-ce lui par exemple qui a organisé sa vie ou est-ce son Etre essentiel, son Esprit ?

– Non, ce n'est pas son Etre essentiel. L'être dans le premier Plan du Royaume décide ou non de se réincarner et organise lui-même sa vie. Il n'a pas comme je te l'ai dit toute la sagesse, néanmoins ses choix sont supervisés, il ne pourrait pas choisir une stupidité. L'être dans le Royaume et même dans le premier Plan n'est pas stupide mais il peut en effet faire des choix un peu difficiles ou pas toujours très adaptés.
Si l'être, pour ses choix, a l'accord divin, alors cela se passe comme l'être l'a décidé.

M : Se peut-il que l'être n'ait pas l'accord divin ?

– Ce serait exceptionnel, car en réalité le choix de l'être du Royaume qui souhaite se réincarner, est respecté. Il a le droit en d'autres termes de faire des choix difficiles ou des choix faciles, des choix d'une vie heureuse, productive ou des choix d'une vie plus douloureuse, qui, à ses yeux, peut être plus productive. Dieu est le Respect infini, tu sais, et à moins que ces choix aillent contre l'Harmonie, Dieu respecte le choix de l'être qui souhaite se réincarner. Et bien sûr, comme je te le disais, c'est exceptionnel qu'un être choisisse quelque chose qui sans le vouloir, évidemment, pourrait aller contre l'Harmonie. C'est dans ce cas, et dans ce cas seulement, que Dieu interviendrait. Lorsque je te dis que Dieu supervise les choix de l'être du Royaume qui souhaite se réincarner, c'est dans ce sens-là. Il autorise, car tant que l'Harmonie est respectée, le Respect infini que Dieu a pour l'homme fait qu'Il le laisse assumer ses choix d'incarnation tels qu'il les a choisis. C'est le choix de cet être et Dieu respecte ce choix.

M : Je comprends mieux à présent. Ces notions n'étaient pas du tout claires dans mon esprit, aussi continuons dans ce sens…
Si l'être, une fois sur Terre, évolue suffisamment pour retrouver le niveau de son âme, c'est à dire le niveau qu'il a dans le premier Plan du Royaume, peut- il changer des choix qu'il a faits?

– Oui, je te l'ai dit, il le peut. Il suffit pour cela qu'il demande à ce que cela soit changé.

M : Qu'il demande à qui ?

– A son âme, à Dieu, à son Etre essentiel, à des êtres de Lumière qui exaucent les prières.

M : Qui est apte à organiser ce changement alors que l'être est déjà dans l'incarnation et qu'il a déjà créé un environnement, tout un cadre de vie ?

– En effet d'où tu es, cela peut paraître compliqué, difficile. En réalité, d'où nous sommes, cela ne l'est pas ou rarement, car la matière dans laquelle tu évolues est malléable, elle est pour nous virtuelle, je te le rappelle et pour nous il n'y a rien de plus simple que d'effacer quelque chose comme on efface un trait de crayon ou un dessin sur un papier pour le remplacer par autre chose.
A qui l'être peut-il demander de faire cette modification?
Eh bien, le plus efficace, le plus judicieux est de demander aux êtres de Lumière qui s'occupent en effet d'exaucer les prières des hommes. L'être peut le demander à Dieu tout simplement et c'est Dieu Lui-même qui le fera faire par les êtres de Lumière puisque c'est eux, tu le sais, qui exaucent les prières et font ces modifications si besoin est, si cela leur est demandé.

M : Merci pour tes paroles encourageantes.

Je remercie encore l'être de Lumière et nous nous séparons. Nous quittons son dôme. Nous échangeons encore un petit moment avec Johany des propos plus personnels puis nous retournons dans le premier Monde. Johany me raccompagne.

Voyage du dimanche 30 novembre 2003

Je remercie Johany pour tout ce qu'il fait pour moi.

J : Ici, quand on aime quelqu'un on a envie qu'il soit heureux.

M : Sur Terre aussi quand on aime quelqu'un, on a envie qu'il soit heureux. C'est peut-être la grande Loi de l'Amour qui fait cela. C'est peut-être comme cela que l'on sait si l'on aime vraiment les hommes ou l'humanité. Est-ce que l'on a vraiment envie qu'ils soient heureux ? Est-ce que l'on a vraiment envie que l'humanité soit heureuse ?

J : Tu vas un peu loin. Je te parlais en termes individuels mais c'est vrai qu'on peut le placer sur un plan plus général.
J'ai pensé à quelque chose, tu sais, pour que l'humanité soit heureuse…
On pourrait imaginer qu'il suffirait que chaque personne aime très fort une autre personne, Joh *dit cela sur un ton léger, en riant un peu*, et comme ça chacun ferait tout ce qu'il peut pour rendre heureuse au moins une personne : la personne qu'il aime. Tu imagines si c'était comme ça ?…

M : Oui, mais je ne sais pas si cela suffirait.

J : Moi, je crois que ça suffirait.

M : C'est amusant comme idée, mais je crois qu'une personne sur la Terre peut très bien aimer très fort quelqu'un et à côté en détester beaucoup.

J : Tu n'as pas compris ma pensée : si chacune de ces personnes est aimée très fort par quelqu'un qui fait tout pour qu'elle soit heureuse, à mon avis, cela changerait la face du monde.

M : C'est très possible. En tout cas, c'est sûr que c'est l'amour qui changera la face du monde. L'avènement de l'amour, du règne de l'amour. C'est peut-être aussi simple que cela.

Nous échangeons encore un petit moment avec Joh, des propos plus personnels.

Voyage du dimanche 7 décembre 2003

Lorsque j'arrive aujourd'hui dans le Royaume, le sable est rose, c'est magnifique ! Je pense que cela correspond à une énergie de douceur parti- culière.
Johany est là qui m'attend. Nous marchons un peu en parlant.

J : Ça me gêne un peu maintenant de t'appeler maman parce que je ressens que l'on est dans une autre relation plus égale, tu vois.

M : Oui, je vois. Mais je crois que moi, j'ai encore besoin, de continuer cette relation-là, je crois.

J : Ce n'est pas très important. On va faire comme tu veux, c'est ce qui compte. Je voudrais te dire à quel point c'est important pour moi d'être près de ce que tu vis, d'être près de toi.

M : Merci.

J : Je me sens proche en fait et je n'ai pas envie que ça change. J'ai envie de continuer de m'occuper de toi, d'ici, de continuer de faire tout ce que je fais pour toi.
Si tu veux, on va aller voir quelque chose et quelqu'un.

M : Oui…

C'est très beau ici, c'est magnifique.

Nous sommes arrivés sur une étendue de sable doré à présent, immense et tout au bout un grand soleil un peu orangé éclate de mille splendeurs !...

Veux-tu que nous allions dans un endroit particulier ?

J : Oui, on va continuer tout droit, en marchant comme ça, et tu vas voir que même en marchant, on peut aller très vite, ou plutôt c'est, comme si on allait très vite, mais c'est le paysage qui s'avance, qui bouge : nous, on continue de marcher au même rythme.

M : Oui, c'est très curieux ici ce phénomène. Je l'avais déjà remarqué dans le Ciel où parfois on a l'impression d'être immobile et c'est le paysage qui défile. Je suppose que cela a un rapport avec l'illusion de l'Espace et du Temps.

J : C'est un peu compliqué pour parler de cela maintenant. On y reviendra. Pour l'instant, continuons de marcher et de nous rapprocher de ce Soleil, c'est ce qui compte.

M : Est-ce qu'il s'agit d'une Sphère sacrée ?

J : Exactement. Elle est beaucoup plus loin en réalité, mais c'est un Mystère.

M : Joh, est-ce la Sphère sacrée que je connais, enfin dans laquelle je suis allée plusieurs fois ?

J : Non, c'est une autre. Tu y es allée une fois, une seule, tout au début, tu t'en souviens ?[18]

M : Oui, tu veux parler de la sphère d'Organisation …

J : Attends, tu vas voir…
On va voler maintenant pour la rejoindre.

M : D'accord.

Nous partons en vol. Nous sommes deux petits points, deux petites silhouettes dans cette immensité devant cette gigantesque Sphère sacrée qui occupe une partie du Ciel.
Nous traversons, nous pénétrons sa surface, son énergie. Nous passons dans une énergie vaporeuse, lumineuse bien entendu. Je vois toujours Joh à mes côtés. Nous volons encore à l'horizontale dans cette matière-énergie.

Je ne sais pas encore si tout dans cette sphère est fait de cette même énergie ou si simplement nous traversons une paroi pour arriver à autre chose. Je sens que nous obliquons, nous sommes orientés, nous sommes dirigés sans le vouloir, à moins que ce ne soit Joh qui nous dirige, je ne sais pas. Je crois plutôt, que nous sommes attirés, emmenés vers un point précis… Là, devant nous, se dresse une

---

[18] Cf. Le Royaume Tome 1

*colonne de flamme, c'est étrange : une colonne très haute, étroite, d'une immense flamme de Lumière. Nous nous sommes arrêtés devant elle, posés là dans cette énergie, comme en suspension. Il n'y a pas réellement de sol, ni de matière ferme, mais nous n'en avons pas besoin, nous sommes « posés « en suspension.
J'entends :*
Viens à l'intérieur. *La voix vient de cette flamme gigantesque, immense. Je me tourne vers Joh :*

M : On y va ?

J : Maman, je vais t'accompagner un peu, après je te laisserai.

M : Bon.

Nous nous tenons par la main dans cette flamme. Bien sûr, nous ressentons immédiatement une élévation. Nous sommes aspirés vers le haut par un courant irrésistible. Je ne sais où nous allons. Johany est toujours là en face de moi.

Est-ce que tu connais cela Joh ? Es-tu déjà venu ?

J : Maman, j'ai expérimenté tout ce que je te fais découvrir maintenant.

Nous montons toujours. Nous sommes très très haut par rapport au point d'où nous sommes partis. C'est étrange, j'ai l'impression que nous sommes au sommet de cette flamme et c'est comme si nous avions changé de Monde, changé de dimension, changé de Plan. Nous sommes ailleurs, autre Lumière. Je prends le temps d'ajuster mes vibrations. Je perçois moins bien Joh...

M : Joh, es-tu toujours là ?

J : Je vais te laisser mais on va se retrouver tout à l'heure.

M : Bon.

Je n'avais pas vraiment envie de le quitter là. C'est vraiment étrange, je suis dans un autre Monde si l'on peut dire et, de nouveau, se déploie devant moi une étendue immense de sable doré et, de nouveau, au bout de cette étendue resplendit un autre Soleil, une autre Sphère.

Je ne sais pas ce que je dois faire.

J'entends :

J : Maman, tu es attendue dans l'autre Sphère.

M : Bien.

Je pars en volant vers cette autre Sphère, cet autre Soleil.
Voilà, cela s'est fait très vite. Je suis de nouveau entrée dans une énergie vaporeuse, semblable à celle de la première Sphère sacrée. S'agit-il d'une autre Sphère sacrée ?
J'entends, je ressens plus exactement les mots :

Sept Sphères sacrées communiquent les unes avec les autres de cette façon.

Quel curieux Monde ! Comme c'est étrange et merveilleusement beau ! Je vois de nouveau sur la gauche une immense flamme comme une colonne de Lumière semblable à celle que j'ai empruntée tout à l'heure, mais cette fois je ne me sens pas dirigée vers elle. Au contraire, je suis arrêtée dans mon vol et je reste, posée là, dans cette énergie particulière. J'entends :

– Tu es arrivée où tu devais arriver. Johany est avec nous, ne crains rien. Johany est partout où tu es si tu le veux. Dans ce Monde en tout cas il est avec toi.

Je sens la présence de Joh derrière moi. Il pose ses mains sur mes épaules.

J : Tu as bien fait le chemin toute seule, c'est bien. Approche-toi devant, on va nous donner un cadeau. Regarde…

Je vois alors se dessiner devant nous, là, à quelques mètres, une sorte de table, d'autel, d'une blancheur immaculée, un peu dorée en même temps. Cela me fait penser à un autel religieux, un autel sacré plutôt. Je ne perçois pas de présence, uniquement de la Lumière d'or tout autour.

J'entends :

Venez et asseyez-vous sur cette table.

Nous nous asseyons en tailleur côte à côte Johany et moi.

J'entends :
– mets tes mains en coupe.

Johany a du entendre la même chose car il fait de même. Je vois dans mes mains descendre, couler de gros cristaux très brillants et très purs : des diamants subtils, des diamants d'ici, reliés entre eux comme en collier.
Ils s'amoncellent dans la coupe de mes mains et forment un petit tas de ces beautés d'une pureté merveilleuse. Je jette un œil sur les mains de Joh, il s'est passé la même chose.

M : Grand merci à vous, dis-je *humblement.*

Un être de Lumière s'est penché vers Johany, il l'enlace dans un geste de tendresse, d'amour. Ensuite l'être fait de même avec moi. Il me dit des mots de tendresse et d'amour. L'énergie est très forte ici, je perds un peu conscience. Les pierres continuent de s'amonceler dans mes mains...
Je sens que je vais rester là un moment, dans cette énergie si puissante...

Voyage du samedi 20 décembre 2003

En arrivant dans le Royaume j'ai entendu la voix de Johany qui me demandait de le rejoindre là où il était. Je me suis élancée, j'ai survolé la première chaîne de montagnes, puis la deuxième et en arrivant au-dessus du quatrième Monde je ne sentais plus dans quelle direction me diriger, et j'ai entendu la voix de Joh.

J : Descends juste à la verticale. Je suis en dessous de toi, je ne suis pas loin.

Alors je me suis laissée descendre. Je me suis fait penser à Mary Poppins, j'ai eu une image de Mary Poppins descendant sur le toit avec son parapluie ! Je suis arrivée sur le sable au milieu de dômes de Lumière. Je n'ai pas vu Joh tout d'abord puis je l'ai aperçu, tout en Lumière lui aussi, comme les êtres d'ici, je ne voyais pas ses traits mais je savais que c'était lui.

J : Viens, je voudrais te faire vivre quelque chose, te faire voir quelque chose.

Nous sommes passés entre les dômes puis, arrivés près de l'un d'eux, Joh comme je l'ai vu faire souvent, a incliné sa tête pour parler en télépathie avec l'être qui se trouvait à l'intérieur. Une ouverture s'est formée dans la paroi du dôme et un être de Lumière est apparu. Il nous a invités à entrer. Nous avons descendu deux marches de Lumière. Dans une partie de ce dôme, se trouvait une sorte de nuage de Lumière d'or au ras du sol et nous nous y sommes installés comme dans un sofa extrêmement confortable. Ce nuage prenait la forme de nos corps selon la position dans laquelle nous nous posions. Voilà, nous nous sommes donc installés là et l'être me dit :

– Je t'ai fait venir Midaho, parce que je souhaitais te parler du karma terrestre. Les hommes connaissent bien peu, voire pas du tout parfois ces Lois divines, ces Lois si particulières du karma. Ces Lois permettent de comprendre la destinée de l'homme. Elles permettent à l'homme de comprendre ce qu'il vit sur la Terre. Il lui est donc indispensable de les intégrer à sa connaissance.
Le karma, tu le sais, est le retour d'un acte, d'une parole ou d'une pensée d'amour ou de non-amour. Bien sûr, lorsqu'il s'agit pour l'homme d'un acte, d'une pensée, d'une parole de non-amour, le retour qui s'ensuit est un karma négatif. Ce karma consiste à donner à l'homme l'occasion de refaire l'apprentissage à l'amour qu'il n'a pas su faire, c'est lui donner l'occasion de réapprendre une leçon d'amour qui n'a pas été apprise, comprise, pas suffisamment intégrée en tout

cas. C'est comme si Dieu lui disait : « Je ne t'en veux pas, Je t'aime et Je te pardonne l'acte que tu as posé ou les paroles que tu as prononcées, les pensées que tu as émises, Je te les pardonne mais cela ne signifie pas que tu ne doives pas apprendre à aimer, alors reprenons cette leçon ensemble, veux-tu ? » Et dans ce « veux-tu » que je t'exprime se trouve une demande beaucoup plus forte de la part de Dieu et même une exigence, nous pouvons parler en ces termes-là.

Car Dieu fait en sorte que ces leçons d'amour soient apprises, sur le temps qu'il sied à l'homme de prendre pour cet apprentissage, mais au bout du compte elles seront apprises. Alors je serais tenté de te dire : autant les apprendre le plus vite possible car le bonheur est à la clé de cet apprentissage. Bien sûr, il existe tous les cas où l'homme pose des actes d'amour, où il prononce des paroles d'amour, où il émet des pensées d'amour et alors se crée pour lui un karma dit positif.

Cela signifie alors que Dieu va lui manifester son Amour. Je ne t'ai pas dit : « Dieu va lui donner son Amour » car tu l'as compris, Dieu donne son Amour à quiconque, mais là, Il va le lui manifester. Qu'est-ce que cela signifie ? Qu'Il va lui donner un bienfait en retour et ce bienfait sera proportionnel à l'Amour donné. C'est comme si Dieu lui disait : « regarde, tu as su aimer, vois ce qu'il advient à un homme lorsqu'il sait aimer ».

Aussi, vois-tu, ne te méprends pas, il ne faudrait pas non plus que les hommes pensent que les plus chanceux parmi eux ou les plus fortunés ou ceux qui semblent les plus heureux aux yeux des hommes sont nécessairement les plus aimants. Car ce n'est pas aussi automatique, direct. Le karma d'un homme peut se manifester longtemps après qu'il ait posé ses actes, ses pensées, ses paroles d'amour ou de non-amour, et souvent plusieurs vies plus tard. C'est même à cause de ce karma négatif que l'être doit se réincarner. L'être se réincarne, tu le sais, lorsqu'il n'a pas suffisamment fait, justement, ses apprentissages à l'amour. Il monte alors à sa mort dans les mondes de la réincarnation car il n'a pas droit au Royaume, hélas.

Il mérite le Royaume s'il a suffisamment su aimer, c'est-à-dire s'il a su effectuer tous ses pardons, s'il ne meurt pas en état de rancune, ni même de rancœur vis-à-vis de ses frères ou vis-à-vis de Dieu. Il vaut mieux vois-tu, une franche indifférence plutôt que de la rancune, car derrière toute rancune, toute rancœur il y a un non-pardon, ou si tu préfères un pardon non-effectué et cela est grave aux yeux de Dieu ; cela ferme à l'être les portes du Royaume. Dis-le aux hommes, transmets-leur cet Enseignement car il est primordial. **Le non-**

pardon ferme à l'homme les portes du Royaume. Seul l'être qui a su pardonner saura entrer dans ce Royaume. C'est la Loi, c'est la condition, car **à travers le pardon s'exprime l'amour de l'homme.** C'est ainsi qu'il sait le mieux exprimer son amour. Oh bien sûr, il y a d'autres moyens de l'exprimer : certains êtres de Lumière t'ont parlé de ce sujet au moment de la remontée ici-même de Johany, de la notion de sacrifice et combien elle était chère aux yeux de Dieu en tant que moyen d'exprimer l'amour, en tant qu'expression la plus pure, la plus haute de l'amour. Mais cela est réservé aux êtres supérieurs, cela n'est pas demandé au commun des mortels. Par contre, il est demandé à ce « commun des mortels » de savoir pardonner, là est la plus grande leçon d'amour que les hommes ont à apprendre. Car, vois- tu, un homme qui sait pardonner n'entre pas en guerre contre son voisin, quelle que soit la cause de cette guerre. Même si elle semble très justifiée au nom de principes soi-disant justes ou moraux, en réalité la guerre n'est jamais justifiée, et derrière toute guerre, et même derrière toute querelle, se trouve un non-pardon, un pardon qui n'a pas su se faire, n'a pas su s'effectuer. L'être qui a su pardonner entièrement, dans tout son être, est en Paix, il connaît la Paix. Je te parle de la Paix intérieure bien entendu, car cet être peut vivre dans un pays en guerre mais lui, dans son être, il est en paix. Comprends-tu mes paroles ?

M : Bien sûr.

– L'être peut croire avoir su pardonner entièrement mais s'il te dit : « oui j'ai su pardonner, mais…» dans tous ces « mais » se trouvent les restrictions à ce pardon, et c'est un pardon qui n'est pas total. Si l'être dit : « j'ai su lui pardonner, mais cet homme n'entrera plus sous mon toit » ou « je ne l'inviterai plus à ma table », « je ne lui en veux pas, mais il ne mettra plus les pieds chez moi » alors vois-tu, non, ce n'est pas du pardon, ce n'est pas le pardon que Dieu attend. Ce n'est pas un pardon total, c'est un pardon partiel mais, aux yeux de Dieu, ce n'est pas le pardon.
Le pardon total consiste à dire : « je ne t'en veux plus, tu es mon frère, je peux te prendre dans mes bras, oui, tu peux venir dans mes bras. Et bien sûr, tu peux venir à ma table, tu peux entrer dans ma maison ».
Ceci est à nuancer, car tu peux pardonner à un être violent et méchant, et dans ce cas-là tu n'auras pas à l'inviter chez toi car il pourrait te nuire, détruire ton habitat ou l'harmonie de ton lieu, ou nuire à ta

famille, à tes enfants... Le pardon ne te demande pas de vivre cela, comprends-tu ? Le pardon te demande de ne pas lui en vouloir du tout. Ainsi, si cet être est méchant et violent, le pardon consiste à pouvoir lui dire, même mentalement, même dans le secret de ton cœur :" je ne t'en veux pas, je ne t'en veux plus, tu es mon frère, mon frère en Dieu. Je pourrais te serrer dans mes bras. Tu pourrais venir dans mes bras, si tu n'étais pas disposé à me donner un coup de poignard si je le faisais, si tu n'étais pas disposé à me nuire encore, voire à me détruire, moi dans mes bras je t'accueillerais, dans ma maison je t'accueillerais si tu n'étais pas si méchant ou destructeur ; moi dans mon cœur je t'accueille ».

Comprends-tu toutes les nuances de la notion du pardon et tout ce que l'homme a encore à apprendre ? Vois-tu, j'ajouterai encore ceci, car ces paroles que je viens de te donner sont encore à nuancer : lorsqu'un pays est en guerre contre un autre, lorsqu'un être se sent en guerre contre un peuple, contre un pays, les nuances que je viens de t'apporter ne sont pas toujours valables. Je veux te dire que lorsque l'être en face de toi est foncièrement destructeur, méchant, en effet tu n'as pas à le recevoir dans ton lieu d'habitation ni même dans tes bras. Seul ton cœur doit rester ouvert. Mais s'il s'agit d'un peuple contre lequel ton pays est en guerre par exemple, et contre lequel, toi aussi en tant que participant, citoyen de ce pays tu te sens en guerre, dois-tu fermer tes frontières à cet autre peuple? Dans le cas du pardon dont je te parle, ayant effectué ce pardon, l'homme va ouvrir son cœur à son frère de l'autre côté de la frontière, mais doit-il pour autant lui ouvrir son pays, lui ouvrir ses frontières? Cela dépend des mêmes conditions : est-ce que ce peuple-là, de l'autre côté, est foncièrement méchant et destructeur ? Si oui, hélas, tu n'auras pas à ouvrir ton pays, ta région à ce peuple méchant et destructeur.

Mais attention, regarde bien : si ce peuple-là de l'autre côté de la frontière n'est pas méchant ou destructeur, si son intention n'est pas de détruire ton pays, alors ouvre grand les portes de ton pays. Comprends-tu ce que je veux te dire ? L'homme élève des barrières, des frontières et pense que cela est juste. Mais derrière ces barrières, derrière ces frontières, l'on trouve bien souvent des non-pardons, des pardons qui n'ont pas su se faire, des craintes injustifiées. Il suffirait parfois de simplement ouvrir son cœur à l'autre frère, à l'autre peuple-frère pour que les barrières tombent, les barrières du cœur et bientôt les barrières nationales, les barrières que les hommes appellent frontières et qui séparent les peuples les uns des autres, qui les empêchent de circuler librement sur leur planète.

M : Oui je comprends bien ce que tu veux dire, mais la crainte n'est pas le non-pardon nécessairement, je pense que les hommes peuvent avoir des peurs et que ce n'est pas la même chose que de ne pas avoir su effectuer un pardon, je crois.

– La crainte ne justifie jamais que l'homme ferme son cœur, elle explique que l'homme ferme son cœur mais cela n'est pas juste. L'homme par crainte peut fermer sa porte et, je viens de te le dire, il aura raison si cette crainte est justifiée : si son frère en face de lui est méchant et destructeur. Bien sûr, dans ce cas, il a raison de fermer sa porte, mais bien souvent tu le sais, la crainte n'est pas justifiée, et dans tous les cas de figure la crainte ne justifie pas de fermer son cœur.
Je te le répète : tu peux tout à fait aimer un frère quel qu'il soit et ne pas souhaiter lui ouvrir ta porte ou ton pays car il y sèmerait la zizanie ou la haine, la destruction quelle qu'elle soit. Alors tu peux le craindre oui, surtout s'il est plus fort que toi, mais fermer ton cœur, non, car toujours au fond de ton cœur, tu sais que ce frère-là est parcelle de Dieu, peut-être bien cachée, bien enfouie, sous des tas de voiles, des tas de manteaux dont son manteau de chair bien épais, et néanmoins il est parcelle de Dieu, venu là pour apprendre à aimer… Alors bien souvent ce n'est pas évident et les hommes vont dire :" eh bien, on ne le dirait pas, et ses apprentissages ne sont pas faits ». C'est exact mais il est venu pour cela et il reviendra pour cela autant de fois qu'il le faudra ; à chacune de ses morts à la Terre, à chaque fois qu'il quittera la Terre, il rejoindra donc ce que nous appelons les mondes de la réincarnation. Selon son niveau de non-amour ou son niveau d'amour il rejoindra un monde plus bas ou plus élevé.
Dans le cas de nombreux pardons non effectués, lorsque l'homme n'a pas vraiment su exprimer son amour sur la Terre, il rejoindra le monde astral, c'est le plus connu de tous les mondes de la réincarnation car il accueille hélas, beaucoup, beaucoup d'hommes de l'humanité. Au-dessus, transmets cela aux hommes, se trouve le monde mental, qui n'a rien à voir avec le mental humain, mais où l'homme se hisse lorsqu'il a su mieux aimer, lorsqu'il a su effectuer quelques pardons. Il en veut encore ici ou là à untel ou untel mais cela lui est plus facile de pardonner, cela lui est plus facile de « passer l'éponge », même si quelques aspérités griffent encore son cœur. Cela signifie que l'être

qui arrive jusqu'au monde mental après son décès a beaucoup moins de karma négatif à régler. Il a encore des leçons d'amour à apprendre, mais moins nombreuses que l'être qui se trouve en astral, et l'être dans le monde mental a, à côté de cela, toujours su accumuler du karma positif. Lorsqu'il redescend en incarnation, ce karma positif va lui être rendu, donné, sous forme de chance, de bienfaits, de succès, de réussites, quelles qu'elles soient, de choses qui lui procurent du plaisir, mais dans cette même vie, dans cette même destinée, il aura des leçons d'amour à apprendre, à refaire. Ce qui signifie qu'au milieu de cette destinée en apparence heureuse vont arriver bien souvent des malheurs, des chagrins, des difficultés, des obstacles, car hélas le karma négatif se manifeste bien souvent à travers ces souffrances-là.

Ensuite, se trouve un monde supérieur qui n'est pas encore le Paradis, qui n'est pas encore le Royaume mais qui s'en rapproche beaucoup. Il s'agit du monde que l'on appelle causal, que l'on peut appeler de ce mot ou d'un autre, peu importe les mots. Ce qui compte, c'est de comprendre que l'être qui arrive après sa mort jusqu'à ce monde, dernier monde de la réincarnation, a déjà appris à aimer, pas totalement, pas encore suffisamment pour accéder au Royaume mais son karma négatif est presque terminé. Il a presque su pardonner. Alors, ce qui lui advient dans ce monde est si heureux qu'il a le goût, l'envie de se réincarner pour aider ses frères. L'être dans ce monde a le goût déjà d'aider ses frères et de Servir l'Amour, pas autant que l'être qui remonte dans le Royaume, mais il a dans le cœur ce désir d'aider et de s'incarner dans un but humanitaire. Tu sais qu'il y a mille façons sur la Terre d'aider ses frères et l'humanitaire ne se trouve pas toujours à l'autre bout du monde. Tu peux travailler dans l'humanitaire en ouvrant la porte à ton voisin dans la détresse, tout simplement. Travailler dans l'humanitaire consiste parfois à travailler dans son propre quartier mais, bien sûr, cela peut consister également à s'expatrier et à aller aider un peuple ou quelques hommes de ce peuple en difficulté.

L'être qui vient de ce monde causal, lorsqu'il s'incarne sur la Terre, aura beaucoup moins de leçons d'amour à apprendre puisque presque toutes sont déjà intégrées. Mais dis bien aux hommes, petite Midaho, dis bien aux hommes de ne jamais juger leurs frères sur ce qui leur arrive car bien souvent des êtres très élevés, les êtres les plus purs, les êtres du Royaume s'incarnent pour porter sur eux, une part du bagage de leurs frères, une part du karma négatif de leurs frères, s'incarnent pour aider leurs frères dans la misère, dans la difficulté, à porter leur fardeau en le prenant sur eux. Alors tu verras ces êtres si purs vivre à leur tour la difficulté, le chagrin ou la douleur, la souffrance car ils ont choisi de prendre sur eux la souffrance de leurs frères, et ils le font, ils la prennent en effet. Cela fonctionne ainsi. Cela peut sembler injuste mais cela ne l'est pas. Ils soulagent certaines âmes de leur poids trop lourd et ces âmes que ces êtres très purs soulagent, auront moins de difficultés à apprendre à aimer, car parfois quand le bagage est trop lourd, il devient difficile à l'être de s'en sortir. L'être du Royaume qui s'incarne pour cela, sait cela et le fait dans ce but, son cœur est généreux, son cœur est grand car il n'est pas obligé de le faire, personne ne le lui demande. Il le fait par pur amour. Il grandit ainsi encore davantage en amour et il aide ses frères, son humanité à grandir elle aussi plus rapidement. Ainsi, lorsqu'un homme voit un être qui souffre devant lui, qu'il ne pense pas que cet homme est nécessairement en train de vivre un karma négatif, ce n'est pas toujours le cas, cet être est peut-être un être du Royaume venu prendre un peu du bagage de ses frères, un peu ou beaucoup car plus l'être est pur, plus lorsqu'il souffre, il prend une part importante du bagage de ses frères. Lorsque je dis bagage, je parle du karma négatif, tu l'as compris, et un être extrêmement pur peut libérer des milliers d'êtres sur la Terre.

M : Je sens que tu hésites à dire des millions …

– Oui, c'est exact. Pour en libérer des millions, ajoute-t-il *après avoir hésité*, il faut être, *il hésite encore*, un messie, un prophète, un être à part…

M : Je comprends.
– Je voudrais ajouter encore ceci : lorsqu'un homme sur la Terre voit son frère dans la souffrance et même s'il sent, pressent, sait que ce frère vit cette souffrance à cause d'un karma négatif, à cause d'une leçon d'amour non apprise, qu'il ne le juge pas plus dans ce cas, qu'il ne juge jamais son frère, car l'homme n'a jamais à juger son frère, il n'est pas apte à le faire. Seul Dieu peut juger. Seule la Sagesse absolue peut juger, seul l'Amour absolu peut juger, la Lumière Divine peut juger et dans ce mot « juger » entends plutôt « estimer », estimer ce que l'être doit vivre pour grandir vers plus d'amour. Dieu sait exactement ce que l'homme doit vivre pour réapprendre une leçon non apprise ou insuffisamment apprise : leçon d'amour toujours. Seul

Dieu sait exactement ce que tel événement va avoir pour effet sur l'homme qui le vit. Lorsque je dis le mot Dieu, j'entends « Conscience de l'Amour ».

M : Je comprends lorsque tu dis cela, que ces mots incluent ceux qui se trouvent dans le Cœur de Dieu, tous les Etres de Lumière parfaits, revenus totalement dans l'Unité en Dieu, n'est-ce pas ?

– En effet. Conscience de l'Amour signifie cela, cette notion englobe «Cela».

M : Je comprends.
Y a-t-il des êtres dans cette Conscience de l'Amour, des consciences distinctes qui ne se sont jamais incarnées ?
– Oui, bien entendu. Nous parlerons de cela une autre fois.

M : Oui, cela m'intéresserait car j'ai compris que l'Amour s'exprime en se donnant et l'Amour qui se donne se plaît à se donner à travers l'incarnation peut-être...

– Une autre fois. C'est un sujet trop vaste pour que nous le traitions en quelques phrases.

M : Oui. Veux-tu me parler encore du karma ?

– Pas aujourd'hui. Nous avons survolé ces notions, nous les approfondirons un jour prochain. Tu peux néanmoins ajouter à cet Enseignement à l'intention des hommes de la Terre que **le karma se joue au niveau de l'intention qui se trouve dans le cœur de l'homme.** Lorsque l'être pose un acte avec une certaine intention, c'est cette intention qui compte et qui est retenue aux yeux de Dieu. Prenons un exemple : un homme veut tuer son frère, il prend son fusil et tire. C'est un cas extrême bien entendu, mais c'est pour illustrer mes propos. Il tire et pour une raison x, le coup ne part pas. Peut-être son fusil s'est-il enrayé, peut-être n'y avait-il pas de cartouche alors qu'il pensait qu'il y en avait, peut-être a-t-il mal visé, peut-être est-ce pour une toute autre raison...son coup a donc raté. Eh bien vois-tu le karma qui en résulte est le même que celui qu'il y aurait si son coup avait réussi et s'il avait tué son frère, car son intention était de le faire. Aux yeux de Dieu, ce qui compte est dans ton cœur, comme tu l'as si bien dit dans ton chant.

A l'inverse, lorsqu'un être a l'intention de donner de l'amour à l'un de ses frères, sous une forme ou une autre, de lui donner un cadeau, de lui donner un bienfait, du réconfort, une aide matérielle, physique, psychologique ou toute autre, de lui exprimer, manifester son amour concrètement par tel ou tel acte et que là aussi il ne le peut pas, si son acte est empêché pour une raison ou une autre qui n'est pas dans sa volonté, le karma qui en résulte, le karma positif cette fois, est le même que si cet acte avait produit son effet, l'effet que l'être souhaitait qu'il produise, car là encore c'est l'intention qui compte et ce qui compte est dans son cœur. Ensuite, le résultat de son acte lui échappe, dans un cas comme dans l'autre. Le résultat des actes échappe aux hommes, il appartient à la Sagesse divine. Ceci est bien incompréhensible aux hommes mais cela n'empêche que cette Sagesse si difficile à comprendre existe bel et bien.

…

Si tu souhaites recevoir ici d'autres Enseignements à transmettre aux hommes, je te les donnerai, mais à chaque fois sur un thème différent et nous tâcherons de ne pas les mêler car il est bon de ne pas mêler les énergies différentes et en l'occurrence, les thèmes différents, sauf si l'un découle de l'autre très naturellement.

M : Merci, merci infiniment pour toutes ces paroles, elles vont être très utiles je crois car les hommes manquent de ces Connaissances.

– Oui, c'est dans ce but que je te les ai données, afin que ces Connaissances soient vulgarisées, mieux connues, car comme je te le disais, la Loi du karma est essentielle et il est nécessaire que l'homme la connaisse, la comprenne et comprenne **que c'est grâce à l'amour qu'il aura su donner, qu'il aura su manifester, qu'il se libère, qu'il accède au Royaume et donc au Bonheur absolu, car seul le Royaume peut lui apporter ce Bonheur absolu.**

M : Ce que tu appelles les mondes de la réincarnation, c'est un peu ce que les catholiques appellent le purgatoire, non ?

– Oui, c'est exact, les mots n'ont pas d'importance.
Que les hommes cessent de s'accrocher sur les mots ou même de s'arrêter aux mots, car selon les religions, selon les Traditions les mots sont différents, mais derrière ces mots, la réalité est la même.

M : Un seul Dieu pour tous les croyants, c'est cela, n'est-ce pas ?

– Oui.

M : Et un seul Royaume pour tous les croyants.

– Oui encore, c'est cela que les hommes ont à intégrer profondément, vois-tu. Alors, en effet, la notion d'œcuménisme ne sera plus une notion vaine. L'œcuménisme ne sera plus un vain mot, il sera vécu, ressenti dans le cœur de chaque être. Le véritable œcuménisme demande de penser cela, d'avoir intégré cela au plus profond de soi : **un seul Dieu pour tous les croyants, un seul Royaume pour tous les croyants, mais aussi un seul Dieu pour tous les hommes, même les non-croyants, un seul Royaume pour tous les hommes, tous les hommes aimants.**
Rappelle-toi qu'il n'est pas nécessaire de croire en Dieu pour accéder au Royaume, la générosité de Dieu, l'Amour de Dieu va jusque-là. Il suffit d'avoir su aimer réellement ses frères tout simplement et, je te le répète, **d'avoir su effectuer tous ses pardons.**
Nous allons clore cet entretien. Je vais te revoir prochainement, tu reviendras ici. Johany t'amènera et nous parlerons de nouveau.

M : Merci.

Je me suis levée, je me suis inclinée devant l'être avec mes mains croisées sur ma poitrine.
Johany s'extirpe du nuage si confortable, puis nous nous dirigeons vers la sortie, une partie de la paroi de Lumière qui s'efface lorsque nous nous en approchons, afin de nous laisser sortir justement.

M : Eh bien, c'était très important !

J : Maman, il y aura d'autres Enseignements comme celui-ci. Les êtres de ce Monde sont bien aptes à les transmettre et de plus ils ont envie de le faire, par rapport à ton livre, je pense que ça les branche de Servir l'Amour de cette façon, c'est utile.
Si tu veux, on peut parler encore un petit peu, on va changer de Monde, comme ça je serai moins en Lumière, tu me reconnaîtras mieux, je sais que tu aimes bien voir ma figure comme elle était sur la

Terre.

Il s'est envolé et je le suis.
Nous avons atterri très doucement mais néanmoins à plat ventre dans le sable du Royaume... C'est la première fois que j'atterris ainsi, comme une plume mais le nez dans le sable !

M : Où sommes-nous ?

J : Premier Monde, dit Joh en relevant la tête.

Du sable coule encore sur son visage, son visage bien terrestre si l'on peut dire, enfin bien subtil, mais avec les mêmes traits que ceux que j'ai connus.
Nous échangeons quelques propos plus personnels avant de finir ce voyage.
A un moment, je me demandais ce que Joh ressentait à propos de quelque chose et il me dit :

– Si tu veux vraiment le savoir, viens en moi ou moi je me mets en toi, comme ça, tu sentiras ce que je ressens.
M : D'accord.

Il s'incorpore entièrement dans mon être.

La première chose que je ressens est la Paix, une immense, immense Paix !... Il ressent la Paix absolue, la Sérénité, une absolue Sérénité... Oh ! Comme c'est bien... Comme c'est heureux... Comme ce doit être magnifique de ressentir cela en permanence !...

Voyage du dimanche 21 décembre 2003

Je suis passée de l'autre côté. Je suis venue un peu à l'improviste, sans du tout savoir si Johany était disponible. Je l'ai appelé et je suis partie en me branchant sur lui. J'ai survolé les différentes chaînes de montagnes puis je suis arrivée dans la Sphère sacrée, celle où je suis déjà venue plusieurs fois et que je connais un peu.

Peut-être Joh est-il en train d'exaucer des prières, je ne voudrais pas le déranger. Je me branche sur lui plus précisément, et j'arrive dans un petit dôme annexe de la grande coupole.

J : Je suis bien là à faire ce que tu penses : exaucer des prières.

Il est affairé, il regarde un écran, il effleure des touches de couleurs.

M : Je ne voudrais pas te déranger, est-ce que je peux juste rester un peu ?

J : Tu peux rester tout le temps que tu veux. Je vais t'expliquer ce que je suis en train de faire. J'exauce la prière d'un homme... Tu vois, *me dit-il en me montrant l'écran,* (j'appelle cela « l'écran » mais il s'agit plutôt d'une projection de la Terre, de la vraie vie sur Terre), il est dans la rue... C'est à Chicago...

Je vois une église.
J : Il va souvent y prier et à chaque fois il demande cette même prière, Dieu m'a dit de lui exaucer, de faire en sorte que ce qu'il demande lui arrive.

M : Est-ce facile ?

J : Moyen. Il y en a de plus faciles, mais ce n'est pas impossible, enfin je peux le faire, si tu préfères.

M : En quoi cela consiste ? Si je peux le savoir, si ce n'est pas indiscret, en quoi consiste sa prière ?

J : C'est par rapport à sa famille. Il a demandé de guérir une personne de sa famille qui est condamnée.

M : Condamnée à mort ou condamnée par la maladie ?

J : Condamnée à mort, je ne pourrais pas faire grand chose... il s'agit de quelqu'un qui est condamné aux yeux des médecins, au niveau médical. Mais en fait c'est pas irrémédiable donc pour moi ce n'est pas trop dur, pas trop difficile. Ce n'est pas impossible, comme je te l'ai dit.

M : Comment fais-tu ?

J : J'interviens sur plusieurs facteurs à la fois, c'est cela qui est un peu difficile : intervenir dans différents domaines qui touchent la personne en question.

M : Est-ce sa mère qui est malade ?

J : Non, c'est sa femme. Elle est condamnée depuis de longs mois, six mois environ. Là, il ne sait plus quoi faire, il a tout essayé, enfin au niveau médical.

M : Est-ce un cancer ou une maladie comme ça ?

J : Oui, c'est ça.

M : Comment fais-tu ?

J : Je voudrais faire en sorte que ce soit une rémission spontanée, mais pour cela il faudrait qu'elle rencontre quelqu'un. Je voudrais qu'elle rencontre un être humain qui va être le facteur déclenchant si tu veux, qui va l'aider à remonter la pente, à faire basculer ses énergies vers la guérison. Parce que, tu vois, ce n'est pas non plus un miracle que je vais faire ou que j'ai à faire, ce n'est pas une baguette magique qui fait que demain matin elle se réveillera guérie ; ça ce n'est pas possible, pas dans ces conditions en tout cas. Donc, il faut faire en sorte qu'elle trouve les bonnes clés, les bonnes portes pour qu'elle se guérisse en apparence elle-même.
Alors, là, j'étais en train de travailler pour faire en sorte qu'elle apprenne l'existence de cette personne que je veux qu'elle rencontre et qu'elle ait envie d'aller la voir, en pensant qu'effectivement cette personne peut faire quelque chose pour elle. Pour mieux faire, je vais faire double effet : je vais faire en sorte qu'elle apprenne son existence et qu'en même temps son mari l'apprenne aussi. A eux deux ils vont en parler, échanger et je vais faire en sorte que ça leur fasse « tilt », qu'ils se disent que ça pourrait être la solution ou la réponse.

M : Hmm, je comprends. Est-ce quelqu'un qui travaille avec une médecine particulière ?

J : C'est quelqu'un qui est très fort, il travaille avec des plantes mais pas seulement, il fait parler la personne, il sait mettre le doigt sur les causes, les faire émerger, faire qu'un travail intérieur se produise ; mais c'est surtout, dans ce cas précis, la personne la plus apte à l'aider. Cela ne veut pas dire que cette personne va aider tous les malades dans son cas, mais dans son cas précis à elle, c'est ce qu'il lui faut.
Je me suis branché un peu partout et j'ai senti, j'ai vu que c'est cette personne qui sera la plus efficace pour elle, donc je m'arrange pour qu'elle la rencontre.

M : Est-ce un homme ?

J : Oui.
M : C'est génial ! Est-ce que, toi, tu sais d'avance, si cela va marcher ou pas ? Si elle va le rencontrer, si cet homme va la guérir ?...

J : C'est à ça que je travaille. Je sais que je travaille bien, donc je sais qu'elle va capter mon message, qu'elle va avoir connaissance de cette personne, qu'elle aura envie de la voir, son mari l'emmènera, le contact va se faire... Et normalement, tout va bien se dérouler.
Je n'ai pas tout à fait fini, c'est un travail qui se fait sur un certain temps, tu vois, parce que je rentre dans le temps terrestre quand j'exauce une prière. Bien sûr, ici tu penses que l'on est hors du temps, dans le sixième Monde, c'est vrai, mais moi qui exauce une prière d'un homme de la Terre, je dois tenir compte du temps terrestre, je dois entrer dans ce temps si tu préfères. Donc ce que je fais là, je le fais en plusieurs fois, en deux ou trois interventions.

M : Joh, quand Dieu te demande d'exaucer une prière, cela veut-il dire que tu vas forcément y arriver ?

J : Oui, c'est un peu ça. Mais ça ne veut pas dire, comme je te l'ai dit, que c'est une baguette magique. Il faut que je fasse le travail nécessaire pour que cela arrive, c'est à moi, si tu préfères, de me débrouiller pour que cela se fasse.

M : Oui, je comprends. Et je suppose que si Dieu te le demande c'est parce que tu es capable de le faire.

J : C'est logique. C'est ça. Mais encore une fois, ce n'est pas si facile.

M : Oui, j'ai bien compris.

Il est assis. J'ai mis mes mains sur ses épaules.

M : Je ne veux pas te déranger, te déconcentrer plus longtemps, je vais te laisser.

J : Maman, je viendrai te voir un peu plus tard mais là, c'est vrai que je suis assez occupé. Je voudrais finir ça d'abord.

M : D'accord. Je comprends bien.

Je vais donc redescendre doucement vers ma « porte ».

Voyage du mercredi 31 décembre 2003

Joh aujourd'hui est vêtu d'une grande tunique très particulière, longue et large. Elle est faite d'une sorte de tissu assez lourd, d'un genre de drapé, à larges pans devant et derrière. J'ignore la raison de cette tenue.

J : Ce n'est pas important, viens, je voudrais te montrer quelque chose.

Il marche assez vite. Il a pris ma main et je le suis.

J : C'est dans ce Monde. On va voler juste un tout petit peu pour y aller plus vite, mais c'est tout près.

Nous survolons des habitats très différents bien sûr de ceux des autres Mondes supérieurs. Ceux-ci dans ce premier Monde ne sont pas faits de Lumière. Les hommes les font plutôt en souvenir de leur vie terrestre, souvent selon leurs rêves terrestres.
Joh atterrit au centre de ce que je crois être un mandala. On dirait une sorte d'étoile très complexe ; c'est un dessin très compliqué sur le sol, qui me fait penser à un mandala. Je me pose un peu plus loin, à

côté.

M : Est-ce que c'est cela, Joh ?

J : Maman, ce n'est pas ce que tu crois. Ce n'est pas un mandala au sens humain de ce mot. C'est un objet de rituel.

M : Il y a des rituels dans le Royaume ! Dans quel but ?

J : Cela dépend… Je vais t'apprendre à utiliser celui-là. Il sert à faire le bien, là où l'on veut.

M : Qu'est-ce que c'est le bien ?

J : A faire qu'il y ait plus d'amour, à un endroit ou un autre, là où l'on veut.

M : Bien. Qui a fait ce dessin si compliqué ?

J : Un être de Lumière sûrement d'un des Mondes supérieurs, forcément.

M : Comment est-ce qu'on l'utilise ?

J : Il faut se mettre au milieu, comme je l'ai fait, et tu te concentres sur ce que tu veux. En général, on le fait pour une personne ou un groupe de personnes.

M : Est-ce que cela concerne des personnes de la Terre, est-ce qu'on le fait pour des gens de la Terre ou pour des êtres du Royaume ?

J : Les êtres du Royaume ont déjà tout l'amour qu'ils veulent ; tout ce dont ils ont besoin, ils l'ont, en matière d'amour ou en tout autre domaine. On fait cela justement pour les personnes qui ne sont pas dans le Royaume, mais on peut le faire pour des personnes qui ne sont plus sur la Terre, par exemple pour des êtres dans le monde astral ou autre, ceux que tu veux aider. Là, par exemple, si tu voulais qu'il arrive un bienfait particulier à ta mère, on se mettrait là et on le ferait.

M : Hmm, c'est bien. Je suppose que les hommes de la Terre en ont plus besoin quand même que ceux qui sont déjà remontés en astral.

J : C'est sûr.
C'est pour cela que j'ai mis cette grande toge, c'est un habit particulier pour officier, pour faire ce rituel si tu préfères. C'est comme un vêtement sacerdotal, un vêtement spécial qui correspond à cette œuvre.

M : Oui je vois, je comprends.

Joh me dit qu'il va m'offrir le privilège de faire quelque chose, un bienfait, faire venir un bienfait sur une personne de mon choix. Je lui donne un nom et il étend les bras à l'horizontale, au milieu de cette grande étoile scintillante sur le sol. Ses mains commencent à s'agiter légèrement comme les ailes d'un oiseau qui s'envole, puis il ferme les yeux et un son sort de sa bouche, de son être, un son modulé, très étrange que je compare là aussi à une aile vibrante... on sent comme un oiseau qui s'envole dans ce son. Le Verbe créateur est ici à l'œuvre, la puissance du son, du Verbe. Je ressens que tout est là. C'est par ce son qu'il crée ce qui va advenir. Quel bonheur... comme cela est doux de pouvoir faire ceci ici. Comme j'aimerais...

J : Voilà.

Il s'est arrêté, il a remis les bras le long de son corps.

M : Joh, est-ce qu'il faut forcément que ce soit quelqu'un de la Terre qui te demande ou est-ce que l'être ici peut décider de lui-même d'agir pour quelqu'un ?

J : Tu peux agir de toi-même pour quelqu'un quand tu es ici, c'est toi qui en décides.

M : Est-ce que tu réponds à une prière d'un être qui l'a formulée sur la Terre ?

J : Non, pas forcément. Cela peut-être moi qui en ai l'idée en voyant qu'il se passe telle ou telle chose, en voyant telle ou telle personne ou telle injustice ou toute chose qui se passe, je peux avoir envie d'intervenir, tu vois, là je peux. Cela fait que la situation va se rétablir dans le bon sens ou qu'un bienfait va arriver sur cette personne.

M : Oh, c'est super! Est-ce que les êtres de ce Monde viennent souvent ici ?

J : Cela arrive. Ils n'y passent pas leur temps, mais quand ils regardent ce qui se passe sur la Terre, cela arrive assez souvent qu'ils aient envie d'intervenir et c'est assez simple de le faire d'ici.

M : C'est génial ! Merci, merci beaucoup.
Est-ce que je pourrais te demander d'autres fois ?

J : Je préfère que ce soit moi qui décide en fait, mais je te proposerai, si tu veux. On verra ensemble.

M : D'accord.

Johany a enjambé l'étoile du centre vers l'extérieur pour ne pas marcher sur le dessin puis il s'est assis à mes côtés. Nous sommes assis tous les deux sur le sol et nous parlons un peu. Je demande encore à Joh si quelqu'un lui a appris à faire ce rituel. Il me répond que non, qu'il a senti de se mettre au milieu et là qu'il a perçu et su ce qu'il devait faire et à quoi cela servait, comme un savoir inné qui lui est parvenu en se situant au centre de l'étoile, alors il l'a fait tout naturellement.

J : Après, j'ai regardé sur la Terre, là où j'avais agi, où j'étais intervenu, et j'ai vu que ça s'était bien passé comme je l'avais souhaité.

M : Hmm. Je vois...

J : Il n'y a pas très longtemps que j'ai trouvé cet endroit, mais je m'en suis déjà servi plusieurs fois.

Nous parlons encore un peu puis Joh me fait remarquer que j'ai des choses à faire qui m'attendent et qu'il faut que je retourne pour avoir le temps de les faire.
Nous nous séparons avec tendresse.

Voyage du samedi 3 janvier 2004

Je suis passée de l'autre côté et Johany m'attendait. Il me propose d'aller voir un endroit que je ne connais pas encore, de découvrir quelque chose de nouveau.
Il est vêtu d'une ample robe longue, faite d'un drapé dans un tissu assez épais, coloré, que je ne lui avais pas encore vue. C'est un habit qui ressemble à un vêtement sacerdotal, un vêtement pour officier. Il ressemble à celui qu'il portait l'autre jour mais il n'est pas tout à fait semblable.

J: On y va si tu veux, *dit-il en s'envolant.*

Je le suis.
Nous sommes partis en oblique vers le troisième Monde, au-delà des chaînes de montagnes puisque, comme je l'avais remarqué une fois, il arrive un moment où ces chaînes de montagnes s'arrêtent et où les Mondes deviennent plus indistincts. Nous survolons les dômes de Lumière si nombreux, chacun abritant la vie d'êtres de Lumière… Làbas au loin, apparaît une sorte de masse volumineuse, qui ressemble un peu à un grand nuage posé sur le sol. Au centre de cette sorte de nuage se trouve quelque chose d'étrange qui fait penser à une porte, une gigantesque porte, très très grande, plus haute que le nuage luimême. Elle se dresse là, droite dans le Ciel, on ne sait pourquoi, ni sur quoi elle peut bien ouvrir puisqu'on a l'impression qu'il ne se trouve rien derrière cette porte.
Nous arrivons près de ce nuage, et nous nous posons, nous sommes tout petits, vraiment minuscules devant cette porte gigantesque qui se dresse là devant nous à quelques dizaines de mètres.

M : Dans quel Monde sommes-nous, Johany ?

J : Maman, le troisième.

M : Hmm… Et quel est ce lieu ? J'allais dire : à quoi sert-il, ici ? C'est une question un peu stupide je pense… Mais, tout de même… à quoi

peut bien servir cette porte ? Elle me fait penser à «Stargate » ! Est-ce qu'elle ouvre sur les étoiles ?
J : Maman, il faut être très respectueux quand on est ici, vraiment très très respectueux, parce que c'est une porte sacrée, hautement sacrée. Tu n'imagines pas à quel point elle peut être sacrée.

M : Je comprends. Je comprends à quel point je n'imagine pas, parce que, avec mes sens restreints, pour moi qui viens de la Terre, je ne l'aperçois même pas spécialement lumineuse, enfin en tout cas je ne perçois pas de Lumière d'or... C'est étrange... Est-ce que tu peux m'en dire plus, Joh ?

J : Maman, on va passer à travers et tu vas tout comprendre. Viens.

Maintenant, je me sens impressionnée... J'attends que Joh fasse un geste ou s'avance lui-même, je préfère le suivre.
Joh s'est envolé au-devant de la porte, je le suis. Nous sommes à mi-hauteur si l'on peut dire. Nous nous sommes arrêtés dans l'air, à la verticale, nous n'avons pas besoin d'être posés sur le sol pour tenir droits, immobiles. Nous sommes simplement posés sur l'air, comme on pourrait l'être sur le sol.

J : Maman, maintenant tu vas faire la même chose que moi, exactement, rien de plus et rien de moins. Tu rentres avec moi et tu fais les mêmes gestes, sinon ça n'irait pas du tout, d'accord ?

M : Je regarde bien ce que tu fais, et je fais pareil.

Joh a plongé ses deux bras à travers la porte, à travers l'énergie puisque bien sûr elle est faite de matière-énergie. Je fais de même. Puis, doucement, il a avancé son corps, son visage, son buste, enfin une jambe, et j'en fais autant. J'ai l'impression de traverser quelque chose de légèrement élastique qui se colle un peu à mon visage puis se détache. Voilà, je suis passée... Je regarde à mes côtés...
Nous sommes passés tous les deux, nous avons remis nos bras le long du corps, nous sommes toujours immobiles, droits dans l'air.

J : Maintenant on va se poser.

Nous nous laissons descendre doucement sur le sol qui se trouve là, comme une sorte d'éclaircie au milieu de ce nuage immense. Nous sommes donc environnés de «nuage», avec cette porte gigantesque derrière nous, et je ne sais toujours décidément pas où nous sommes, ni à quoi correspond cet endroit.

Johany marche droit devant, doucement, je le suis. Il marche en direction de ce nuage, de cette masse vaporeuse. A présent, il entre dedans, c'est-à-dire qu'il continue d'avancer sans s'en préoccuper, je fais de même et nous pénétrons cette masse nuageuse. Aussitôt, je suis saisie par son énergie étrange. Ma première impression est qu'elle est peuplée... Il y a de nombreuses présences ici !... Cette masse est épaisse et je ne vois pas très bien Johany. Je l'aperçois néanmoins qui oblique à droite et je le suis, je ne dois surtout pas le perdre de vue puisque je dois faire exactement la même chose que ce qu'il fait.

Là, une salle se dessine, des êtres sont assis.

Mais quel est ce Monde ? C'est étrange, les êtres qui sont là semblent abattus, tristes...

Cette masse n'est pas une masse de Lumière, je l'ai dit tout à l'heure ; en tout cas, elle ne m'apparaissait pas comme telle, elle m'apparaissait même un peu blanc gris, même presque grise. Mais quel est cet endroit dans le Royaume ? C'est étrange, je sens qu'il s'agit vraiment d'un lieu à part. Dans quelle dimension sommes-nous passés ? Qui sont ces êtres ?

Johany ne répond pas, il ne parle pas, il continue d'avancer, dans sa longue robe, épaisse... Il a poussé une porte, mais cette fois une porte normale, à taille humaine. Poussé n'est pas le mot qui convient bien sûr mais il a avancé sa main et nous sommes passés à travers. Nous découvrons un autre espace, une autre pièce ronde, ouverte dirait-on sur l'extérieur, où, là encore, se trouve beaucoup de monde, beaucoup de présences toujours un peu grises.

M : Mais où sommes-nous, Joh ? Avons-nous changé de dimension, de Monde ? Sommes-nous encore dans le Royaume ? Cela ne ressemble pas à l'énergie du Royaume où tout est si lumineux d'habitude.

J : Maman, c'est là que l'on s'arrête. C'est un lieu que j'hésitais à te montrer parce que c'est très difficile de le décrire avec des mots humains. Tu es dans le Royaume et en même temps tu es dans une autre dimension, c'est pour cela que c'est difficile de comprendre avec le mental des hommes. Il faut d'autres systèmes de perception, de compréhension, une autre intelligence des choses que l'on a ici et que les hommes n'ont pas. Ils ne peuvent pas comprendre.

M : Je risque, je peux peut-être essayer…

J : Ce que tu peux essayer, c'est de demander à ces êtres qui ils sont, ce qu'ils font là… peut-être cela va-t-il te donner des éléments que tu pourras intégrer à ta compréhension.

M : Hmm… D'accord. Est-ce que tu restes avec moi ?

Pour toute réponse, Johany s'est assis en tailleur sur le sol. Alors, je me dirige vers l'un des êtres assis là immobile sur une sorte de banc. Je m'assois à ses côtés et m'adressant à lui :

Pouvez-vous m'expliquer, à moi qui viens de la Terre, quel est ce lieu, ce que vous y faites et qui vous êtes, vous tous ici ?

Etes-vous en attente de quelque chose ?

— Non. Nous n'attendons pas. Nous sommes là en transit mais nous n'attendons rien.

M : En transit ? Donc vous venez de quelque part …

— Oui. Tout le monde vient de quelque part, d'où qu'il soit.

M : Oui, c'est juste. Je veux dire : venez-vous de l'incarnation ?

— Nous venons d'une autre incarnation.

M : Autre que quoi ?

— D'une autre, c'est tout.

M : Hmm… Je ne comprends pas.
— Eh bien, nous ne pouvons pas t'expliquer. Nous venons d'un lieu que tu ne connais pas, et nous allons être dirigés dans un autre lieu que nous ne connaissons pas.

M : Sommes-nous ici dans le Royaume ?

– Tu ne sais pas où tu es ? dit-il *en relevant la tête et en me regardant.*

M : Eh bien, j'étais dans le Royaume, j'ai passé une porte étrange, et je suis arrivée là… Peut être suis-je dans une autre dimension qui n'est plus le Royaume, je ne sais pas…

– Tu es dans un autre univers, un univers parallèle. C'est difficile à comprendre pour toi, je ne peux pas te dire plus. Là où nous vivons, nous sommes différents de toi, et nous sommes en attente d'une certaine façon. Je t'ai dit que non tout à l'heure, mais d'une certaine façon, nous attendons quelque chose, nous attendons d'être dirigés dans un autre espace.

M : Un espace du Royaume ?

– Oui, nous attendons d'entrer dans le Royaume. Nous n'en sommes pas dignes encore, il faut que nous attendions pour pouvoir en être dignes. Pour l'instant, nous devons rester encore un peu, un certain temps, ici.

M : Peut-être est-ce un lieu de purification ? Peut-être est-ce un lieu qui ressemble à ce que les chrétiens chez nous appellent le purgatoire, lorsque l'être dans l'incarnation n'a pas été tout à fait pur et qu'il doit se purifier davantage avant d'entrer dans le Royaume, est-ce cela ?

– Tu parles trop.

Il se lève. Il s'éloigne. Je pense en moi-même qu'il n'est pas très cool, je n'ai pas eu l'impression de faire un grand discours.
Je retourne m'asseoir à côté de Johany.

M : Joh, est-ce un lieu de purification ?

J : C'est un lieu où arrivent les êtres qui ont quitté la Terre, leur incarnation prématurément sans en avoir le droit.

M : Veux-tu dire qu'ils se sont suicidés ?

Je ne perçois pas de réponse.
J'avais l'impression qu'il n'était pas très aimable, qu'il n'avait pas très envie de parler, en tout cas celui à qui je me suis adressée.

J : C'est normal, ils sont mal dans leur peau, dans leur être. Ils ne sont pas très contents d'être là. Ils ont quitté une situation difficile, comme tous les gens qui quittent l'incarnation volontairement et ils arrivent dans cet espace qui n'est pas spécialement accueillant ni agréable. Là, ils ressentent, ils savent, ils perçoivent qu'ils doivent attendre qu'on s'occupe d'eux pour pouvoir changer d'état et d'espace.

M : Mais Joh, si je peux résumer, est-ce que l'on peut se suicider et entrer au Paradis, au Royaume ? Est-ce possible ?

J : C'est possible dans certains cas. Si l'être toute sa vie ou une bonne partie de sa vie a été très juste, très aimant, très bon, puis que sur un coup de spleen, un coup de blues, de déprime il met fin à ses jours, Dieu ne va pas annuler toutes ses bonnes actions, tout ce qu'il a fait durant sa vie à cause d'un acte malheureux. En même temps, il faut quand même marquer le coup si l'on peut dire. Il ne va pas non plus accueillir l'être avec la fanfare.

M : Hmm... Je comprends. Je pense que ces êtres doivent culpabiliser à propos de leur mission ou de ce qu'ils étaient venus faire sur la Terre et qu'ils n'ont pas terminé...

J : Pour l'instant non, ils ne ressentent pas trop ça. Ils sont plutôt abattus. Ils se disent qu'ils ont fait quelque chose qu'ils n'auraient pas dû et surtout ils se demandent où ils vont être dirigés. C'est un peu cette incertitude, cette ignorance qui est pénible pour eux, là. Cela ne dure pas très longtemps non plus mais un certain temps : le temps nécessaire pour qu'ils se penchent sur leur acte, qu'ils prennent conscience de ce qu'ils ont fait, et qu'ils prennent conscience qu'il est grave d'attenter à ses jours.

M : C'est attenter à la Vie, c'est cela ?

J : Oui, c'est un peu ça, c'est ne pas respecter le cadeau de la Vie, le don de la Vie que Dieu nous donne. Je schématise, mais il y a de ça.

Quand on s'incarne pour faire une expérience d'amour, c'est d'une certaine façon Dieu qui s'incarne, tu le sais, pour expérimenter l'amour. On n'a pas le droit de couper cette Vie, de détruire le corps qui la porte, qui en est le véhicule. Comme je t'ai dit, ces êtres qui sont là sont des êtres qui ont été très aimants tout le reste de leur vie, alors ils ne sont pas non plus rejetés ou sanctionnés mais quand même, ils doivent passer un petit moment là entre deux plans, entre deux niveaux, on pourrait dire entre la Terre et le Royaume. Mais ce n'est pas comme tu le disais tout à l'heure, un purgatoire, cela n'a aucun rapport et ce n'est pas non plus un lieu de purification. C'est un lieu, où on leur donne l'occasion de réfléchir à ce qu'ils viennent de faire et de regretter leur geste.

M : Combien de temps cela dure-t-il ?

J : Là aussi, une quarantaine de jours... Cela peut paraître court, et cela peut paraître long. Au bout de ces quarante jours, ils sont accueillis dans le Royaume... Un être vient les chercher, les sort de cet espace et les emmène dans le premier Monde. Tout se passe normalement, mais l'être de Lumière qui les reçoit, qui les accueille, qui les dirige va leur parler de ce qu'ils ont fait, de cet acte qui leur a ôté la vie dans l'incarnation prématurément, avant le temps inscrit. Ils vont discuter... Tu vois, je veux te dire qu'ils ne sont pas du tout accueillis comme pour les autres personnes qui arrivent au Royaume de façon naturelle, de mort naturelle ; là, c'est particulier.

M : Ils se font un peu sermonner, c'est cela ?

J : Cela dépend ce que tu mets sous ce mot. L'être de Lumière leur fera comprendre à quel point il est important de ne pas mettre fin à ses jours avant le temps et qu'il est très important de ne pas remonter avant la date que l'on s'est inscrite avant de descendre, l'on peut dire : la date que l'âme s'est choisie pour remonter. Cela ne veut pas dire qu'ils vont faire culpabiliser la personne pendant cinquante ans, mais ils veulent quand même marquer le coup pour que la personne comprenne bien que ce n'est pas du tout apprécié, que ce n'est pas une bonne chose. Elle est accueillie au Royaume, mais c'est pour tout ce qu'elle a fait avant qui rachète un peu, en quelque sorte, son acte final.

M : Je comprends. Cet espace n'est pas forcément plus agréable, mais en tout cas le temps que l'on y passe est beaucoup plus court que ce qui attend les hommes qui se suicident lorsqu'ils n'ont que le niveau de l'astral. J'avais vu que ces êtres à ce moment-là arrivent dans un espace à part mais dans lequel ils vont rester tout le temps où ils seraient restés en incarnation dans leur corps s'ils ne s'étaient pas suicidés. Cela peut durer des années, c'est beaucoup plus pénible et ils vivent dans le remords, la culpabilité, quelque chose de lourd, là, l'ambiance n'est pas très légère non plus mais, quarante jours ce n'est pas pareil.

J : Oui, ils sont rachetés par leurs bonnes actions passées, par l'amour qu'ils ont su donner avant, sur la Terre durant toute leur vie. Ce serait injuste aussi de les pénaliser plus que cela.

M : Oui. Puis des fois, la vie, dans l'incarnation est si dure...

J : Tu vois, je voulais te montrer cet espace particulier que j'ai découvert il y a un moment.

M : C'est étrange, Joh, qu'il soit au niveau du troisième Monde.

J : C'est un espace à part, voilà tout. Il n'est pas vraiment dans le troisième Monde, on y est arrivé en passant par le troisième Monde mais c'est un espace à part, comme quand tu étais allée voir l'espace où vivent les enfants, tu te rappelles...

M : Je me le rappelle... A ce propos, tu sais, j'aurais bien aimé revoir la famille que nous avions vue[19], enfin le petit groupe de Tibétains ou d'Indiens, je ne sais pas : il y avait la vieille dame, le bébé et le papa...
Ils doivent être tous les trois dans l'espace où on élève les enfants... J'avais dit à la vieille dame que j'irais la voir, et c'est vrai que j'aurais bien aimé voir comment ils étaient installés, comment cela allait pour eux, quel « modus vivendi » ils avaient trouvé en quelque sorte...

J : On pourra y aller si tu veux. Là, ça serait un peu court. On pourrait y faire un petit saut mais tu n'auras pas le temps de faire grand chose.

---

[19] Cf. Le Royaume tome 2

M : Qu'est-ce que tu en penses ?

J : Maman, je pense que ça serait mieux qu'on arrête là pour aujourd'hui et on ira les voir une prochaine fois.

M : D'accord….

Je repensais à l'être tout à l'heure. Je pensais qu'il n'avait pas été très aimable.

J: Tu sais, il est tendu… Les gens ici sont tendus, ils sont inquiets, un peu angoissés même, ils ne savent pas où ils vont aller, ce que leur acte a généré réellement, ce qui va leur arriver, c'est normal qu'ils ne soient pas très disponibles, très ouverts…

M : Oui, je comprends, tu as raison. Je l'excuse volontiers.

J : Maman, si tu veux on va quitter ce lieu parce qu'il n'est pas spécialement agréable ni très léger. C'était intéressant et important que je te le montre mais il y a mieux, il y a quand même plus beau à voir dans notre beau Royaume.

M : Oui. Pourquoi Joh m'as-tu dit que cette porte était si sacrée, si… Pourquoi fallait-il autant de précautions ?

J : C'est ça qui est difficile à comprendre, à te faire comprendre. Nous, on rentre par cette porte. Tu imagines bien qu'eux ils ne doivent pas sortir par cette porte, ils doivent attendre que l'on vienne les chercher. La porte par laquelle nous sommes passés est vraiment un espace sacré par lequel on peut entrer mais normalement par lequel on ne peut pas sortir. Nous, on le peut évidemment mais… Je ne sais pas comment t'expliquer ça, c'est subtil, je ne peux pas t'expliquer ça avec des mots, tu peux juste le comprendre…

M : Hmm…

J : Viens, on va sortir, on va quitter cet endroit en volant.

Il s'élance et je le suis. Nous traversons la porte gigantesque dans l'autre sens. Personne bien sûr ne nous a suivis. Je suppose qu'ils

savent qu'ils n'en ont pas l'autorisation, ça ne leur viendrait pas même à l'idée et si cela était, je suppose que cette porte serait alors infranchissable.
Enfin nous voilà dans la Lumière du Royaume... La belle Lumière unique, celle qui me manque tant lorsque je n'y suis pas...
Joh me dit tout en volant :

Maman, on va retourner dans le premier Monde, je vais te montrer ma nouvelle maison. Je t'ai dit que je garderais mon château tout le temps, même en souvenir si j'avais envie d'avoir une autre demeure, eh bien c'est le cas. Je le garde et j'y retournerai, mais en même temps j'ai fait un autre château, tout en Lumière. Je vais te le montrer.

Nous sommes arrivés dans le premier Monde et Johany me présente sa merveille : château de pure Lumière, aux tourelles pointues élancées... Tout est de Lumière d'or, splendide, merveilleux! Là encore, c'est très grand.

M : Comment est-ce à l'intérieur, est-ce que ce sont de grandes pièces de Lumière, as-tu mis du mobilier ou … ?

J : Viens.

Comme dans tout habitat de Lumière, les parois se passent en les traversant. Je suis à l'intérieur et une salle immense, magnifique se présente à mes yeux, majestueuse. On dirait un palais, palais d'un roi... comme il n'en existe pas sur Terre, merveilleux ! Une fontaine coule, ou plus exactement une source jaillit d'une roche car, étrangement, sur le côté de cette pièce de pure Lumière quelques rochers sont là et laissent sourdre une eau claire, limpide, abondante... c'est superbe ! Sur ces rochers l'on voit de petits êtres étranges, des elfes, des... je ne saurais dire s'il s'agit d'une jeune fille ou d'une ondine... mais elle est la grâce, la pureté, l'innocence, la beauté... Tout est beau et pur ici... Bien sûr, c'est très différent du premier château que Joh s'était fait mais c'est, je trouve, beaucoup plus beau.

M : Je suppose que cela correspond à ce que tu es maintenant, ce que tu aimes, ce qui te convient.

Un couloir se dessine et d'autres pièces, pleines de mystères, se laissent deviner…

J : Maman, je te les ferai voir, une autre fois, parce qu'il y en a beaucoup.

M : Oui, en effet cela semble très grand, très beau.

Un grand siège de Lumière d'or, magnifique, occupe une partie de cette immense salle et je comprends en le regardant que cette Lumière étant celle du Cœur divin, en s'y asseyant l'on doit être transporté immédiatement dans ce Cœur divin avec tout l'Amour, toutes les sensations que cela implique et inclut. J'imagine que ce siège splendide, si élaboré, est voluptueux et permet de changer de dimension lorsque l'on s'y assoit.
Joh me dit qu'il me fera visiter une autre fois.
Je sens que le temps me presse, le temps de la Terre.

M : Merci, Joh, pour ce voyage très intéressant…
Joh, je pense à quelque chose… Tu m'avais dit une fois, que les êtres du Royaume qui se suicident lorsqu'ils sont sur la Terre parce qu'ils ne peuvent plus supporter leurs conditions de vie, étaient au contraire très bien accueillis et consolés à leur retour dans le Royaume parce qu'ils avaient choisi de descendre dans des conditions difficiles et que de ce fait ils étaient pardonnés, cajolés, consolés, même après cet acte … J'ai l'impression qu'il y a une contradiction avec ce que nous venons de voir.

J : Il n'y a aucune contradiction, bien au contraire.
C'est très simple : lorsqu'ils ont passé cette période de quarante jours dans le lieu que tu as vu, ils sont accueillis dans le Royaume. Cela veut dire qu'ils sont accueillis dans le Règne de l'Amour, on ne va pas leur faire la tête quand ils arrivent. S'ils peuvent y entrer, ils sont accueillis comme tous les autres, ils ne sont pas mis à part ou traités d'une façon différente, ils ne sont pas moins aimés si tu préfères, je dirais même qu'à ce moment-là, ils sont plutôt mieux entourés, je ne veux pas te dire : mieux aimés, parce que ce ne serait pas juste, ce n'est pas cela, mais ils sont consolés, ils sont «réparés» parce que souvent ils ont été blessés, blessés dans leur cœur. Ils sont entourés, cajolés; on leur explique pourquoi ils ont vécu ces choses

douloureuses, ils ne sont pas laissés à leur souffrance, on s'en occupe beaucoup, jusqu'à ce qu'ils se sentent parfaitement intégrés.

M : Joh, est-ce qu'ils n'ont pas besoin de passer le sas des quarante jours comme souvent les personnes qui entrent dans le Royaume doivent le faire ?

J : Non, ce sas de quarante jours, ils l'ont déjà vécu : quand ils passent dans le Royaume, ils sont accueillis directement par ces êtres de Lumière qui s'en occupent avec beaucoup d'amour et de chaleur, qui les entourent beaucoup, comme je viens de te le dire.

Est-ce que cela répond à ta question ?

M : Oui, merci beaucoup Joh, je comprends mieux maintenant, merci.

Nous nous disons au revoir. Je me serre dans ses bras.

Voyage du mardi 6 janvier 2004

Johany depuis quelque temps se manifeste à moi dans le concret, par de petits bruits de papier dans ma chambre, de petits papiers qui bougent... Des petits bruits dans la pièce. Dans ce cas-là, je me mets à l'écoute, comme à présent cela vient de se passer, et je l'entends qui me dit qu'il souhaite me parler, que l'on se rencontre.
Je fais donc ce voyage à présent.
Je suis passée de l'autre côté. Johany est là et de suite, au bout de la grande allée, je vois son nouveau château de Lumière.

J : Maman je ne voulais pas te faire visiter mon château aujourd'hui, je voulais t'emmener ailleurs. Si tu veux, on va dans l'endroit où se trouvent les enfants, tu sais, là où l'on était allé et que tu désirais revoir pour rencontrer la famille que l'on avait vu arriver ensemble.[20]

M : Oui, de quel pays étaient-ils ? Je sais que cela n'a pas beaucoup d'importance mais est-ce qu'ils étaient indiens ou ?...

---
[20] Cf. Le Royaume tome 2

J : Pakistanais.

M : Oui j'aimerais bien les revoir, voir comment ils se sont installés.

J : On y va.
Il s'envole. Je le suis. Nous filons. Johany s'est transformé en sphère de Lumière et j'ai fait de même.
Toujours cette impression étrange d'aller très vite et très loin alors que finalement ce lieu où nous allons est dans la même vibration que le premier Monde du Royaume, mais bien sûr son espace est ailleurs.
Nous sommes arrivés devant le brouillard de Lumière, cette sorte de rideau formé d'une nappe de brouillard coloré, rosé, très doux mais néanmoins que l'on sent infranchissable pour celui qui n'y est pas invité. Nous le traversons, nous arrivons au même endroit que là où j'étais arrivée la première fois, où la petite jouait avec sa balle mais aujourd'hui, il n'y a personne dans l'arène sableuse. Nous la traversons. J'allais proposer à Johany d'appeler un être de Lumière pour nous guider mais c'est inutile, car l'un d'eux s'avance déjà vers nous, tout en sourire et nous tend ses mains. Il est vêtu de blanc.

– Je sais ce que vous êtes venus faire, qui vous êtes venus voir. Suivez-moi, je vais vous mener.

Nous traversons des bosquets d'arbres, une sorte de petite forêt. Là-haut, certains enfants s'étaient fait des cabanes, haut dans les arbres, aux dires des parents. Nous allons au-delà, nous nous déplaçons très rapidement sans voler néanmoins comme si nous glissions sur le sol sans réellement le toucher, un déplacement rapide et silencieux au ras du sol, dans une sorte de déplacement vertical, de vol vertical où nos jambes restent immobiles et, là-bas au loin, apparaît un habitat très terrestre. Il ressemble à un habitat asiatique, je ne m'y connais pas trop, mais c'est le mot pagode qui me vient à l'esprit, peut-être est-ce un petit temple, je ne sais pas de quoi il s'agit, mais c'est très élaboré, très joli ; il est tout en bois. Nous nous sommes approchés, personne alentour... Il semble très isolé.
L'être de Lumière nous précède. Je ne perçois pas de présence. La maison est grande, nous sommes sur le seuil et l'on devine plusieurs grandes pièces en enfilade. C'est un peu sombre. Les occupants ont dû aller se promener.

– Nous allons les attendre, *dit l'être en s'asseyant dans un des fauteuils qui se trouvent sur une sorte de terrasse, une avancée de bois couverte de roseaux.*
Cette maison est très concrète, très terrestre. Je sens que les personnes ici ont cherché à recréer un environnement semblable à celui qu'ils connaissaient sur Terre ou comme ils l'ont toujours rêvé.
Nous nous sommes assis sur une marche, Johany et moi, et en les attendant nous bavardons un peu de choses et d'autres, de ce lieu si calme puis tout d'un coup nous les voyons arriver, un homme, une femme et un petit garçon qui gambade et gesticule dans tous les sens, plein de vie, de joie, tout en tenant d'une main la main de son père et de l'autre, celle de sa grand-mère. Mais ce n'est plus vraiment sa grand-mère, c'est une femme jeune à présent et qui semble elle aussi pleine de vie. Elle porte un chapeau de paille un peu pointu, une longue robe brune, elle est fine et mince. Le père n'a pas changé d'apparence, il est toujours aussi grand, fort. C'est étrange parce que j'ai l'impression que le petit garçon est plus grand que je ne l'aurais pensé, c'est-à-dire qu'il semble avoir grandi plus vite que dans un temps terrestre normal, celui que nous connaissons. Je l'avais laissé bébé, avait-il déjà un an ? Je vais demander si le temps ici est le même.

M : Le temps qui préside à la croissance des enfants est-il le même que sur la Terre ?

– Non, ce n'est pas le même temps. Le Royaume ne fonctionne pas sur le même temps. Même ici, tu sais qu'il reste une notion de temps dans le premier Monde du Royaume ainsi que dans les Plans supérieurs. La notion de temps ne s'abolit totalement, absolument, que dans le septième Monde, et presque entièrement dans le sixième Monde, mais ailleurs, demeure toujours une certaine notion de temps, plus ou moins perceptible selon le Monde concerné. Tu as compris que dans cet espace réservé aux enfants, les êtres s'inscrivent d'autant plus dans le temps et l'espace, mais ce temps et cet espace restent très proches de ce que les êtres vivent dans les premier et deuxième Plans du Royaume. Cette notion de temps est différente dans le Plan annexe du sixième Monde[21], là où les êtres peuvent se retrouver pour s'amuser à vivre une existence telle qu'ils l'ont toujours rêvée sur la

---

[21] Cf Le Royaume tome 2

Terre : une existence de jeux, de plaisir, d'amusement, de joie, de bonheur, comme ils pourraient la vivre sur la Terre dans des conditions tout à fait idéales.
Alors, dans ce Plan-annexe du sixième Monde, la notion de temps est pratiquement semblable à celle du temps terrestre. Mais là où nous sommes, le temps est différent.

M : Le temps s'écoule-t-il plus vite ? Est-ce que cet enfant est en effet plus grand qu'il ne l'aurait été s'il avait vécu sur la Terre ?

– Légèrement, oui, le temps pour lui a passé plus vite. Tu l'as quitté lorsqu'il avait environ un an, il en a presque deux maintenant, mais, vois-tu, cela ne nuit à personne au contraire, cela est même plus agréable aux êtres qui vivent ici, y compris aux parents, de voir ce temps s'écouler un peu plus rapidement, ils ont largement le temps de profiter de cet espace et en même temps, ils rejoindront plus rapidement le premier Plan du Royaume lorsque leurs enfants auront atteint une quinzaine d'années. C'est plus heureux ainsi, tout le monde s'y retrouve. Oui, le temps passe un peu plus vite ; mais, tu sais, il reste que l'être ici est dans l'éternité autant qu'il le souhaite et c'est cela qui compte. Ce qui compte n'est pas le temps qu'ils vont demeurer dans cet espace... cet espace ici sert à faire grandir ces enfants justement dans le bonheur le plus total et pour les parents, c'est la chose la plus heureuse qui soit, mais cet espace ne sert qu'à cela. Une fois quitté ce lieu, une fois l'enfant grandi, lorsqu'il rejoint le premier Monde, l'éternité est bel et bien là. L'éternité peut se présenter comme un éternel présent, mais elle peut aussi se présenter comme un temps qui s'écoule légèrement et peu importe, dans les deux cas, l'important est que cela n'ait pas de fin. L'éternité finalement est un temps infini. Les êtres des Mondes supérieurs la vivent comme un éternel présent, mais dans les premier et deuxième Plans du Royaume et même un peu au-delà, les êtres la vivent comme un temps qui s'écoule autrement, différemment du temps terrestre mais, toujours, dans cette notion infinie.

Pendant que nous échangions, la petite famille a eu le temps d'arriver jusqu'à nous, ils sont tout souriants. Je ne les reconnais pas...
La femme était si maigre, si hagarde, angoissée, pauvre vieille toute ridée, tout en haillons quand elle est arrivée... elle est aujourd'hui une femme épanouie que l'on sent douce, calme, heureuse, détendue.

Ils sont silencieux, ils se sont arrêtés devant nous, il faut dire que nous sommes assis sur la marche du perron de la maison, il leur est donc difficile de rentrer. Je me lève pour leur laisser le passage.

La femme : Vous avez retrouvé notre trace ! Vous aviez promis de venir nous voir !

M : C'est une belle maison que vous avez là ! Est-ce celle dont vous rêviez ?

La femme : Nous nous sommes entendus pour la construire de cette façon, nous sommes toujours d'accord du reste, nous nous entendons très bien, nous sommes un couple un peu particulier... Nous élevons Jasmin.

Je comprends « Jasmin », peut-être est-ce un nouveau nom qu'ils ont donné au petit.

Mais je ne suis pas la femme de ce monsieur, tu le sais, toi qui nous as vus arriver. J'étais la grand-mère du petit en réalité, mais ici ça ne veut plus rien dire, je l'élève voilà tout. Ce qui compte pour moi c'est qu'il m'aime comme une maman, que sa maman ne lui manque pas, qu'il puisse la retrouver en moi et c'est un peu cela puisqu'en retrouvant la jeunesse, je ressemble beaucoup à ma fille de cette façon. Et son papa reste son papa. Nous nous occupons de Jasmin, c'est là notre bonheur. Nous avons consacré cette partie de notre vie à son éducation, à son bonheur et cela nous comble, nous n'avons besoin de rien d'autre. Nous vivons pour lui c'est certain, mais, vois-tu, nous savons que cela va durer un certain temps et qu'après, nous aurons tout le temps que nous souhaitons pour nous occuper d'autre chose, nous occuper de nous et vivre pour soi comme on dit. Mais je ne suis pas sûre que je serais plus heureuse en vivant pour moi car je t'assure que cela me comble de vivre pour ce petit, pour qu'il soit heureux, pour le rendre le plus heureux possible. Ce qui est bien heureux ici, c'est que cela soit possible, nous en avons la certitude, il suffit de le voir, de le regarder écarquiller ses petits yeux pleins de vie, pleins de malice et sauter, danser, gambader. Il n'aurait pas été aussi vivant sur la Terre, c'est impossible.

M : Avez-vous rencontré d'autres personnes ? Avez-vous des amis et a-t-il l'occasion de rencontrer d'autres petits enfants ?

La femme : Jusqu'à présent, nous n'y tenions pas. Nous avions plutôt envie d'être un peu refermés sur nous-mêmes dans une sorte d'intimité, de paix. Nous avions besoin, je crois, de beaucoup de paix après ces terribles évènements qui nous ont séparés et fait quitter la Terre : de la paix, de la solitude... Nous nous occupons bien de lui; pour l'instant il n'a pas besoin de rencontrer d'autres enfants. Un peu plus tard, quand il aura quatre ou cinq ans, nous nous occuperons de rencontrer d'autres couples, d'autres personnes afin qu'il puisse jouer avec des amis, mais pour l'instant ce n'est guère nécessaire, il est tout petit encore, il a besoin de moi et de son papa et c'est tout. Tu vois, là nous revenons d'une grande promenade dans les bois, nous lui avons appris des tas de choses, nous n'en savions pas autant sur la Terre ! C'est comme si les connaissances nous venaient naturellement, les mots nous viennent dans la bouche comme si nous les avions toujours sus, et nous les lui apprenons. Nous n'étions pas aussi savants sur la Terre, nous ne savions rien du tout, nous étions ignorants, des pauvres : des pauvres ignorants !... Nous n'aurions rien pu lui apprendre, il aurait été à l'école peut-être, apprendre quelques bricoles, quelques broutilles, des B.A.BA, des 1, 2, 3, rien d'intéressant, rien d'aussi intéressant que ce qu'il peut apprendre ici. Ici, nous savons tellement de choses ! Nous pouvons parler de tout : de toutes les petites plantes que nous croisons sur le chemin, des arbres, de leur vie, de leur écorce, de leurs feuilles, de leur floraison, du sol, de la terre, du ciel, de tout ce qui fait la vie ici et ce petit est friand de toutes connaissances, il est ouvert, il ouvre grand ses oreilles lorsque nous lui apprenons, il est attentif et curieux de tout ! Il absorbe chaque connaissance comme si elle le nourrissait. Il apprend beaucoup et très vite, et nous aimons lui apprendre.

M : Oui, je vois, je comprends.
Est-ce que vous lui faites des jouets ?

Le père : Non, ce n'est pas utile, il trouve de lui-même à jouer avec les éléments naturels. Je lui ai fabriqué une petite carriole avec deux roues et un bâton que je tire, il se met dedans quand nous allons nous promener, et cela l'amuse beaucoup. C'est le seul jouet que je lui ai construit car il n'en a pas besoin d'autre, la vie est son terrain de jeu, la nature lui suffit. Il est curieux, je te l'ai dit, alors son petit esprit se

nourrit de tout ce que nous lui donnons.
M : Lui avez-vous appris à voler ?

Le père : Non. Nous ne volons pas nous-mêmes, nous n'en éprouvons pas le besoin. Nous sommes bien avec nos pieds sur cette terre-là, nous nous sentons bien de cette façon. Plus tard, s'il rencontre d'autres enfants qui le font, peut-être aura-t-il envie d'apprendre lui aussi. Ce n'est pas notre préoccupation pour le moment, nous sommes bien comme cela, un peu comme nous l'étions sur la Terre, mais, dans un idéal. Tout est heureux ici ! Nous sommes en paix. C'est ce que nous voulions : de la paix, aucun souci. Rien ne trouble notre quiétude, pour nous c'est l'important, et nous voulons l'élever dans cette quiétude, dans cette paix car il sera heureux ainsi, c'est la condition du bonheur. Ce n'est pas important de voler, nous ne serions pas plus heureux en volant. Nous sommes très heureux comme ça et le petit aussi.

M : Je comprends. Vous êtes très sages, très posés.

Le père : Veux-tu voir notre intérieur ?

M : Avec plaisir, je vous suis.

Ils sont entrés...

J'aperçois des couches assez sommaires de chaque côté, l'une à gauche, l'autre à droite, confortables, assez douillettes même, posées à même le sol dans la première pièce. Dans la pièce suivante, se trouvent quelques meubles simples, une table, des choses modestes, tout est en bois. Dans une autre pièce plus loin encore, quelques objets dont j'ignore la fonction sont là ... pour fabriquer, pour travailler le bois me semble-t-il. Peut-être cet homme aime-t-il faire des choses de ses mains, bricoler. Je me souviens que Joh lui aussi aimait beaucoup cela en arrivant dans le Royaume. En effet, faire de ses mains ici doit être très agréable, on y réussit tout ce que l'on tente, tout y est facile.
Cette dernière pièce s'ouvre sur la campagne, sur une vaste prairie entourée de bosquets d'arbres très purs, très beaux.
Une vie simple se déroule ici comme ils devaient rêver d'en avoir une sur la Terre.

Je me tourne vers eux :

M : Je suis heureuse de vous avoir revus dans de si bonnes conditions. Tout est bien.

Le père : Nous allons te raccompagner un peu, je vois que tu es avec ton fils.

Nous sommes ressortis et nous marchons. L'être de Lumière est resté sur place. C'est drôle, il est assis sur la terrasse dans un rocking-chair, c'est le mot qui convient, un fauteuil à bascule... Comme c'est étrange de dire cela : « l'être de Lumière est assis dans un rocking-chair », cela semble complètement surréaliste, irréel, pourtant ici c'est la réalité, la pure vérité et je suppose que même pour un être de Lumière, il est agréable de se balancer sur un fauteuil de bois !...
Il faut le croire en tout cas puisque c'est le cas. Il semble y prendre du plaisir. Il est en paix lui aussi et cela doit être je suppose très agréable d'être un être de Lumière dans cet espace réservé aux enfants et de s'occuper de toutes les personnes, afin que tout soit en harmonie et que tous ces enfants soient absolument heureux. Ce doit être un Service très agréable. Il faudra que j'y pense...
Nous marchons vers l'arène.

M : Tu as vu Joh, la petite fille et son petit frère ne sont plus dans l'arène ...
Enfin, il faut reconnaître que cela fait quelques mois que je ne suis pas venue.
Je me demande si elle est moins sauvage, plus à l'aise à présent.
Ils nous remercient d'être venus les voir, nous les remercions d'être aussi heureux, cela m'a fait tant plaisir...

Puis nous nous quittons.
Nous repassons le rideau de brouillard et de nouveau, nous sommes deux sphères lumineuses dans le Ciel du Royaume. Nous rejoignons le premier Plan. Nous passons au-dessus du château de Lumière de Joh.

M : As-tu vraiment gardé l'autre château, Joh ?
J : Je t'ai dit que je le garderai toujours en souvenir.

M : Hmm. Tant mieux ! Cela me plaît.

Nous nous sommes posés, puis nous avons marché dans des sortes de dunes et nous nous sommes assis dans le sable...

J : Tu vois, quand on est ici on ne se soucie plus de ce que l'on a vécu sur la Terre, on s'en fiche, même si ça a été dur, on n'y pense plus. C'est comme quand tu te réveilles le matin : tu t'en fiches des rêves que tu as faits, tu sais que ce n'était que des rêves, des fois ça te poursuit un peu dans la journée, tu y penses et c'est tout, après tu les oublies. Là, c'est pareil. On y pense un peu au début, ça nous poursuit un peu et puis, après on n'y pense plus, ça n'a plus d'importance, on n'y attache plus d'importance, tu vois.

M : Oui.

J : On peut se soucier des gens que l'on a laissés, mais ça c'est autre chose, on peut faire des choses pour eux, on peut s'en occuper. Mais pour soi, le fait d'avoir souffert, d'avoir trimé ou d'avoir vécu des choses douloureuses, n'a plus d'importance quand on est là, cela ne représente plus rien. Enfin, comme je te l'ai dit : tout au début on y pense, mais ça passe.

M : Tant mieux !
Est-ce que l'on a vraiment l'impression que c'était un rêve ?

J : On sait que c'est cela et que ce n'est pas cela, c'est plus qu'un rêve, c'était une expérience. Quand on revient ici, elle est finie et l'on passe à autre chose, on passe à la joie, au bonheur. On laisse les choses pénibles derrière soi, si tu préfères. On n'y pense plus, c'est le passé. Ici, on regarde vers l'avenir, même si, plus haut, on a l'impression d'être toujours dans le présent. Ici, dans le premier Plan, on a une notion, une idée de l'avenir.Ça me plaît de penser en termes d'avenir, de penser à ce qui va arriver, au moment où vous allez remonter, à ce que l'on va faire ensemble, tu vois : il y a une idée de futur, d'avenir, dans tout cela. C'est ce que l'on vit ici dans le premier Monde et ça me convient. J'aime bien que ce soit comme ça, ça me correspond, si tu préfères.

M : Oui, je te comprends bien. Moi c'est la même chose. La notion de l'éternel présent me semble un peu trop abstraite, un peu trop lointain, je n'en suis pas là. J'aimerais bien être dans les premier et deuxième Mondes du Royaume, je serais à ma place. J'aimerais aussi bien sûr aller avec toi, explorer partout.

Nous échangeons encore quelques instants, quelques instants pris sur l'éternité.

M : Tu vois Joh, quand je serai ici, je me ferai une superbe maison, avec une grande piscine d'eau vivante, de cette eau faite d'Amour divin comme tu m'en as montrée. Ce doit être vraiment génial ! Je suis heureuse d'être ici avec toi Joh.

J : Moi aussi je suis heureux d'être ici avec toi.

Nous savourons ce moment de paix à demi allongés dans le sable, les yeux tournés vers le Ciel du Royaume. Je sens que je pourrais rester des heures ainsi dans cette Paix, cette Beauté, cette Lumière, aux côtés de Joh.

M : Comme on est bien Joh.

J : Maman, on sera toujours comme ça, aussi bien quand tu remonteras.

Je me tourne, pour enfouir mon visage dans ce sable particulier, ce sable vivant de l'Amour de Dieu.

Voyage du mercredi 7 janvier 2004

Je suis passée de l'autre côté, Johany est là. Il ressemble à un ange aujourd'hui… peut-être est-ce la longue robe ample et blanche dont il est vêtu qui me fait penser à cela.

J : Il faut que tu me suives. J'ai quelque chose de très important à te montrer et à te dire.

D'une pression des pieds il s'est soulevé du sol et je le suis en faisant de même. Nous volons à basse altitude. Nous dépassons la première chaîne de montagnes qui sépare le deuxième Monde du troisième, puis nous continuons, nous passons la deuxième, nous survolons donc le quatrième Monde.

J : C'est ici que je voulais te montrer quelque chose.

Il oblique et tournoie légèrement puis descend. Je le suis.

Nous sommes posés à présent sur un sable éblouissant, éclatant de Lumière, si doux en même temps, au milieu d'habitats de Lumière qui ressemblent beaucoup à ceux du troisième Monde.
Johany marche d'un pas souple, un peu élastique.

J : Je vais te montrer quelque chose que tu ne vas jamais oublier. Quand tu seras ici, on ira ensemble pour le revoir. En fait, c'est quelque chose de très précieux, tu vas voir. Approche, c'est derrière cette maison.

Nous dépassons un petit dôme de Lumière d'or et je vois quelque chose que j'ai du mal à identifier, cela ressemble à un « rideau » de ce qui pourrait être des pièces d'or. Bien sûr ce ne sont pas des pièces, mais ce sont des formes rondes, plates, qui se chevauchent les unes les autres de façon à former une sorte de paroi souple, légère et très brillante, posée là devant nous à la verticale.

M : Johany, je ne comprends pas du tout ce que cela peut être. Cette chose est-elle destinée à cacher autre chose qui se trouve derrière ou est-ce en soi quelque chose à découvrir, à connaître ?

J : C'est en soi quelque chose à découvrir. Il n'y a rien derrière, regarde, tu peux passer derrière.

M : Ah oui, en effet. Quelle est donc cette chose étrange ?

J: Une machine à souhaits.

M : Dans ce Monde !? Dans ce quatrième Monde !? Comme c'est étrange !… Est-elle là pour les êtres de ce Monde ?

J : Elle est là pour tout le monde, pour tous ceux qui veulent venir là.

Tu sais, les Mondes ne sont pas cloisonnés, on peut très facilement passer de l'un à l'autre, il suffit d'en avoir envie. Tu peux venir ici à chaque fois que tu le souhaites, et moi de même.

M : Comment cela fonctionne?

J : Viens, on va s'asseoir en face.

Il s'assoit en tailleur devant cette sorte de paroi, je m'assois à côté de lui, nous regardons cela... Elle étincelle de mille feux.

J : Tu vois, à chaque fois que tu veux qu'un souhait se réalise, tu choisis une des petites plaques rondes et tu y inscris ton souhait.

M : Ensuite ? Est-ce tout ? On l'inscrit et on le confie à l'air divin?

J : Non, ce n'est pas tout, tu le prends ...

M : Je prends la petite plaque ?

J : Oui, tu l'enlèves; en fait, elle se détache très facilement, regarde.

Joh se lève et en détache une, puis il la replace puisqu'elle n'a pas été utilisée.
Je vois, en effet... Elles se posent et tiennent comme de petites plaques aimantées tiendraient les unes aux autres. Bien sûr, il ne s'agit pas là d'aimants, mais elles tiennent toutes seules, voilà tout.

M : Et alors ? Une fois que l'on a retiré notre petite plaque, qu'en fait-on ?

J : Tu la confies à Dieu !

M : Et comment fait-on, Joh, pour la confier à Dieu ?

J : Tu vas la Lui porter.

M : Est-ce que tu vas la Lui porter dans le septième Monde ?

J : Oui, tu vas la Lui porter dans le Cœur divin.

M : Ça alors ! C'est vraiment étrange ...

J : C'est une sorte de rituel. C'est une façon de préciser ce que l'on veut, de le rendre concret, pour soi d'abord, parce qu'on y pense, on le formule de façon claire et cela nous oblige déjà à le préciser dans notre tête. Ensuite, tu te déplaces toi-même puisque tu emmènes ta petite plaque et c'est important de faire cette démarche: tu vas vraiment demander à Dieu d'exaucer ton souhait, tu fais la démarche, l'effort de le Lui porter. Cela veut dire aussi que tu Lui fais pleinement confiance, tu as complètement confiance dans le fait qu'Il va réaliser ton vœu sinon tu n'irais pas jusqu'à le Lui porter.

M : Hmm, Hmm. Je vois... Et ensuite Joh, est-ce qu'Il exauce toujours les vœux que les êtres lui portent ?

J : Toujours. C'est obligé, il n'y a pas un seul exemple d'un vœu qu'Il n'ait pas réalisé.

M : Je suppose que c'est parce que ce sont toujours des êtres du Royaume qui écrivent les vœux, alors bien sûr Il peut les réaliser mais...

J : Mais... tu penses que si c'est toi, ce ne sera pas la même chose, n'est-ce pas ?

M : Oui je pense cela, parce que je viens de la Terre. Je pense que Dieu ne mettrait pas une machine à souhaits comme celle-ci sur la Terre, parce que sur la Terre on peut souhaiter des tas de choses que Dieu ne souhaite pas, alors que dans le Royaume, je pense que l'on souhaite la même chose que ce que Dieu souhaite.
J : Ce que tu dis paraît logique, ça se tient, mais ça «paraît» seulement. Si tu préfères, en résumé, ce n'est pas pour rien que je t'ai amenée ici ; si je t'ai amenée ici, c'est parce que tu peux te permettre de l'utiliser et d'écrire toi- même tes souhaits.

M : Et si je l'utilise, Joh, cela induit-il que mes souhaits seront forcément réalisés ?

J : Cela induit que... Je ne vois pas pourquoi ils ne le seraient pas vu qu'ils le sont toujours et que si j'ai eu l'autorisation de t'amener là c'est bien pour que tu l'utilises, ce n'est pas pour autre chose, ce n'est pas pour information. Si j'avais voulu attendre que tu remontes ici pour te la montrer, j'aurais attendu. Si tu es là en ce moment, ce n'est pas pour rien.

On le fait ? dit-il en se levant et en se dirigeant vers une petite plaque ronde qu'il s'apprête à détacher.

M : Bien sûr, je suis partante. Mais dis-moi, si tout le monde l'utilise, vient un moment où il n'y a plus de petites plaques. Comment cela se passe t-il ?

J : Cela ne se passe pas, il y en a toujours. Je suis venu plusieurs fois, et à chaque fois il y en a autant, elles doivent se refaire. Là, il y en a beaucoup pour donner une idée d'abondance, cela veut dire que tu peux en utiliser ainsi que les êtres qui viendront après toi. Cette multitude donne une idée de profusion, ce n'est pas limité, il n'y en a pas trois petites accrochées comme ça dans le Ciel du Royaume. Là, il y en a beaucoup, beaucoup, il y en a des centaines, cela donne bien une idée d'abondance, de largesse : Dieu nous donne autant que nous voulons.
Tu peux marquer tous tes souhaits si tu le veux.

M : Eh bien, ce n'est pas rien ! Puis-je vraiment ?

J : Maman, c'est pour ça que je t'ai amenée là.

M : D'accord. Mais moi je ne connais pas la langue d'ici. Je ne sais pas écrire avec la langue d'ici. Comment puis-je faire ? Est-ce que je l'écris en français ?

J : Cela n'a pas d'importance, tu sais bien que Dieu comprend toutes les langues.

M : Bien sûr, mais peut-être est-ce mieux si on l'écrit avec la langue d'ici, non ?

J : Ne t'inquiète pas pour ça.

M : D'accord...Alors est-ce que je peux ?

J : Vas-y.

J'ai détaché une petite plaque brillante, parfaitement ronde et plate, elle mesure quelques centimètres de diamètre, et alors que je la tenais dans ma main gauche, est apparu dans ma main droite une sorte de petit stylet graveur. Je l'approche et les mots se forment, ils s'écrivent tout petits, très précis. Le petit stylet grave mon souhait.

M : J'ai fini d'écrire, Joh. Puis-je en faire plusieurs à la fois ?

J : Non, un seul à la fois, il faudra que tu reviennes. Tu peux en refaire un demain, si tu veux, mais il faut en porter un seul à la fois.

M : D'accord. Peut-on y aller maintenant ?
J : On y va.

Je remercie la machine à souhaits, j'ai croisé mes mains sur ma poitrine, je m'incline parce que je suppose qu'elle est vivante elle aussi.

J : C'est presque cela.

Il s'est envolé.

M : Est-ce pour cela que tu as mis cette robe si différente, si douce ? Tu ressembles à un ange dedans.
J : C'est pour aller là où l'on va.

Nous partons dans le Ciel du Royaume pour atteindre le Cœur divin. **Ce n'est pas une direction, c'est une vibration, une autre dimension.**
...
Voilà, nous sommes entrés dans cette autre dimension qu'est le Cœur divin. Il n'est pas « ailleurs », Il n'est pas au loin, **Il est là dans cette autre vibration, dans cette autre dimension.**
Nous sommes dans cette Lumière immense, intense, au Cœur de Dieu. Je me sens toute petite, avec ma plaque qui brille dans mes mains; à dire vrai, je ne perçois plus mon corps, je suis une conscience qui porte cette petite plaque ronde où est inscrit mon vœu terrestre.

Je perçois la présence de Joh à côté de moi…

J : Je vais le porter pour toi, je sais où il faut le mettre.

Apparaît devant nous une sorte de petit autel, c'est le mot qui s'en rapproche le plus. C'est étrange…
Des images m'apparaissent : des enfants joyeux jouent à la balle ensemble, la statue d'un Bouddha en énergie d'or toute de sérénité…
A quoi correspondent ces images là, dans le Cœur Divin? Mystère.
Je suis dans le Cœur Divin sans comprendre à quoi correspondent ces visions que j'ai, peu importe…

J : Maman, tu as apporté ton souhait à l'endroit qu'il fallait ; maintenant, on va repartir.

M : D'accord.

Je salue. Je remercie. Nous nous sommes laissés glisser et nous avons changé de vibration, de dimension. Nous sommes dans le Ciel du Royaume à présent, comme nous y étions tout à l'heure, nous sommes cette fois en sphères de Lumière.

M : Où allons-nous Joh ?

J : Vers le premier Monde, là où nous habitons.

M : Joh, sais-tu à quoi correspondaient ces visions que j'ai eues ?

J : Je ne peux pas le dire.

M : Joh, est-ce que les êtres du Royaume utilisent cette machine à souhaits? C'est étrange, parce que l'on pourrait imaginer qu'ils ont déjà tout ce qu'ils souhaitent… Comment l'utilisent-ils ?

J : Ils ne l'utilisent pas pour eux, ils l'utilisent pour intervenir pour d'autres qu'ils savent être dans la misère, dans la souffrance, pour des êtres incarnés en général ou parfois pour des êtres qui sont dans l'au-delà, mais dans des mondes de la réincarnation, ou parfois pour quelqu'un qui s'est suicidé, par exemple, ou pour quelqu'un qui a du mal à vivre. Il se trouve des tas d'occasions d'utiliser cela, d'exprimer des souhaits. Beaucoup de gens souffrent, et là dans le Royaume, beaucoup d'êtres s'en occupent, s'en soucient.

M : Joh, faut-il que les hommes prient pour que quelqu'un exprime un souhait pour eux ?

J : Pas forcément, tu sais, il y a des gens qui ne savent pas prier, plein de gens ne savent pas prier, ne savent même pas que l'on peut prier, ne savent même pas que Dieu existe, mais qui pourtant méritent souvent d'être aidés.

M : Oui je comprends. Est-ce que les êtres du Royaume utilisent fréquemment cette « machine » ?

J : A ce que j'ai cru comprendre, très souvent. Moi, je l'ai découverte il n'y a pas très longtemps, je suis venu deux ou trois fois déjà, je l'ai utilisée pour vous.

M : Merci. C'est magnifique ! C'est un peu comme l'étoile de l'autre jour. Plein d'opportunités sont proposées aux êtres ici, afin de leur donner davantage de possibilités d'aider ceux qui sont dans l'incarnation, c'est un petit peu cela, non ?

J : Oui c'est un peu ça. Cela nous permet d'aider d'une façon assez facile ceux qui sont restés dans l'incarnation comme tu dis.

M : Magnifique, quelle merveille ce Monde !
De savoir que l'on va venir ici, c'est quand même quelque chose, c'est tellement réconfortant !
Je viendrai ici moi aussi, devant cette machine à souhaits je veux dire.

J : Déjà pour toi et pour tes proches sur la Terre, tu peux revenir. Si tu veux, chaque fois que tu viens voyager, moi je peux t'amener là, tu vois ce n'est pas très long. Cela prend quelques minutes, on aura encore le temps de faire plein d'autres choses. Là, c'était un peu long parce que je te l'ai fait découvrir, mais les autres fois tu verras, on viendra là en vitesse, en premier si tu veux, puis après, on fera autre chose.

M : Génial ! D'accord.

J : Maintenant, je vais te laisser parce que tu as d'autres choses à faire.

M : Je n'ai pas vraiment envie de redescendre.

J : Si tu veux tu reviendras plus tard.

M : Oui d'accord.

Voyage du jeudi 15 janvier 2004

Jonany me propose d'aller rencontrer un pharaon de l'ancienne Egypte qui a vécu sept cent ans environ avant Jésus Christ. Il était nubien et s'appelait Piânkhy.
Nous sommes dans le premier Monde.
Joh me précise qu'il ne s'est jamais réincarné et qu'il s'est fait un temple, une demeure comme il avait sur la Terre. Nous y sommes arrivés…
C'est magnifique ! Je vois des colonnes d'un temple d'or. Nous entrons.

J : Nous n'avons pas besoin de nous purifier ici avant d'entrer puisque nous sommes déjà purs.

Il arrive, joyeux, heureux, les bras ouverts, un grand sourire éclaire son visage.

P : Je vous attendais !

Il est noir comme dans sa dernière incarnation, sa stature est imposante.

P : Venez, nous allons parler de cette Terre qui est la vôtre aujourd'hui, si différente de ce qu'était la mienne, si différente en si peu de temps : deux mille sept cents ans, ce n'est rien au vu de la vie terrestre, mais ces grands bouleversements ont tout changé. Ils ont bouleversé l'ordre naturel des choses, l'ordre naturel n'a plus cours.

Tout est sens dessus dessous, c'est ce que j'appelle le chaos, l'anarchie sur la Terre actuellement. Le chaos, l'anarchie règnent en maître et aucun pharaon n'est là pour reconquérir son espace : la Terre. Non, plus personne ne peut faire cela. Les hommes ont perdu toute Connaissance, toute Sagesse, tout lien avec leur Créateur. Ce monde court à sa perte, sa perte spirituelle. Il s'est coupé de sa Source et c'est très grave.

M : Il y a néanmoins beaucoup de croyants sincères, beaucoup de religieux sur la Terre qui prient beaucoup et sont reliés à notre Père...

P : Oui, mais c'est insuffisant, totalement insuffisant car ils n'ont aucun pouvoir, aucun rôle dirigeant. Ce ne sont pas des chefs, des gouvernants. Ils n'ont aucun pouvoir sur les peuples et c'est cela qui manque : des êtres spirituels qui auraient un pouvoir sur les peuples : le pouvoir de les ramener dans la juste Loi, sur le chemin de leurs ancêtres, le chemin de la Tradition, ce n'est plus et c'est triste. L'humanité va à sa perte.
M : Comment vois-tu la réincarnation pour les êtres du Royaume ?

P : Je ne la vois pas, excepté pour une mission d'une extrême importance. La réincarnation est inutile, elle est une mauvaise chose car l'être qui s'y plie entre dans les énergies perverses de la Terre actuelle, il s'y perd, il ne peut que s'y perdre et être inefficace car les ennemis sont nombreux et son pouvoir est faible ou nul, la plupart du temps nul, car la Connaissance s'est perdue, la Connaissance relative à ce pouvoir. Plus rien ne peut alors se faire et l'être qui descend y perd son énergie, son temps, sa bonne volonté ; son périple est inutile et, pire, fatigant, décourageant pour l'âme qui s'y prête. Non, excepté, je te l'ai dit pour une mission d'exception, il ne faut pas redescendre.

M : Sers-tu l'Amour ici ? Que fais-tu ?

P : Je prie, j'active les énergies, les vibrations d'harmonie, je crée de l'Amour. Je fais vibrer l'amour, en ETANT, en étant moi-même, en étant ce que je suis naturellement. Ce que je suis, ici, dans mon état naturel d'être divin est Amour et je fais vibrer cela. Cela est utile et sert l'amour, pas nécessairement et uniquement sur la Terre ou pour la Terre, non, de façon générale.

M : Es-tu toujours avec ta bien aimée ?

P : Oui, nous sommes ensemble pour l'éternité dans le Séjour des Dieux car l'amour ici ne peut être séparé. Il vibre éternellement et éternellement je resterai avec elle car je l'aime plus que toute autre et c'est mon désir le plus ardent de rester avec elle, elle est unique, elle est ma moitié, mon autre moi-même. Je ne veux pas me séparer d'elle ni en connaître d'autres, car c'est elle que je veux garder pour épouse éternellement.
Je suis le maître de ces lieux, *dit-il en montrant son temple*, et l'infime serviteur du Très Haut, de mon Père, de ma Source, Amon le Grand, le seul et unique Dieu.

M : Puis-je te demander... Si tu avais un conseil ou un message à donner aux hommes de la Terre, que pourrais-tu leur transmettre, à part qu'ils courent à leur perte ? Peux-tu leur dire un message plus... positif, si l'on peut dire ?

P : Je leur dirais que le temps n'est pas encore venu pour eux de retrouver la juste Voie. Ce temps tarde à venir mais plus tard il viendra. L'unité, la cohésion, l'esprit de Dieu régneront de nouveau un jour sur la Terre et ce jour sera bienheureux. En attendant, que l'homme se relie intimement à son Créateur, c'est le mieux qu'il puisse faire, c'est bien peu puisque, comme je te l'ai dit, il n'aura pas pour autant de pouvoir sur les choses étant dans l'ignorance de la Connaissance suprême. Mais cela lui évitera de se perdre lui-même, ce qui somme toute est déjà ça.

Mon message : que l'homme sache que dans le passé, sa Sagesse a été grande, sa Connaissance a été grande. Les initiations représentaient quelque chose et hissaient l'homme au niveau de l'Etre divin qu'il est réellement, en lui redonnant le Pouvoir sur les choses. **Ce mot de « Pouvoir » est à prendre au sens noble : celui que l'être divin peut exercer pour la justice, pour l'avènement de l'amour et de l'harmonie sur la Terre, non pas bien sûr, pour son ego. Le pouvoir est une très bonne chose, indispensable même lorsqu'il est manié par un être divin, par un homme qui a rejoint son être divin, qui s'est élevé à son niveau.** L'homme a perdu ces Connaissances, cette Sagesse et rien ne sera possible avant qu'il ne la retrouve.

M : Comment peut-il la retrouver ?
Ne faut-il pas justement que des êtres du Royaume redescendent les initier à cela ?

P : Pas maintenant. La Terre n'est pas prête, l'humanité n'est pas prête, elle règle ses comptes et elle a soif de continuer. Il faut attendre encore bien longtemps avant que des êtres du Royaume, comme tu le suggères, descendent dans l'incarnation redonner ces Connaissances perdues, cette Sagesse perdue aux hommes, bien longtemps.

M : Qu'est-ce que cela signifie : bien longtemps ?
Est-ce une question de millénaires, plus encore ou moins ?

P : Disons, bien deux mille ans…c'est un minimum avant que l'homme ne retrouve la Sagesse, avant qu'il n'ait envie de la retrouver, avant qu'il soit fatigué, saturé de régler ses comptes et qu'il ait soif de Paix, de Lumière, d'Harmonie et de Sagesse justement. Alors, il pourra retrouver les Lois, les grandes Lois de la Vie, elles pourront lui être redonnées, elles pourront alors être retransmises aux hommes car les hommes les entendront, mais avant c'est inutile, ce serait, je te l'ai dit, du temps perdu, des paroles perdues et ces paroles sont si précieuses qu'elles ne doivent pas être données en vain, elles doivent être données à l'humanité lorsque celle-ci est prête, apte à les entendre.
Les Lois reviendront, les Lois seront redonnées aux hommes, et avec elles toute Sagesse, et toute Connaissance, mais pas avant ce temps. Voilà mon message, petite abeille, tu es descendue courageusement mener ta mission et tu as eu raison de la mener car tu as réussi, et elle touche à son terme et elle servira grandement…et une fois remontée ici, il te faudra attendre tout ce temps, pour qu'une incarnation ultérieure puisse être utile, c'est mon conseil. Je suis heureux ici, car toutes les Lois de l'Amour sont respectées. Nous sommes dans le séjour d'Amon et l'Amour est son règne.

Je le salue.

M : Je t'aime, j'aime ce que tu es et ta Sagesse.

P : Moi aussi j'aime ce que tu es et ton courage. Que la paix soit avec toi ! Un autre jour, tu pourras venir voir mon épouse et t'entretenir avec elle, ce sera différent.

M : Avec joie, merci.

Je salue.
Nous quittons le temple.
Je dis à Joh en marchant sur le sable du Royaume :

– Il est grand et fort dans son cœur, dans ce qu'il est, il dégage cette force, cette rectitude dans l'amour qu'il avait déjà certainement sur la Terre, il me fait l'effet d'un Grand.

Voyage du vendredi 16 janvier 2004

Je passe de l'autre côté. Johany m'attend tout souriant.
Je lui exprime que depuis deux jours, j'ai l'impression de sentir l'énergie de ma mère tourner autour de ma tête. C'est assez léger, une impression assez fugitive, je n'en suis pas tout à fait sûre mais je crois percevoir sinon un appel, au moins une pensée. Peut-être est-elle simplement en train de penser à moi, mais peut-être est-ce un peu plus. Je demande à Joh ce qu'il en sait.

J : Maman, tu as tout à fait raison. Elle a été dans le lieu en astral où l'on peut communiquer avec la Terre, mais elle ne sait pas trop comment faire pour que tu la sentes mieux. Là, elle fait ce qu'elle peut si tu préfères.

M : Hmm. J'ai effectivement senti sa présence. Est-ce que tu veux que l'on y aille Joh ? Ou est-ce que tu préfères que j'y aille seule ? Ou est-ce que tu préfères que l'on fasse autre chose, et y aller plus tard ? Comment vois-tu cela ?

J : On peut y aller un petit moment si tu veux, voir ce qu'elle veut nous dire, ou ce qu'elle veut te dire. On y va puis on reviendra ici après. On n'en a pas pour longtemps.

M : D'accord.

Nous avons donc rejoint mes parents là où ils se trouvent dans le monde astral.
Ma mère souhaitait nous faire part d'une découverte étrange qu'ils avaient faite lors d'une promenade dans la campagne.
Soudain devant eux, s'était dressé comme sorti de terre, un rocher pointu, haut de plusieurs mètres en forme de colonne, de pic.
D'abord très surpris, ils se sont approchés pour la toucher. Ils n'en comprenaient pas le sens. Ma mère eut l'idée de coller son oreille contre la pierre, bientôt imitée par mon père.
Il perçut alors une sorte de vie subtile émaner de la roche :

Mon père : Ecoute Solange, je suis en communication avec quelque chose.
Ma mère : En communication ? Que veux-tu dire ? Si tu entends quelque chose, cela ne veut pas dire que tu communiques avec elle.

Mon père : J'ai l'impression que cette chose sait ce que je pense. Elle suit mes pensées, c'est pour cela que je te parle de communication. J'ai l'impression qu'il y a quelque chose de vivant là-dedans.

Ma mère : Une pierre, ce n'est pas vivant, sauf dans les films de science fiction…

Ma mère m'explique ensuite que devant ce mystère qu'ils ne purent s'expliquer ils se posèrent mille questions, puis rentrèrent chez eux. Ils s'en posèrent encore et décidèrent finalement de nous appeler, espérant que nous saurions leur donner une explication à cette étrange roche….
Nous marchons un long moment sur un sentier de campagne, d'un pas un peu rapide. Les arbres se succèdent, tous différents et magnifiques ; sur la droite du chemin, des rochers là encore très terrestres dans leur apparence donnent un peu envie de les escalader, mais nous continuons la route. Nous sortons du couvert et le soleil inonde le chemin où nous sommes. Je me pose la question : est-ce un vrai soleil ? Je ne sais pas s'il s'agit du soleil terrestre… puisque après tout, ce monde astral se situe autour de la Terre, pourquoi ne serait-ce pas notre astre solaire, le même qui illumine la Terre ? Je sens qu'il ne s'agit pas de la même chose, c'est une lumière.
Alors que nous marchons, un petit chien arrive dans nos jambes. Là encore, je suis étonnée… Je croyais qu'il n'y avait pas de

bêtes dans ce monde, enfin, excepté des oiseaux puisque ma mère m'avait dit qu'elle en avait vus. Je m'étonne de la présence de cet animal et ma mère m'explique :

Ma mère : Il est à un petit vieux qui habite une cabane là-bas un peu plus loin, tu vois ? Il habite tout seul. A chaque fois que l'on passe là, on le voit avec son chien. Apparemment, c'est sa seule compagnie.

M : Cette seule présence animale doit être son bonheur à lui, c'est curieux. Il pourrait rêver d'autre chose puisqu'ici il peut se donner les moyens de faire arriver ce qu'il souhaite.

Ma mère : Eh bien écoute, il doit aimer la solitude et cette bête.

M : Oui certainement.

Les choses sont décidément étonnantes ici, plus que je ne l'aurais cru. Sur la Terre finalement il y a bien aussi des hommes qui ne supportent pas la compagnie.
Nous continuons notre marche et nous retrouvons l'ombre des arbres, un peu plus loin. Puis nous arrivons devant la fameuse pierre à l'endroit que ma mère m'indique comme étant la «chose». Je sens que cette colonne est plus mystérieuse encore qu'elle ne le croit. Je m'approche et je sens qu'une Connaissance est cachée là, que ce pic est en réalité un objet de Connaissance, mais de quelle Connaissance ? Une Connaissance des Mystères divins ? Non, pas ici, pas en astral. Une bibliothèque ? Non, ce n'est pas quelque chose d'aussi prosaïque. Il s'agit de bien autre chose. Je me branche.
Johany se tient droit, j'ai le sentiment qu'il sait très bien de quoi il s'agit sans même se poser la question, il a déjà la réponse, mais ce n'est pas mon cas. J'essaye de l'obtenir en me branchant sur cet objet, peut-être plus sacré qu'il n'y paraît.
J'entends :

– L'histoire de ce monde.

M : L'histoire de ce monde astral ou l'histoire du monde en général?

Je comprends :

– L'histoire de **ce** monde et cela signifie donc : l'histoire de ce monde astral.

M : En quoi consiste donc l'histoire du monde astral ?

Je me branche davantage et, finalement, je fais comme ma mère, c'est-à- dire que je colle moi aussi mon oreille contre la roche. Johany est toujours à l'écart. Je tente de percevoir ce qui peut être perçu. Je sens un flux d'énergie qui circule. C'est étrange en effet. Je pose la question en moi-même : comment recevoir cette Connaissance de ce monde ? Et je comprends : s'asseoir, s'adosser à cette roche comme l'on s'adosse à un arbre, la tête appuyée contre la pierre et la Connaissance se transmet de cette façon en nous. C'est intéressant, cela me plairait bien, mais qu'y a- t-il donc à connaître de ce monde astral : comment s'est-il formé ? A quoi sert-il ? Qui l'habite ? Comment est-il conçu, comment est-il organisé ? Oui toute cette Connaissance est incluse dans cette pierre. Passionnant ! Je pense en moi-même qu'il faudra que je revienne pour m'y instruire. Je me tourne vers Johany.

M : Le savais-tu Joh, que toute la Connaissance de ce monde était inscrite ici ?

J : Je l'ai su quand elle en a parlé, oui.

M : C'est intéressant, n'est-ce pas?

Ma mère : Eh bien écoute, si ça t'intéresse, tu peux revenir ici pour y puiser ces Connaissances et si c'est important pour toi de les transmettre.

M : Oui, cela m'intéresse. Je trouve cela tout à fait passionnant. J'aime bien témoigner, je te l'ai dit.

Nous nous promettons de nous revoir très prochainement afin que je puisse revenir ici même me mettre de nouveau à l'écoute...
Nous avons repris la route. Johany semble pensif.
Nous sommes arrivés de nouveau dans le petit village. J'en profite pour poser la question qui m'intriguait depuis un moment :

M : Pourquoi ne voit-on jamais personne dans ces maisons ? Sont-elles là pour la décoration, ou sont-elles vraiment habitées ?

Ma mère : On voit de temps en temps des gens qui y vivent mais nous, on ne va pas tellement vers eux parce que l'on aime être tranquilles dans notre coin, mais enfin on se salue, on se dit bonjour bonsoir quand on se voit. On ne cherche pas spécialement à les voir, mais il y a des gens. Ce sont des jeunes. Mais, tu sais, ici les gens se donnent toujours une apparence plus jeune.
…
Je pense que nous allons donc nous revoir bientôt. Revenez quand vous voudrez.

Nous nous embrassons affectueusement et nous les laissons rentrer chez eux. Je les sens de bonne humeur, heureux de vivre, d'être là et de nous avoir vus également. Nous nous éloignons à pied Johany et moi puis, lorsque nous atteignons l'ombre des arbres, nous nous envolons.
De nouveau, nous traversons le ciel de l'astral en nous branchant sur la dimension du Royaume et nous arrivons dans le Ciel du Royaume, comme s'il suffisait de traverser une épaisseur.
Joh est toujours silencieux, je suis à ses côtés. Nous revenons dans le premier Monde.
Nous nous sommes posés.

M : Que penses-tu de tout cela Joh ? Tu as l'air d'en penser quelque chose en tout cas.

J : Maman, c'est important ce qui vient de se passer… Ils n'ont pas l'air de se rendre compte mais c'est quelque chose qui leur est offert. Ils ne considèrent pas du tout cela comme un cadeau, tu l'as vu, plutôt comme une source de questionnement alors qu'en fait c'est un magnifique cadeau.

M : Disons que je ne suis pas sûre qu'ils aient eu vraiment besoin ou envie de ce cadeau. Je crois que la recherche de Connaissances n'est pas leur souci premier. C'est étrange que cela leur ait été offert justement alors qu'ils ne semblent pas spécialement en avoir le goût.
Une idée me traverse la tête …Je me demande si cela ne leur a pas été présenté pour que j'en profite moi aussi et que je puisse en témoigner.

J : Maman c'est exactement ce que je pense, c'est un cadeau et il n'est peut- être pas pour celui que l'on croit.

M : Veux-tu dire Joh que cette roche leur est apparue afin qu'ils m'en parlent et que je reçoive une connaissance à transmettre ?

J : Possible. Les choses ont souvent plusieurs sens.

M : Je comprends. En tout cas, cela m'intéresse d'y retourner pour y puiser des informations.

J : On ira ensemble si tu veux, je te tiendrai compagnie.

M : D'accord, bonne idée.

J : Si tu veux, on peut parler encore un moment, si tu n'es pas trop fatiguée.
M : Ça va. Je veux bien.

Nous échangeons encore un moment Johany et moi sur les choses de la Terre, avant de nous séparer.

Voyage du dimanche 18 janvier 2004

Je suis passée de l'autre côté. Johany m'attendait et nous sommes partis en vol. Nous discutons en même temps. Je lui pose une question qui me tournait dans la tête depuis un moment.

M : Lorsqu'on arrive dans le septième Monde, dans le Cœur divin, si l'on y voit un être que l'on connaît, il me semblait que cela pouvait porter à confusion : on le voit là heureux et si ça se trouve, il est en train de souffrir sur la Terre dans ce qui est sa projection terrestre.

J : Ce n'est pas ainsi. Lorsqu'on arrive dans le Cœur divin, en réalité on ne voit rien de distinct car tout est Un. Si tu veux voir une personne distincte, tu le peux, tu appelles et son Esprit se densifie pour toi. A ce moment-là seulement tu vois cette personne…cet Esprit peut prendre l'apparence qu'il souhaite (celle qu'il a sur Terre ou celle d'un être de Lumière). Si je souhaite voir une personne de la Terre dans le Cœur divin, je l'appelle et elle m'apparaît, elle prend l'apparence qu'elle a sur Terre, l'apparence que je lui connaissais mais, comment te dire ? Je sais que sa projection est sur Terre, mais je sais qu'en Réalité cette personne est vraiment là. C'est vraiment elle. Cela ne veut pas dire que je vais me désintéresser de la souffrance qu'elle vit sur la Terre si c'est le cas, si c'est quelqu'un qui souffre, mais ici, je peux être avec elle comme je l'aurais été sur la Terre, aussi proche.

M : Oui, mais en réalité, sa conscience est dans son être terrestre …

J: Oui, sa conscience est dans sa projection terrestre, tu peux appeler cela comme ça, tu te rappelles que la Création, la Création terrestre est un hologramme, et **l'être humain est une projection dont la Source est dans le Cœur divin justement.**

M : Oui. Mais lorsque nous sommes justement dans cette projection, on a le sentiment d'y être entièrement et que ce que l'on y vit est bien réel.

J : Oui et la mort consiste simplement à poser ton manteau terrestre, ta projection terrestre et à te rapprocher de ta Source en venant là dans le premier Monde du Royaume, enfin quand tu remontes dans le Royaume. Mais là, dans le premier Plan du Royaume, je suis aussi une projection de mon Moi véritable, de mon Esprit si tu préfères, de ce que JE SUIS dans le septième Monde, dans le Cœur divin, de la pure Lumière que je suis.

M : Oui, je sais bien cela. Ma question concernait plutôt les êtres que tu peux voir ou appeler comme tu dis dans ce septième Monde et la réalité de leur existence, de leur consistance, alors que leur conscience est dans leur projection terrestre…Peut-on dire que leur conscience est à différents endroits : en même temps dans le septième Plan et en même temps sur la Terre ?

J : Maman, ce n'est pas comme ça. Lorsque l'être réside, EST dans le septième Monde il sait ce qu'il est, il sait qu'il a une projection terrestre sur la Terre, il sait qu'il est Lumière et qu'il s'est projeté pour vivre une expérience d'amour sur la Terre, dans le monde manifesté, dans le monde créé. Il sait aussi que cette projection terrestre est persuadée qu'elle est seule au monde, il sait que sa projection terrestre a une conscience qui est coupée de sa Source, dans un sentiment de séparation.

M : Donc, l'être est bien, à ce moment là, à deux endroits différents: dans le Cœur divin (on pourrait dire dans son Esprit) et en même temps dans sa projection terrestre, dans le corps qu'il est venu habiter.

J : Tu peux dire ça.

M : C'est étrange la vie, c'est vraiment étrange...
Vu de la Terre, c'est difficile à comprendre. Je suppose que vu du septième Plan, c'est très simple. C'est la place de la conscience qui, vue d'ici, n'est pas si simple à comprendre. Moi j'ai l'impression de naviguer entre les deux extrêmes : entre le plan terrestre et le Cœur divin et dans toutes les étapes intermédiaires. Je vais en astral voir ma mère, je vais dans les différents Plans du Royaume, ma conscience circule.

J : Tu es un hologramme voyageur ! *dit-il en riant.*

M : C'est une drôle d'appellation, mais il doit y avoir du vrai là-dessous.
Je trouve cela très intéressant, l'on touche ici l'essentiel de la vie, l'Essence de la Vie.

J : Je voudrais te montrer autre chose.

M : D'accord, puisque nous sommes déjà en vol, autant y aller.

Joh a filé vers le troisième Monde. Je le suis bien entendu.
Il porte aujourd'hui une grande tunique blanche. Il m'explique que finalement il trouve cette tenue très confortable et agréable à porter. Nous nous dirigeons dans la direction où s'arrêtent les chaînes de montagnes qui séparent les Mondes, qui les délimitent, qui les distinguent. Nous arrivons dans une région, je ne sais pas si le mot convient, je préfère dire un espace où les Mondes ne sont plus différenciés que par leur vibration.

Nous sommes déjà venus de ce côté, je reconnais bien.

J : C'est un peu au-delà que je voulais t'emmener.

Ce que j'aime ici est cette immensité. On sait que ce Monde ne finit pas, que l'on peut voler indéfiniment. C'est une chose inconcevable pour notre mental humain. On pourrait voler sans cesse, sans s'arrêter, toujours, et toujours il y aurait ce sol au-dessous de nous. Je n'arrive pas à imaginer cela, mon mental ne va pas jusque là. Je pense que l'infini ne peut pas être appréhendé par l'homme.
Nous survolons des paysages majestueux, magnifiques. Je pense en moi-même que ces paysages doivent correspondre au rêve des êtres qui sont là en bas. J'imagine en effet que chaque être ici crée le paysage de ses rêves et ces paysages sont donc bien l'idéal des êtres qui les ont créés.
Je me demande souvent quel paysage je vais créer autour de chez moi lorsque je viendrai mais j'ai déjà ma petite idée... Ce sera je crois un paysage des tropiques, avec la mer, du sable blanc, des palmiers et toutes ces sortes de choses.
Nous n'allons pas très vite. Nous arrivons en vue d'une étrange construction.

J : Elle correspond au rêve de quelqu'un qui l'a construite, mais cela n'a pas un grand intérêt pour nous.

Nous la survolons et nous continuons plus loin, vers une surface miroitante, c'est le seul mot qui semble correspondre. Nous avançons à basse altitude et nous nous posons. C'est de l'eau.
Je me demandais ce qu'était cette surface brillante, éclatante de Lumière... Il s'agit bien d'une étendue d'eau assez basse, quelques centimètres, sur le sable doré du Royaume.

M : Quelle est cette eau Joh ? C'est une grande étendue... Est-ce une mer ? Cela ne ressemble pas à une mer comme sur la Terre en tout cas.
J: Maman, c'est exactement ce que je voulais te montrer parce que tu ne l'avais pas encore vue. C'est quelque chose de très particulier au Royaume. Ce n'est pas une mer pour se baigner, tu vois il n'y a pas de profondeur.

M : Oui, je vois. J'allais dire… à quoi sert-elle ? Je ne sais pas si ce mot convient…Peut-être est-ce une eau divine et l'on ne peut pas en parler comme cela.

J : Oui c'est de l'eau divine, bien sûr, tout est divin ici. Tout est fait de matière divine, mais tu peux quand même dire qu'elle sert à quelque chose, ce n'est pas un sacrilège. Elle sert à aimer comme tout ce qui vient de Dieu.

M : Elle sert à aimer ? Comment cela ? J'allais dire… comment fait-on ? Faut- il marcher dedans ou dessus ?

J : Cela dépend de ce que tu veux. Tu marches comme ça…

Joh s'avance.
Sa tunique est longue, je pense un instant que l'eau va mouiller le bas mais elle ne la mouille pas. Il avance dans l'eau qui monte un peu plus haut que ses chevilles. Je le suis.

M : Qu'est-ce que tu ressens toi Joh ?

Il ne répond pas, mais il s'allonge dans l'eau, le dos sur le sable, les bras écartés et je fais de même à côté de lui.

J : Tu vois, c'est comme ça que l'on est le mieux. On ne peut pas être mieux que là.
Essaye de bien te brancher pour sentir les sensations.

M : C'est de la Vie !… Je sens de la Vie !

J : C'est plus que ça.

M : Oui mais je ne trouve pas les mots. Je sens que c'est quelque chose qui me nourrit… Attends, je prends le temps….
C'est une eau qui est vivante, une eau qui me parle, une eau qui accompagne, on n'est plus seul dans cette eau, on est avec la Présence. C'est ce que je sens… On a l'impression que tout est là, **tout**, on a tout, quand on est là. On n'a plus besoin de rien, on se sent comblé.

Nous restons là un long moment.

M : Joh c'est génial d'être ici !

J : Quand tu seras ici pour de vrai, on reviendra là. Tu verras, ce sera encore mieux, parce que là tu ne peux pas ressentir aussi totalement que si tu étais là entièrement.

M : Je sens que je pourrais rester là des heures...

J : C'est ce que je fais, je reste là des heures.

M : Tu as raison, il faut savoir profiter du bonheur. Bon, moi tant que je peux rester, je reste...
C'est drôle on dirait de l'eau qui ne mouille pas, enfin ce n'est pas de l'eau comme sur Terre en tout cas.
...
...
Il est quand même très tard, au niveau terrestre, je veux dire, je dois tout de même retourner.

Je me suis levée. Johany est toujours étendu, les bras écartés.

J : Tu fais ce que tu veux, moi en tout cas je reste.

M : Tu as raison. Je ferai comme toi quand je serai ici. Je me rappellerai l'endroit, crois-moi.

J : Maman tu ne m'en veux pas si je ne te raccompagne pas, on se verra demain.

M : D'accord, je suis heureuse de te savoir là, profite bien.
Cela me rend heureuse de te savoir heureux, c'est bien comme ça.
Je m'élance. Je m'envole. Je vais retrouver ma « porte ».

Voyage du mercredi 21 janvier 2004

Lorsque j'arrive, Johany est vêtu de sa longue robe blanche faite de

ce tissu souple et doux. Il me propose d'aller voir quelqu'un que nous connaissons, l'un de ses amis, Ernest[22]. Il s'envole et je le suis.
Nous arrivons bientôt près de la cabane qu'il s'est faite dans la forêt et que j'avais déjà vue une fois.
Quand nous arrivons, il ouvre sa porte en souriant.

E : Je vous attendais, dit-il enjoué.

Mais il ne nous fait pas entrer dans sa demeure, trop petite sans doute. Il nous invite plutôt à le suivre dehors dans cette forêt qu'il aime tant et à faire quelques pas avec lui.

E : Midaho, tu te doutes de la raison pour laquelle tu es venue jusqu'ici. Je souhaitais te dire quelques mots sur mes projets futurs.

M : Johany m'a dit que tu comptais bientôt te réincarner sur la Terre.

E : C'est l'un de mes projets en effet. J'y tiens beaucoup. Cela te paraît étrange, tu penses que la période n'est pas la meilleure que nous puissions choisir pour être efficace mais je ne partage pas ton point de vue. Je pense que toutes les époques sont bonnes et sont bien choisies du moment que le projet que l'on y porte est bien conçu, bien adapté à cette époque. Le mien sera simple mais efficace, je l'espère.

M : Quel sera ton projet, si ce n'est pas indiscret ? Est-ce que tu veux bien m'en parler ?
E : Je serai un prêtre, mais un prêtre des temps nouveaux.

M : Qu'est-ce que cela veut dire ?

E : Un prêtre œcuménique.

M : Eh bien ! Il y aura donc des prêtres œcuméniques… Dans un temps si proche ? Je suis très étonnée de cela, mais en même temps cela me fait très plaisir. Es-tu sûr de pouvoir mener à bien ton projet ?

E : Je l'ai étudié pour cela, tout est bien conçu. C'est un projet qui me tient à cœur, c'est ton projet et je l'ai fait mien, je l'ai adopté. Il me

---

[22] Cf. Le Royaume tome 1

plaît. L'œcuménisme est un grand projet, il ne doit pas être traité à la légère et surtout il ne doit pas être laissé à l'abandon, en friche : le champ semé doit être cultivé. Une graine semée est fragile, il faut si peu pour qu'elle ne germe pas, qu'elle ne germe jamais : quelques intempéries ou beaucoup d'indifférence, de l'abandon, et cela suffit pour qu'un beau projet tombe à l'eau et ne voie jamais le jour. Alors, quand la graine a pris la peine d'être semée ou quand un être, si tu préfères, a pris la peine de semer une graine et que cette graine est ce projet, eh bien, j'estime qu'il est de mon devoir de le porter ce projet, de l'aider à germer cette graine. Je te dis devoir, mais je pense Service, mission, Service d'amour. Oui, je me sens redevable et pour ainsi dire responsable en tant qu'être humain, solidaire de cette humanité, partie prenante de cette humanité, je me sens responsable de ton projet magnifique qui la porte plus haut, plus loin sur son chemin d'Evolution, et je veux participer à cela. Oh je sais que ce ne sera pas tous les jours facile, mais j'ai envie de tenter cette expérience. Je pense aussi que je serai aidé par mes amis restés là. Je sais qu'une fois sur la Terre, je n'aurai pas toujours conscience de cette aide, mais tu vois, je suis encore ici pour quelques temps et pour ce temps tout au moins, j'ai encore conscience que je serai aidé, soutenu.
Je suis heureux de descendre tu sais pour porter ce projet, pour le faire avancer, faire avancer l'œcuménisme.

M : Seras-tu le seul prêtre œcuménique ? Est-ce que tu seras une sorte de spécimen d'avant garde ou est-ce que vous serez plusieurs à exercer ce genre de culte ? Comment cela se passera t-il ? Est-ce que tu as projeté cela ? Est-ce que tu as vu cela dans l'avenir ? Peux-tu m'en parler ?

E : Est-ce que nous serons plusieurs ? Une petite poignée au début, deux, trois puis cinq, puis dix un jour, etc.

Comment cela se passera ? Dans la simplicité. Il faut que ce soit simple et ce le sera. Ce sera un culte dépouillé. Nous y pratiquerons la prière, le chant et l'échange, le partage. Les hommes viendront avec leurs questions, leur questionnement sur l'actualité, sur Dieu, sur le sens de leur vie, le sens de leur souffrance, sur leur avenir, sur toutes les inquiétudes des hommes et je tenterai d'y répondre dans la mesure où je serai inspiré par l'Esprit Saint.

M : Qu'appelles-tu Esprit Saint ?

E : Oh, tu le sais. N'attachons pas d'importance aux mots.

M : Hmm. Auras-tu un lieu de culte particulier ? Est-ce que ces fameux temples que Dieu souhaitait voir fleurir sur la Terre seront alors à l'honneur ? Est-ce qu'ils seront construits ? Tolérés ?

E : Ils le seront. Je ne te dis pas que cela se fera dans quelques années, mais dans quelques décennies. Je serai un peu âgé déjà, mais je mettrai cela sur pied, et si je dois être le premier à le faire, je le serai. Lucas mon frère m'aidera.[23]

M : Magnifique ! Vraiment, comme je suis heureuse de t'entendre ! Cela veut donc dire que tout ceci n'est pas en vain, il y aura bien une relève pour porter cette graine comme tu dis. Cela est heureux. J'ai craint un moment que cette société ne soit trop dure pour pouvoir laisser le petit plant se développer. Une graine, comme tu le dis, est si fragile au départ, un petit plant est si vite oublié. Il faut qu'il soit porté en effet par des hommes qui y croient et qui y vouent leur vie. Merci pour lui…

E : Tu n'as pas à me remercier, c'est un projet auquel je tiens autant que toi. Je crois à l'œcuménisme, profondément, c'est l'avenir de l'homme, l'avenir de sa spiritualité. **La spiritualité future sera œcuménique ou ne sera pas. L'homme spirituel futur sera œcuménique ou ne sera pas,** il n'y a pas d'autre alternative, **la paix est à ce prix.**

M : Et d'autres, je crois, vont également peut-être s'incarner dans ce même but, n'est-ce pas ? J'ai entendu parler de cela pour les temps à venir…

E : Oui, tu as raison. C'est un projet tu sais, qui convainc beaucoup de gens. Beaucoup d'êtres du Royaume ici sont appelés à Servir ce projet.

M : Eh bien, je suis heureuse de t'entendre, vraiment. Quelle bonne

---

[23] Cf. le Royaume Tome 1

nouvelle! Quelles bonnes paroles !...
As-tu suffisamment étudié tes conditions de départ dans la vie ? Ta famille, tes parents, ton contexte social, la société dans laquelle tu vas descendre, le pays dans lequel tu vas descendre, as-tu suffisamment réfléchi à tout cela ?

Ernest sourit.

M : Peut-être ces questions sont-elles impertinentes... Peut-être est-ce si évident que tu n'as même pas à répondre ...

E : Je n'ai pas envie de te répondre, non pas que ce soit évident, tu as vu le cas de Joshua qui au dernier moment a bien changé d'avis et de projet... Je ne te dis pas que ce soit très simple et que choisir une incarnation pour une mission importante soit très simple, non, cela ne se fait pas en deux temps et trois mouvements, ce sont des choses qui se pensent longtemps à l'avance. Mais j'ai mis je crois le temps qu'il faut, j'ai suffisamment étudié, pensé, réfléchi à cette incarnation à venir, je ne pense pas avoir négligé tout ce dont tu parles, tous ces éléments.

M : As-tu l'intention de t'incarner en France car je pense qu'il y a peut-être plus de liberté spirituelle dans certains autres pays ?
E : Ce n'est pas ainsi que je vois les choses, je serai un vrai nomade tu sais, je vais circuler. C'est mon projet, cela fait partie de mon projet. J'aurai mon bâton de pèlerin, et mon pays d'origine ne sera pas forcément le pays où j'exercerai, vois-tu ce que je veux dire ?

M : Oui, je comprends tout à fait, tu as du courage, je t'admire...
Je suis heureuse de t'avoir entendu, c'est très beau de s'incarner pour cela. Je pense au petit bébé que tu seras, et de penser qu'un jour tu seras ce prêtre œcuménique... Ce culte œcuménique que j'ai rêvé de voir sur Terre, je ne le verrai pas de mes yeux terrestres, mais je te verrai quand je serai ici à ta place, dans le Royaume ... C'est drôle de penser cela...
Si je peux t'aider, crois bien que je le ferai, tu pourras compter sur moi, je ferai tout ce que je peux pour te faciliter les choses.

E : Je le sais, *dit-il gravement et sincèrement*, je le sais et je compte sur toi en effet.

M : Merci de faire vivre ce projet, c'est donc grâce à des hommes comme toi que ces graines vont germer… quel bonheur !

Nous restons silencieux, songeurs. Je pense à cet avenir dont j'ai tant rêvé… Et à cet homme qui ira le concrétiser, le mettre en terre par son courage et sa détermination, tout cela est bien.

M : Eh bien Ernest, nous nous reverrons plus tard, quand tu remonteras dans le Royaume après ta mission, tu auras une autre apparence alors, mais nous nous connaîtrons. J'ai appris ici que l'apparence n'avait aucune importance… Ailleurs non plus, d'ailleurs.

E : Je suis heureux aussi d'avoir pu te parler, de t'avoir confié mon projet. Cela me tenait à cœur de le faire, je sais qu'ainsi tu me suivras des yeux quand tu seras revenue là, tu ne m'oublieras pas. Peut-être même m'inspireras-tu lorsque j'en aurai besoin ou lorsque les hommes me poseront toutes ces questions, toutes ces questions d'hommes qu'ils aiment à poser ; tu avais des réponses, tu savais trouver des réponses et j'espère qu'à mon tour je saurai, moi aussi, trouver les mots justes qui parlent au cœur.

M : J'espère que tu n'auras pas à souffrir pour mieux comprendre leurs souffrances. J'espère que tu n'as pas inclus cela dans ton projet de vie, d'incarnation …

E : Je n'ai pas inclus la souffrance, non, il y aura des obstacles, c'est certain, cela ne peut pas être autrement : la société humaine actuelle est encore très récalcitrante, très hostile à ce genre de projet. Il y aura des difficultés, je le sais, je m'y attends, j'y suis prêt, je me sens prêt. Je n'ai pas de craintes, je n'ai pas peur d'échouer, je me sens suffisamment fort moralement, suffisamment déterminé, motivé. Le jeu en vaut la chandelle et ce projet vaut la peine de se donner du mal pour lui.
Alors, comme disait notre ami que nous connaissons tous les deux, il faut savoir relever ses manches lorsqu'on croit à quelque chose afin de participer à sa construction ou à son avènement. Il faut savoir mouiller sa chemise et se donner la peine, se donner les moyens, je crois cela, j'en suis même convaincu. C'est mon credo.

Quand on croit à quelque chose, il faut savoir y participer soi-même, s'en mêler, ne pas confier aux autres le soin de mener à bien une tâche à laquelle on tient et à laquelle on croit et que l'on souhaite voir advenir, ce serait un peu trop facile. Je crois à la participation, au fait de s'impliquer dans les choses auxquelles on croit, s'impliquer dans la vie et dans les choses de la Terre, si l'on veut que cette Terre un jour soit modifiée ; je dis Terre mais je pense humanité. Si l'on veut que cette humanité évolue dans un certain sens, alors on y descend, on y œuvre et l'on fait en sorte que ce à quoi l'on croit advienne.

M : Ce n'est pas moi qui te contredirai.

E : Tu as du mal en ce moment, j'ai entendu parler de cela, mais quand tu seras ici tu verras les choses autrement, tu verras combien cela valait la peine, combien les efforts que l'on a fournis valent la peine que l'on s'est donnée. Lorsque l'on est ici dans le Royaume, on a une vision plus globale des choses, on prend la portée de tous les actes que l'on a posés, de toutes leurs conséquences, beaucoup plus que lorsque l'on est sur la Terre où l'on a une vision restreinte, étriquée même parfois de ce que l'on fait, des actes que l'on pose. Comme l'aigle souviens-toi, qui une fois posé à terre n'a plus qu'une vision « terre-à-terre », terrestre des choses : il doit prendre son vol et atteindre les cimes pour voir l'ensemble du paysage, avoir le recul suffisant pour saisir la globalité de ce qui est.
Il faut être ici où nous sommes pour saisir la globalité des choses, ce n'est pas en étant sur Terre que tu peux comprendre, saisir l'importance de l'ensemble. Sur Terre, tu ne peux voir que la suite des actes mis bout à bout. Tu as une certaine perception de ces actes mis bout à bout, une certaine vision mais ce n'est pas, ce n'est jamais la vraie grande vision, la vraie compréhension, celle que l'on a en prenant le recul, ce recul que l'on ne peut avoir qu'en prenant son vol jusqu'où nous sommes. Là seulement, tu peux comprendre la portée des actes que tu as posés sur la Terre car tu en comprends tout le déroulement, ce que chacun de ces actes va avoir pour conséquences, ce qui va découler de chacun de ces actes jusque dans leurs moindres déploiements, dans tous leurs ricochets, dans toutes leurs influences et alors tu te dis que cela valait la peine. Alors tu vois les choses comme elles doivent être vues, c'est cela la leçon de l'aigle. C'est une bête magnifique, une bête toute puissante, le roi du ciel mais lorsqu'il se pose sur la terre, il n'est plus qu'une bête posée sur la terre comme

n'importe quel petit rat, rongeur, mammifère qui ne peut s'élever: il voit les choses au ras de la terre et sa vision est tronquée; voilà ce qu'est l'être humain, l'être humain qui n'a pas connu l'Eveil.

M : Penses-tu que l'être humain qui a connu l'Eveil ait cette vision globale, ce recul lorsqu'il est incarné ?

E : Il a un plus grand recul, bien sûr, mais il n'a pas bien entendu le recul que nous avons ici dans le Royaume, lorsque nous sommes tout à fait détachés. Mais l'être éveillé a davantage de recul, heureusement, que celui qui ne l'est pas et ce « davantage » comprend toute l'intelligence des choses, l'intelligence d'une situation, la compréhension du sens de ce que l'on fait sur cette Terre, du sens de sa propre vie. Tu as raison, c'est en étant ici dans le Royaume, réellement détaché de la Terre, que tu auras la vraie vision des choses de ta vie passée, de ce que tu viens de poser sur la Terre.

Ainsi, *dit-il en souriant*, lorsque je serai cet aigle posé à terre comme le petit rongeur, comme tous les petits mammifères terrestres, c'est sur vous que je compterai, mes amis du Royaume, pour m'aider à comprendre, à m'élever également et à devenir, pourquoi pas, un être Eveillé.

M : Hmm. Tout cela est bel et bon.

Je me sens un peu fatiguée... Je demande à Ernest s'il veut encore me parler.

E : Non, je t'ai dit l'essentiel. Nous nous reverrons...

M : Où cela ? Veux-tu dire sur la Terre ou ici plus tard ?

E : Nous nous reverrons, dit-il *avec un petit sourire, un air entendu, à travers le regard profond de ses yeux noirs.*

M : Bien.

Nous nous serrons les mains chaleureusement. Comme tout est doux ici... Comme les hommes sont beaux dans leurs espoirs, leurs certitudes, leurs projets, leur amour !

Je ressens beaucoup d'amour pour Ernest en ce moment... Nous nous serrons chaleureusement et je m'éloigne. Johany lui fait un petit signe de la main pour lui signifier qu'il va revenir, c'est ce que je comprends, puis il vient avec moi, il m'accompagne et Ernest retourne vers sa petite cabane modeste au cœur de la forêt.

Voyage du jeudi 22 janvier 2004

Je suis passée de l'autre côté. Johany m'attend. Il est toujours vêtu de sa longue tunique blanche un peu écrue en toile souple, légère, douce, «chaleureuse», c'est l'impression qu'elle donne.
J : On va faire un voyage important aujourd'hui.

M : Je suis prête.

J : On va aller voir Mère Teresa.

M : Oh ! J'en suis enchantée.

J : Viens, tu me suis ?

M : D'accord.

Nous sommes partis en vol, bien entendu. Nous survolons le premier Monde ; des habitats de toutes sortes défilent au-dessous de nous, non pas des habitats de Lumière comme dans les Mondes supérieurs, car ici dans les deux premiers Plans du Royaume, ce sont plutôt des habitats de type assez terrestre, en effet même si les hommes aiment à créer là les habitats de leurs rêves, ils restent concrets. J'avais dit une fois que ces deux premiers Plans étaient comme une sorte de sas qui menait aux Mondes supérieurs, aux Mondes de Lumière. Les hommes, à part de rares exceptions, ne sont pas encore prêts dans ces deux premiers Plans, à vivre dans des habitats de Lumière pure.
Je ne sais pas où nous allons. Nous survolons longtemps ce Monde...
Là-bas, assez loin, se dessine une église, une église de Lumière: la Lumière y semble mélangée à la pierre. C'est étrange. Un clocher,

tout en pure Lumière d'or lui par contre, très pointu, très fin, se dresse vers le Ciel, mais l'église elle-même est faite de ce mélange de solide et de subtil.

M : Est-ce là que demeure Mère Teresa, enfin celle qui était Mère Teresa sur la Terre Joh ?

J : Attends, tu vas voir.

Joh se pose, je le suis. Nous sommes donc sur le sable du Royaume devant cette église grande comme une cathédrale.
Nous nous en approchons…
Elle est lumineuse à l'intérieur contrairement aux églises terrestres qui sont la plupart du temps très sombres. Cela me fait un peu penser à l'église de Padre Pio, mais elle est différente, peut-être plus concrète. Là aussi sont disposées des chaises qui semblent attendre des fidèles. Cela m'étonne… peut-être parce que je vais souvent ces temps-ci dans les Mondes supérieurs où les sièges sont toujours faits de Lumière subtile, suspendus dans l'espace.
Où est donc cette femme ? Quelle apparence aura-t-elle prise ? Je me pose ces questions mais ne vois aucune présence.

M : Sais-tu Johany où elle se trouve ? Est-ce là qu'elle demeure ?

Joh demeure silencieux, comme si mes questions n'avaient pas de sens. Il est resté à la porte.

J : Viens, on va passer par derrière.

Nous contournons l'église, elle est de style roman, des vitraux colorés en parent les côtés. Derrière se trouve une pièce ronde… Johany se concentre comme je l'ai souvent vu faire pour parler en télépathie à la personne qui est à l'intérieur, il incline légèrement la tête, il se recueille en quelque sorte. Il ne frappe pas, il parle mentalement à la personne et attend.
Elle vient nous ouvrir. Je suppose qu'il s'agit de Mère Teresa. C'est une religieuse toute vêtue de blanc avec un voile sur la tête. Elle ressemble à ce qu'elle était sur Terre, mais légèrement plus jeune : son visage est celui d'une femme d'une cinquantaine d'années.
Je la reconnais. Elle semble s'adresser à Joh en télépathie également,

elle lui sourit et il me présente à elle. Alors elle se tourne vers moi et je reçois son regard profond et chaleureux.

MT : Vous êtes venue jusqu'ici pour me voir… Eh bien, en voilà un voyage !

M : Oui, c'est une joie pour moi de faire ces voyages, ce n'est ni une peine ni un effort.

MT : Oui, je m'en doute bien. Entrez dans ma modeste demeure…
Nous entrons dans cette pièce circulaire en pierre. Elle est petite, dépouillée. Une couche est posée à même le sol, une croix de bois est accrochée au mur au-dessus du lit. Un petit couloir mène je ne sais où, cela semble petit, humble : modeste est le mot qui me vient.

M : Pouvons-nous parler ?

Elle m'a tourné le dos pour emprunter le petit couloir.

MT : Allons par là… si vous souhaitez me parler, nous serons mieux.

*Une autre pièce ronde s'ouvre là devant nous, tout aussi modeste. Elle est en pierre également.
Par une grande fenêtre, disons une grande ouverture car il n'y a pas de fenêtre, des colombes entrent et sortent, c'est très agréable…
Cela sent la paix, la sérénité, la solitude aussi.
Des sortes de nattes de quelques centimètres d'épaisseur à même le sol servent de sièges. Elle s'assoit en tailleur sur l'une d'elles et nous nous asseyons de même en face d'elle.*

M : Eh bien, j'ai tant de questions à vous poser ! Je ne sais par où commencer. Dites-moi, vous, comment vivez-vous ici ? Comment avez-vous vécu votre passage ? Qu'avez-vous pensé en arrivant ? Comment s'est faite votre adaptation à ce Monde ? Aviez-vous imaginé des choses très différentes ? Par rapport à votre religion, comment vivez-vous cela ici ?

MT : Oui, dit-elle gravement, je vais vous parler de tout cela.
Vous voudriez savoir, n'est-ce pas, si mon arrivée ici n'a pas été un choc

...Vous pensez, je suppose, que je m'attendais à voir mes «divinités», les êtres que je vénérais dans ma religion : Jésus le Christ, la Vierge Marie, les apôtres, des saints... Voyez-vous, je ne me suis pas posée ces questions. Lorsque l'on arrive dans ce Monde, venant de la Terre, ayant accompli sa mission, sa mission d'Amour, on ne se pose pas ces questions. Cela ne nous interpelle pas, cela ne nous pose pas de problème. Je n'y ai seulement pas pensé. Je suis arrivée là où les hommes arrivent....[24]

Il y a plusieurs régions, plusieurs endroits concentrés où les hommes arrivent... Je suis arrivée là, comme tout un chacun qui a le droit, le mérite d'arriver jusqu'ici et j'ai été tout de suite extrêmement entourée par des anges, des êtres absolument charmants, adorables, pleins d'amour, qui m'ont emmenée, qui m'ont entourée de tout leur amour et, je vous l'avoue, je savais que j'étais au Paradis, je ne me suis pas posée la question une seule seconde, tout simplement parce que je savais en quittant la Terre que j'allais arriver ici. Oui, je le savais avec certitude, car je savais à quel point j'avais aimé Dieu, à quel point je L'avais Servi durant ma vie terrestre et je ne doutais pas un seul instant qu'Il m'accueillerait en Son Royaume, une fois ma vie finie.

Rien ne m'a étonné vraiment. Je m'attendais à cela, je ne m'attendais pas à autre chose. Ne croyez pas que les catholiques, même les catholiques fervents, même les saints, s'attendent à voir un portail doré, un «saint Pierre» avec ses clés d'or et Dieu sur un trône, tel un Juge suprême...

Nous sommes beaucoup plus matures que cela, nous savons que Dieu n'est pas un grand homme barbu qui ressemblerait à un grand-père trônant sur un trône d'or, non, nous n'en sommes plus là, enfin personnellement je n'en étais pas là. Rien ici ne m'a étonnée, au contraire, je m'attendais à cet accueil, à cette chaleur, à cet Amour, à ce don adorable qui m'a été fait lorsque je suis arrivée, ce don d'amour. Ensuite, comme vous le savez, très vite on m'a offert, proposé toutes les possibilités qu'offre ce Royaume et j'ai choisi ...J'ai choisi de me construire une église magnifique, enfin, dit-elle avec un léger sourire, que je trouve pour ma part magnifique. Elle représente voyez-vous l'église de mes rêves... J'aurais aimé sur la Terre prier, me recueillir dans une église aussi belle... J'avais une autre mission mais ici, puisque cela m'était offert, j'en ai profité.

---

[24] Cf. Le Royaume tome 2

M : Mais… Qui vient dans cette église ? L'avez-vous construite pour vous ? Ou est-elle faite pour accueillir du monde ?

MT : Non, elle n'est pas faite pour accueillir du monde, elle est faite parce que je l'ai voulue ainsi pour m'accueillir moi avec toute ma dévotion, tout mon désir de plaire à Dieu, mon désir de prier, d'intervenir pour les hommes sans cesse, car je prie sans cesse… J'interviens pour les hommes restés sur Terre, ces hommes que j'ai laissés et que j'aimais si fort, si tendrement… Je voulais tous les guérir, tous les sauver et j'en ai laissé tant, j'ai laissé tant de misère derrière moi ! Il y avait encore tant à faire, tant à faire et j'étais si vieille et si fatiguée !… Bien sûr, tu le sais, un seul être humain ne peut soulager toute la misère du monde… J'ai fait de mon mieux, voilà tout, mais une fois ici je me sens le devoir de continuer d'aider ces êtres que j'ai laissés, de les aider par mon intervention incessante, par ma prière sans relâche auprès de Dieu. J'interviens plus directement peut-être, plus ou moins efficacement, je l'ignore… J'étais utile sur Terre et je le suis ici. Où est le plus, où est le moins ? Je ne saurais te dire, mais je sais que je continue d'intercéder pour eux, de les aider et de demander grâce auprès de notre Père pour tous ceux que j'ai laissés dans la misère, dans la douleur, dans la souffrance.
Alors tu me demandes si des choses m'ont surprise, étonnée par rapport à ma religion…
Tu sais, en travaillant là où je travaillais, j'avais acquis une certaine ouverture d'esprit en matière de religion, et ce n'est pas le fait de venir ici qui peut contredire les idées que j'avais sur la religion : il n'y a qu'un seul Dieu qui Sert l'Amour, voilà où est la vérité, mais cette vérité je la connaissais déjà sur Terre, et celle que j'ai découverte ici est la même. Il n'y a pas de différence. Dieu est l'Amour, simplement ici cela se manifeste de façon plus…*elle me transmet l'idée de quelque chose qui explose, le mot tangible ne suffit pas, quelque chose d'explosif ! Est-ce cela ?*
Tu peux dire cela, l'Amour de Dieu ici explose ! On le voit, on le sent, il est là partout !
Sur Terre, il est là aussi, mais bien peu d'hommes le voient, enfin ce n'est pas la même chose, tu le sais bien. Le Royaume est unique.

M : As-tu retrouvé ou contacté d'autres êtres ? Vous semblez très seule...
Je me rends compte que je passe du vous au tu, du tu au vous, j'ai du mal à vous tutoyer et je préfère garder le vous.

MT : Cela n'a pas d'importance.
Ai-je rencontré d'autres êtres ? Puisque tu m'en parles... j'ai rencontré d'autres êtres, des êtres que moi-même je vénérais ou que j'aimais beaucoup sur la Terre. J'ai cherché à les retrouver ici, à les contacter et je l'ai fait. Je suis allée voir voir Padre Pio, tu vois, moi aussi j'ai souhaité le rencontrer, mais j'en ai rencontré bien d'autres, bien d'autres... des saints de différentes époques. Saint Paul... Je souhaitais, vois-tu, rencontrer saint Paul et je l'ai fait. Il est ici dans le Royaume et cette rencontre m'a bouleversée littéralement. C'était très important pour moi de retrouver cet homme.

M : Pourquoi lui plutôt qu'un autre ? Plutôt qu'un apôtre ?

MT : C'est ainsi, je devais avoir avec cet homme des liens subtils, particuliers, mais cette rencontre, ces retrouvailles étaient importantes pour moi.

M : Hmm... Vous dites retrouvailles... Peut-être l'avez-vous connu à ce moment-là ?

MT : Oui... Je ne souhaite pas en parler.

M : Bien, je respecte cela. Avez-vous souhaité voir d'autres personnes importantes ici-même ?

MT : Des personnes importantes, dis-tu, oui, j'ai souhaité en voir.
J'ai souhaité bien sûr rencontrer notre frère Jésus. Cela me paraît évident de souhaiter le rencontrer, ainsi que sa mère la Vierge mère... Je t'ai dit tout à l'heure que je n'avais pas été étonnée de ne pas avoir été accueillie par ces deux êtres, cela ne veut pas dire que je n'ai pas souhaité les retrouver, les rencontrer ensuite.

M : Que s'est-il passé ? Pouvons-nous parler de cela ?

MT : Je ne le souhaite pas. Je pourrais te dire que je les ai rencontrés

et cela ne t'apporterait rien de le savoir.
M : Oui, mais cela peut apporter à d'autres que je le transmette.

MT : Alors, il faudrait que j'en dise beaucoup plus que je ne t'en dis. Voyons...

Elle réfléchit.
J'insiste pour lui demander qui elle était par rapport à Jésus, à saint Paul à cette époque.

MT : J'étais une femme, une femme qui l'aimait, dit-elle en me parlant de Saint Paul.

M : Eh bien... Pourtant il était drôlement misogyne ! Il n'avait pas l'air de beaucoup aimer les femmes !...

MT : Eh bien, cela ne m'empêchait pas de l'aimer.

M : Hmm...

Nous reparlons de Marie.

MT : Tu sais, je ne m'attendais pas à voir une reine ni la « Mère de Dieu », mais je savais qu'elle serait ici dans le Royaume et en effet elle l'est. Je pensais bien qu'elle pouvait tout à fait avoir changé d'aspect, d'apparence et je te l'ai dit, mon esprit est assez ouvert pour accepter ces choses telles que je les ai comprises ici dans le Royaume. Je sais ce qu'elle représente pour les hommes et que c'est cela qui compte : la Vierge Mère, la Pureté, l'Innocence, la Divinité, la Déesse, le Féminin de Dieu et n'est-ce pas cela ? C'est un peu cela et c'est un peu autre chose, tout cela ce sont des subtilités et je n'aime pas trop entrer dans ces subtilités car, selon la façon de les formuler, nous pouvons heurter les uns ou les autres, et mon dessein ici n'est pas de heurter qui que ce soit, bien au contraire, mon but en te parlant est d'avoir un rôle conciliateur, réunificateur, de lien entre les hommes, entre les différentes croyances des hommes.

M : Oui, un rôle œcuménique, est-ce cela que vous voulez dire ? MT : Certainement ! Un rôle œcuménique.
Je me sens œcuménique dans l'âme, ma volonté a toujours été de

réunir les hommes, de réunir les peuples quelles que soient leurs croyances. Lorsqu'ils croient en Dieu, lorsqu'ils croient dans l'Amour de Dieu, rien ne les oppose réellement. Parfois ils se font la guerre alors qu'en fait rien ne les oppose. Ils sont une même chair, comme les frères d'une même famille sont une même chair, celle de leur père et de leur mère. Les hommes de cette Terre sont cela et je prie pour eux, pour qu'ils s'en souviennent, qu'ils se le rappellent. *Elle relève la tête vers nous, Johany et moi assis côte à côte.* Vous vous aimez, et vous êtes séparés... Dieu ne veut pas cela, Dieu ne cherche pas à séparer les êtres qui s'aiment. Ils le sont parfois, mais pour si peu de temps... Lorsqu'on est sur Terre on souffre beaucoup de ces séparations momentanées mais ici, tu verras petite sœur, ces séparations ne comptent plus. Nous savons ici qu'elles n'existent que dans cet imaginaire que représente la Terre.

M : Vous dites cet « imaginaire », et en même temps vous priez pour ces hommes que vous aimez...

MT : Nous ne pouvons pas parler de tout ici, dit-elle. Je peux simplement te dire que l'homme sur la Terre est dans une réalité, sa réalité, sa propre réalité de souffrance et qu'ici nous sommes dans la **Réalité**, que nous voyons les choses autrement, mais cela n'empêche pas l'homme resté sur Terre d'être dans sa souffrance et c'est à moi qui ai le bonheur d'être ici, de prier pour lui, pour le soulager, car je me sens proche de lui, car il est mon frère, ma chair, comme je te l'ai dit tout à l'heure, car nous sommes du même Père, de la même Source et cela nul ne peut le nier.

Je repose alors ma question :

– Accueillez-vous parfois des fidèles dans cette église ?

MT : Non. Si des êtres souhaitent entrer et prier, qu'ils entrent et qu'ils prient, bien entendu, mais je ne joue aucun rôle en cela, je ne suis pas le prêtre de cette église, comprends-tu ? J'y vais moi-même pour y prier car je me sens bien de prier en ce lieu. Je sais pertinemment que l'on peut prier Dieu partout et d'abord en soi-même, mais j'ai besoin de ce lieu, je m'y sens chez moi, c'est mon chez moi. Certains rêvent de se construire des palais somptueux, eh bien vois-tu, moi j'ai rêvé de cette église et je ne regrette pas de l'avoir faite car elle est mon rêve et je l'ai concrétisé ici.

M : Oui, c'est important. J'ai remarqué que les grands êtres spirituels de la Terre, lorsqu'ils arrivent ici, continuent d'intervenir pour les hommes, continuent de prier ou d'intercéder auprès de Dieu pour alléger leur souffrance, c'est important.
Avez-vous le sentiment que vos prières sont davantage entendues ici que sur la Terre ?

MT : Oui, c'est certain, j'en suis convaincue, je l'ai remarqué maintes fois, c'est tout à fait juste. Elles sont davantage exaucées. Bien davantage. Nous avons une pureté bien plus grande ici, dans la demande que nous adressons à Dieu, et cette pureté, fait que nos prières montent jusqu'à Lui directement, en droite ligne, et qu'elles sont donc directement exaucées. C'est tout à fait différent de lorsque nous sommes sur Terre. Nos prières ici ont un impact fulgurant, on peut dire cela. Elles sont d'autant plus importantes et il est d'autant plus important lorsque l'on arrive ici de ne pas oublier nos frères de la Terre, de ne pas s'en détourner sous prétexte que la vie ici est fabuleuse, si heureuse. Il ne faut en aucun cas oublier nos frères de la Terre, je ne les oublierai jamais. Sans cesse, je pense à eux et sans cesse, comme je te l'ai dit, je prie pour eux. Le reste n'a pas d'importance. Mon existence propre n'a pas d'importance. Ne crois pas pour autant que je vive dans l'abnégation totale, dans le dénuement ou dans le manque, car ici ce n'est pas le cas, nous sommes comblés en permanence, mais c'est une abondance intérieure. Vois-tu, je n'ai nul besoin d'avoir un décor somptueux dans lequel évoluer, ma richesse est toute intérieure, Dieu est en moi. Mon évolution se fera au rythme où elle se fera... Pour l'instant, c'est dans ce Service que je me sens le mieux, et c'est cela que je souhaite continuer ; continuer d'exercer la prière : c'est mon Service.

M : Bien, je comprends. Je vous remercie humblement de m'avoir reçue. Cette entrevue était importante pour moi, je tenais beaucoup à vous rencontrer.

MT : Petite âme, souviens-toi qu'ici nous ne vous oublions pas, et que de nombreux êtres comme moi, ici dans ce Royaume, prient pour vous, restés sur Terre. Ayez confiance en nous, n'oubliez pas que nous vous aimons et que notre Père nous aime tous pareillement.

M : Merci, je saurai m'en souvenir et le transmettre.
Auriez-vous un message à transmettre aux hommes de la Terre ?

MT : Un message, oui, je veux bien leur transmettre un message…parce que je me sens très proche d'eux. Mon message est le suivant :
Aimez, hommes de la Terre, vous êtes des êtres d'amour faits pour aimer. Alors, laissez libre cours à ce que votre cœur vous dicte, car il est le seul maître digne de vous. Il doit toujours être le gouvernail de votre bateau de vie, de ce que vous êtes sur la Terre comme au Ciel. Le cœur, tout est là ! Ecoutez-le, n'écoutez que lui car il est et doit rester le seul maître à bord. C'est lui qui vous guide, qui vous mène à Dieu, à votre libération, à votre bonheur éternel ! Tout est dans votre cœur, écoutez-le ! Voilà mon message. Tout est dit pour moi dans ces quelques mots. **Ecoutez votre cœur, car tout être humain en a un et ne l'écoute jamais assez…**
M : Veux-tu dire, que tout être humain a beaucoup, beaucoup d'amour en lui ?

MT : Oui, je veux dire cela : **un potentiel énorme !** Qu'il ignore mais qui est là, qui existe, qui bat…comme son cœur. **Le cœur et l'amour sont une même chose. Le cœur donne la vie à l'être. Lorsque son cœur s'arrête, sa vie s'arrête.** Je te parle là du niveau humain…**L'amour donne vie à l'être. Il n'y a même que l'amour qui donne vie à l'être, mais l'amour, lui, ne s'arrête pas car la vie ne s'arrête pas en Réalité.**
L'amour est et doit rester en toutes circonstances le gouvernail du bateau.
Mon message est terminé.
Je vais vous raccompagner mes enfants chéris, dit-elle en se levant, votre mission est une bien belle mission…

Soyez en paix.

Elle me bénit en se levant.
Je la salue… nous sortons… elle me fait un petit signe de la main et referme sa porte.
Je suis dehors avec Johany.

M : Merci Joh, de m'avoir amenée jusque là, ce qu'elle m'a dit, était très beau. Je sais que pour ma part je préfèrerai faire d'autres choses. Quand je suis dans le Royaume, j'ai plus envie de bouger, de danser, d'explorer ou d'aller justement dans le sixième Monde, comme tu fais, pour exaucer des prières.

J : Oui, cela dépend des tempéraments, tout le monde n'est pas pareil. C'est bien aussi que tout le monde ne soit pas pareil.

M : Oui, tu as tout à fait raison, je le pense aussi.

J : Si tu veux, on va retourner jusqu'à ta « porte » parce que nous avons à faire.

M : Tu as des choses à faire ?

J : Oui, je ne peux t'emmener pour l'instant, je t'emmènerai, je te montrerai ce que j'ai fait, mais là, ce soir ce n'est pas possible.

M : D'accord.

Nous rejoignons ma « porte » et nous nous disons au revoir tendrement.

Voyage du samedi 24 janvier 2004

Je suis passée de l'autre côté. J'ai retrouvé Johany qui m'attendait. Il me propose d'aller revoir dans le monde astral, cette roche étrange, élevée comme un pic, que mes parents avaient découverte ou plutôt, qui s'était élevée devant eux, comme pour leur signifier quelque chose.

M : Oui, je suis d'accord pour aller faire ce voyage, cela m'intéresse beaucoup de savoir ce que cette roche a à nous communiquer.

J : Alors, on y va.

Il me prend par la main et nous nous envolons d'une simple pression

des pieds sur le sol, c'est si simple ici, tout est facile. Voler ne demande aucun effort, ni même le fait de s'élever et de prendre de l'altitude, cela se fait tout seul, comme une plume se laisse porter par le vent ou par un souffle d'air. Nous partons donc en direction du Ciel du Royaume et comme les fois précédentes, nous traversons une épaisseur, une couche vibratoire, enfin nous changeons de vibration, voilà tout. Nous devenons invisibles, pour le enfin je suppose et nous passons dans le monde astral, comme on passe une porte, une porte en l'occurrence transdimensionnelle.
Ce n'est pas de la science fiction, c'est la Réalité du Royaume, tout est simple ici, comme je l'ai dit.
Voilà, nous sommes dans le ciel de l'astral au-dessus de ces forêts si caractéristiques ; en effet, nous arrivons toujours approximativement au même endroit, c'est-à-dire dans la région où habitent mes parents, puisque ce sont eux que nous allons voir.
Nous nous sommes posés à l'entrée du village, nous nous dirigeons vers leur maison. J'en profite pour regarder à droite et à gauche si je vois des signes de vie dans ces maisons qui semblent si calmes, si désertes. Je ne vois rien.
Nous allons frapper chez mes parents... Personne !
C'est dommage... Nous aurions peut-être dû les prévenir à l'avance ; ils ont dû aller se promener.

M : Que faisons-nous, Joh ? Est-ce que nous les cherchons ou est-ce que nous allons directement vers la roche ? Qu'en penses-tu?

J : On y va, on va les trouver sur le chemin.

M : Comment le sais-tu ? Est-ce qu'il suffit de se brancher sur eux pour savoir où ils sont ?

J : Je sais toujours où ils sont, comme je sais toujours où tu es. Quand on est proche de quelqu'un, c'est comme ça.

Nous nous mettons en marche dans la direction que nous avions prise l'autre jour, pour trouver cette fameuse roche, qui fait un peu penser au monolithe dans le film : « 2001, Odyssée de l'espace », enfin c'est une idée fugitive qui m'a traversé la tête, dans le sens où cette roche semble contenir une Connaissance particulière et pouvoir nous la transmettre.

Nous passons de nouveau devant la cabane de l'homme au chien, il n'est pas là non plus aujourd'hui. C'est étrange de se faire ici une cabane, puisque les hommes dans ce monde peuvent déjà se créer l'habitat qu'ils souhaitent, dont ils ont rêvé. Il faut croire qu'il se sent bien dans ce modeste habitat...
Nous arrivons en vue de la roche étrange, nous pressons un peu le pas. Johany est vêtu comme ces temps-ci dans le Royaume, de sa longue tunique un peu écrue, en maille souple et douce, serrée à la taille, et chaussé de sandales aux pieds.

M : C'est drôle, tu avais horreur des sandales sur la Terre.

J : Tu vois, on change... Je ne pense pas non plus que je me serais habillé comme ça sur la Terre ! dit-il *sur le ton de la plaisanterie.*

Voilà, nous sommes arrivés près de la roche. Nous n'avons pas croisé mes parents. Elle est toujours là, elle porte même à certains endroits quelques mousses qui la recouvrent légèrement, elle ressemble ainsi à une vieille roche qui aurait beaucoup vécu, si l'on peut dire.

M : Comment faisons-nous, Joh ?

J : Maman, moi je sais ce que cette roche a à te dire, je connais l'histoire de ce monde, je l'ai vue dans les Annales akashiques, je n'ai pas besoin de l'apprendre, ni de recevoir cette Connaissance ici. C'est pour toi que nous sommes venus jusque là, alors je te conseille simplement de t'asseoir, de t'adosser tout contre, d'appuyer ta tête sur la pierre et d'écouter ce qui se passe. Moi, je vais m'asseoir à côté de toi.

M : Est-ce que tu ne vas pas t'ennuyer ?

J : Je ne m'ennuie pas en étant ici avec toi, on est bien.

Il rit un peu. C'est une sortie à la campagne ! On profite du bon air !

M : C'est aussi vrai, il y a du bon air.

Je me suis installée, je vais me concentrer, me recueillir et transmettre ce que j'entends.

A présent, j'entends des notes... c'est étrange, une jolie musique très douce... puis, une voix venue de l'intérieur de la pierre me parle... elle ressemble à une « voix de pierre », c'est une voix grave, rauque ; c'est ainsi que j'imagine la voix que pourrait avoir une pierre en tout cas.

– Tu es ici chez moi et je vais te parler de ce lieu : il est né, il s'est formé il y a bien longtemps, lorsque les hommes ont commencé de ne plus remonter directement dans le Royaume après leur mort, mais selon les actes qu'ils avaient posés sur la Terre, plutôt ici, assez souvent même. Ce lieu n'est pas un mauvais lieu, tu le vois, c'est un lieu agréable, fait de douceur, de promesses et d'amour lui aussi, mais ce n'est pas un lieu définitif et il apporte aux hommes ce que les hommes ici attendent d'un lieu idéal, pas plus, pas moins.
Les hommes qui viennent ici ne sont pas « dévorés » par l'idée de Dieu, ils ne sont pas avides de Dieu, ils s'en moquent un peu. Ils ne sont pas très intéressés par le sujet, alors nous ne leur présentons pas. On ne parle pas de cela, on leur parle de ce qui les intéresse. On leur propose ce qui les intéresse, ce qu'ils aiment, ce qu'ils attendent, ce dont ils ont rêvé sur Terre et qu'ils n'ont pas pu obtenir ou vivre.
C'est un lieu où l'homme a l'occasion et même de multiples occasions de faire le bilan de sa vie terrestre, de savoir pourquoi tout n'a pas été rose, tout ne s'est pas extrêmement bien déroulé, ce qui n'a pas été, en quoi il est responsable de ses erreurs ou de ses mauvais choix du passé et où il a l'occasion de souhaiter, de vouloir, de désirer redémarrer une nouvelle vie plus tard, dans de meilleures conditions et ainsi de pouvoir donner davantage de lui-même : apprendre à mieux aimer, tout simplement pour s'élever plus haut, dans un monde supérieur.
Ici, l'homme sera poussé à se réincarner, il y sera même obligé, mais dans un temps futur. L'homme ici le sait, il sait que son avenir consiste à se réincarner un jour sur la Terre et, vois-tu, cela change tout par rapport au Royaume, où l'homme vit dans une notion d'éternité, de bonheur éternel.
Ici, l'homme doit redescendre pour apprendre les leçons d'amour qu'il n'a pas apprises précédemment, ou mal apprises, insuffisamment apprises. Il doit bien souvent retourner apprendre à pardonner à l'un ou à l'autre et toujours à celui à qui justement, il n'a pas su le faire précédemment.
Ce monde existera tant que des hommes y viendront, tant que des

hommes n'auront pas appris les leçons d'amour essentielles, de base, qu'ils doivent avoir acquises pour s'élever dans le monde supérieur, celui que vous appelez le monde mental, qui n'a rien à voir bien entendu avec le mental humain, mais cette appellation en vaut une autre. Reprenons-la, puisque tu la connais.

Alors, le jour où tous les hommes aimeront suffisamment pour accéder au monde mental, ce monde astral disparaîtra, il n'aura plus lieu d'être, il n'aura plus de rôle. Ce sont les hommes qui créent son utilité, son rôle. Un jour prochain, votre humanité sera devenue assez aimante pour accéder en sa totalité aux Mondes supérieurs.

M : C'est bien, je suppose que je peux communiquer avec toi et t'interrompre, enfin je l'espère, excuse-moi si cela pose un problème…

– Tu le peux.

M : Alors, cela signifie que ce jour-là, il n'y aura plus de méchants, car je sais que dans une petite partie de ce monde astral, assez basse vibratoirement, est une contrée réservée aux êtres méchants, foncièrement méchants.

– Oui, tu as raison, il en existe encore aujourd'hui sur la Terre et il en existera encore un certain temps, mais ce temps prendra fin un jour et tu verras qu'un jour ce monde astral n'existera plus.

M : Alors, ce temps commencera d'être béni parce que si déjà sur la Terre, il n'y avait plus d'êtres foncièrement méchants, cela commencerait à aller beaucoup mieux. Si tous les hommes étaient dignes d'atteindre le monde mental, cela irait déjà beaucoup mieux. Je pense que peut-être il n'y aurait plus de guerres ou en tout cas, beaucoup moins. Il y aurait sûrement encore des conflits, des querelles, mais peut-être plus de guerre.

– Tu as raison, ce sont les êtres qui sont au niveau de ce monde qui, lorsqu'ils se réincarnent, provoquent ce genre de chose. Ils ne sont pas tout à fait dans l'amour, ils ont bien souvent d'excellentes raisons, à leurs yeux tout du moins, pour se battre. Il s'agit bien souvent de défendre quelque chose : son honneur, sa patrie, sa famille, son peuple, sa nourriture, sa culture, sa survie même parfois. C'est très délicat d'entrer dans le jugement de cela, seule la Sagesse de Dieu le peut, moi, je ne suis qu'une pierre qui connaît.

M : Je crois que tu es beaucoup plus que cela, mais je suppose que ce n'est pas le sujet, *dis-je en riant.*
Je n'obtiens pas de réponse.

Que veux-tu me dire encore sur ce monde, pierre-qui-parle ?

– Je veux te dire sa vastitude, sa taille gigantesque. Quand les hommes arrivent ici, car ils arrivent en grand nombre, ne t'y trompe pas : la majorité des hommes de la Terre arrivent ici, lorsqu'ils arrivent donc cela peut sembler très complexe mais ils sont dirigés en réalité vers la contrée ou vers d'autres êtres qui leur correspondent vibratoirement, spirituellement, selon leur cœur, si tu préfères. Selon les actes qu'ils ont posés, les pensées qu'ils ont émises, les paroles qu'ils ont prononcées sur la Terre, selon la façon qu'ils ont eue d'aimer, selon leur niveau d'évolution et donc leur niveau d'amour, ils seront dirigés vers une région ou une autre et on leur proposera de se rapprocher, de s'assembler ou de se rassembler avec d'autres êtres qui leur sont proches. Ainsi, ils ont toute chance de bien s'entendre et de nouer des affinités, car ils se ressembleront, ils seront de même niveau d'évolution. Il y a donc un grand travail de répartition très précise, lorsque les hommes arrivent ici.

M : Pourtant, lorsque ma mère m'a parlé de son arrivée, elle ne m'a pas parlé de cela… Elle est arrivée là directement, semble-t-il, tout simplement en quelques secondes ou minutes d'après ce qu'elle m'a dit.

– Oui bien sûr, tous les êtres en effet ne vivent pas leur arrivée de la même façon. Certains êtres sont dans l'inconscience entre le moment de leur départ de la Terre et le moment où ils arrivent dans leur région, si l'on peut dire, auprès de leur groupe de correspondance ; d'autres au contraire, gardent toute leur conscience et se rappellent très bien de chaque seconde qui les a menés de la Terre jusqu'à ce groupe, ou jusqu'à cette contrée.

Bien entendu, dans un premier temps, l'être qui arrive retrouve ses proches. Il est très important que l'homme se sente bien accueilli, bien entouré, mais dans un deuxième temps, il est conduit, mené près de ceux qui lui correspondent le mieux. Ceux-là peuvent être ces mêmes proches : les personnes qu'il aimait sur Terre, mais parfois s'y mêlent d'autres personnes. Enfin, cela est très complexe. Tu vois, par exemple, dans le cas de ta mère, elle a été accueillie par son mari et elle a aimé le retrouver. Elle est actuellement dans un petit village où se trouvent des personnes de leur niveau d'évolution, de leur niveau d'âme, si l'on peut dire, et lorsqu'elles se rencontrent, lorsqu'elles échangent, elles s'entendent très bien car elles se correspondent. Elles peuvent nouer ainsi beaucoup plus facilement des affinités, des liens plus étroits.

Mais tu vois, lorsqu'elle a été visiter le petit village où demeure ta grand-mère, elle a bien vu le petit village, les personnes plus nombreuses d'ailleurs que dans le sien, elle a vu sa mère, son père, leurs amis, mais elle n'a pas souhaité rester. Elle ne s'y sentait pas chez elle, car cela ne lui correspondait pas, elle avait envie d'être là où elle est. Tout est parfait dans ce monde, tu sais, tout est parfait dans chaque monde, car la Sagesse de Dieu y préside, et même si l'on ressent moins ici la Présence divine, elle y est tout aussi active, puissante et tout y est parfait.

M : Oui, je comprends.

Peux-tu dire aux hommes ce qu'il faut faire pour passer dans le monde supérieur et atteindre le monde mental, puisque je sais que lorsqu'un être atteint le monde supérieur, c'est un acquis, il ne peut plus redescendre de niveau et c'est donc une chose précieuse que d'avoir passé cette marche… Ensuite, une autre marche se présente pour atteindre le monde causal, et enfin la dernière pour atteindre le Royaume.

— Tu as raison, il est important de savoir ce qu'il faut faire pour passer cette marche que beaucoup d'hommes n'arrivent pas à passer : pardonner. Martèle cela dans la tête des hommes : il faut savoir pardonner.

M : Je croyais que c'était la condition expresse pour entrer dans le Royaume.

— Bien sûr, c'est évident.

M : Eh bien, on ne va pas demander la même chose pour entrer dans le Royaume et pour passer dans le monde mental, je suppose...

– Cela dépend des pardons : il y a des pardons faciles à effectuer, et des pardons très difficiles. Pour passer dans le monde mental, il faut avoir su effectuer des pardons relativement faciles, mais bien sûr, pour ceux à qui ils sont demandés ils ne semblent pas si faciles que cela, ils semblent même parfois impossibles. Pour un être prêt à entrer dans le Royaume, ces pardons-là vont sembler être la facilité même, cela ne leur demanderait aucun effort.

Je vais te donner un exemple : tu vis dans une maison, et l'un de tes voisins te fait une petite méchanceté, quelque chose de désagréable, et sur le coup tu penses qu'il l'a fait exprès, parce qu'il en serait bien capable. Tu n'en sais rien en réalité, mais tu le penses. Alors là, se pose le problème : veux-tu lui pardonner ou non ? Un être élevé, un être plus aimant va de suite penser : « mon voisin ne l'a sans doute pas fait exprès et ce n'est rien, je vais passer l'éponge, on ne va pas se fâcher pour si peu. Quelle importance après tout ? Soyons positifs, aimons-nous. »

Un être du niveau du monde astral aura beaucoup plus de mal, ou n'y arrivera pas du tout. Il va se dire : « ah ! Cette peau de vache ! Ça ne m'étonne pas ! Attend un peu que j'ai l'occasion de lui rendre la pareille, il va s'en rappeler ». Et si l'occasion se présente, en effet, l'autre s'en souviendra, parce que l'homme va lui rendre la monnaie de sa pièce. Même si ce voisin ne l'avait pas fait exprès et n'avait même rien fait, n'avait commis aucune faute (puisqu'on ne commet pas de faute véritable sans intention d'en commettre), il va être obligé de subir « un retour » qui n'en est pas un, mais une malveillance.

Voilà ce qu'est le contraire du pardon et c'est, hélas, encore bien fréquent parmi les hommes, c'est ce qui se pratique le plus souvent.

Ainsi, dans ce monde où nous sommes là présents, dans ce monde astral, tu vas rencontrer des hommes qui parfois réagissent ainsi et qui parfois savent pardonner et passer l'éponge pour des choses bénignes. Mais les hommes que tu trouveras ici ne savent pas passer l'éponge pour pardonner des choses graves, des affronts terribles, ils ne le peuvent pas, pas encore. Il faut pour cela qu'ils apprennent à aimer davantage, encore et encore, qu'ils réapprennent ces leçons d'amour et c'est sur la Terre qu'ils le peuvent : sur la Terre uniquement parce qu'ici, on n'apprend pas à aimer. En effet pour apprendre, il faut qu'il y ait des difficultés et c'est en se heurtant à ces difficultés que l'être apprend à se parfaire. Quand la montagne est lisse, on ne peut l'escalader.

Ici, vois-tu, l'homme profite du bon temps que Dieu lui offre et comme tu l'as dit, c'est une récréation, car l'homme a besoin de se reposer après tous les efforts qu'il fait sur la Terre ; mais le sens de tout cela et de ces périples si fréquents est d'apprendre à mieux aimer et à grandir en amour.

Alors, lorsque l'homme sait pardonner ces choses qu'un être apte à entrer dans le Royaume trouverait bénignes, mais qui pour lui sont importantes, il peut accéder au monde supérieur, au monde mental. Cela signifie qu'il a su aimer davantage, que plus jamais il ne lui sera demandé de redescendre de niveau.

M : L'être descend sur la Terre également pour vivre des karmas...

—   Il descend sur la Terre pour régler des karmas, et il remonte dans ces plans, dans les mondes de la réincarnation pour se reposer et profiter de la vie, de la vie que Dieu lui offre, du bonheur, de la joie, des cadeaux, des bienfaits que Dieu met à sa disposition et qui lui correspondent. Car n'oublie pas, que dans chaque monde, ce qui est offert à l'homme lui correspond absolument. Il ne désire rien d'autre.

Regarde la joie de tes parents. Ta mère te l'a dit : « rien ne peut être plus beau qu'ici ! »... c'est ce qu'elle ressent et elle ne souhaite pas être ailleurs. C'est cela le bonheur : être heureux de ce que l'on a et penser que rien ne peut être plus beau ni plus heureux. Mais lorsqu'elle aura appris durant ses séjours terrestres à aimer davantage, à pardonner davantage, lorsqu'elle aura accédé au monde supérieur, au monde mental par exemple, elle trouvera alors que ce monde mental est bien plus beau, bien plus heureux, car c'est celui-là qui lui correspondra et elle ne souhaitera en aucun cas être ailleurs.

M : Oui, je sais cela. Y a-t-il des niveaux à l'intérieur de ce monde astral?

—   Oui, des multitudes, c'est un peu ce dont je te parlais tout à l'heure. Il y a presque autant de niveaux que de groupes, mais ce serait entrer dans de trop grandes subtilités. Les êtres, je te l'ai dit, se regroupent par niveaux, cela signifie donc qu'il y a des niveaux différents.

M : La contrée où se rassemblent les méchants appartient-elle à une partie de ce monde ?

– En effet, mais elle est si particulière que nous n'en parlerons pas aujourd'hui, elle n'entre pas dans le champ de ce que je te décris là présentement. C'est une contrée noire, elle appartient d'une certaine façon à ce monde, mais sans vraiment lui appartenir. Elle est si différente que l'on ne peut pas en parler aussi simplement.

M : As-tu d'autres connaissances à me transmettre sur ce monde ?

– Je te l'ai dit, ce monde est provisoire, il n'est pas définitif, il n'est pas établi pour toujours. Il est une étape dans l'Histoire de l'homme, de l'humanité, il correspond à un certain niveau de son évolution. Une fois passé ce niveau, ce monde ne sera plus et ce sera heureux, cela signifiera que l'homme a bien évolué dans le bon sens. Dieu offre à l'homme ici, tout ce qu'il souhaite et lui correspond. L'homme ici n'a pas soif de Dieu, il n'a pas soif de spiritualité. S'il avait soif de Dieu, il serait plus haut. Alors, puisqu'il n'en a pas soif, il ne Le voit pas, il ne Le perçoit pas, ne Le ressent pas et cela ne lui manque pas. Si cela lui manquait, cela signifierait que son cœur est plus grand, que son amour est plus grand et alors il aurait fait des efforts suffisants lorsqu'il était sur la Terre, il aurait posé les actes nécessaires pour s'élever beaucoup plus haut : là où l'on peut percevoir Dieu justement. Tout est dans la Sagesse divine, tout est parfait et l'homme a toujours ce qu'il souhaite : qu'il soit dans ces mondes de la réincarnation ou qu'il soit dans le Royaume. Ce qu'il souhaite lui est donné, voilà ce qui compte, car pour l'homme resté sur Terre, ce qui compte est de savoir qu'une fois passé de l'autre côté, il sera absolument heureux et il aura exactement ce qu'il souhaite et ce qui lui correspond.

M : Mais peut-être que celui qui lira ces paroles pourrait penser : «moi, je souhaite me rapprocher de Dieu, mais dans mes actes, je n'ai pas su être à la hauteur ou être assez aimant, je n'ai pas su être digne de cela, je n'ai pas posé les bons actes, je n'ai pas fait de bons choix dans ma vie », vois-tu, des choses comme cela...

– Je vois ce que tu veux dire, mais ce qui compte, est ce que

l'homme a dans son cœur : quel amour porte-t-il ? Pourquoi a-t-il fait de mauvais choix ? C'est cela que Dieu va regarder. N'a-t-il pas pu faire autrement ? Avait-il de bonnes raisons ? A-t-il réellement le désir de Dieu, le désir de Le percevoir, de s'en rap- procher ? Toutes ces questions sont propres à chacun et on ne peut pas faire de généralités à ce propos. Dieu seul sait ce qu'il y a dans le cœur de chaque homme véritablement. Lui seul sait ce que l'homme durant son séjour terrestre a su donner comme amour, puisque c'est toujours sur son don d'amour que l'homme est jugé.
A-t-il su aimer ? A-t-il su donner son amour ou n'a-t-il pas su ? C'est là que nous retrouvons le pardon, car celui qui sait pardonner, aime, donne de l'amour.
Tu dis : « celui qui sait pardonner, sait aimer », et c'est juste, les deux sont liés indissolublement. Voilà, ce que j'avais à te dire sur ce monde intermédiaire et nécessaire pour le moment à l'humanité: nécessaire pour que les hommes fassent une pause heureuse entre deux incarnations, une pause récréative, ludique, pleine de douceur, de joie, de bonheur, avant de retourner faire un séjour terrestre, afin d'apprendre à mieux aimer, à mieux pardonner. Comprends-tu ?

M : Oui, tout cela est en effet parfait, comme notre Père l'a conçu, mais si tout est parfait, chaque monde est parfait, cela signifie-t-il que… notre Terre est parfaite telle qu'elle est ?

– C'est un autre sujet, mon petit, et c'est à quelqu'un d'autre que tu devras poser ta question. Je suis habilitée à répondre à tout ce qui concerne le monde astral dans lequel je suis, et cette question est complexe, beaucoup trop pour moi, je n'y répondrai pas. Pose-la à quelqu'un d'autre.

M : Bien, je te remercie. As-tu fini de me parler ?

– Nous avons fini de te parler.

M : Etiez-vous plusieurs ?

– Non, mais je suis le représentant, je parle au nom d'autres…

M : Quels autres ?

– Ceux qui ont fondé ce monde.

M : Qui ont fondé ce monde astral ?

– Oui.

M : J'ignorais…
Des êtres ont fondé ce monde astral …

– Bien entendu.

M : Des êtres de Lumière ?

– Tu ne peux comprendre cela, car nous sommes le Tout.
Je suis la pierre, je suis la voix qui te parle, je suis autre, je suis la Lumière, l'Amour de Dieu, Sa Sagesse et la compréhension de Sa Sagesse, je suis cela. Je suis TOUT. Etant sur Terre, reliée à un corps terrestre, tu ne peux appréhender cette notion de Tout, aucun être humain ne peut appréhender totalement ce qu'est Tout.

M : Je n'essaie donc pas. Je sens en effet que les mots humains de toute façon ne sauraient expliquer et mon mental non plus d'ailleurs, donc je n'essaie pas. Je te remercie pour tout ce que tu m'as dit, pour toutes ces Connaissances si clairement expliquées.

– Je suis à ta disposition.
Je te salue à présent. Va retrouver les tiens.

M : Merci encore.

Voilà, j'ai rouvert les yeux…

Johany est là en face de moi, silencieux, recueilli.

M : C'était bien intéressant.

J : Est-ce que tu veux qu'on y aille maintenant ?

M : Oui, je me dégourdirais bien un peu les jambes.

Nous nous levons. Je caresse la pierre avec tendresse et reconnaissance pour tout ce qu'elle m'a donné, et nous nous éloignons.
C'est alors que je vois mes parents arriver, tout réjouis, tout enjoués. A leur tête, je vois qu'ils nous ont cherchés. Ils ont dû sentir ou entendre, peut-être télépathiquement par Joh, que nous étions dans les parages.
Je leur explique ce que je viens de faire.

M : Je viens de me mettre en résonance avec la pierre, et elle m'a transmis sa Connaissance, très intéressante !…

Ma mère : Ah ! Bien écoute, c'est formidable, on va pouvoir marcher un peu, se balader.

Je suis étonnée ici par la profusion des couleurs, elles sont très différentes de celles que l'on voit sur la Terre. C'est étonnant, parce que lorsque l'on est sur Terre, on a l'impression de voir toutes les couleurs mais ici on s'aperçoit qu'en fait, on n'en percevait qu'un dixième. Ici, il y en a beaucoup que je n'ai jamais vues sur Terre, jamais : elles n'y existent pas. C'est curieux. Toutes ces couleurs féeriques agrémentent beaucoup la nature, le paysage...
Nous nous promenons, nous dégringolons de petites sentes, nous escaladons des rochers.
Je crains que Joh ne trouve cela trop terrestre et trop concret, mais il ne dit rien.

Ma mère : Ecoute, on vient ici presque tous les jours maintenant avec ton père, ça nous fait de l'exercice, ça nous fait un bien fou. Quand on rentre, on se sent encore mieux, et puis ça nous donne de l'appétit et c'est bien agréable ! Ça nous permet de nous faire des tas de petites choses délicieuses à manger. C'est vraiment agréable.

J'ai du mal à décrire le paysage qui se découvre à nous à présent. Je comprends que cela les comble car c'est réellement magnifique. Bien sûr, c'est beaucoup plus proche d'un paysage terrestre que d'un paysage du Royaume, mais ce n'est pas du tout non plus comme sur la Terre : on sent que tout est doux, le sol est fait de sable, et je ressens que rien ne peut faire du mal, ne peut agresser ; aucune épine dans toute cette végétation assez haute à travers laquelle nous marchons ;

même les rochers semblent doux dans leurs rondeurs et je sens que l'on ne peut se faire mal en s'y heurtant, cela semble impossible.

Nous dégringolons une sente en courant et tout semble facile, agréable, nous ressentons en même temps l'impression bien réelle de se dépenser avec tout le plaisir que cela comporte de faire bouger son corps.
Je sais bien sûr que je ne serais pas bien dans ce monde, il me manquerait l'essentiel, tout ce que j'aime dans le Royaume, mais je comprends que les êtres qui y vont s'y sentent heureux.
Joh me dit, en se rapprochant de moi :

Maman, tu vas être fatiguée, il faudrait que l'on s'en retourne...
Tu les verras un peu plus longtemps une prochaine fois ; là, c'était déjà long avec ce que tu as reçu de la pierre.

M : Oui, tu as raison. Je vais expliquer à mes parents que je dois m'en retourner.

Ils ont l'air de s'amuser comme des petits fous à courir d'un rocher à l'autre, à s'enfoncer dans cette végétation à mi-hauteur de leur corps. Je prends le temps de leur expliquer, de leur dire à bientôt. Nous nous éloignons, Johany et moi.
...
Nous avons marché quelques instants puis, hors de vue, nous nous sommes envolés afin de rejoindre notre Monde, le Royaume.
Nous avons traversé « l'épaisseur »... nous sommes dans le Ciel du Royaume. Je me sens de nouveau chez moi. Nous nous posons doucement. Nous allons prendre encore un peu de temps pour échanger des choses plus personnelles, Johany et moi.
...
Je demande à Joh des nouvelles d'une personne que je connaissais et dont j'ai appris la mort par suicide. Je demande à Joh, si je peux voir où il est, avoir de ses nouvelles...
Joh ne me répond pas directement, il me dit simplement que nous irons le voir prochainement.
Je l'en remercie, puis nous échangeons encore quelques propos entre nous.

Voyage du dimanche 25 janvier 2004

Je suis passée dans le Royaume. J'ai retrouvé Johany. Il m'attendait dans sa longue robe écrue. Il m'a proposé d'aller voir cet homme dont j'ai parlé hier et dont j'ai appris le décès par un suicide.
C'était un homme très dépressif ; je l'avais perdu de vue depuis quelques années, mais cela m'intéresse beaucoup d'aller voir justement comment cela se passe pour lui, en ce moment, si sa dépression a été prise en compte, enfin je souhaite voir où il se trouve, et comment il va.
Je suis donc très heureuse que Johany me propose ce voyage.
Je n'ai aucune idée de l'endroit où je vais arriver, car je ne sais pas à quel niveau en était cet homme, dans quel monde il devait arriver après sa mort.
Joh me dit simplement :

On y va, si tu veux.

Il me prend par la main et nous partons en vol. Nous nous élançons vers le Ciel du Royaume et je comprends ainsi que nous allons certainement rejoindre un monde de la réincarnation, en tout cas que cet homme ne doit pas être arrivé ici dans le Royaume.
En effet, nous traversons une sorte d'épaisseur vibratoire comme lorsque nous allons dans le monde astral. Mais, cette fois, j'ai l'impression que nous traversons des nuages, nous sommes dans une sorte de vapeur blanche à travers laquelle nous continuons d'avancer côte à côte Johany et moi.
Où sommes-nous ? Je l'ignore. Cela ressemble à une sorte de sas, de no man's land entre deux mondes, entre deux vibrations, puis ce qui ressemble à des nuages se dissipe et nous survolons à présent une vaste campagne très verdoyante.

M : Dans quel monde sommes-nous, Joh ?

J : Attends, *me répond-il simplement.*

Nous continuons de filer dans le ciel, nous allons vers un endroit précis, c'est certain, Johany me mène de façon sûre. Il sait où il va. Puis, nous amorçons une descente.
Voilà, nous nous sommes posés. Je prends le temps de me repérer,

d'essayer de comprendre où je suis arrivée. C'est assez lumineux, mais je ne saurais dire dans quel monde je suis, je sais juste que je ne suis pas dans le Royaume, ni sur la Terre, je suis là debout et... tout simplement, je vois cet homme arriver. Appelons-le « JL ».
Je suis extrêmement étonnée de le voir arriver avec un air heureux comme je ne l'ai jamais vu !
Il m'ouvre les bras, enchanté de me voir.

M : Eh bien, ça alors ! Tu m'as l'air bien heureux d'être là !

Dans mon étonnement, je ne sais plus si je lui disais tu ou vous sur la Terre, peu importe.

Raconte-moi... où es-tu ?
Comment cela s'est passé pour toi ? Comment se fait-il que tu sois si heureux ? Je croyais que les êtres qui se suicidaient étaient au contraire très isolés, tristes et qu'ils étaient emmenés dans un endroit spécial où ils ressentaient remords et culpabilité pour leur acte. Je croyais qu'ils devaient y demeurer le temps qu'aurait duré leur incarnation, normalement, s'ils ne s'étaient pas suicidés ; j'avais vu cela pour une personne que je connaissais.

JL : Pour moi, c'était différent. Je n'ai pas joué avec ma vie, je n'ai pas refusé ma vie. Tu sais, c'est très différent pour les gens qui se suicident pour certaines raisons sociales ou comme certains le font par défi quand ils jouent avec leur vie, ou par un sentiment de honte ou de culpabilité ou de déshonneur, des choses comme ça.
Pour moi, c'était différent, j'étais malade, j'étais vraiment malade ! J'étais dans une dépression profonde, j'étais vraiment très dépressif, je ne pouvais m'en sortir. Je ne pouvais pas faire autre chose que ce que j'ai fait, c'était trop insupportable pour moi, je ne pouvais pas vivre.

M : Oui, je te comprends bien. Mais alors, comment cela s'est-il passé ?
Es-tu arrivé directement dans ce monde ? Comment as-tu été accueilli, traité ?
JL : Eh bien, je vais t'expliquer, dit-il en m'entraînant pour faire quelques pas ensemble.

Johany est resté un peu en arrière, je lui fais signe de venir avec nous.

Nous marchons tous les trois.

JL : Je suis heureux ici.

M : Je le vois, cela se voit à ton air, je ne t'ai jamais vu un air aussi détendu. Mais sais-tu où nous sommes ? dans quel monde nous sommes ?

Nous sommes dans un monde de la réincarnation, je le sens, mais lequel ? Je ne reconnais pas la vibration, cela ne ressemble pas au monde astral, cela semble plus lumineux.

JL : Je suis dans le monde mental, cela signifie que j'avais encore pas mal de karma à régler sur la Terre et que cela m'a été trop douloureux, trop difficile. Je n'ai pas pu supporter cette vie, cette souffrance, c'est ainsi. Mais je n'ai pas été mal accueilli, bien au contraire, je vais t'expliquer comment cela s'est passé…
Je suis arrivé ici, aussitôt, un peu groggy. Je ne m'attendais pas à ça : je ne m'attendais pas à être vivant ! J'ai cru tout d'abord avoir raté mon coup… J'ai cru que je n'avais pas réussi à me suicider puis j'ai vu, j'ai compris que je n'étais plus du tout au même endroit, j'étais ailleurs et j'ai ainsi compris **que ma vie ne s'était pas arrêtée, que la vie ne s'arrêtait pas** ! C'était quelque chose de très étonnant ! Je ne sais pas comment t'expliquer, j'avais voulu mourir et je me retrouvais ailleurs ! Voilà, en résumé j'étais ailleurs, je me suis relevé…

Puis il m'explique son arrivée :

Tout de suite, j'ai vu deux ou trois êtres habillés entièrement de blanc venir vers moi. Ils portaient de longues robes blanches. Je ne savais pas du tout qui ils pouvaient être… je n'étais pas inquiet, j'étais étonné, je n'en revenais pas de ce qui m'arrivait !
J'ai attendu qu'ils soient tout près de moi, je leur ai tendu les mains en disant :
« voilà… », simplement : « voilà ». Je sentais que je n'avais pas fait ce qu'il fallait, je me sentais un peu coupable. Je savais très bien que c'est quelque chose qu'il ne faut pas faire, qui est interdit, interdit par Dieu et je ne savais pas ce qui allait se passer. Je me disais que, peut-être, ils allaient m'emmener pour me punir ou quelque chose comme ça mais alors ils se sont approchés encore plus et ils m'ont pris dans

leurs bras tous les trois. Ils m'ont serré contre eux avec une grande tendresse... Alors là, tu vois, je me suis un peu effondré... j'ai senti que je pouvais être en confiance avec eux, que c'était des êtres d'amour qui me comprenaient, qui me comprendraient, que je pouvais leur parler, me confier à eux, que j'avais en face de moi des êtres doux et aimants, compréhensifs, qui n'allaient ni me châtier, ni m'emmener dans un mauvais endroit. Je leur ai demandé en pleurant ce qu'ils allaient faire de moi et ils m'ont dit :

– Nous allons nous occuper de toi mon cher enfant, viens, n'aie pas peur, nous devons nous occuper de toi, tu en as besoin. Alors je me suis laissé faire comme un enfant. Ils m'ont emmené.

M : Où cela ?

JL : Dans une construction blanche très lumineuse, arrondie, un peu ovale. Ce n'était pas de la Lumière mais c'était une matière qui irradiait de la Lumière et nous sommes entrés à l'intérieur.

En même temps que JL me parle, il me transmet les images en télépathie, cela fait que je vois en même temps que lui ce qu'il me raconte.
Il m'explique alors qu'à l'intérieur des hommes étaient là déjà allongés...

JL : On aurait dit un lieu de soins comme une sorte de dispensaire. Des « tables » étaient posées en grand nombre avec des personnes allongées dessus qui ne bougeaient pas et plusieurs êtres vêtus de blanc autour semblaient les soigner, s'occuper d'elles en tout cas, mais les personnes allongées étaient comme en léthargie, cela donnait une drôle d'impression.
Les trois êtres ont créé là, sous mes yeux en une seconde, une table semblable aux autres, de la même matière que la construction : c'était une table blanche qui irradiait de la Lumière, elle aussi. Ils m'ont dit de m'allonger et en même temps ils m'ont porté eux mêmes, ils m'ont allongé dessus avec beaucoup de douceur, comme s'ils s'étaient occupés d'un enfant. La table n'était pas dure, elle était assez souple et là, sitôt allongé, j'ai eu l'impression que je m'endormais, je sombrais dans l'inconscience. Je ne sais pas ce qu'ils ont fait ni combien de temps cela a duré, je ne peux pas te le dire, mais à un

moment je me suis réveillé, je me suis assis, les yeux grands ouverts, j'ai regardé autour de moi... Ils étaient là tous les trois, toujours souriants : Eh bien *m'ont-ils dit*, tu vas te sentir mieux maintenant, beaucoup mieux ! Tu vas voir, tu ne vas pas te reconnaître, tellement tu vas te sentir bien. En effet, je me sentais heureux, j'avais une joie à l'intérieur de moi, je me sentais détendu, paisible. Il y a longtemps que cela ne m'était pas arrivé, je crois même que je ne m'étais jamais senti aussi heureux et détendu en fait. Alors, je me suis levé de la table, je leur ai souri, puis je leur ai demandé ce que j'allais faire maintenant, ce qui allait se passer.

– Viens, *m'ont-ils répondu.*

JL : Nous sommes sortis, nous avons marché. Ils m'ont emmené dans une sorte de village où se trouvaient des maisons pas tout à fait comme sur la Terre, mais certaines cependant ressemblaient un peu à celles que l'on voit sur la Terre. Ici, c'est plutôt le paysage qui est différent, tu l'as vu en arrivant, c'est plus lumineux, on sent de la paix, c'est calme. On a l'impression d'être ailleurs, c'est le cas de le dire. Cela ne ressemble pas du tout à la Terre, on sent que tout le monde ici est en paix, on ne veut pas être tendus, il n'existe pas de malheur, il n'existe pas de souffrance.

M : Et ensuite, que s'est-il passé pour toi ?

JL : Eh bien, ils m'ont emmené dans un village où il y avait très peu de maisons, peut-être une vingtaine mais pas plus. Ils m'ont dit qu'ils allaient me faire un endroit rien que pour moi, une maison comme je la souhaitais ; j'étais désemparé, je leur ai expliqué un peu ce que j'aimais, je leur ai dit que j'aimerais bien avoir une maison comme celle que j'avais sur la Terre avant, et ils m'ont dit que cela ne posait pas de problème. Ils m'ont construit une maison, je te dis construit, mais ils l'ont fabriquée simplement avec des gestes : les murs, le toit, apparaissaient comme ça, tout seuls, comme par magie, dans un endroit où il n'y avait rien cinq minutes avant. Donc, ils ont fabriqué une maison qui ressemblait beaucoup à celle que j'avais, en mieux même. Puis, je leur ai parlé de la solitude où j'étais, je leur ai un peu expliqué, je sentais qu'ils étaient compréhensifs, alors je leur ai dit que je souhaitais rencontrer des personnes, avoir des amis. Ils m'ont dit que c'était normal, que tous les êtres humains avaient besoin d'avoir des amis et d'entrer en relation les uns avec les autres et qu'ils allaient me donner cela tout de suite. Tu vois, m'ont-ils dit, dans ce village toutes les personnes seront tes amis, tu ne les connais pas encore, elles ne te connaissent pas encore mais nous allons y revenir et faire une fête en ton honneur, pour fêter ton arrivée. Nous allons te présenter, tu vas leur parler de toi, elles vont te parler d'elles et tu vas voir, vous serez amis. D'ici ce soir, tu auras plus de vingt ou trente amis ici.

J'étais étonné, j'ai trouvé cela si merveilleux, tout avait l'air si facile ici ! Alors, je suis entré dans ma nouvelle maison et, pendant que je découvrais, que je savourais ces lieux et que je reconnaissais des lieux que j'avais aimés, pendant ce temps ils préparaient la réunion, une vraie réunion. A un moment donné, j'ai entendu du bruit sur la place au milieu de toutes ces maisons, et quand je suis sorti, j'ai vu que toutes les personnes de ce village étaient elles-mêmes sorties et semblaient m'attendre. Je suis allé vers elles, j'étais un peu gêné, je n'étais pas trop assuré, un peu intimidé si tu préfères, j'avais un peu peur de ne pas leur plaire.

Cela s'est passé simplement, les êtres tout en blanc qui m'avaient accueilli étaient là, ils ont fait les présentations, m'ont mis à l'aise et tout était facile, ce n'était pas comme sur la Terre. Les gens étaient gentils, tout de suite ils ont été gentils avec moi, ils m'ont parlé, ils parlaient entre eux, moi je me sentais à l'aise. Je me suis tout de suite senti à l'aise avec eux, comme si nous nous connaissions depuis un long moment. Nous sommes restés des heures, comme ça, à parler ensemble les uns avec les autres, c'était incroyable ! C'était vraiment fantastique ! Je n'avais jamais vu ça….

A un moment, ils ont fait une table et j'ai vu qu'eux aussi pouvaient créer quelque chose. Ils ont créé une grande table en bois. Nous nous sommes tous assis autour et nous avons continué d'échanger, de rire, de plaisanter ; ils étaient gais. J'ai vraiment senti que j'allais être heureux ici.

Ils m'ont expliqué que d'autres villages comme celui-ci étaient disséminés aux alentours, des petites unités d'une vingtaine à une cinquantaine de personnes, et que parfois ils se retrouvaient pour faire des fêtes les uns avec les autres : des fêtes où ils dansaient, se retrouvaient… Ils m'ont dit qu'ils mangeaient et buvaient des choses délicieuses, qu'ils s'amusaient jusqu'à ce qu'ils n'en puissent plus et qu'ils faisaient de nouvelles connaissances. Je me suis senti aussitôt intégré dans leur groupe.

Ensuite, les êtres en blanc m'ont demandé de venir, ils m'ont pris à part, et ils m'ont dit que là, pour aujourd'hui, ils allaient me laisser parce que j'avais besoin d'être avec mes amis et qu'après j'aurais besoin d'être un peu seul mais que le lendemain ils allaient revenir me voir, on parlerait un peu plus de ce qui s'était passé et de ma vie sur la Terre, on échangerait un peu plus profondément. J'étais heureux aussi de cela parce que je pensais en effet que c'était aussi important que l'on puisse en parler et c'est ainsi que cela s'est passé. Le lendemain, ils sont revenus, nous sommes allés marcher dehors dans la campagne puis nous nous sommes assis dans une sorte de champ…Ce n'était pas un champ comme sur la Terre, je ne sais pas comment te dire, il y avait des sortes d'herbes un peu dorées par terre, un peu hautes et très douces quand on s'assoit dedans, cela ne ressemblait pas à la Terre.

Puis nous avons parlé de moi, de ce qui m'avait mené à cela, à cette mort là, à renoncer à la vie. Ils m'ont expliqué qu'en fait, les êtres qui étaient malades comme je l'étais, puisqu'une dépression nerveuse profonde est une maladie à leurs yeux, n'étaient pas dans ces cas-là condamnés pour leur acte, ils étaient pardonnés, parce qu'ils n'étaient pas responsables. C'est une maladie psycho- logique mais c'est comme une maladie physique : on ne l'a pas voulue, on est juste malheureux et on ne peut pas faire autrement. Ce n'est donc pas considéré comme une faute par Dieu, cela ne veut pas dire que ce soit bien, mais on ne nous enfonce pas quoi, tu vois on est compris, on est pardonné.

Ensuite, ils m'ont expliqué comment cela fonctionnait ici, que nous étions là pour être heureux, pendant très, très longtemps et qu'ils n'allaient pas m'embêter avec ce qui se passerait après, que je devrai retourner sur la Terre un jour, mais qu'ils m'en parleraient plus tard, que ce n'était pas important pour l'instant. Là, je ne devais penser qu'à m'amuser, à me détendre, à me distraire, j'allais rencontrer plein de personnes que j'aimerais, qui m'aimeraient, qui allaient voir toutes les qualités qui étaient en moi, comme moi je verrais les qualités qui étaient en elles. Ils m'ont dit encore que je ne devais pas m'en faire, que toute ma misère, ma souffrance étaient terminées, étaient passées, étaient derrière moi. Là, il n'y aurait plus que des moments heureux, des moments de joie, ma solitude était finie ; si j'étais seul, c'est parce que j'en aurais vraiment envie mais je ne serais jamais vraiment seul, je serais toujours entouré car ils étaient toujours à notre disposition, pas seulement pour moi, mais aussi pour les gens du village ici ou

pour d'autres, ils circulaient, ils passaient et lorsque l'on avait besoin d'eux, on pouvait les appeler.
Ils m'ont expliqué comment je pouvais les appeler mentalement.

M : En télépathie ?

JL : Oui, ce doit être ça… tu sais, moi je ne sais pas faire de la télépathie, mais je les appelle dans ma tête, si tu préfères, et ils m'entendent, je ne sais pas comment, mais ils répondent et ils viennent voir ce qui se passe, ce que j'ai besoin de leur dire. Si quelque chose ne va pas, je les appelle et ils viennent pour régler le problème.
Alors, tu vois, à la fin de cet entretien, j'étais vraiment soulagé, j'étais heureux. Je me suis dit : il n'y aura plus de problème, c'est terminé ! Là, tel que tu m'as vu tout à l'heure, je suis encore dans cette espèce d'euphorie, de contentement. Je me dis que vraiment cela vaut la peine d'être ici ! Cela n'a aucun rapport avec la Terre, ça c'est sûr. Les êtres ici sont adorables et j'ai vraiment envie de les connaître ; ils ont tous eu des parcours différents, ils ont tous plein de choses à raconter, c'est très intéressant. On a beaucoup à partager, beaucoup à échanger. Je me dis que ce sont des amis en perspective et c'est formidable comme avenir, comme projet… Je vois aussi qu'entre eux ils s'entraident, ils ont des projets, ils construisent des choses ensemble, ils partagent plein d'activités. Alors, je vais voir avec eux ce qu'ils ont déjà mis en place et en fonction de mes goûts, de ce que moi-même j'aime faire, nous allons partager ces activités ou de nouvelles peut-être. Moi, je peux aussi avoir des idées à leur proposer, cela m'a donné envie de faire plein de choses que je n'aurais jamais eu l'idée de faire sur la Terre parce que le contexte ne s'y prêtait pas, évidemment. Là, on a l'impression que tout est possible.

M : Comme c'est heureux! Cela me fait vraiment plaisir de te voir comme ça. Certaines personnes sur la Terre, pensaient que peut-être elles n'avaient pas fait tout ce qu'elles auraient pu pour toi…

Il prend un air plus sérieux …

JL : Dis-leur que je suis heureux maintenant et que c'est cela qui compte. Je n'ai plus envie de penser au passé sur la Terre, franchement j'ai tiré le rideau, je ne veux plus y penser. Maintenant, ma vie est ici et je vais être heureux là, je l'ai compris de suite. Alors, dis leur que si un jour elles viennent me retrouver ici, après leur propre mort, je serai heureux de les voir, mais sinon, en attendant, j'aime mieux ne plus penser à la Terre et ne penser qu'à ma nouvelle vie.

M : Oui, je te comprends bien. C'est beau ici, le paysage est plus subtil, plus évanescent que dans le monde astral. On sent une finesse, une subtilité, une vibration plus douce, plus haute. En tout cas, on voit que ce monde te correspond bien, tu as l'air comme un poisson dans l'eau !

JL : Je me sens chez moi, je me suis senti chez moi de suite avec ces gens-là, ces amis. C'est comme si on était des amis de toujours.

M : Eh bien, je vais te laisser, cela m'a vraiment rendue heureuse de te voir.

JL : Merci d'être venue me voir, cela m'a fait plaisir aussi de te retrouver. Quand tu veux, tu reviens me faire une visite, *dit-il avec un grand sourire, les bras ouverts.*

M : Merci, je vais m'en retourner.

Je cherche Joh des yeux et nous nous séparons.
Je me retrouve un peu plus loin avec Johany, nous marchons côte à côte.

J : Tu vois, c'était important que tu voies ce qu'il vit aujourd'hui par rapport à ce qui s'est passé.

Les êtres dépressifs sont considérés comme malades et, à ce titre, ils ne peuvent pas être « condamnés », considérés comme fautifs. Ce n'est pas une faute quand l'être ne peut pas faire autrement, qu'il meurt de désespoir, on ne va pas l'accabler encore plus, ce ne serait pas de l'amour : au contraire, l'être ici est soigné, réconforté, soutenu.

M : Cela me paraît juste, en effet.

J : Si tu veux, on va retourner dans le Royaume, on sera mieux pour parler.

Nous nous envolons, nous retraversons cette longue épaisseur de vapeur blanche. Puis le Ciel du Royaume apparaît... Quelle joie de voir le Ciel du Royaume !
C'est drôle, JL disait « chez moi » en parlant du monde où il était et moi, c'est ici que je me sens « chez moi ». Cela signifie vraiment que chacun reçoit après sa mort ce qui le rend le plus heureux, ce qui lui correspond le mieux. C'est cela qui compte.
Nous nous sommes posés et Johany m'a pris dans ses bras, tendrement, comme ça, pour un peu de douceur.

J : Maman, je t'aime.

M : Moi aussi Joh et merci pour ce voyage et pour tous les autres, pour ce que tu es, pour ce que tu fais, c'est indispensable.

Voyage du lundi 2 février 2004

Johany m'attend. Il a l'air heureux. Il me propose d'aller voir quelqu'un : une personne qui a vécu sur Terre... Je lui demande de qui il s'agit, mais je crois qu'il veut me faire la surprise.

J : Tu vas voir. Viens avec moi, on va y aller à pied, parce que ce n'est pas loin et de plus, on s'est donné rendez-vous : la personne va donc venir à notre rencontre.

Bien, je vois que tout est organisé... Je marche donc aux côtés de Joh. Une silhouette se dessine, se précise à quelques dizaines de mètres de nous. Je ne reconnais pas encore de qui il s'agit, mais plus nous nous rapprochons et plus il me semble...

M : Il s'agit de Gandhi ! Est-ce cela Joh ?

Il ne répond pas.

G : C'est bien moi, en effet, *dit l'être qui est à quelques mètres à présent.*

Je reconnais l'homme que j'avais rencontré, il y a quelque temps, au seuil de son dôme de Lumière : la même tunique blanche, la peau mate, le regard... Comment décrire ce regard ? Celui des yeux hindous, profonds, pénétrants : ses yeux sont très noirs, très chaleureux, très doux.

G : Veux-tu que nous parlions ?

M : Oui, j'aimerais, mais je n'ai pas eu l'occasion de préparer de questions particulières, alors je vous poserai des questions simples, comme j'ai posé à d'autres personnes que j'ai rencontrées ici. Par exemple, quel a été votre premier ressenti lorsque vous êtes arrivé ici, après votre décès sur la Terre ? Je sais que votre mort a été violente, comment s'est passée votre venue ici ? Est-ce que vous êtes arrivé comme tout un chacun, dans ce lieu où les hommes parviennent tout d'abord ?

G : Je ne sais pas si l'on peut dire cela. Je suis arrivé dans la Lumière, la Lumière d'or, la Lumière divine comme celle que Johany t'a décrite lorsque lui-même est arrivé ici. Les âmes pures arrivent dans cette Lumière et nous n'avons pas réellement conscience d'arriver dans ce sas que tu as vu précédemment avec Johany, qu'il t'a montré, où les gens moins croyants, moins dévots, moins fervents dans leur foi, parviennent.
Je suis arrivé directement dans la Lumière divine et alors, ensuite seulement, j'ai senti des présences, des présences actives, des présences qui me parlaient, qui s'adressaient à moi et surtout qui m'entraînaient quelque part, je ne savais pas où. Je n'avais aucune peur, parce qu'il est impossible de ressentir de la peur dans cette situation particulière. J'étais entraîné avec beaucoup d'amour, de douceur par des êtres de pure Lumière, qui me disaient beaucoup de mots de réconfort, d'encouragement, de soutien, beaucoup de mots d'amour.
Ils m'ont emmené dans l'un de ces dômes que tu as vus, que Johany t'a montrés au début[25], là où il a lui-même été emmené et où d'autres êtres de la Terre le sont : ces dômes d'or, d'émeraude, où des êtres de pur amour nous accueillent, nous parlent, nous rassurent et nous

---
[25] Cf. Le royaume Tome 1

expliquent où nous sommes, quelles sont les lois de ce Royaume, qui le gouverne, puisque l'on peut parler en ces termes. L'Amour le gouverne, tu le sais, et l'on m'a expliqué que j'étais en droit d'avoir un lieu bien à moi, où je serais tranquille et bien sûr, on m'a parlé de tout l'amour qui règne ici.

Alors, j'ai souhaité avoir un petit habitat modeste mais fait de la même Lumière que celle dans laquelle j'étais arrivé, et j'ai eu la permission, l'autorisation de créer cela. Cela m'a été donné et je l'ai gardé depuis ce temps. Il n'a pas changé. Il est dépouillé, comme tu l'as vu, car j'aime le dépouillement. Sur Terre, j'étais également un être de dépouillement. Le non-attachement aux choses terrestres me semblait déjà l'une des vertus principales de la vie et bien sûr, en arrivant ici, cela m'a conforté dans ma vision des choses. Le dépouillement, vois-tu, permet d'aller à l'essentiel, et l'essentiel ici est tellement merveilleux, tellement beau, magique ! Il est Dieu. C'est un essentiel auquel nous n'avons pas accès sur la Terre. Le dépouillement sur la Terre mène à d'autres choses : à une quête intérieure qui est riche de promesses, mais qui ne nous emmène pas aussi loin que ce que nous pouvons vivre ici. Il est juste sur la Terre une condition nécessaire pour rejoindre notre Moi essentiel, notre être essentiel, tu sais cela.

Je vais te parler de ma vie sur la Terre et de mon passage...

Ma vie à mes yeux a été brève. Comment te dire cela ? J'avais le sentiment que j'aurais pu vivre beaucoup plus vieux, j'avais l'énergie pour cela, je ne me sentais pas vieux. Je me sentais au contraire plein de force et capable de vivre cent ans et plus, mais mon destin en a décidé autrement. Tu dirais avec ton vocabulaire : « mon choix d'âme » avait décidé autre chose. Je n'ai pas regretté ce départ précipité, obligé, parce que vois-tu, je n'ai pas eu le temps de le regretter. Les choses se font tellement rapidement, tu peux dire cela aux hommes de la Terre, j'ai été assassiné, mais c'est en trois secondes que cela s'est fait, je n'ai pas eu le temps de souffrir, je n'ai pas eu le temps d'avoir peur. Les choses se sont faites si vite, si rapidement ! J'étais dans la Lumière dans les secondes qui ont suivi cet acte d'agression contre moi, dans les secondes réellement, c'est ainsi que cela se passe. Il n'y a pas rupture vois-tu, il y a une continuité : tu es sur la Terre puis il se passe quelque chose, quoique ce soit, ce que les hommes appellent la mort, et de quelque façon qu'elle arrive, en très très peu de temps, je te dirais en quelques secondes pour les êtres qui viennent ici dans le Royaume, en quelques secondes, ils sont là, dans cet autre Monde qu'ils ne connaissent pas, qu'ils n'ont jamais vu ou qu'ils ont oublié. Ils ne savent pas en général où ils arrivent mais là encore, ils n'ont pas le temps réellement de se poser trop de questions. Je ne te parle pas bien entendu, de tous les êtres qui arrivent dans cette sorte de sas que tu as vu et qui restent une quarantaine de jours dans cet état un peu difficile, un peu lourd. Je te parle de ceux qui, comme moi, arrivent directement dans la Lumière. Il n'y a aucune rupture, aucune peur et je vais peut-être t'étonner, mais aucun étonnement non plus. Je n'ai pas ressenti d'étonnement, c'est comme si tout ce qui se passait alors était naturel, me semblait évident. Je ne savais pas où j'étais dans les premières secondes, mais j'étais bien, j'étais heureux. Je sentais ces présences pleines d'amour, palpables autour de moi, et tout était naturel, simple, comme s'il était évident que je me retrouve là tout d'un coup, quelques secondes après avoir été sur la Terre, durant toutes ces années. Oui cela me semblait couler de source comme on dit, point d'étonnement.

Et pourtant, je sens ta question… Tu te dis que j'étais dans une religion où ces choses-là ne sont pas si évidentes, que l'hindouisme ne parle pas dans ces termes du passage dans le Royaume et de ce pays d'Amour où nous sommes ici… Il en parle : ma religion en parlait mais en d'autres termes, et, cela n'a aucune importance, parce que quand nous arrivons ici, toutes les choses reprennent un sens. Je veux dire par là que tout ce que j'ai appris dans ma religion pouvait s'adapter à ce que je découvrais ici et tu sais, en réalité, je venais d'ici, ce sont donc plus des retrouvailles, une reconnaissance qui s'est passée à ce moment-là. Je ne me posais pas à ce moment-là, au moment de mon passage, la question de savoir si les choses étaient conformes à ce que ma religion m'avait enseigné. Non bien sûr, je ne pensais pas du tout à cela, bien au contraire, je retrouvais ce que j'avais connu et c'est peut-être pour cela que je n'ai ressenti aucun étonnement. Quelque part en moi, je savais déjà que cela existait, et à quoi cela correspondait. Je savais déjà que j'étais dans la Lumière de l'Amour, dans la Lumière de notre Source commune à tous. C'est cela qui se passe lorsque l'on remonte ici, les croyances que l'on avait sur Terre ne sont pas essentielles, primordiales au moment de ce passage. Nous vivons l'instant présent, nous vivons la surprise, la rapidité, mais ce qui compte c'est, comme je te l'ai dit, cette reconnaissance : nous sommes de nouveau chez nous, dans notre patrie d'amour, et c'est cela que nous ressentons, rien d'autre, rien d'autre pour les êtres fervents et pleins de foi, comme je te l'ai dit.

M : Au moment de ce passage ou juste après, est-ce que nous n'avons pas tendance justement dans cette Lumière magnifique, à oublier tout ce que nous laissons sur Terre et tous ceux qui peuvent souffrir pour nous, de notre départ ? N'avons-nous pas tendance à nous couper tout à fait de cet « avant » ? Tu vois ce que je veux dire ...

G : Oui je vois, c'est une question particulière. Dans un premier temps, nous vivons le présent et nous sommes dans cette Lumière et rien d'autre n'existe, mais ceci est le temps de la reconnaissance, de nos retrouvailles avec le règne de l'Amour. Cela ne dure pas très longtemps. Ensuite, comme je te l'ai dit, l'on nous présente ce lieu, l'on nous rafraîchit la mémoire en quelque sorte. Puis chacun s'installe dans le lieu qui lui est propre, qui lui convient le mieux, qui lui est idéal. Alors ensuite seulement, nous nous tournons vers l'extérieur si l'on peut dire, vers les autres autour de nous, vers ce qui se passe autour de nous et, peu de temps après, nous éprouvons le besoin de revoir ceux que nous venons de quitter.
C'est là que se font les ajustements, parce que c'est un peu difficile justement d'intégrer ces souvenirs, cette conscience que l'on vient de quitter. C'est un peu difficile d'intégrer cette nouvelle vie qui est si idéale, si magnifique, si magique, où tout est divin, où tout est perfection... On se dit : « eh bien, j'étais là, je n'y suis plus, mais eux là-bas y sont encore », et c'est l'occasion de faire un bilan de ce que l'on a fait sur cette Terre durant cette vie... A-t-on fait le maximum pour nos frères, pour soulager leur détresse, leur misère, leur souffrance ? A-t-on fait tout ce que l'on pouvait ? Aurait-on pu faire davantage ?
Voilà toutes les questions que l'on se pose au bout de très peu de temps que nous sommes ici. Enfin, ce sont celles que je me suis posées.
Je sais que beaucoup se posent les mêmes questions. Tous les êtres de foi se les posent : ai-je assez fait ? N'aurais-je pas pu faire davantage ? Et là, vois-tu, quand nous commençons à nous poser ces questions, nous ne sommes plus seuls, des êtres de Lumière comme tu les qualifies, je dirais des présences, s'approchent discrètement. Elles sont là simplement et nous aident à voir le côté positif des choses, à voir ce que nous avons fait justement d'un point de vue positif, à ne surtout pas nous accabler par un sentiment d'insuffisance ou de manque dans notre action. Ces présences au contraire cherchent à nous montrer tout

le bien que nous avons fait et nous disent la plupart du temps que nous ne pouvions pas faire davantage. Cela nous donne un sentiment de satisfaction, de plénitude et l'on accepte l'idée que nous ne pouvions pas faire davantage, que nous avons rempli notre rôle, notre mission, que c'est cela qui compte et que, si les hommes souffrent encore dans leur grande majorité, d'autres viendront pour les soulager à leur tour, car ce sera alors leur mission, leur rôle, leur don. Ils le feront par amour, comme moi-même je l'ai fait par amour et c'est à chacun de donner, comme à tour de rôle, et cela est juste et bon que ce ne soit pas toujours le même qui retourne sur Terre pour donner son maximum. Il est bon que beaucoup d'êtres du Royaume descendent dans ce but.
J'ai compris cela, je l'ai intégré et depuis cette incarnation, je suis resté là dans mon petit dôme doré, sans justement ressentir de sentiment de culpabilité d'aucune sorte, mais au contraire avec le sentiment heureux d'avoir fait tout ce que je pouvais, et d'avoir fait progresser l'amour, dans une faible mesure : dans la mesure de mes moyens d'être humain, et tout être humain qui s'incarne n'a que la mesure de ses moyens.

M : Oui, je comprends bien ce que tu me dis.
Depuis que tu es là, comment vis-tu ? Quelle est ta relation avec les autres ? Est-ce que tu vis ta spiritualité comme une foi active, une sorte de missionnariat, un peu comme Padre Pio qui continue de convertir, si l'on peut dire, des fidèles et de les faire progresser ? As-tu cette vision des choses ? Penses-tu que tu as ici un rôle, ou vois-tu les choses autrement ?

G : Je ne vois pas les choses comme Padre Pio, non, parce que mon tempérament est différent, j'ai un autre rôle simplement, chaque être a sa spécificité et son rôle est utile.

M : Peux-tu m'en parler ? Est-ce un rôle solitaire ? Es-tu dans une communion avec Dieu ? Peut-être L'appelles-tu autrement, mais cela n'a pas d'importance…
Vis-tu au contraire, en relation avec de nombreux êtres ici ou as-tu gardé des échanges avec la Terre ?

G : Je n'ai pas gardé d'échanges avec la Terre, au sens où tu l'entends. Les hommes ne s'adressent pas à moi pour me prier, je n'avais pas ce

rôle sur la Terre et je ne reçois pas les prières des hommes. Je serais du reste bien embarrassé de les recevoir...
Mon rôle est autre, je suis en relation avec certaines personnes ici. J'aime partager, tu le vois d'ailleurs : j'ai partagé avec ton fils, je suis en train de partager avec toi et je partage avec bien d'autres, mais mon intérêt essentiel est de continuer ma quête ici-même. Je n'ai pas l'intention de redescendre sur la Terre, pas avant très longtemps en tout cas, parce que je vis autre chose de très important pour moi, très important, essentiel à mes yeux. Je l'appellerais : « recherche de l'Unité totale, de l'Unité absolue avec le Divin, avec l'Amour », ce que tu appelles le Divin, et que j'appelle l'Amour, la Lumière.
Cette recherche me prend énormément de mon temps...
Parlons de temps... il y a ici un temps, un autre temps bien sûr que le temps terrestre, mais nous avons une notion de temps ici dans ces premier et deuxième Plans du Royaume.
Cela me prend donc beaucoup d'énergie et de temps, mon activité essentiel- le est en cela : me tourner vers ma Lumière, la Lumière, celle qui nous a faits, celle dont nous sommes issus, celle qui est notre Etre premier, notre Etre essentiel que tu appelles Dieu, et qui L'est pour toi, mais peu importe le nom qu'on lui donne. Cette quête de recherche de l'absolue fusion est quête de l'essentiel. Je vis cela dans mon petit dôme de Lumière, à l'abri de tous et de tout, isolé des regards, dans une Union sublime, une recherche de fusion absolue et lorsque j'y arrive ou que je suis sur le point d'y arriver, cela m'est un bonheur indicible. Aucun mot, aucun de tes mots humains ne peut traduire ce que l'être ici ressent en cela : c'est un Bonheur tellement au-delà de tout !... Quand je te dis Bonheur, ce mot alors contient tant de choses : il contient la Paix infinie, la Sérénité infinie, la Sagesse infinie, la Douceur infinie, le Respect infini, la Joie infinie.
Sais-tu ce qu'est la Joie infinie ? Imagines-tu seulement une seconde ce que peut être la Joie infinie ? C'est inimaginable pour l'esprit humain.
L'esprit de l'homme ne peut rien concevoir d'infini de toute manière, il n'est pas conçu pour cela, il faut être ici pour vivre l'infini, pour le ressentir, pour pouvoir l'appréhender, même imparfaitement, même de façon éphémère encore, car je ne suis pas au bout de cette quête, je n'ai pas fait tout le chemin qui me mènera à la fusion ultime et totale, mais j'y travaille, j'y passe le plus clair de mon temps. Le reste est occupé par des échanges, des partages avec d'autres êtres et j'aime aussi partager, échanger avec des êtres d'ici.

Tout échange est porteur de richesses, mais ce que j'aime par dessus-tout est ce que je viens de te décrire.

Quand je te parle de cela, je peux te dire que cela n'a aucun rapport direct avec la religion que je pratiquais sur Terre et que c'est sans importance. Je sais que si j'avais pratiqué une autre religion, je vivrais à ce jour exactement la même chose ici parce que, vois-tu, ce qui compte, c'était ma dévotion, mon amour, mon désir de bien faire, d'aider les hommes, de donner toujours plus et cela ne tient pas à une religion, cela tient à ce que l'homme a au fond de son cœur, cela tient à la grandeur de son âme, comme on dit sur Terre. Je préfère dire : cela tient à la grandeur de son amour, à sa qualité d'être, mais peu importe qu'il ait pratiqué sur la Terre une religion ou une autre. L'être peut continuer à avoir certaines affinités avec une religion particulière ou avec certaines croyances, mais ce n'est pas important. Cela signifie que par le biais de ses croyances il va pouvoir exercer un certain sacerdoce, une certaine foi, que ses croyances seront un support pour cultiver sa foi, pour cultiver son amour, pour grandir encore et toujours, toujours rechercher cette union ultime dont je t'ai parlée et qui est le propre des grandes âmes de ce Royaume, des êtres de cœur et de dévotion qui toujours en s'incarnant sur Terre ont cherché à aider leurs frères, à soulager leurs frères de leur détresse.

M : Etais-tu heureux sur Terre ?

G : Je ne sais pas si l'on peut dire que j'étais heureux. Je n'aurais pas pour ma part tourné la question comme cela et, du reste, je ne me posais pas cette question. J'agissais en mon âme et conscience si l'on peut dire, j'agissais pour le mieux, pour le bien de mes frères, pour leur donner plus de bonheur, moins de souffrance et je les enseignais dans ce sens, mais être heureux ne me paraissait point le but à atteindre, non. Pour moi, le but à atteindre était plutôt justement de leur donner autant que je pouvais, voire de me sacrifier pour eux s'il le fallait, afin de les aider à s'élever eux-mêmes au-dessus de tout attachement terrestre, au-dessus des contingences terrestres, s'élever suffisamment pour prendre le recul nécessaire et voir la vie autrement. Je ne suis pas sûr que celui qui prône le bonheur sur la Terre sache exactement de quoi il parle.

Les hommes qui ont le plus besoin de t'entendre lorsque tu descends pour une grande mission sur Terre, sont ceux justement qui vivent le plus dans les difficultés, dans la souffrance et leur parler de bonheur ne les aidera pas énormément. Il s'agit plutôt de les aider par ton enseignement, par ton modèle à vivre selon certains préceptes et cela les aidera à moins souffrir. Alors, tu auras rempli ta mission. Le véritable bonheur est ici, tu sais, dans le Royaume.

M : Oui. Tu leur as appris également la non-violence…Enfin, c'est essentiellement ce que j'ai retenu de ta mission et c'était à mon avis quelque chose d'extrêmement important. Tu as marqué la Terre, l'humanité de cette notion-là et c'est si important !
Tu as montré aux hommes que l'on pouvait ne pas subir le joug, mais se défendre, défendre son intégrité tout en restant non-violent, et je crois que c'est un message qui devait être donné et qui était indispensable.

G : Je l'ai vécu ainsi également, je l'ai vécu comme cela. C'était en effet un message à transmettre aux hommes et je pense l'avoir fait du mieux possible.

As-tu d'autres questions ?

M : Eh bien, là, je ne vois pas.

Mais, dis-moi plutôt toi : as-tu une question que tu aimerais que je te pose ?

Il rit.

G : Eh bien, c'était en effet une question que je souhaitais que tu me poses !

C'est moi qui ris à mon tour.

M : Alors, quelle est cette question que tu aimerais que je te pose ?

Il réfléchit quelques instants.

G : A ta place, j'aurais posé ceci, car tu as été étonnée de mon habitat :
« Tu habites un habitat semblable à celui des êtres du troisième Monde. Est-ce que tu vis la même chose qu'eux ? Dans cet habitat,

vis-tu la même Unité et en d'autres termes, peut-on vivre cela en étant du premier et deuxième Mondes, en étant de notre humanité?»

Voilà la question que j'attendais que tu me poses, dit-il *avec un grand sourire.*

M : Alors, je la pose.

G : Bien, je vais te répondre sérieusement.

Oui, je vis la même chose, parce que moi aussi j'ai été voir ces êtres du troisième Monde, nous avons en effet partagé et j'ai vu, j'ai compris que ce que nous vivions était exactement la même chose. Cela signifie en effet, par déduction logique, **qu'un être du premier Monde et donc de l'humanité est capable de partager le même vécu qu'un être sorti définitivement d'incarnation.** Te rends-tu compte de ce que cela signifie ?

M : Non, pas vraiment. Peut-être que les êtres comme toi qui sont capables de vivre cela sont des êtres qui ont atteint un certain niveau où ils pourraient sortir totalement d'incarnation si tout le reste de l'humanité était prêt, cela serait possible, est-ce cela ?

G : Oui, dit-il *d'un air songeur,* c'est cela et c'est autre chose aussi. **Cela signifie avant tout que l'être humain tel qu'il est aujourd'hui est tout à fait apte à s'élever très très haut, sans limite**. Il n'y a pas de malédiction sur l'humanité. **L'être humain n'a pas de limite imposée.** Il est dans le premier Monde parce que cette humanité a le niveau que tu lui connais, un certain niveau d'amour, mais certains êtres humains dans cette humanité peuvent tout à fait se détacher du lot en quelque sorte et atteindre des hauteurs extrêmes. Ce n'est pas parce qu'un être humain appartient à l'humanité qu'il doit rester relié, attaché au premier Monde du Royaume, comprends-tu ?
Cela signifie qu'un être humain, s'il a vraiment travaillé sur son cœur d'une façon très puissante, extrême, peut atteindre les niveaux des Mondes supérieurs et personne ne l'empêchera d'aller établir sa demeure dans ces Mondes supérieurs, personne et sûrement pas Celui que tu appelles Dieu. Il peut s'établir dans le troisième ou quatrième Monde et même plus haut s'il le désire, s'il en a le niveau, et **rien n'empêche un être humain d'en avoir le niveau.**

M : Tu me compliques les choses, je ne voyais pas cela comme ça. N'y a-t-il pas un temps pour l'Evolution de l'homme ? N'est-il pas justement relié au niveau d'évolution de son humanité ? Cette évolution n'est-elle pas liée à certains chakras ? Je croyais vois-tu, que puisque nous sommes Un en tant qu'humanité, nous sommes liés au destin de l'ensemble de l'humanité et donc en effet que nous ne pouvions pas nous installer dans le Royaume au-delà des premier et deuxième Mondes. C'est ce que j'avais compris. Ce que j'avais compris est que l'on peut y aller et même s'y faire une demeure. Johany me l'a montré, mais je croyais qu'il était impossible de s'y installer à demeure, qu'il fallait pour cela attendre que toute notre humanité ait fait ce même chemin.

G : Tu te trompes. **Ce qui compte, est ce que tu vis avec ton cœur et c'est ce que tu vis avec ton cœur qui détermine le Monde ou le niveau auquel tu vas pouvoir accéder.** Tu peux souhaiter rester dans le premier ou le deuxième Monde, tout en ayant un niveau d'Evolution, un niveau d'Amour supérieurs. Par exemple, tu peux avoir un niveau d'amour équivalent au cinquième Monde et souhaiter demeurer en tant qu'être humain, près de tes frères dans les premier et deuxième Mondes du Royaume. Tu te feras alors un habitat tout de Lumière pour te sentir bien, au niveau où tu en es, et néanmoins, proche de tes frères humains et donc à leur contact.

M : Oui je comprends. Cela veut-il dire que tu pourrais aussi, dans le cas dont tu parles, aller habiter à demeure, par exemple, dans le cinquième Monde si ton cœur était assez grand pour cela ?

G : Oui, je le pourrais et je pourrais même le cas échéant rester à demeure dans le septième Monde, dans le Cœur divin. Rien n'empêche un être humain de vivre cela. Aucune limite n'est imposée, aucune contrainte. **L'amour est libre, c'est à toi de le faire vibrer avec l'archet que tu désires, sur la note que tu désires, tu es le seul maître de ton cœur.** Toi seule sais si tu souhaites au fond de toi réellement pardonner à tout un chacun qui t'aura fait du mal, qui aura cherché à te nuire sur la Terre, c'est un exemple que je te donne, je veux te dire que chacun est libre de mener son cœur comme il le souhaite, de l'ouvrir comme il le souhaite. **C'est la liberté de l'homme**, et il use de cette liberté comme il le veut. Lorsqu'il en a bien usé et qu'il arrive dans ce Royaume, selon le niveau de son amour il peut atteindre un Monde ou un autre. Bien sûr, les êtres de l'humanité dans leur immense majorité, lorsqu'ils arrivent à accéder jusqu'au Royaume et, tu le sais, ce n'est pas la majorité des êtres humains qui arrivent ici, ces hommes ne peuvent pas dépasser les premier et deuxième Mondes car ils n'ont pas un niveau d'amour supérieur, mais il y a des exceptions. Ces exceptions, ce sont des êtres qui ont su aimer au-delà des limites habituelles que les hommes connaissent, se donnent.

Cela signifie que ces êtres d'exception connaîtront un bonheur plus grand, plus rapide que les autres. Bien sûr, tu as appris qu'ici tout est Perfection et que l'être est parfaitement heureux, même dans le premier Monde, tu l'as constaté. Néanmoins, je te le dis, l'être qui atteint les Mondes supérieurs, qu'il soit de l'humanité ou de toute autre origine est infiniment plus heureux et ce mot infiniment n'est pas tout à fait juste, puisqu'il ne convient qu'à celui qui atteint le Plan ultime de la fusion totale avec le Un, avec le Tout, avec sa Source. Là seulement est le Bonheur infini, absolu et **rien n'est au-dessus.** Cependant, ces différents niveaux de bonheur sont pour chacun des êtres qui les vit, absolus et parfaits.

M : Oui, ce que tu me dis est important car cela éclaire d'un jour nouveau ce que je pensais à propos de ces hiérarchies dans le Royaume. Je pensais que les choses étaient plus cloisonnées justement et que l'humanité ne pouvait pas être d'un niveau supérieur au deuxième Monde.

G : Oui tu as raison, l'humanité n'est pas d'un niveau supérieur. Je te dis simplement : certains êtres de cette humanité, des êtres d'exception ont un niveau supérieur. Et, vois-tu, ces êtres-là sont ceux qui sont missionnés pour aller effectuer de grandes missions sur la Terre. C'est par exemple là, que l'on trouve les Messies et ces autres grandes âmes qui marquent la Terre par leur amour d'une empreinte indélébile, dans le visible ou l'invisible, peu importe, des âmes dont la Terre se souvient car il y en a peu. Leur rôle alors est essentiel durant leur mission terrestre.

M : Je comprends mieux.
Y a-t-il dans notre humanité des êtres qui ont le niveau d'amour du septième Monde ?

G : Il y en a, *dit-il gravement.*

M : Est-ce alors ceux-là qu'on appelle des hommes-Dieu ? Est-ce que ce sont ceux-là qui sur Terre deviennent des Eveillés ?

G : Un être humain peut sur Terre devenir un Eveillé sans avoir pour autant le niveau ultime de l'amour en lui, il sera, disons, du cinquième ou sixième Monde.

M : Et la première partie de ma question ?

G : La première partie de ta question est juste.

M : Oui je vois. Je pense aux Messies qui ont marqué l'Histoire…

G : Oui, il y a eu des « Grands ».

M : Ces êtres ont-ils forcément marqué l'histoire des hommes ?

G : Oui, dans le visible ou l'invisible, cela n'est pas important, mais ils sont forcément venus s'incarner pour une mission extrêmement importante et la plupart du temps extrêmement difficile, puisque eux seuls peuvent la mener à terme.

M : Oui, je comprends. Comme c'est intéressant tout ce que tu me dis là ! Cela m'aide à voir les choses de façon plus claire, c'est très important pour moi, merci.

G : As-tu une autre question ?

M : Je sens que par ces paroles, tu m'as tout dit.

G : En effet, je t'en ai dit beaucoup et ton voyage prend fin.
Tu peux rester un moment avec Johany, si tu veux partager d'autres choses, mais moi je t'ai dit ce que j'avais à te dire, et c'était important que nous nous rencontrions et que nous ayons cet échange.
Je te salue, ma petite âme, nous nous reverrons quand tu seras ici.

M : Je te remercie, je te salue. Merci encore.

G : Je vais te laisser.

Il se lève et s'éloigne.
Je reste là assise avec Johany, je laisse ces paroles faire leur chemin en moi.

Je pense à certains « hommes-Dieu » de l'histoire des hommes…

J : Ce n'est pas à l'apparat ou à la gloire terrestre que l'on juge cela. Un homme qui vient de là-haut justement ne va pas choisir la gloire humaine, ni l'apparat. Il aura une grande mission, mais il la fera dans l'humilité et même souvent l'anonymat. Tu sais, ces hommes-Dieu ont tous connu à un moment de leur vie, la souffrance, l'humiliation et le rejet, c'est dans l'ordre des choses, ce ne peut pas être autrement, parce que justement l'humanité est à un certain niveau et l'on y descend pour élever ce niveau, pour provoquer des changements et le changement fait peur, éveille des réactions.

M : Je pense que Jésus s'est fait fouetter à demi-nu devant la foule par les gardes romains, qu'il s'est fait conspuer par cette même foule qui l'a condamné à mort avec des cris de haine et peut-être qu'à ce moment-là il a pensé… enfin, je ne sais pas ce qu'il a pensé…

Joh me dit que nous allons arrêter là ce voyage. Je le remercie chaleureusement pour cet échange si intéressant avec Gandhi. Je le remercie d'avoir organisé cette rencontre pour nous.

Voyage du vendredi 6 février 2004

J'arrive dans le Royaume par ma « porte » habituelle.
J'avais dans l'idée que j'aurais aimé rencontrer le Pasteur Martin Luther King, mais je n'avais pas posé la question à Johany, je ne sais pas si c'est possible. Je vais donc le lui demander.
Il est là, il m'attend tranquillement.
Nous échangeons nos paroles d'amour, de bienvenue, de retrouvailles, puis je lui demande s'il est possible de rencontrer cet homme. Il acquiesce. Il me dit qu'il avait déjà perçu ma demande depuis plusieurs jours, c'est donc chose possible ; ce ne sera pas un

très long voyage parce que je n'ai pas préparé beaucoup de questions.

J : Tu es prête ?

M : Allons-y.

Je m'élance dans ma robe blanche. Nous nous tenons par la main et nous volons de concert côte à côte. Nous avons obliqué vers la gauche, nous restons dans le premier Monde bien entendu, Monde de l'humanité. Nous avançons plus vite à présent. Je me demande quelle maison il se sera faite. C'est étrange car dans le paysage qui défile au-dessous de nous, je vois une tour moderne ! Je me demande bien qui peut rêver d'habiter dans une chose pareille... peut-être cette personne s'est-elle fait une tour pour elle toute seule... C'était peut-être son rêve sur la Terre. C'est quand même étrange de voir cette construction ici. Elle est tout étincelante, mais c'est malgré tout une forme que l'on n'a pas l'habitude de voir ici. C'est la première fois que j'en vois une. Enfin, nous la survolons et nous continuons.
C'est très habité par ici.
Nous arrivons au-dessus d'un lieu qui ressemble à un port, il y a des bateaux, des jonques dirait-on...
Quelqu'un par ici aime l'Asie !
Je visite en même temps, c'est bien.
Je me tourne vers Joh en riant :

Je fais du tourisme dans le Royaume !
Joh me précise que justement nous n'avons pas encore pris le temps finalement de visiter des régions du premier Monde du Royaume, absolument magnifiques.

J : Tu vois, sur la Terre comme certaines régions sont magnifiques, comme tu aimerais aller les visiter, alors, imagine que ce n'est rien à côté d'ici ! Quand on aura le temps, on ira visiter des contrées ici qui sont à couper le souffle ! C'est de la Beauté à l'état pur ! Je ne te parle pas de ce que l'on a vu dans les Mondes supérieurs, je te parle de ce Monde bien « concret », bien tangible du Royaume. Je te parle de ce premier Plan.

Nous avons traversé une sorte de fleuve, survolé des forêts tout en

parlant. Un pont, là-bas, traverse le fleuve.
C'est très différent par ici de ce que j'avais vu jusqu'à présent, cela semble plus concret, c'est une région où je n'étais jamais venue encore.
Nous nous posons devant une très grande maison, très blanche, très carrée. Elle est de plain-pied, son toit est plat et un patio intérieur s'ouvre sur le Ciel. Elle est très pure dans sa blancheur immaculée. Je ne vois pas de porte.
Joh s'approche de la paroi et parle en télépathie. Un être apparaît dans un espace qui s'est formé dans cette paroi, une porte blanche.
C'est étrange, parce que cet homme ne ressemble pas à celui que je m'attendais à voir. Peut-être n'est-ce pas Martin Luther King ...
Je le salue et lui demande s'il a été sur Terre incarné sous ce nom.

MLK : Je l'ai été, oui.

Mais je ne comprends pas : cet homme est asiatique ! Il est habillé à l'orientale, avec de grands tissus drapés sur le corps... Je ne comprends pas du tout !

MLK : Je me suis réincarné entre temps, brièvement, mais suffisamment pour avoir changé d'apparence.

M : Ah, je comprends mieux.

MLK : Veux-tu entrer ? Nous allons parler un moment de cette incarnation qui t'intéresse, lorsque j'étais cet homme noir aux Etats-Unis. J'ai tant lutté pour mes frères, pour ce peuple qui m'était cher ! Viens, asseyons-nous là.

Nous nous installons. Je vois que je ne m'étais pas trompée, il y a bien un grand patio au centre de cette maison, il prend presque toute la place et c'est très agréable. La maison forme juste une sorte de contour entourant cet espace très lumineux plein de verdure, d'arbustes, de fleurs... c'est très beau.
Johany est à mes côtés.
Nous sommes assis tous les trois. L'homme entoure ses genoux de ses bras, il regarde devant lui.

M : Puis-je te parler de cette époque où tu étais ce leader noir ?

MLK : Tu le peux. Que veux-tu savoir ?

M : Je voulais savoir ce que tu avais ressenti lorsque tu étais arrivé ici. Tu as été assassiné, c'est un geste si violent… comment as-tu vécu ton arrivée ? Et cette mission que tu avais sur Terre ? Enfin, peux-tu me parler de cela ?

MLK : Tu sais, le fait d'être assassiné ne change pas fondamentalement ce que l'on peut ressentir en arrivant. Ce qui peut être grave, c'est la peur que l'on peut ressentir tant que l'on est encore sur Terre, mais plus la mort est rapide et plus cela se passe bien, si l'on peut dire. Je suis arrivé très vite dans ce Monde et je n'ai pas été réellement traumatisé parce que je n'ai pas eu le temps de me rendre compte de ce qui m'arrivait.
Je me suis retrouvé très vite dans la Lumière et je te dirais que c'est un moment où l'on ne se pose plus de question, plus aucune question, on est là et on a le sentiment de retrouver ce que l'on connaît déjà, de retrouver un chez soi, une patrie, un monde connu que l'on avait oublié, mais qui très rapidement remonte à notre mémoire.
J'ai eu le sentiment d'avoir rempli ma mission et, vois-tu, c'est cela qui importe quand on arrive ici, c'est même le plus important. Que l'être humain ait le sentiment d'avoir réussi sa mission, d'avoir été jusqu'au bout est ce qui importe, parce que cela nous donne un sentiment de contentement, de satisfaction, de joie, d'accomplissement réussi. On sait que la raison pour laquelle l'on était descendu est accomplie. Je dirais : « mission accomplie », c'est cela qui rend heureux en quelque sorte, qui donne ce sentiment d'avoir réussi tout simplement et l'on en tire une grande satisfaction !
C'est donc ce que j'ai ressenti, j'étais descendu pour cela et tout était en ordre. J'avais lutté pour libérer mon peuple et c'était cela que j'avais choisi de faire et qui m'était demandé.

M : Oui, je comprends. C'était bien aussi que tu sois connu, que tu aies cette notoriété pour rendre ce combat plus connu et tes idées plus répandues, plus vastes.
Tu as donc ressenti le besoin de te réincarner si vite !

MLK : Oui. J'avais une petite mission restée en suspens dans une vie précédente et je tenais à l'achever. Il s'agissait donc d'une vie brève et néanmoins importante à mes yeux. Je tenais à la mener à son terme et, vois-tu, là encore, j'ai ressenti en remontant ici une impression de grande satisfaction.

M : Etais-tu alors dans un pays d'Asie ? Je vois à ton allure physique que cela semble être le cas.

Il réfléchit avant de me répondre.

MLK : J'étais chinois. Le vêtement que je porte là, que tu vois sur moi ne correspond pas au vêtement que je portais alors, mais ici pour la commodité et l'agrément, pour mon plaisir, j'aime porter ces vêtements-là. Oui, j'habitais en Chine et j'y ai brièvement lutté, là aussi, pour un plus grand développement spirituel. Je n'ai pas pu survivre longtemps car la répression était grande, mais j'ai mis ma goutte d'eau, et tu sais combien chaque petite mission est importante, si infime semble-t-elle aux hommes vue de l'extérieur. Toute mission est importante, car c'est la somme des gouttes d'eau qui forme une mer. J'étais heureux d'être allé mettre la mienne, comme j'étais heureux d'avoir été Martin Luther King et d'avoir creusé le sillon pour d'autres graines.

M : Eh bien, tu ne chômes pas ! Est-ce que tu as l'intention de continuer sur le même rythme et de te réincarner encore rapidement?

Il rit un peu.

MLK : Je prends un peu de repos à présent. Je redescendrai prochainement, je me le suis promis, j'aime l'activité terrestre. Je m'y sens plutôt bien, même si cela semble dur et même parfois ingrat, j'aime cela, j'aime aller participer et mettre ces gouttes d'eau sur la Terre pour aider mes frères à ma façon, avec mes petits moyens, mais cela ne me déplaît pas. Je redescendrai donc bientôt, dans quelque temps, je me donne un peu de temps, mais cela ne me coûte pas, c'est avec plaisir que je le fais, j'ai le sentiment que cela est très utile et très nécessaire. Ici, *dit-il en montrant sa maison*, nous avons des conditions privilégiées, idéales, merveilleuses, mais tant de nos frères sur la Terre continuent de souffrir et de lutter pour une vie meilleure que je me sens le devoir de les aider, de les épauler, de retourner, redescendre au milieu d'eux pour apporter ce que je peux leur apporter : un peu d'expérience, un peu de savoir, un peu plus d'amour de vie en vie, puisque à chaque nouvelle expérience mon cœur s'agrandit et je deviens plus aimant encore pour mes frères de la Terre. Dans mon esprit, cela implique de revenir, redescendre parmi eux, au milieu d'eux pour les aider. Ce n'est pas en restant ici que l'on peut longtemps les aider. Certains le pensent, c'est leur façon de voir, mais je vois les choses autrement et j'aime participer pleinement, concrètement par l'incarnation à cette aide.

M : Eh bien, tu as du courage. Enfin, tu vas au bout de tes idées, c'est important, tu as raison.
Je suis heureuse de t'avoir rencontré.

Je demande à Martin Luther King s'il a un message à donner aux hommes de la Terre.

MLK : Mon message est bref, il tient en quelques mots :
Vous êtes là sur la Terre, vous pensez que votre seule vie est là entre vos mains, tient en cela et ce n'est pas la vérité. La vraie vie est ailleurs, c'est ailleurs que vous connaîtrez le vrai bonheur. En attendant, faites tout ce qu'il vous est possible pour mériter le plus grand bonheur de l'autre côté. L'au-delà existe bel et bien, j'en suis le témoin, je vous l'affirme et tout ce que vous faites sur la Terre en bien ou en mal vous est compté. **Plus vous faites le bien, plus votre bonheur sera grand, vous n'avez rien à perdre, tout à gagner !** Aimez la vie, aimez le soleil, aimez tout ce qui vous entoure, mais avant tout, **aimez, aimez l'amour et pour le prouver**, **aimez vos frères**. C'est tout ce qui vous est demandé pour le moment, il n'est rien demandé de plus aux hommes de l'humanité actuellement. Plus tard, il vous sera demandé d'aimer davantage encore : d'aimer les animaux, d'aimer les plantes, les minéraux eux-mêmes, mais le moment n'est pas encore venu. Pour l'instant, Dieu vous demande seulement de vous aimer, le reste vient par surcroît. Si vous aimez déjà les bêtes, les plantes, les pierres, la terre, c'est encore mieux mais dans tous les cas, aimez avant tout vos frères.
C'est tout. Voilà mon message.
Tu vois, il était court mais c'est tout ce que j'ai à dire aux hommes.
A mes yeux, c'est important, et peu importe la couleur que revêt ce frère, peu importe son sexe, **aimer tous ses frères est la Règle**, la seule que Dieu nous demande, enfin, je veux dire qu'Il demande aux hommes de l'humanité actuellement.

Je vais te laisser sur ces bonnes paroles, transmets les. Même si ces choses ont déjà été dites par d'autres, il est bon de les répéter et puis chacun les dit à sa manière, avec sa propre personnalité, avec ce qu'il est et c'est intéressant que les hommes entendent ces différentes façons de dire la même chose.
Je vais te laisser, *dit-il en se levant*, nous nous reverrons lorsque tu seras ici, tu viendras me voir. Nous bavarderons encore, nous échangerons.

M : Merci, *dis-je en croisant mes mains sur ma poitrine.*

Johany s'est levé et nous nous dirigeons vers la porte blanche. Nous sortons sous les ombrages.
Il est resté sur le seuil, nous nous saluons une dernière fois, puis nous nous éloignons Johany et moi.

M : Il a dû mourir très jeune dans cette vie chinoise et il n'avait pas l'air très jeune.

J : Eh bien, ici il a préféré prendre une apparence d'homme plus mûr. Tu sais qu'ici l'on se donne l'âge que l'on souhaite.

M : Oui, il a dû remonter très récemment, on aurait pu le lui demander.

J : Les dates n'ont pas d'importance ; ce qui compte, c'est la motivation de la personne, ce qu'elle pense des choses, pourquoi elle a choisi telle ou telle vie, tel ou tel destin.

M : Oui, bien sûr, j'ai eu l'impression dans ses propos qu'il avait été condamné à mort, il avait l'air de sous-entendre cela, enfin c'est ce que j'ai ressenti en ce qui concerne sa dernière vie en Chine.

J : Oui, c'est ce que j'ai compris aussi : tué en tout cas, pour son idéal, pour ses croyances, pour sa foi.

M : Tu sais Joh, j'aurais bien aimé aussi voir Coluche, je me demandais s'il était dans ce Monde… Tout de même, il a fait les «Restos du Cœur», c'est quelque chose d'important. Je pense qu'il est même descendu exprès pour cela.

J : Il n'est pas ici, il est dans le monde juste en dessous : il est dans le monde causal, le dernier monde de la réincarnation si tu préfères, juste avant d'arriver dans le Royaume. Cela veut dire qu'il avait encore des petits karmas à régler, il n'était pas tout à fait libéré de ces choses-là. Tu sais que les êtres humains qui sont dans le monde causal sont des hommes justement qui travaillent la plupart du temps dans l'humanitaire lorsqu'ils s'incarnent, parce qu'ils sont tournés vers leurs frères. Ils ont beaucoup d'amour déjà pour leurs frères, plus que pour Dieu souvent et de ce fait, l'on en trouve beaucoup sur Terre dans l'aide humanitaire. C'était son cas.

M : C'était une belle mission.

J : Oui, comme toutes les missions humanitaires.
M : J'aurais bien aimé rencontrer Moïse ici dans le Royaume...

J : Ah ! Il n'est pas là pour le moment, il est sur la Terre.

M : Tiens ! Qui cela peut-il être ?

J : C'est un Maître indien.

M : J'ignorais. J'aurais bien aimé rencontrer Abraham...

J : Abraham, tu ne le retrouveras pas sur la Terre, ni ici.

M : Mais pourquoi ?

J : Parce qu'il s'est réincarné plusieurs fois depuis sa vie d'Abraham, alors son apparence n'a plus aucun rapport.

M : Sais-tu en qui il s'est réincarné ? Dans quel personnage ?
Dans quelle mission, après avoir eu un rôle aussi important ? J'ai tendance à penser que cela ne peut être que dans d'autres rôles aussi importants, mais bien sûr ce n'est pas forcément juste...

J : Une fois il a été un pape.

M : Tiens !

J : Puis d'autres personnages importants, mais que tu ne connais pas, des personnages spirituels dans certains pays d'Orient, qui te sont inconnus, mais qui ont eu un rôle important dans leur région à leur époque.

Je dis à Joh que j'aimerais bien rencontrer Thérèse d'Avila, c'est quelqu'un que j'appréciais beaucoup aussi. Joh me dit qu'il est d'accord, qu'il verra si c'est possible.

M : Est-ce qu'elle est toujours dans le Royaume ?

J : Je crois, je vais vérifier, je te dirai.

Je dis à Joh que j'aimerais également rencontrer « Mère », la Maître indienne, la compagne de Sri Aurobindo, j'aimerais bien le rencontrer lui aussi d'ailleurs, si c'est possible. Je pense qu'ils sont toujours dans le Royaume, il n'y pas très longtemps qu'ils sont remontés.

J : Tu pourras les voir bientôt, ça ne posera aucun problème, tu les verras ensemble d'ailleurs, parce qu'ils sont toujours ensemble. On verra cela une prochaine fois.

M : D'accord.
Je te remercie Joh. J'ai encore beaucoup appris ce soir.

J : De rien ma petite mère, ma petite reine.

Voyage du samedi 7 février 2004

Johany m'attend...
Il me propose un joli voyage.
Je suis partante et nous nous envolons, je ne sais vers quelle destination, je sens que c'est une surprise.

J : Nous allons voir une personne que tu aimes beaucoup.

Nous bavardons un peu tout en volant. Il a mis sa main sur mon

épaule et me demande comment je vais, comment je me sens, mais en même temps je sais qu'il le sait, il connaît la réponse et tout ce que je ressens.
Nous échangeons pour le plaisir d'échanger.
Tout en volant, nous avons dépassé la première chaîne de montagnes, nous sommes au-dessus du troisième Monde, nous le dépassons à présent en survolant la chaîne suivante et arrivons au-dessus du quatrième Monde.

M : Qui allons-nous voir ? Un être de Lumière ? J : Tu vas voir.

Nous nous sommes posés sur le sable doré et doux. Autour de nous, je vois de petits habitats que je ne connaissais pas encore. Ils sont différents des dômes dorés que je vois habituellement, ils sont petits, tout étincelants de Lumière et avec des formes un peu différentes, un peu rondes ou ovoïdes en hauteur, de diverses tailles mais toutes assez petites. Je pense qu'il s'agit d'êtres plus petits que nous. Joh a parlé d'un être que j'aimais beaucoup et je ne vois pas qui je pourrais connaître ici.

J : Je ne t'ai pas dit que tu le connaissais.

M : C'est donc quelqu'un que j'aime beaucoup sans le connaître…Bien, pourquoi pas ?

Joh s'est approché d'un de ces petits habitats : d'une petite demeure, toute ronde, haute d'un mètre environ. Il s'est penché et parle en télépathie à l'être qui est à l'intérieur, comme il le fait habituellement. C'est très étrange parce que je vois la paroi s'ouvrir et un être apparaît, bien sûr comme cela se passe d'autres fois, mais il s'agit d'un être vraiment très petit, d'environ trente centimètres de haut, vêtu d'une longue tunique claire.
Je le salue.

M : Qui êtes-vous ?

Il me salue sans me répondre.

– Veux-tu rentrer chez moi ? *dit-il en me faisant signe de la main.*

M : Je suis trop grande, je crois !…

J : On peut prendre la taille que l'on veut, on peut se faire tout petit et entrer chez lui.

M : Ah ! bien, je ne savais pas.

Alors nous nous faisons tout petits, comme deux petits êtres de Lumière. Nous entrons…
Je le regarde… Il a l'air amusé de ma surprise.
Je vois que l'intérieur de son petit habitat est exactement semblable à l'intérieur des grands dômes de Lumière que je connais.

M : Eh bien, votre taille m'a surprise ; qui êtes-vous ? Est-ce que nous nous connaissons ?

– Pas encore, mais nos âmes se connaissent, c'est une façon de te dire que lorsque tu étais ici dans le Royaume, tu me connaissais et tu m'appréciais. Nous étions amis, il faut juste t'en ressouvenir, mais dans quelques instants ce sera chose facile.

M : Quand j'étais dans le Royaume, est-ce que je faisais comme Joh maintenant ? Est-ce que je vagabondais à la découverte un peu partout ? Est-ce que je partais explorer ainsi ?

–   Oui ; non pas dans le seul but d'aller à la découverte sans objectif véritable, mais au contraire dans le dessein de découvrir des personnes qui pouvaient t'apporter de nouvelles connaissances, et tu les trouvais, tu acquérais ces connaissances et elles t'enrichissaient. Tu aimais faire cela, je vois que tu aimes toujours cela, et quand tu remonteras tu aimeras toujours autant le faire, et c'est une belle voie, c'est une voie juste. Il y a maintes façons d'apprendre, mais celle-ci est juste et intéressante. Il y a également, tu le sais, des sortes de cours, de lieux, Johany t'en avait parlé peu après son arrivée dans le Royaume. Il t'avait parlé d'espaces particuliers[26] où les êtres qui le désirent peuvent venir s'instruire sur les Mystères et les Merveilles de l'univers et de la vie en général.

---

[26] Cf. Le Royaume tome 2

M : Oui, cela m'avait beaucoup intéressée ; j'aurais aimé y participer mais en étant sur Terre, je ne le pouvais pas.

– C'est normal, tu ne peux appréhender ces choses en étant reliée à la Terre ; il faut être d'ici, mais tu pourras y retourner.

M : Avez-vous des choses à m'apprendre aujourd'hui ? Pourquoi Johany m'a t-il menée jusqu'à vous ?
– J'ai à t'apprendre, asseyons-nous.
Je voudrais te parler du but de l'incarnation. C'est un grand sujet, vois-tu.
Il y a différents buts à l'incarnation d'un être : un être peut s'incarner par obligation, on peut parler d'obligation. Un être qui est dans le karma doit retourner s'incarner et apprendre une leçon d'amour qu'il n'a pas apprise sur Terre précédemment. Il n'a donc pas le choix et s'incarne pour apprendre à mieux aimer, il y mettra le temps qu'il faut et il le fera puisque tel est son destin d'être divin et d'être humain.
Lorsque l'être est sorti du cycle des réincarnations, lorsqu'il n'est plus obligé de se réincarner, **lorsqu'il s'est libéré du karma, c'est-à-dire lorsqu'il a appris les règles de base de l'amour,** lorsqu'il a appris à aimer, il peut jouir du séjour éternel de béatitude, ici-même dans le Royaume, il peut jouir des fruits de son travail, de ses apprentissages, et le fruit des apprentissages à l'amour est toujours un bonheur indicible.
Dans ce cas, bien sûr, l'être n'est plus du tout dans l'obligation de se réincarner, il peut rester ici le temps qu'il souhaite : toute l'éternité est à lui. L'éternité, tu le sais, est un temps qui n'a pas de fin, ou si tu préfères un non-temps, ou encore un éternel présent. Cet être-là sorti du cycle de la réincarnation, libéré, a le choix : il est libre de retourner également se réincarner pour aider ses frères de temps à autre quand cela lui plaît, lui convient. Le but alors de son incarnation est tout différent, il ne va plus sur Terre pour faire des apprentissages à l'amour qu'il n'aurait pas faits dans le passé, il va sur Terre pour une mission particulière, spirituelle bien entendu. Il va sur Terre pour aider ses frères à mieux aimer, il peut également aller sur Terre pour soulager la souffrance de ses frères, ce sont les deux grands cas de figure et dans ces deux cas, se rangent les multiples missions que choisissent de vivre les êtres du Royaume qui retournent s'incarner sur Terre.
Ces êtres, tu le sais, mettent toutes les chances de leur côté pour

réussir leur mission, même si une fois sur Terre cela peut leur sembler extrêmement difficile. Toutes les chances sont néanmoins mises de leur côté pour qu'ils réussissent, il est bien rare qu'ils échouent. Certains échouent, on te l'a dit, c'est juste, mais dans la majorité des cas ils réussissent, même si cela est parfois et même bien souvent plus difficile qu'ils ne l'auraient pensé ou jugé au départ. Les conditions de la Terre pour un être humain sont bien difficiles, bien lourdes et tout l'amour que l'être porte en lui ne suffit pas toujours, il lui faut parfois être aidé, et, sans cette aide, bien des êtres chuteraient dans leur mission.

Il est donc important pour nous, êtres du Royaume sortis définitivement de toute incarnation, nous qui sommes des troisième, quatrième, cinquième et même sixième Mondes, d'aider les êtres de ce Royaume qui descendent en incarnation et sont dans la difficulté à cause de leur mission. Cela nous importe beaucoup, cela fait partie de notre Service et de notre façon de voir les choses. C'est pour nous une façon d'aimer, de Servir l'Amour, car ces êtres ont besoin d'aide et toute mission spirituelle a son importance : notre aide est parfois très précieuse, déterminante même, pour que la mission en question s'accomplisse. Nous aidons donc tout être du Royaume en difficulté quand il s'incarne car il le fait par pur amour pour aider ses frères ou les soulager. Il n'est pas juste qu'il souffre plus que de raison, plus que son choix en a décidé. Lorsque c'est le cas, nous intervenons puissamment avec tous les moyens dont nous disposons, cela fait partie de notre Service d'Amour d'aider les êtres en difficulté.

…

Lorsque les êtres nous adressent leurs prières ou, si tu préfères, adressent leurs prières au Ciel, deux cas de figure peuvent se présenter : leurs prières peuvent être sensées, justes et alors, dans la mesure du possible, de leur karma, nous les exauçons, mais vois-tu, bien souvent, les prières des hommes ne sont pas sensées et nous ne pouvons les exaucer, car le faire pourrait au contraire leur nuire ou ne pas leur apporter la paix ou l'amélioration qu'ils souhaitent. Ils sont en effet ignorants de leur avenir et des tenants et des aboutissants de la situation qui les entoure, en ce sens, leurs prières parfois ne sont pas bonnes. Tu connais la phrase qui dit que d'un mal peut sortir un bien, il s'agit parfois de cela lorsqu'un être souffre, et nous ne pouvons exaucer toutes les prières ; nous les entendons, nous en tenons compte, mais nous sommes dans la Sagesse divine et toute prière n'est pas sage de cette Sagesse-là.

M : Comment intervenez-vous dans votre aide aux hommes ? Intervenez-vous vous-même par la prière ? Intervenez-vous de façon spirituelle en envoyant des énergies d'Amour, de Lumière ? Intervenez-vous de façon directe ou matérielle si l'on peut dire, pratique ?

– Nous n'intervenons pas par la prière nous-mêmes, je te l'ai dit. Nous ne prions pas directement puisque nous-mêmes exauçons les prières. Nous n'intervenons donc pas auprès de Dieu par notre propre prière, mais nous intervenons, selon les cas, de façon ponctuelle, pratique parfois ou très spirituelle. Parfois, nous intervenons de façon durable, prolongée, de façon là encore pratique ou plus énergétique dirais-tu. Nous pouvons tout à fait intervenir de façon très concrète, tangible, matérielle. Nous pouvons agir sur les faits, sur les évènements, faire advenir certaines situations si le cas l'exige, le demande, si l'aide que nous devons apporter le demande, tout dépend de ce qui convient le mieux. Nous adaptons notre réponse à la demande mais toujours nous nous soucions des êtres en souffrance, toujours nous sommes dans la compassion, le secours. Nous ne sommes pas dans l'indifférence et ce n'est pas parce que nous jouissons ici de l'Amour sans nom, du Bonheur indicible, que nous sommes dans l'indifférence, dans l'égoïsme vis-à-vis de nos frères où qu'ils soient. Lorsqu'ils sont dans la souffrance, nous cherchons sans relâche à les aider, à les soulager. Voilà notre façon de Servir l'Amour en les aidant, en les soulageant. Notre façon de Servir l'Amour est active vois-tu, et, toujours, l'être incarné doit prier. Les hommes ne prient pas suffisamment, il faut le leur dire, car lorsque leurs prières ne sont pas exaucées, ils pensent qu'elles n'ont pas été entendues, or il n'en est rien. Il s'agit dans ce cas simplement, comme je te l'ai dit, de prières qui peuvent manquer de Sagesse ou peut-être que leur exaucement n'est pas autorisé.
Mais les hommes doivent prier davantage et insister toujours dans leurs prières car nous sommes là pour les écouter, pour les aider et les soulager, qu'ils soient dans le karma ou qu'ils soient des êtres du Royaume en mission sur la Terre. Les prières sont toujours entendues. Vois-tu le sens de ce que je voulais te dire ?

M : Oui. Je ne voyais pas cela comme ça, en effet. Je pensais que les êtres de ces Mondes supérieurs vivaient dans l'indifférence de ce que nous vivons ici sur la Terre. Je ne croyais pas qu'il y avait égoïsme, je

n'irais pas jusque là, mais indifférence.
– Je vais te dire autre chose, je ne t'ai pas fait venir par hasard, tu vas transmettre mon message...
Bien entendu, mon message peut se résumer en deux mots : priez davantage car je suis là pour exaucer vos prières si elles sont sages aux yeux de Dieu et tant que je le peux, je le ferai, ayez confiance, tentez, vous avez si peu à perdre et tant à gagner.

M : C'est un beau message, j'espère qu'il sera entendu.

– Voilà ce que j'avais à te dire mon enfant.

M : Merci.

Voyage du dimanche 8 février 2004

Je suis arrivée dans le Royaume, dans ce Monde si merveilleux où l'air est si doux, la Lumière si magnifique. Johany n'est pas là mais je l'entends me dire que je dois le rejoindre.
D'une légère pression des pieds, je me suis détachée du sol, je m'envole légère comme une plume, sans effort, dans ma longue robe blanche, toujours la même, celle que j'aime tant à porter ici.
J'ai dépassé la première chaîne de montagnes puis la seconde, j'arrive au-dessus du quatrième Monde, c'est ici que se trouve Johany, je le sens. Peut- être est-il au même endroit qu'hier...
Je me branche sur lui et j'atterris en effet près des petits habitats étranges que j'ai découverts hier. Le même petit être est là devant le seuil, il m'attend dirait-on. Alors, je me fais là encore toute petite et voilà, nous sommes à la même hauteur, je le salue.

Il est sérieux.

M : Johany est-il ici ?

– Entre, tu le trouveras.

J'entre et, en effet, je trouve Johany installé sur un grand siège de Lumière.

J : Maman, on t'attendait pour finir la conversation d'hier.

M : Eh bien, je croyais qu'elle était finie...

– Tu as pu croire qu'elle était finie, mais pour moi elle ne l'était pas. J'ai encore bien des choses à vous dire, je dis « vous » car je sais que tu parles aux hommes de la Terre et que tu leur transmets mes messages et ils sont nombreux. Hier, je t'ai donné le premier et peut-être le principal en disant aux hommes : « priez davantage », ayez confiance dans la prière, ayez confiance dans l'Amour de Dieu car Il exauce les prières à travers nous Ses Serviteurs, qui Le Servons, car, tu le sais notre Service, notre tâche est d'exaucer dans la mesure du possible les prières. Alors, **priez hommes de la Terre, priez sans relâche, ne cessez pas de prier, priez avec confiance, priez avec foi et vous serez exaucés.**
Je voudrais aujourd'hui transmettre un autre message à tes frères, à votre humanité. Ce message tient en peu de mots mais il recouvre tant de choses ! C'est : **aimez et pardonnez. Soyez aimants, hommes de la Terre, non pas seulement dans les mots ou dans les idées, mais dans vos actes, dans vos paroles, dans tout ce que vous êtes, dans tout ce que vous faites, ouvrez vos cœurs à vos frères.**
C'est peut-être avec vos pensées que c'est le plus difficile, mais c'est pour cela que vous êtes sur la Terre, pour apprendre cela. **Vous êtes là sur cette Terre pour ouvrir votre cœur, apprendre à l'ouvrir toujours plus à vos frères, autres vous-mêmes, et pour cela, il est indispensable de savoir pardonner.**
Pardonner est le grand Commandement divin. Pour être complet, ce grand Commandement divin est : « **aimez et pardonnez, ainsi soyez Mes enfants car vous êtes tous Un** ».
En te disant cela petite sœur je parle au nom de Dieu tu le comprends, cela est si important, il faut le répéter sans relâche, le pardon est si difficile aujourd'hui aux hommes de la Terre, cela leur semble souvent si inaccessible ; les hommes mettent tant de conditions à leur pardon que cela n'est plus un pardon véritable. C'est un pardon « si » et « si » et « à condition que » et moi je demande **un pardon sans condition, quoi que t'ait fait ton frère, pardonne-lui, même s'il savait ce qu'il faisait et même s'il a agi dans la haine tu dois lui**

pardonner : l'homme est là pour cela.
Vous autres hommes êtes là incarnés sur cette Terre pour cela, pour apprendre cela : pardonnez et laissez la justice à Dieu car Il sait rendre justice.
Pardonner n'est pas laisser faire, bien entendu, et vous le savez. On peut punir et pardonner, on peut châtier et pardonner, empêcher de faire le mal et pardonner, mais l'on ne peut pas tuer et pardonner, car tuer est interdit dans le Code divin.
Pardonner ne veut pas dire laisser tout faire, bien au contraire, pardonner signifie que dans ton cœur tu ne lui en veux pas, tu sais qu'il est ton frère, qu'il s'est trompé de route, qu'il a pris une mauvaise route et qu'il va en souffrir. Tu ne lui en veux plus, c'est son histoire, il aura à la régler, à refaire ses apprentissages à l'amour qu'il n'a pas su faire, mais toi, fais tes propres apprentissages à l'amour, occupe-toi des tiens, et vois-tu, **pardonner est l'un des plus grands apprentissages à l'amour que l'on puisse effectuer**, c'est pour cela que cela lui est souvent demandé, **car lorsque l'homme sait pardonner, il sait aimer**. Le pardon est la plus grande preuve d'amour qu'un homme puisse donner. Il y en a d'autres très grandes également …

M : Je croyais que le sacrifice était la plus grande preuve d'amour, quand par exemple, on sacrifie sa vie pour sauver un autre être humain, n'est-ce pas la plus grande preuve d'amour que l'on puisse donner ?

– Oui, tu as raison et je sais que c'est ce que ton fils a fait, cet être-là que nous appelons ton fils, Johany et qui est notre frère. Nous parlions du pardon et c'est si important de savoir pardonner que je veux mettre tout l'accent sur l'importance de cet apprentissage. Un autre jour, nous parlerons du sacrifice, mais aujourd'hui, parlons du pardon.
Vois-tu une question à me poser à ce sujet ?

Je réfléchis…

M : Est-ce que le temps que l'on met pour pardonner est important? Je veux dire par là : si l'être pardonne en cinq minutes à quelqu'un qui lui a fait du mal, c'est, je suppose, plus valable que s'il met six mois ou un an avant d'arriver à le faire, est-ce ainsi ?

– Oui bien entendu, tu as raison. Si l'être met cinq minutes ou quelques heures pour pardonner, cela signifie que cet être sait aimer. Etant dans l'amour, il ne prend plus l'acte en question comme un affront, il prend du recul et considère l'être qui lui a nui comme son frère, il condamne son geste si ce geste est grave et nuisible, mais il sait que cet homme est néanmoins son frère et il ne lui en veut plus. Si ce même homme met des mois, voire des années avant de pardonner, il en sera remercié, gratifié et même encouragé puisque tout apprentissage de l'amour est encouragé ; néanmoins, cela signifie qu'il a eu beaucoup plus de mal à aimer, beaucoup plus de difficultés à faire cet apprentissage, qu'il est à sa limite et qu'il ne pourrait pardonner un affront plus important, il a donné le maximum, il est un peu moins aimant bien sûr que celui qui a pardonné très rapidement, mais il l'est davantage que celui qui n'a pas du tout su le faire. Il y a des nuances dans le pardon, il y a des échelles, des niveaux bien entendu, et toute la valeur de l'homme est là : dans sa capacité à faire cet apprentissage à l'amour, dans sa capacité à savoir pardonner des paroles ou des actes qui lui ont nui gravement ou qui ont nui à ses frères. Je te le répète, le pardon n'est pas le laxisme, Dieu est tout sauf laxiste et Dieu pardonne infiniment, Il est le Pardon infini.

M : Peux-tu nous parler de cela ? Certains disent : pour pardonner il faut avoir été offensé, Dieu ne peut être offensé puisqu'Il est l'Amour infini, Il ne se sent jamais offensé et ainsi Il n'aurait pas de pardon à effectuer...
Que penses-tu de ceci ?

– C'est une façon de tourner les mots, de faire des phrases et qu'y a-t-il derrière ces phrases ? C'est ce que nous allons voir.
Tu me dis : « Dieu est Amour, Il ne peut donc être offensé », bien sûr, tu as raison, mais ce n'est pas de cela que nous parlons. Nous parlons de la capacité de l'homme à savoir pardonner, l'homme qui lui n'est pas tout amour et lorsque je te dis : Dieu est le Pardon infini, cela signifie dans ma bouche : Dieu est l'Amour infini. Qui sait aimer, sait pardonner ; qui sait pardonner, sait aimer. Bien sûr, Dieu ne se sent pas agressé par le non-amour, mais ne crois pas qu'Il approuve les actes des hommes qui se font dans la haine et le non-amour. Dieu réprouve les actes ou les paroles de haine, et même les paroles ou les actes de non-amour qui ne vont pas jusqu'à la haine. Il les réprouve

mais Il les pardonne, qu'est-ce que cela signifie ?

Cela signifie qu'Il va faire en sorte que l'homme concerné par ces actes ou par ces paroles refasse ses apprentissages à l'amour qu'il n'a pas su faire, c'est ce que l'on appelle le karma, tu le sais. L'être ne sera pas soustrait à ses apprentissages, mais Dieu va lui pardonner. Qu'est-ce que cela signifie ? Qu'Il l'aime autant, mais l'aimer ne signifie pas le soustraire à ses apprentissages, au contraire, car Dieu, parce qu'Il l'aime, souhaite que l'homme grandisse en amour et se rapproche de Lui. Il va donc aider l'être en difficulté, l'être moins aimant à aimer davantage en lui offrant plus d'apprentissages à faire, comme le père donne à son enfant en difficulté scolaire, un peu plus d'exercices pour qu'il travaille davantage, qu'il comprenne, qu'il apprenne.

Ces exercices sont une autre façon d'appeler le karma, et bien sûr, l'homme n'aime pas du tout ces exercices car cela lui demande des efforts qui se font souvent dans la difficulté et dans la souffrance, mais ils sont toujours là dans le but de le faire grandir. Ils sont présentés à l'homme pour lui permettre de grandir, d'apprendre ce qu'il n'a pas appris auparavant, ou mal appris, ou insuffisamment, et bien souvent, je te le répète, ces apprentissages concernent le pardon et l'homme sensé pourrait se dire, que plus vite il va apprendre à pardonner, **plus vite il saura pardonner, plus vite il sera libéré du karma, et donc plus vite il sera libéré de la réincarnation, plus vite il pourra entrer dans le Royaume, ceci vois-tu, doit être le but de la vie de l'homme : pouvoir entrer dans le Royaume, car cela prouve qu'il a été suffisamment aimant, qu'il a su aimer suffisamment pour passer la porte. Il est alors libre, il peut éternellement jouir d'un bonheur indicible. Voilà le but de la vie : apprendre à aimer.** Dans ce Royaume où nous sommes, où nous échangeons, le Bonheur n'a pas de mots, il est au-delà des mots, au-delà de tout ! Nous sommes heureux au-delà de tout et rien sur la Terre ne peut se comparer à ce bonheur là…

Alors, mon troisième message est peut-être celui-ci : vite, apprenez à aimer le plus rapidement, pour être heureux le plus rapidement, car la souffrance n'est pas bonne, la souffrance ne vaut rien à l'homme.

M : Je voudrais te poser une autre question. Peut-on apprendre à aimer dans la joie ?

Il sourit.

– Ici oui, bien entendu, nous continuons de grandir, de Servir dans la Joie, une Joie indicible, tout aussi grande que notre bonheur d'être.

M : Je voulais dire : peut-on apprendre à aimer dans la joie sur la Terre ?

– C'est une grande question, je te donnerai une réponse contrastée, sibylline : oui et non. Oui pour certains êtres, non pour d'autres, c'est aussi simple que cela... Plus vite tu fais tes apprentissages et plus vite tu es dans la joie, une certaine joie, la joie terrestre, la joie que l'on peut ressentir sur la Terre, mais il y a des exceptions, tu le sais. L'être dans le karma n'est pas dans la joie et cependant il est en train d'apprendre à aimer, sa difficulté vient de ce qu'il n'a pas appris plus tôt à aimer. Bien sûr, d'autres exceptions concernent les êtres en Service, en Mission, les êtres du Royaume qui s'incarnent pour Servir et qui selon la mission choisie, peuvent souffrir la plupart du temps, parce qu'ils prennent sur eux une part du karma de leurs frères, plus ou moins importante, pour les soulager justement de leur fardeau. Ainsi, l'être qui vient du Royaume souffre souvent dans l'incarnation et pourtant il a su aimer au-delà de tout, puisque justement il a su aimer au point de vouloir soulager ses frères et de prendre leurs souffrances sur lui, de souffrir pour eux à leur place, afin de les soulager... Nous revenons à la notion de sacrifice, tu vois et c'est en effet un grand acte d'amour mais cela reste assez exceptionnel. Ce n'est pas de cela dont nous parlons. On peut apprendre à aimer dans la joie, j'entends dans la joie terrestre, c'est possible, l'être qui sait garder son cœur ouvert le peut, ce n'est pas le lot de la majorité de l'humanité actuelle tu le vois, tu le constates, mais c'est possible.

M : Oui, merci de ta réponse.
Vois-tu une autre question que je pourrais te poser concernant ce sujet, à laquelle je n'aurais pas pensé moi-même ?

– Oui, j'en vois une. Réfléchis...
Tu pourrais me demander si les êtres du Royaume qui s'incarnent pour sauver leurs frères, pour soulager leurs frères peuvent le faire dans la joie ...

M : En effet, je ne t'aurais pas posé cette question parce que cela me semblait évident que la réponse était non : prendre sur soi le karma de ses frères me semble obligatoirement indissociable de la souffrance puisqu'il s'agit de prendre leur souffrance sur soi... cela peut-il se faire dans la joie ? ...

– Je ne t'ai pas encore répondu à cette question mais écoute ma réponse. L'être qui fait cela, en effet, s'offre en sacrifice... Ton frère Jésus a su être cet agneau et il en est le meilleur exemple, celui que les hommes connaissent le mieux en tout cas.
Peut-on vivre cela dans la joie ? Non et oui en même temps. Non, tant que l'homme vit sur la Terre car il est pris dans les contingences terrestres, dans les contraintes terrestres, dans un ego terrestre, dans un corps terrestre et un être humain dans certaines conditions données ne peut que souffrir. L'être spirituel qui choisit cette voie le sait, sait que lorsqu'il sera sur la Terre il va souffrir. Mais je te dis non et oui, parce que l'être, lorsqu'il remonte de cette mission, vit la joie et si l'être sur la Terre est très évolué, tout en vivant une mission de ce genre, il peut en même temps vivre la souffrance et la joie : souffrance des conditions terrestres auxquelles il est assujetti et joie dans son être spirituel de savoir qu'il mène cette mission à son but, qu'il est en train d'accomplir cette mission d'amour pour ses frères : cela lui est joie. Ces deux ressentis peuvent se côtoyer dans un même être quelque temps, cela se peut, mais ce sont des cas rares. La majorité des hommes de l'humanité qui souffre aujourd'hui souffrirait beaucoup moins si elle arrivait à apprendre à aimer beaucoup plus rapidement, et si ces hommes pouvaient d'un coup effectuer tout leur pardon, effacer, passer l'éponge, oublier tout ce qui a pu fermer leur cœur et choisir de le rouvrir à leurs frères par un choix volontaire, volontariste même, c'est ainsi que l'homme se libère du karma, se rend libre comme je te l'ai expliqué. **Le pardon est l'acte suprême de l'amour.**

M : Tu dis : acte...

– Oui. Il s'agit bien d'agir, le pardon est comme un acte que l'on pose.

M : Hmm, je comprends.

– Je vais te laisser pour aujourd'hui, tu vas pouvoir rester un peu avec ton fils pour échanger comme tu aimes le faire.

Quittons-nous à présent. Je te rappellerai lorsque je souhaiterai te parler à nouveau.

Nous nous levons.

M : Merci, dis-je en m'inclinant. Je te remercie beaucoup pour cet enseignement, j'espère qu'il sera entendu et compris, merci encore.

Nous sortons du petit habitat et aussitôt nous reprenons notre grande taille. J'ai l'impression que nous devenons des géants à côté de ce que nous étions il y a quelques secondes.

M : C'était bien, c'était intéressant.

J : C'est important, ça fait réfléchir. Je crois qu'il n'y a pas assez d'enseignements comme ceux-là sur la Terre, cela manque.

M : J'aimerais bien que nous retournions dans le premier Monde.

Nous nous sommes envolés et retournons en effet vers notre «Monde à nous».

Voyage du mercredi 11 février 2004

Je suis passée de l'autre côté et nous bavardons, nous échangeons avec Johany. Je lui demandais si parfois il avait envie d'être incarné de nouveau en ce moment sur la Terre, si d'une certaine façon il regrettait de ne pas y être ...

J : Je vais répondre à ta question : pas une seule fois depuis que j'ai quitté la Terre, je n'ai eu envie d'y revenir, je n'ai jamais regretté de l'avoir quittée. Tu pourrais penser que j'aurais pu avoir eu envie justement d'être de nouveau incarné pour voir Cassandre, pour voir mes potes, pour vous aussi, pour faire plein de choses, mais en réalité je n'ai pas eu envie une seule fois d'être de nouveau sur la

Terre...Quand tu es ici dans le Royaume, tu ne peux pas avoir envie d'être en même temps sur la Terre.

M : Pourtant, quand on choisit de descendre en incarnation, c'est bien ce qui se passe.

J : Ce n'est pas pareil, tu descends pour une mission, tu es motivé par ta mission, c'est complètement différent, c'est un projet de vie. Là, tu me demandes si ponctuellement j'ai des regrets, en quelque sorte une nostalgie de la Terre et je te dis que ce n'est pas possible, que l'on ne ressent pas de choses comme ça ici. Si l'on ressentait de la nostalgie, on ne serait pas complètement heureux, ce ne serait pas possible. Moi, ce que je ressens, c'est du bonheur d'être ici. Je sais qu'il y a des gens qui s'éclatent sur la Terre, je suis au courant mais ça ne m'intéresse pas, ça ne m'intéresse plus, je sais ce que ça vaut, je sais ce que vaut le bonheur ici et je sais que ça n'a aucun rapport. Quand tu t'éclates ici, ça vaut mille fois le bonheur que tu peux ressentir sur la Terre et je pèse mes mots !

M : Eh bien, c'est heureux, tant mieux que ce soit comme cela ! Ce serait triste si tu avais des regrets.

J : J'ai plutôt envie que vous, vous viviez le bonheur que je vis moi ici, c'est plus logique, ça me semble plus sensé puisque je viens de te dire qu'il était mille fois plus grand, plus fort que celui que l'on peut vivre sur Terre, c'est logique que je souhaite cela aux gens que j'aime. Je le souhaite à tous les gens en fait.

Voyage du jeudi 12 février 2004

Je suis passée de l'autre côté, Johany est là qui m'attend. Je sens qu'il souhaite que nous échangions, que nous parlions et cela tombe bien parce que j'avais des questions à lui poser.

M : Johany, je voulais te poser des questions à propos des égrégores[27]

---

[27] Amas énergétique dans l'éther constitué par le regroupement de mêmes énergies

positifs, des égrégores de Lumière qui existent pour nous les hommes, pour notre humanité, sur lesquels nous pouvons nous brancher. Est-ce que tu sais quels sont les égrégores positifs qui existent ?

J : Je peux t'en citer quelques-uns, après on pourra en parler : l'égrégore de la paix, c'est le plus connu, l'égrégore de l'amour terrestre, c'est-à-dire l'amour des êtres humains entre eux, l'égrégore de l'amour spirituel : de l'amour des hommes pour Dieu.

M : Et de Dieu pour les hommes ?

J : Non, ça c'est autre chose. Comme autre égrégore de Lumière, il y a l'égrégore de la sécurité matérielle, de la sécurité dans tous les domaines, sécurité physique… Il y a l'égrégore de la force, de la vaillance : pour ne pas baisser les bras devant l'adversité, devant un obstacle, devant quelque chose. Il y a l'égrégore de la prière et des miracles.

M : Comment cela ?

J : Je t'en parlerai après en détail, il est formé par les hommes qui demandent que l'on exauce des prières pour eux, qui demandent des miracles pour eux. Il y a évidemment l'égrégore de la santé qui est très grand, il regroupe la santé physique, la santé mentale, la santé morale, il y a aussi l'égrégore de la foi, de la dévotion, c'est tout ce que je vois pour l'instant, ce n'est pas forcément exhaustif.
Alors, si tu veux que l'on reprenne… l'égrégore de la paix est formé par tous les êtres qui veulent la paix, qui prient pour la paix, qui ont des pensées de paix, qui ont des paroles de paix, qui posent des actes de paix, tu vois, toutes ces énergies se regroupent et forment un égrégore positif, un égrégore de Lumière.

Puis existe l'égrégore de l'amour terrestre formé par les énergies qu'envoient tous les gens qui s'aiment, il est très costaud, très puissant. Cet égrégore est formé de n'importe quel amour, ça peut être l'amour filial, l'amour des enfants pour leurs parents, des parents pour leurs enfants, des amoureux entre eux, l'amour conjugal, toutes les

---

émises par les hommes.

sortes d'amour entre êtres humains.

Ensuite, je t'ai parlé de l'amour pour Dieu, cet égrégore est formé par les êtres humains qui aiment Dieu, qui Le servent, qui Le prient, qui sont croyants, en général qui sont dans une religion, qui pratiquent une religion mais pas forcément, il peut y avoir aussi des êtres sans religion qui aiment Dieu, qui Le prient, qui Le servent, qui pensent à Lui, qui Lui envoient des pensées d'amour, qui veulent Lui plaire, qui cherchent à Lui plaire.

Après, je t'ai parlé de l'égrégore de la sécurité formé par tous les êtres qui souhaitent la sécurité, qui souhaitent être entourés de sécurité matérielle. Cela rejoint un peu l'égrégore de la paix mais c'est différent, il est alimenté par les hommes qui œuvrent pour la sécurité, tu vois.

Puis, il y a l'égrégore de la force, du courage, là c'est pareil, il est formé par les énergies des hommes qui ont du courage, qui ont des pensées courageuses, qui ont des paroles courageuses, qui posent des actes de courage, de vaillance, de force non pas dans le combat physique, mais de force par rapport à un obstacle à surpasser.

M : Oui, je comprends.

J : Ensuite, il y a l'égrégore des prières et des miracles formé par toutes les demandes des prières des hommes, les hommes prient beaucoup. Tu sais, ici les êtres de Lumière disent souvent que les hommes ne prient pas assez mais quand même, mine de rien, ils prient beaucoup et leurs prières, leurs demandes d'exaucement, leurs demandes qu'un miracle se produise, créent un égrégore, un amas d'énergie si tu veux, qui regroupe toutes les prières et toutes les demandes de miracle. Nous, dans le Royaume, quand Dieu nous demande d'exaucer des prières on puise dans cet égrégore : c'est une sorte de regroupement, il n'y a qu'à puiser celles qui nous conviennent, surtout celles que Dieu nous demande d'exaucer. C'est pareil pour les miracles, on puise dans ces demandes.

M : Je comprends.

J : Puis, il y a celui de la santé qui est très important comme je te l'ai dit, parce qu'il regroupe les différentes sortes de santé pour un être humain : la santé physique, la santé mentale, la santé morale. La santé morale c'est d'avoir le moral, de ne pas baisser les bras, de ne pas être déprimé, c'est le contraire de la dépression nerveuse, le contraire de la déprime, tu vois, c'est d'avoir la pêche, d'avoir envie de faire des choses, d'y croire, d'avoir confiance.

M : Et comment est-il alimenté ?

J : Par toutes les énergies de santé des êtres humains, mais tu vois, c'est plus complexe que ça, parce que tous ces égrégores de Lumière sont alimentés par les êtres humains d'accord, mais ils sont aussi alimentés par les êtres du Royaume, pas trop par ceux des premier et deuxième Mondes, mais surtout par des êtres de Lumière des Mondes supérieurs qui Servent l'Amour de cette façon, en donnant de la force, de l'énergie à ces égrégores de Lumière.

M : Hmm, c'est super. Peut-on se brancher volontairement sur ces égrégores, les utiliser en quelque sorte ?

J : Tu peux les utiliser, encore que le mot ne convienne pas trop, tu peux te brancher dessus, c'est même très conseillé, c'est même ce que tout le monde devrait faire. Quand un homme se branche, s'il est dans de bonnes énergies, il va alimenter les égrégores de Lumière, mais de toute façon il va recevoir les énergies de l'égrégore. Pour se brancher il peut visualiser qu'une corde de Lumière le relie à cet égrégore positif et comme cela, il reste relié à des énergies positives, à des énergies de Lumière qui vont le nourrir, qui vont lui faire du bien et qui vont guérir son point faible : il va recevoir ce qu'il a besoin de recevoir, cela dépend de l'égrégore sur lequel il se branche.

M : Est-ce que les êtres humains ne peuvent pas en se branchant de la sorte » polluer » l'égrégore, par leur propre impureté ?

J : Non, parce que l'égrégore de Lumière, comme je te l'ai dit, est nourri par des énergies de Lumière beaucoup plus hautes que lui, pas seulement par les énergies positives des hommes. L'être humain a tout bénéfice à se relier à ces énergies-là, il a tout à y gagner.
Par exemple, si l'homme se branche sur l'égrégore de la foi, de la dévotion, il va s'en nourrir, s'en alimenter et cela va l'aider à grandir sa foi, à grandir sa dévotion pour Dieu.

M : Oui, je comprends c'est très intéressant. Cela signifie que les hommes ont des énergies de Lumière prêtes à les nourrir, à les alimenter, des sources d'énergie positive en quelque sorte qu'ils ignorent.

J : Oui, c'est pour cela que je t'en parle : pour qu'ils ne les ignorent plus.

M : Hmm, c'est intéressant.

J : Maman, je vais te proposer autre chose si tu veux… Je te propose d'aller voir quelqu'un.

M : Oh ! Avec joie. Est-ce qu'il s'agit d'un être de Lumière des Mondes supérieurs ou un être du premier ou deuxième Monde ?

J : Tu sais que j'aime bien te faire des surprises, alors tu me suis et tu vas le découvrir toi-même.
M : D'accord.

Nous nous tenons la main et nous nous envolons.
Nous sommes si légers dans l'air du Royaume !… comme si nous ne pesions aucun poids… C'est agréable !
Ma longue robe blanche flotte dans l'air… nous n'allons pas très vite… Tout en volant, je repense aux paroles de Joh:

M : Il doit y avoir d'autres égrégores de Lumière… je pensais à celui de la douceur maternelle ; n'y a-t-il pas un égrégore positif de douceur maternelle ?

J : Il est contenu dans l'égrégore de l'amour terrestre, la douceur maternelle fait partie de l'amour d'une mère pour son enfant ou pour ses enfants.

M : Oui, bien sûr.

J : Mais tu as raison, il y en a d'autres, je te l'ai dit, je n'ai pas fait une liste complète. Je t'ai cité les principaux.

Je crois que nous avons dépassé une chaîne de montagnes, nous allons même dépasser la deuxième, nous sommes donc au-dessus du quatrième Monde.

J : Maman, c'est ici que l'on s'arrête.

M : D'accord.

Nous descendons à la verticale, tout doucement, comme deux oiseaux légers. L'atterrissage est toujours très doux dans le Royaume, mes pieds effleurent le sol tout simplement comme deux plumes qui se posent. Où allons-nous ?
J'aperçois quelques dômes de Lumière ici et là, des formes que je connais bien à présent.

M : Allons-nous voir quelqu'un que je connais déjà, Joh ?

J : Tu le connais parce qu'il t'a parlé une fois, mais tu as dû l'oublier. Viens, c'est là-bas un peu plus loin.

Nos pieds effleurent le sable doux et doré, si fin. Nous approchons d'un dôme et avant même d'avoir fait quelque signe, l'être est apparu souriant devant sa porte, je dis souriant parce que c'est ce que l'on ressent de cet être.

– Entrez, je vous attendais.

M : Avec joie. *Je le salue.*
Je crois vous avoir déjà rencontré, mais je ne me souviens pas très bien.

– Cela ne fait rien petite...

Je n'ai pas bien compris le mot qu'il a dit pour me qualifier, c'est un mot que je ne connais pas. Il se retourne et dit :

– La traduction serait « abeille ».

M : Pourquoi tout le monde m'appelle « petite abeille » ? Qu'est-ce que cela signifie pour vous ?

Il réfléchit quelques secondes...

– Une petite abeille est travailleuse, utile à ses sœurs, partie prenante de sa communauté et surtout, surtout elle fabrique un miel très doux à nos palais, *dit-il en souriant*, le nectar des Dieux. C'est bien de créer ce miel et c'est ce que tu fais sur la Terre.

M : Merci.

– Nous ne sommes pas là pour parler de cela mais d'autre chose de plus sérieux, plus grave. Je voudrais t'entretenir de quelque chose qui me tient à cœur, qui me semble important, important que tu fasses partager à tes frères restés sur Terre et qui m'écouteront à travers ton livre.
Je voudrais te parler d'un fait divers sanglant…

M : Bon, ce n'est pas très gai.

– Oui, mais c'est très important parce que vois-tu, il y a quelque temps, nous t'avons parlé du sacrifice et nous t'avons dit que le sacrifice d'un être humain pour sauver un autre être humain était une très belle chose, et nous t'avons peut-être même dit d'une façon générale que le sacrifice était une très belle chose et pourtant vois-tu, dans certains cas, c'est le contraire. Certains hommes sacrifient leur vie pour une cause qu'ils pensent juste et même parfois pour une cause spirituelle, pour des croyances auxquelles ils adhèrent, des croyances spirituelles, ils pensent que sacrifier leur vie pour ce « combat » est juste et en profitent la plupart du temps pour tuer d'autres êtres humains. Eh bien, vois-tu, ce sacrifice-là est la plus grave des choses car il assimile l'être qui le fait à un assassin et Dieu ne peut approuver ce geste car tuer est l'acte le plus répréhensible dans la Loi divine et le fait que cela soit pour des croyances spirituelles n'enlève pas la faute, n'excuse en rien cet acte. Lorsque c'est le cas, le fait que l'être qui tue sacrifie en même temps sa vie n'enlève rien à sa faute.

M : Veux-tu parler des kamikazes ?

– Oui, je te parle de cela en effet, c'est une chose bien grave car ces êtres se croient dans le juste et ne le sont pas, bien au contraire. **Tuer son frère est la pire des choses et aucune foi, aucune**

croyance ne peut justifier un tel acte.

M : Puis-je te poser une question ? Que penses-tu des croisés, à l'époque, qui allaient combattre les infidèles, les tuer, certainement bien sûr pour défendre, sauver ou je ne sais quel mot convient le mieux, le tombeau du Christ en Terre sainte ? Ces hommes étaient animés d'une grande foi certainement, mais c'étaient des guerriers.

–   Cela rejoint ce que je te disais précédemment : l'être n'a pas le droit de tuer, quelle qu'en soit la cause, au nom de quelque Dieu que ce soit. **Dieu n'approuve jamais le meurtre, même et surtout pas en Son Nom**. Dieu souhaite le contraire, Il souhaite l'amour entre les hommes, la douceur dans leurs relations, dans leurs échanges et le respect entre eux. Attenter à la vie de son frère n'est ni douceur, ni respect mais bien le contraire, c'est la violence, c'est ce que Dieu réprouve le plus. Evangéliser est une chose, mais tuer ses frères pour les forcer à croire en est une autre.

M : Je suis bien d'accord avec toi. Peut-être les croisés auraient-ils pu aller là-bas et puis utiliser des méthodes non-violentes mais néanmoins efficaces.

–   Je ne suis pas là pour juger, je te dis simplement que la Loi divine est que **Dieu réprouve les actes de violence commis en Son Nom**. Il réprouve bien sûr tout acte de violence que peut commettre un être humain contre son frère et **le kamikaze qui tue ses frères au Nom de Dieu n'est pas dans l'Amour divin, je te le dis. Telle est la Loi divine : aime ton prochain et fais le passer avant toi quand tu le peux, aime tous tes frères et lorsque l'un d'eux te nuit ou te fait du mal, empêche le de te nuire et de te faire du mal ou de t'agresser, mais jamais par la violence. Fais- le par la non-violence, par la résistance, par les lois, mais non pas par des actes de violence et de barbarie**, comprends-tu mes propos ?

M : Bien sûr, j'approuve ces paroles. C'est en effet important de préciser ces choses car les êtres qui font cela sont tellement sûrs d'être dans leur bon droit, d'être dans le droit chemin… Ils pensent même, je crois, arriver au Paradis par cela.

–   Ils se trompent, il faudrait qu'ils le sachent.

M : Je ne suis pas sûre que de simples paroles suffisent à les convaincre…

— Eh bien, il faut toujours commencer par de simples paroles, cela est sage car, contrairement à ce que tu crois, beaucoup d'êtres écoutent les simples paroles et font un travail à partir de celles-ci, évoluent, avancent et peuvent même modifier leur comportement. Les paroles sont importantes, il ne faut pas les négliger, les paroles sont même ce qu'il y a de mieux pour convaincre un autre être humain, ce qu'il y a de plus approprié, de plus adapté. Les paroles lorsqu'elles sont dites avec douceur, calme, respectent l'être humain et sont un bon moyen d'échange et d'évolution réciproques. Ce n'est pas pour rien que les êtres humains sont doués de parole, c'est pour échanger et pour que leurs échanges soient fructueux, les aident à grandir mutuellement.

M : Eh bien, ce serait bien si c'était ainsi et si les paroles ne nous servaient qu'à cela. Un jour futur peut-être…

— Un jour futur sûrement. Un jour les hommes s'entendront, cela signifie qu'ils s'écouteront quand ils se parleront et ils sauront se parler avec douceur et respect, oui, ce jour viendra. Ce jour existe déjà pour beaucoup d'hommes, pour beaucoup d'entre vous, mais pas pour tous, c'est certain.
Voilà, j'ai fini mon propos. C'est ce que je voulais te dire aujourd'hui, cela est important : des hommes se trompent sur ta Terre et je voulais le signaler, il faut que ces choses soient dites et à propos du sacrifice, qu'il n'y ait pas de quiproquo et de mal entendu. **Seul le sacrifice fait par amour pour sauver un être ou des êtres que l'on aime, même si on ne les connaît pas, est chose belle et reconnue comme un acte du plus grand amour, comme une preuve d'un savoir aimer sublime aux yeux de Dieu.**
Je voulais te dire cela, petite abeille, transmets mes paroles.

M : Oui, je le ferai.
Merci, dis-je *en m'inclinant, les mains croisées sur ma poitrine.*
Je te remercie beaucoup, j'espère que ces paroles serviront à la paix et à un peu plus d'amour.

– Va, je te reverrai plus tard.

M : Merci.

Nous sortons. Joh a mis son bras sur mon épaule, nous retrouvons la grande Lumière à l'extérieur.

M : J'aime ces Enseignements, ils sont courts mais utiles, ils précisent bien les choses. Celui-ci était utile, je crois.

J : Tu veux qu'on parle encore un peu ?

M : Avec plaisir.

J : Ici ? Ou tu veux qu'on retourne dans le premier Monde ? On va retourner, ici on n'est pas vraiment chez nous.

Nous nous sommes envolés...
Voilà, nous sommes posés et nous nous sommes assis dans le sable qui est le même ici que dans le quatrième Monde. Je joue à faire glisser le sable fin entre mes doigts comme je le ferais sur une plage de la Terre, mais le sable ici est autre chose, il participe, il est vivant.

M : Tu sais Joh, je repensais à ce que l'on disait tout à l'heure, au début…
Je trouve que c'est curieux qu'il y ait un égrégore de Lumière de sécurité matérielle.

J : C'est parce que l'homme a besoin de sécurité pour pouvoir s'épanouir, pour pouvoir ressentir de la paix, de l'amour, de la douceur ; il ne doit pas se sentir agressé par exemple, il ne doit pas être dans une insécurité profonde, il doit avoir une sécurité de base. La sécurité matérielle passe par : ne pas être dans un pays en guerre, par exemple, avoir assez à manger, ne pas se faire agresser chez soi, tu vois, ce sont des choses de base qui permettent de pouvoir s'épanouir à un niveau supérieur de son être. Si l'homme n'a pas cela, il ne va pas s'épanouir, il ne peut que rechercher cette sécurité et y passer toute son énergie.

M : Oui je comprends mieux, c'est plus clair comme cela. Je

comprends bien l'importance de cet égrégore.

Je me suis allongée dans le sable, Joh a fait de même, nous profitons de son contact, de sa caresse, d'être allongés là sur de l'Amour vivant...

M : Joh, j'en reviens encore à ce que l'on disait tout à l'heure sur les égrégores : à propos de l'égrégore de l'amour spirituel, de l'amour pour Dieu... Quand un homme se branche sur cet égrégore, est-ce que cela a pour effet qu'il va donner plus d'amour à Dieu ou est-ce que cela va faire qu'il va recevoir plus d'amour de la part de Dieu ?

J : Cela va faire qu'il va ressentir plus d'amour venant de Dieu, ça ne veut pas dire que Dieu va l'aimer plus, évidemment, puisque Dieu l'aime déjà infiniment; cela veut dire que l'homme va agrandir son cœur de sorte qu'il va ressentir davantage l'amour que Dieu lui porte. Tu comprends la nuance ?

M : Oui, c'est bien que ce soit comme ça. Merci de tes explications.
Encore une question : la même, à propos de l'égrégore de Lumière de l'amour terrestre... Lorsqu'un homme s'y branche, est-ce que cela signifie qu'il va ressentir davantage d'amour pour ses frères ou est-ce que ses frères vont l'aimer davantage ?

J : Là, c'est un peu les deux. L'homme va ressentir davantage d'amour pour ses frères mais surtout il va recevoir de l'amour, il va être inondé d'amour, des êtres humains vont entrer dans son champ de vie, si tu préfères, pour lui donner de l'amour : des êtres qu'il ne connaissait pas ou des êtres qu'il connaît déjà vont lui en donner davantage. Tu vois, des choses comme ça... Il sera davantage baigné dans un entourage d'amour et un entourage aimant.

M : Hmm, je vois. Il sera plus entouré par des gens qu'il aime et par des gens qui l'aiment.
Joh, à propos de l'égrégore de la prière et des miracles, si les hommes s'y connectent, crois-tu qu'ils aient plus de chances que leurs prières ou les miracles qu'ils demandent soient exaucés ? Peut-on le savoir ?

J : Ça, c'est une question un peu plus délicate...
En fait c'est oui, mais toujours dans la Sagesse divine. Tu sais que les

hommes parfois font des prières qui ne sont pas sages, sensées. Dans ces cas là, Dieu ne peut pas les exaucer, mais si elles sont en accord avec la Sagesse divine, l'être qui prie et qui de plus se branche sur cet égrégore, à mon avis, a toutes les chances de voir ses prières exaucées.

M : Hmm oui, je comprends.
Et pour la santé ? Un être qui se branche sur l'égrégore de la santé, par exemple, s'il est malade ou s'il est en dépression, s'il a un problème de santé quel qu'il soit, a-t-il plus de chance d'être guéri ? Cela va-t-il lui donner des énergies de guérison ? Comment cela fonctionne ?

J : L'égrégore va le nourrir d'une énergie positive à ce niveau-là, cela peut suffire pour le guérir, cela dépend de ce qu'il a, évidemment. Cela peut ne pas suffire, mais en tout cas, cela va lui apporter un plus très important qui peut justement faire basculer les choses du côté de la guérison. Cela ne veut pas dire qu'il ne doit pas se soigner à côté, mais c'est très important qu'il le fasse en plus.

M : Hmm, je comprends bien.

Nous échangeons encore quelques instants, puis nous nous séparons. Je regagne mon monde.

Voyage du samedi 14 février 2004

Je suis passée de l'autre côté, Johany était là, il m'attendait. Nous sommes partis en volant, il m'emmène quelque part. En plein vol, je lui crie :

« Je t'aime »…

J : Si l'on ne s'aimait pas on ne serait pas en train de faire tout ça.

M : Hmm, c'est sûr.

Nous nous sommes transformés en sphères de Lumière…
Nous avons atteint la grande Sphère sacrée du sixième Monde, nous avons pénétré son épaisseur de Lumière, nous sommes entrés dans la

grande coupole et, de là, nous sommes passés dans le Plan annexe du sixième Monde, là où l'on peut se créer une vie idéale.
Le paysage est majestueux ! Des rayons de toutes couleurs inimaginables se déploient sous mes yeux du plus loin de l'horizon, si l'on peut dire, du fond du Ciel, et j'ai l'intuition, le sentiment que c'est avec ces couleurs que l'on crée le paysage que l'on souhaite : comme si ces couleurs étaient les matériaux de base de la Création.

J : Maman, cesse de parler, on va regarder plutôt.

M : D'accord.

Je sens en effet que le silence est plus respectueux et plus adapté dans ce lieu qui semble si sacré, comme le début du Monde où rien n'existe encore mais où tout peut exister selon, ici, notre volonté, notre désir, nos souhaits. Je me tais donc...
Puis je demande des précisions à Joh sur la vie justement que l'on peut se créer dans ce Plan annexe, parce que je n'ai pas très bien compris la conscience que l'on a lorsque l'on entre de plain-pied dans cette autre vie dont on a fait le scénario avant. N'est-ce pas la même chose que sur la Terre finalement, puisque avant de s'incarner, on se crée aussi le scénario de sa vie, d'une certaine façon ?

J : Dans ce Plan annexe, lorsque tu viens y vivre une vie, passer un séjour, il est impossible de souffrir, impossible d'avoir mal, impossible de mourir ; c'est une vie qui ne peut être qu'heureuse, c'est une vie où tu crées comme dans le Royaume. Si tu veux te créer de la nourriture, tu te crées de la nourriture. C'est une vie qui ressemble à la vie terrestre parce que le paysage est comme sur Terre mais les conditions ne sont pas celles de la Terre, ce sont les conditions idéales que l'on retrouve dans le Royaume. Tu peux créer ce que tu veux, tu n'as pas besoin de travailler, tu passes ton temps à te distraire ou à des occupations que tu aimes faire.

M : Mais alors, lorsque l'on souhaite quitter ce séjour justement, puisqu'il y a une notion de temps et que l'on vieillit je suppose, que se passe-t-il ? Comment en part-on ? Se rappelle-t-on que l'on vient du Royaume ? Ou oublie- t-on d'où l'on vient comme sur la Terre ? Comment fait-on pour arrêter le jeu en quelque sorte ?

J : Quand on vient, quand on commence l'histoire, quand on entre dans le jeu, on oublie un peu que l'on vient du Royaume, parce que sinon l'on n'arriverait pas à entrer vraiment dans nos personnages : des personnages que l'on a choisis bien précisément. Lorsque l'on a envie d'arrêter le jeu, on l'arrête tous ensemble ; il n'y en a pas un qui part et les autres qui restent parce que sinon cela reviendrait au même que sur la Terre : ceux qui restent seraient tristes du départ de celui qui a quitté le jeu. On décide donc avant de commencer que le jeu va durer tant d'années terrestres, par exemple cinquante ans ou cent ans ou autre… Pendant tout ce temps-là, personne ne mourra puisque cela n'existe pas, donc personne ne quittera le jeu, tout le monde sera très heureux d'être là. Le jour où on l'a décidé, on repasse tous ensemble dans le Royaume, car on a décidé de ce jour ensemble avant de commencer le scénario.

M : Tu m'as dit que dans ce Plan l'on pouvait faire des enfants comme sur Terre… Il vaut mieux repasser dans le Royaume quand ces enfants sont grands, j'imagine…

J : Oui, bien sûr, c'est prévu dans le scénario, dès qu'ils ont une quinzaine d'années, si l'on veut arrêter le jeu à ce moment-là, on peut tous repasser dans le Royaume.

M : Dans ce cas-là, reste-t-on groupé dans le Royaume avec les mêmes personnages que nous avons côtoyé dans le Plan annexe ?

J : En général, on crée ce genre de vie dans le Plan annexe avec des amis que l'on aime beaucoup, des gens justement avec qui l'on a envie de vivre une expérience comme celle-ci : de paix, d'harmonie, de vie harmonieuse, de vie magnifique. C'est génial comme expérience de vivre cela ! C'est comme si tu étais sur la Terre mais dans des conditions idéales, franchement c'est sympa !
Quand on se retrouve ensuite dans le Royaume, en général on reste très proche, on n'habite pas forcément ensemble mais on peut se faire des maisons les unes à côté des autres … Tu sais, de toute façon, on n'est jamais très loin les uns des autres dans le Royaume. De plus, dans ce cas-là, on est tous des premier et deuxième Plans, c'est toujours avec des gens de l'humanité que l'on fait cela : tu as remarqué comment l'on se déplace en volant dans les premier et deuxième Plans, on n'est jamais très loin les uns des autres, mais on

peut aussi se faire des maisons côte à côte si ça nous plaît, après c'est à chacun de voir.

M : C'est vraiment génial ! Cela me plairait d'expérimenter une vie dans le Plan annexe.

J : C'est prévu, je suis déjà en train d'imaginer un scénario idéal, tu me diras ce que tu en penses et on verra ça ensemble.

M : Oui, cela me plaît à l'avance.

J : Tu vois, on peut se faire un paysage où il y a la mer, on se crée un bateau et l'on va faire une croisière, c'est un exemple, mais il y a plein d'activités super à exploiter, à inventer, à imaginer ; tu verras on ne va pas s'ennuyer !

M : Je te fais confiance.
Est-ce qu'il y a beaucoup d'êtres des premier et deuxième Mondes du Royaume qui viennent expérimenter des choses comme cela ici, vivre des moments de vie ?

J : Il y en a pas mal, surtout ceux qui ont eu une vie assez difficile, assez dure sur la Terre… C'est important pour se réconcilier avec les énergies de la Terre, tu sais, je t'avais expliqué cela une fois.

M : Oui, je me souviens.

J : Il y en a pas mal ; tous ceux qui à cause de leur mission ont été malmenés sur la Terre, cela arrive souvent : ils viennent là après, passer un grand moment, cela leur fait du bien, c'est agréable. Par exemple, il y a beaucoup de saints dans l'histoire des hommes qui ont été martyrisés et quand ils arrivent dans le Royaume, des êtres de Lumière leur montrent ce Plan et leur conseillent de venir y passer un moment avec des amis, avec leurs amis retrouvés dans le Royaume. Cela leur fait beaucoup de bien. On y retrouve le plaisir de vivre ! Parce qu'ici c'est vraiment un plaisir absolu. Rien n'y fait obstacle ; tu peux même t'y créer de petits animaux tout mignons, adorables, enfin tu peux tout faire, il n'y a pas de limite, c'est selon ton imagination et quand on se met à plusieurs, car on vient toujours en groupe en général, avec l'imagination de chacun on peut faire beaucoup de choses !

M : Hmm, je vois.

J : Si tu veux, on va arrêter là ce voyage, tu risques d'être fatiguée.

M : D'accord.

Voyage du dimanche 15 février 2004

Nous parlons avec Joh.

M : Comment Joh, définirais-tu Dieu, parce que plus j'avance et plus j'ai du mal justement à Le définir ?

J : Ce n'est pas un Etre ça c'est sûr, je veux dire pas un être comme toi ou moi. Mais tu vois, quand on dit : « Dieu c'est l'Amour, c'est la Vie », il faut faire attention parce que Dieu c'est bien plus que cela, ce n'est pas une notion. Dieu c'est « Ce » qui a créé l'Univers, c'est « Ce » qui a créé ce qu'il y a de plus intelligent ! Qui a créé ce qu'il y a de plus beau ! L'Intelligence infinie, la Beauté infinie, c'est Lui.
C'est pour cela que je te dis que ce n'est pas simplement une notion, c'est l'Amour, oui, mais c'est une Conscience-Amour, c'est une Conscience-Vie : la plus grande Conscience des Consciences, la Conscience infinie. C'est pour cela qu'en fait on peut s'adresser à Lui, et qu'il y a parfois dans l'esprit des gens une confusion avec la notion d'Etre. Ce n'est pas un Etre, mais l'on peut s'adresser à Lui parce que c'est une Conscience, une Conscience qui est Tout, qui englobe tout, qui comprend tout ; tu comprends mieux ?

M : Oui, je crois. C'est un peu ce que je pensais mais c'est bien de le préciser, parce que c'est vrai que lorsque des êtres disent : «Dieu c'est l'Amour», c'est vrai mais c'est important comme tu viens de le faire de préciser que c'est plus que cela, Dieu ce n'est pas la notion Amour, **c'est la Conscience-Amour**.
Hmm, je comprends bien tes paroles, merci pour ta réponse.

Voyage du mardi 17 février 2004

Je suis passée dans le Royaume et nous parlons avec Johany.

J : Pour toi c'est un jour très spécial. C'est la date anniversaire du jour où j'ai quitté la Terre il y a deux ans en temps terrestre, mais pour moi ce n'est pas du tout pareil, j'ai l'impression d'avoir quitté la Terre il y a très peu de temps, en temps terrestre je dirais six mois environ.

M : C'est curieux, c'est comme si le temps ici passait plus vite que sur la Terre.

J : Il est différent. En même temps c'est l'éternité, tu le sais. Le temps ici n'a pas de fin mais l'impression que l'on en a est différente.
J'ai l'impression qu'il n'y a pas longtemps que je suis monté ici, que je suis arrivé, que j'ai vécu tout ça. Pour moi, c'est comme si j'étais encore tout neuf dans le Royaume, tout nouveau. Je découvre encore et encore.

M : Quand tu découvres quelque chose de nouveau dans le Royaume, est-ce que tu te souviens parfois l'avoir déjà rencontré, découvert ou vécu avant, quand tu étais déjà dans le Royaume avant ta descente dans cette dernière incarnation que tu viens de quitter ?

J : C'est bizarre que tu me poses cette question parce que je me la posais justement aujourd'hui, je dis aujourd'hui pour toi en temps terrestre, en ce moment si tu préfères. Parfois oui et parfois non. Des fois je me souviens, mais comme un souvenir un peu lointain et des fois non, c'est de la pure découverte, mais je crois que c'est parce que je ne suis pas là depuis longtemps. Je pense que si j'étais là depuis dix ans, toujours en temps terrestre, ce serait différent, je me rappellerais, enfin je crois, ça me semble sensé et logique.

Nous échangeons encore puis je demande :

M : Je voulais savoir, Joh, quand une personne arrive ici, venant de la Terre après son décès, en étant traumatisée, en état de choc ou dans un mauvais état psychologique de par sa vie ou de par sa mort, comment cela se passe t-il ? Reçoit-elle des soins ? La soigne-t-on comme on soigne des êtres qui arrivent dans les mondes astral, mental ou causal :

dans les mondes de la réincarnation ?

J : Maman, dans les mondes de la réincarnation dont tu parles, on soigne les corps subtils des êtres. Ici, ce n'est pas pareil. Quand l'être arrive ici, il a posé tous ses manteaux, tous ses corps subtils si tu préfères, il arrive dans son « corps d'âme »... Je ne te dis pas qu'au début, à son arrivée il est tout de suite bien et heureux : quand il arrive en état de choc ou traumatisé, il lui faut un certain temps mais c'est un temps justement où les êtres de Lumière s'occupent de lui particulièrement pour l'entourer, le réconforter, le dorloter, le cajoler, s'en occuper comme d'un enfant parfois. Mais l'on ne peut pas dire qu'il s'agisse de soins énergétiques, ce n'est pas pareil. Dans le Royaume, les êtres n'ont pas besoin de soins énergétiques.
Des êtres de Lumière du Royaume peuvent parfois faire des soins énergétiques à des êtres incarnés sur la Terre, cela peut arriver dans certains soins de guérison mais ce n'est pas de cela que tu me parlais.
Ici il n'y a pas besoin d'être traité énergétiquement, ce n'est pas nécessaire. Pour les êtres qui arrivent en difficulté, c'est juste un soutien, une aide qui leur est donnée, ils sont entourés de beaucoup plus d'amour parce qu'ils en ont besoin.

M : Hmm, je comprends. Merci pour ta réponse.

Puis Joh m'emmène dans son château de Lumière, celui qu'il s'est fait au bout de l'allée, tout près de ma « porte ».
Nous entrons...
Tout ici est Lumière d'or, Lumière divine !
*Nous entrons dans une pièce si l'on peut appeler cela ainsi... en réalité tout l'espace est empli de la densité de cette Lumière vivante. Je comprends, enfin je crois, ce que vivent les êtres des Mondes supérieurs dans leurs dômes de Lumière, parce qu'ici, en entrant dans cette « pièce », c'est comme si nous entrions en fait dans le Cœur divin, dans le septième Monde tout simplement. Et je comprends que bien sûr il n'est pas nécessaire de se déplacer pour aller dans cette vibration, dans cette dimension, dans le Cœur Divin, il suffit juste de changer de dimension et de vibration. Comme toujours, cela peut se faire sur place, en restant immobile puisque **ce Cœur divin n'est pas ailleurs, loin, mais au contraire partout et en nous. Il suffit d'élever nos vibrations à Son niveau.** Dans cette pièce, c'est ce qui se passe.*

Puis Joh m'explique que si on le souhaite, dans cet espace, on peut retrouver, rencontrer tous les êtres que l'on souhaite voir, ils seront alors dans leur état originel mais l'on reconnaît leur vibration, ce qu'ils sont, comme on les a connus, comme on les a aimés puisque la vibration de l'être, l'énergie de l'être reste la même au fond.
Ainsi, je comprends que Johany dans cet « espace », puisqu'on est bien au-delà d'un lieu, peut retrouver tous les êtres qu'il aime, qu'il a aimés, il peut être avec nous : ceux de la Terre qu'il a aimés puisque nous sommes aussi dans le Cœur Divin.

M : Est-ce que chaque être incarné existe, vit en même temps dans le Cœur Divin, Joh ?

J : C'est ça.
Est-ce que tu veux expérimenter cela pour voir ce que l'on ressent et comment on vit les choses ici ?

M : Avec joie.
...
Je ressens de suite en entrant dans cette Lumière des présences, des présences de pure Lumière bien sûr, qui m'entourent, me cajolent, me donnent toute leur tendresse, des présences que je ne reconnais pas. Puis, je demande à voir des êtres que je connais sur la Terre pour justement mieux percevoir la différence du ressenti.
Les énergies se confondent, je le sens... l'image terrestre se mêle à la présence de Lumière et je sens qu'il s'agit d'une seule et même personne allais-je dire, d'un seul et même être incarné sur la Terre et vivant ici dans le Cœur Divin, éternellement vivant, éternellement heureux. Je n'avais pas encore expérimenté moi-même cela. Je savais que Joh le vivait.
Je comprends que le manque n'existe pas ici, l'on peut retrouver les êtres que l'on aime quand on le veut, dans cette Lumière et dans toute leur Réalité, dans leur authenticité. A la limite, c'est sur la Terre que les êtres sont les moins réels, qu'ils sont, comme nous en avions parlé, des hologrammes de la Source et même de leur propre Source car leur Etre-Source est ici dans le Cœur Divin, ils sont indistincts par les traits, bien sûr, mais bien distincts par leur énergie, leur conscience. Lorsque nous, êtres du Royaume des premier et deuxième Mondes demandons à les rencontrer précisément, leur énergie se superpose à l'être qu'ils sont sur Terre comme nous les avons connus et nous

pouvons donc pleinement goûter leur présence comme nous la connaissons.
C'est ce que je suis en train d'expérimenter et cela fait partie des Merveilles de ce Monde, de ce Royaume, il n'existe pas de séparation ici. Puis Joh m'emmène dans une autre pièce où le sol et les parois sont de Lumière, mais l'espace au milieu de la pièce est vide comme dans les dômes des Mondes supérieurs que j'ai visités. Il y règne un grand dépouillement, c'est-à-dire qu'il ne s'y trouve aucun meuble. Je m'adresse à Joh :

M : Je suppose que tu les crées lorsque tu en as besoin…

J : Regarde plutôt dehors, c'est une pièce pour profiter de l'extérieur, pour jouir de la beauté du paysage.

Nous nous installons au milieu de la pièce, nous nous asseyons sur le sol puis je regarde…
Johany m'explique qu'il crée en ce moment des paysages changeants ; à chaque fois qu'il vient il crée un nouveau paysage, c'est cela qui lui plaît, qui lui correspond en ce moment. Puis il me propose d'aller ailleurs, nous quittons ce paysage enchanteur, nous nous envolons.

J : Si tu veux, on va voir des amis à toi que j'ai réunis exprès aujourd'hui pour toi, pour que tu passes une bonne journée, un bon moment avec nous.

Je le remercie beaucoup pour cette attention, pour sa sollicitude à mon égard également, pour tout son amour.

M : Où les as-tu réunis Joh ?

J : Chez l'un d'eux qui a une grande maison, tu verras.

Joh m'avait présenté mes amis d'ici, il y a un an et demi déjà, un peu après qu'il soit remonté lui-même, je m'en souviens[28]. Nous nous étions vus alors plusieurs fois mais cela fait longtemps maintenant que je n'ai pas revu tous ces êtres que j'ai aimés, qui m'ont aimée dans d'autres vies et ici-même dans le Royaume.

---

[28] cf Le Royaume, tome 1.

Nous sommes arrivés, nous avons atterri près d'une habitation très légère aux grandes pièces entourées de baies.
Nous entrons et tous mes amis sont là, je les reconnais, ils viennent vers moi, c'est heureux ! Ils me disent des paroles de bienvenue, ils m'entourent avec beaucoup de chaleur, de joie, ils sont une vingtaine ou une trentaine, je ne sais.
Puis, passé ce moment de retrouvailles, nous nous asseyons tous par terre en cercle et nous chantons. Ils savent que j'aime chanter mais je me doute qu'eux aussi aiment cela.
C'est un doux moment de fête.
Ce sont des chants que je ne connais pas... Joh m'explique que ce sont des chants qu'ils ont créés eux-mêmes, des chants sur le Royaume, sur la joie d'être ici, sur la joie d'être entre amis, entre gens qui s'aiment et sur la joie de s'aimer.
Puis nous passons encore un moment, nous partageons cette joie d'être ensemble ici.

Voyage du jeudi 19 février 2004

Je suis entrée dans le Royaume. Nous avons un peu échangé avec Joh. Puis il me propose d'aller voir une personne que j'avais très envie de rencontrer ici, je le lui avais demandé il y a quelque temps. Il s'agit de Thérèse d'Avila. J'ai demandé à Johany si elle s'était réincarnée depuis son dernier séjour sur la Terre et il m'a dit que non.
Nous nous envolons pour la retrouver là où elle a établi sa demeure. Johany maintenant est toujours vêtu d'une longue tunique écrue tissée d'une maille souple et serrée à la taille.
Nous survolons le premier Monde avec ses habitats souvent très terrestres et qui reflètent l'idéal des hommes, ce dont ils ont rêvé sur la Terre sans pouvoir se l'offrir. Mais, là-bas, c'est bien autre chose que je vois apparaître ! Ce n'est pas un dôme, mais c'est un toit de Lumière, plat, un peu carré. Il surmonte une maison de verre... Transparence et Lumière d'or !... Nous nous sommes posés sur le sable doré... Je ne vois personne à l'intérieur. Ces vitres qui semblent former toutes les parois de cette habitation ne sont pas propices à l'intimité...

Johany fait un signe, je sens qu'il parle en télépathie.
C'est un être rieur qui s'approche... une femme jeune, brune ; elle nous fait de petits signes à travers la vitre, de petits signes amusés comme pour nous dire : coucou, je suis là !
Elle a fait glisser une vitre et plus rien ne nous sépare.

T. d'A : Entrez.

Elle porte une grande robe blanche de cotonnade souple aux manches longues. Nous sommes entrés dans un intérieur très terrestre, les meubles sont en osier.
Installez-vous. *dit-elle en nous montrant les sièges.* Je vous attendais, *reprend-elle en s'adressant à moi.*
Johany m'a parlé de vous, de vos voyages, de vos descriptions et de votre mission sur la Terre qui est paraît-il, entre autres, de parler de nous, de transmettre nos messages, lorsque nous en avons ajoute-elle en riant.
Je serais bien embarrassée de vous en donner, je préfèrerais que vous me posiez des questions.

Je sens qu'elle attend mes questions.

M : Eh bien, la première que je pose souvent aux êtres d'ici est : qu'avez-vous ressenti en arrivant dans ce Royaume ? Avez-vous été surprise ? Est-ce que vous vous attendiez à cela ?

T.d'A : Je pense que ce Royaume est si différent de ce que les hommes peuvent en attendre selon leurs religions, selon l'image qu'ils s'en font !...

M : Quelle impression avez-vous eue tout d'abord ?

T.d'A : Tout d'abord, j'essaie de me rappeler parce que c'est loin déjà... Voilà, cela me revient.... Lorsque je suis arrivée, je n'y ai pas cru ! Je veux dire par là que je me disais : « c'est cela le Royaume de Dieu ! » Je m'attendais à autre chose, c'est certain, je ne vous le cache pas. Je ne vous dis pas que je m'attendais à autre chose de mieux, je ne vous dis pas que j'ai été déçue, non, loin de là, mais je m'attendais à quelque chose de différent, peut-être de plus éthéré, moins palpable, plus angélique, voyez-vous, plus indistinct.

Je pensais que Dieu était un Etre, c'est certain, je vous l'avoue : comme un Père bienveillant mais d'apparence humaine et que j'aurais reconnu. J'ai donc été très surprise que Dieu se cache ainsi, c'est ce que je croyais à l'époque, dans cette Lumière d'or. Puis, petit à petit, ma conscience s'est dévoilée, s'est ouverte. J'ai découvert la Réalité de ce Monde, ce qu'il cache justement. J'ai mieux compris la nature de Dieu, même si je n'ai pas encore la prétention aujourd'hui de la comprendre totalement. Il est très rare qu'un être de ce Monde, je veux dire du premier Monde du Royaume, puisse dire qu'il connaît l'Essence de Dieu. Cette Essence pour nous est Mystère encore. Il faudra grandir beaucoup plus pour la comprendre, pour la Connaître, la Connaître avec un grand C. Oui, j'ai été très étonnée en arrivant ici. Oh, l'accueil a été merveilleux ! Des anges m'ont accueillie en grande fête. Il y avait des fleurs, des musiques suaves, beaucoup de douceur, beaucoup d'amour ! Mais c'est lorsque j'ai demandé à rencontrer Dieu, que cela a commencé à se compliquer dans ma tête car je n'ai pas très bien compris, alors, que ce soit différent de ce que j'imaginais, de ce que je projetais. Il m'a fallu un peu de temps pour mieux comprendre, pour m'adapter.

Très vite j'ai rencontré des êtres que je connaissais, que j'avais aimés sur la Terre durant mon séjour terrestre. Cela m'a beaucoup aidée et, très vite également, j'ai découvert toutes les richesses de ce Monde, toutes les possibilités. Je me suis fait cette petite maison; tout n'est pas vitré, derrière se trouvent des pièces plus à l'abri des regards, plus discrètes. C'est là que je me retire pour prier, pour me recueillir, pour méditer diriez-vous aujourd'hui.

M : Est-ce que vous priez, comme vous priiez avant ?

T.d'A : Non, bien sûr que non, je ne prie pas de la même façon, je me suis adaptée. Je prie, je dis à Dieu mon amour, j'aime le Lui dire, j'aime être en communion avec Lui et avec mes frères restés sur Terre. J'essaie d'intercéder pour eux.

M : Cela doit être heureux pour vous de voir que ce que vous avez posé sur la Terre, votre œuvre dure toujours : que les Carmels continuent et que cela a permis à de nombreuses religieuses d'y œuvrer, d'y Servir l'Amour.

T.d'A : Cela me fait du bien, oui. Il est toujours heureux ici de savoir que l'on a été utile à quelque chose sur la Terre, toujours. Je remercie Dieu de m'avoir permis d'œuvrer de la sorte car sans Son aide, je n'aurais pas pu.

M : Continuez-vous de voir des amis ici que vous connaissiez sur Terre ?

T.d'A : J'en vois certains. Nous nous rencontrons parfois pour des réunions de prière, pour discuter également de la Terre, de la situation sur la Terre, et du manque de foi, du peu de foi des hommes aujourd'hui. Mais cela ne nous mène pas très loin, nous préférons être plus positifs dans nos pensées et considérer l'avenir d'une façon très optimiste. La foi va revenir sur la Terre.
Veux-tu me poser une autre question ? *dit-elle en souriant.*
M : Eh bien cela ne me vient pas.
Je vous sens très discrète, très humble, comme j'imagine que vous étiez déjà sur la Terre, je suppose que c'est un naturel chez vous.
Mais dites-moi, quelle question aimeriez-vous que je vous pose ?

T.d'A : Eh bien, posons-la ensemble veux-tu ?

Ensemble : Suis-je le guide d'êtres sur la Terre ?

T.d'A : Oui, je le suis et j'aime ce rôle, car, vois-tu, c'est un rôle à mes yeux très important. Il est important de guider certains hommes. Tous les hommes ont besoin d'être guidés, bien entendu, mais il est important pour nous ici de continuer notre tâche en guidant d'une certaine façon certains hommes de la Terre qui ont des missions particulières. Nous les aidons de la sorte par notre guidance, par nos conseils.

M : Est-ce qu'il s'agit d'hommes qui entendent nécessairement votre voix ?

T.d'A : Pas toujours. Nous pouvons guider des êtres sans qu'ils entendent nécessairement notre voix. Nous pouvons les guider de multiples manières, en mettant certains éléments sur leur route, en les aidant à prendre certains chemins qui les mènent à certaines portes qu'ils ont alors l'opportunité de pousser. Ils restent libres bien entendu de ne pas le faire, mais nous leur offrons des choix supplémentaires, des opportunités de grandir, de choisir la Lumière, c'est une façon pour nous de guider un être humain. Nous lui insufflons des conseils, nous lui proposons des idées qu'il n'aurait pas eues nécessairement sans cela, sans notre aide, sans notre influence.

Toujours l'homme reste libre, bien sûr, c'est notre grand Principe, mais une guidance est une sorte de proposition de vie, une proposition à aller un peu plus loin ou à marcher un peu plus vite sur la route de l'amour. Oui, je fais cela et d'autres de mes amis le font également, c'est assez fréquent ici dans le Royaume.

M : C'est une bonne chose, c'est heureux en effet. Vivez-vous donc seule ?

T.d'A : Seule ? Je ne le suis pas, je suis en communion avec mon Père du ciel, avec notre Père à tous, notre Source. notre Source de Vie, je ne me sens pas seule. Je ne le suis pas.

Lorsque l'on est en communion, on n'est jamais seul. J'aime être ainsi, c'est la vie que j'ai choisie. Je pourrais vivre ici de mille façons différentes mais c'est cela que j'ai choisi, car c'est en cela que je me sens le mieux, c'est ce qui me convient, c'est ainsi que je suis la plus heureuse. Chacun voit les choses avec ce qu'il est, avec son tempérament ; moi, j'aime être ainsi dans le calme, le recueillement, dans la discrétion, tu l'as dit, et dans cette apparente solitude.

M : Tu as l'air gai. Je le vois à ton visage, à ta façon de parler.

T.d'A : Je le suis, je ne suis pas austère, pourquoi le serais-je ? Je suis heureuse ici, tellement heureuse ! J'ai tellement rêvé de ce bonheur lorsque j'étais sur Terre et de cette communion que je vis maintenant si concrètement ! J'en ai rêvé, alors comment ne pas être heureuse ? Lorsqu'on est heureuse, on est gaie, enfin moi je le suis. J'associe ces deux états comme une chose naturelle, j'étais gaie aussi sur Terre, j'aimais la gaieté, j'aime jouer et rire et lorsque nous sommes entre amis, nous aimons cela, nous rions souvent. Nous échangeons de façon gaie, rien n'est austère en nous, nous jouons même un peu comme des enfants ; cela fait du bien de jouer, de s'amuser de tout et de rien. Oui, la vie est légère, il est heureux d'être ici !
Veux-tu savoir autre chose ?

M : Je ne sais plus.

T.d'A : Eh bien, laissons là cet entretien…
Si tu veux, tu pourras toujours revenir me voir si tu as d'autres questions, tu seras la bienvenue. Ma porte t'est toujours ouverte comme on dit.

M : Oui.

T.d'A : Tu seras la bienvenue, dit-elle en se levant. Retourne sur la Terre avec mes mots.
Si tu veux que je te donne un message pour les hommes, eh bien dis-leur de garder courage, de ne pas se laisser abattre par l'adversité qui est parfois si forte sur la Terre. **Qu'ils gardent toujours l'espoir, qu'ils songent que ce lieu existe, que le Royaume existe et que cela vaut tout. Tout est oublié ici. Dis-leur de garder courage, espoir et force, parce que les jours meilleurs sont toujours au bout de la route et attendent l'être qui a cheminé durement et qui a espéré. Les jours meilleurs attendent tous les hommes dès lors qu'ils savent espérer, mettre leur espoir en Dieu et croire que tout est possible par amour, grâce à l'amour et Son Amour est tout-puissant.**
Il relèvera tous les hommes même ceux qui ne croient pas en Lui aujourd'hui. Il les relèvera tous et alors ce jour sera un grand jour. **Espérez en Dieu hommes de la Terre, car Il peut tout pour vous, Il vous donnera son Royaume, Il vous ouvrira ses portes. Croyez en Lui, espérez en Lui, aimez-Le car Il vous aime, vous êtes Ses enfants et Il est votre Père.** Voilà, *dit-elle en souriant*, mon message aux hommes de la Terre. J'ai tout dit en te disant cela.
Adieu, à bientôt, bon retour chez toi. M : Merci pour tes paroles.

Elle ressemble à une jeune fille gaie et insouciante derrière sa foi, derrière sa gravité…
Nous marchons côte à côte avec Johany, nous repartons lentement.

M : Elle est bien belle, n'est-ce pas Joh ?

J : Oui.
La prochaine fois nous irons voir une autre personne que tu souhaitais rencontrer, j'irai la voir avant.

M : Merci pour ce joli voyage.

Nous restons encore un moment ensemble dans le Royaume.

Voyage du dimanche 22 février 2004

Je suis passée de l'autre côté. Johany m'attendait. Nous avons été un peu dans son château de Lumière, puis il me propose d'aller voir quelque chose de joli. Je le suis, nous nous envolons.
En route, j'en profite pour le remercier pour le signe qu'il m'a envoyé la nuit dernière, c'était vraiment très chouette. Il s'agit de cela : j'avais fini mon voyage, j'étais revenue, je m'apprêtais à m'endormir, il devait être quatre heures du matin environ. Tout d'un coup, j'ai entendu très fort dans la pièce : « hello, hello », j'ai reconnu en quelques secondes la voix de ma balance parlante !... Cette balance est programmée pour parler en français, et pour dire, lorsque je monte dessus : « bonjour, vous pesez tant... », et c'est tout. Là, dans ma chambre, un « hello !" clair et puissant perçait le silence de la nuit... Ce mot là justement était le mot que l'on échangeait toujours avec Joh le matin lorsque nous nous retrouvions, c'était un petit salut en guise de bonjour. Parfois, il disait : « hello Mum », et parfois simplement « hello » et moi de même. J'ai gardé cette habitude de dire «hello» aux enfants quand je me lève en guise de bonjour. Alors, cette nuit à quatre heures, j'ai tressailli, j'ai reconnu en quelques secondes la voix un peu artificielle de la balance et j'ai pensé aussitôt à Joh bien sûr. Je lui ai demandé si c'était lui, comment il avait fait, s'il était monté sur la balance !? Comment il avait pu produire cela. Il a ri, sans m'en dire plus.
En tout cas, c'était vraiment très chouette, j'aime beaucoup ce genre de signe... Là, pendant ce vol je l'ai remercié puis je lui ai demandé de m'en faire d'autres. Il m'a dit qu'il m'en ferait d'autres, un peu plus tard, mais pas tous les jours, et j'ai compris à sa réponse que ces signes pourraient être très différents.
J'ignore où nous allons.

J : On va survoler un peu le troisième Monde.

Nous passons la première chaîne de montagnes, nous avons obliqué

vers une direction que je ne connais pas bien, nous n'y sommes pas allés souvent. Au- dessous de nous défilent des petits dômes de Lumière, habitations familières à ce Monde. Puis nous arrivons à une sorte de plan d'eau, c'est le mot le plus juste qui me vient : il est creusé à même le sable, de forme très régulière, l'eau y est très pure.
Nous nous sommes posés sur le bord de ce plan d'eau et Joh me propose d'y entrer. Nous avons chacun une robe longue : lui, porte sa robe écrue à longues manches en maille souple et moi ma robe blanche qui a un peu changé d'aspect ces temps-ci. Je crains que nos vêtements ne soient mouillés mais cela ne semble pas un problème. Joh commence à entrer à petits pas plus profondément encore, il avance, il a de l'eau jusqu'à la taille à présent. Bien sûr, je fais de même, je le suis. C'est étrange, cette eau est suffisamment chaude pour que nous ne sentions pas la différence de température avec notre propre corps. Je ne saurais dire si cette eau mouille, mais en tout cas cela n'est pas du tout la même sensation que sur la Terre. Je suis persuadée que lorsque nous sortirons, nos vêtements seront secs. Pourtant, c'est bien de l'eau, je ressens la même impression agréable que dans de l'eau terrestre, la même légèreté du corps, la même souplesse, la même joie de se baigner.
Mais cela m'étonnerait que Johany m'ait amenée jusque là pour prendre un bain...
Je le vois tout d'un coup plonger et se diriger vers une direction précise, je fais de même pour voir ce qui se passe là-bas. Une sorte de cavité assez grande est creusée sous l'eau dans le sable, Joh s'y est dirigé. Cette cavité est obscure comme une grotte totalement immergée et lorsque nous y sommes, je vois qu'elle se prolonge en une galerie sous-marine très sombre.
Nous nageons côte à côte le long de cette galerie, nous sommes en fait dans la même position que lorsque nous volons, mais ici nos pieds s'agitent dans l'eau, c'est la seule différence, nous ne faisons pas de mouvements de bras comme lorsque nous nageons sur Terre: nous filons dans l'eau simplement.
A présent, la galerie s'éclaire, non pas d'une lumière artificielle mais elle devient plus lumineuse. L'eau est un peu bleutée par ici. Nous arrivons dans une salle sous-marine elle aussi ; des êtres sont là, assis autour de ce qui ressemble à une table, même si cette « table » n'a apparemment pas de pieds. Il s'agit plutôt d'un grand et large plateau étalé devant eux. Je sens que ce sont des êtres élevés, bien sûr nous sommes dans le troisième Monde. Ce sont des êtres de Lumière,

flammes vivantes vêtues de tuniques blanches.
J'entends : « nous régnons sur les eaux ».
M : Quelles eaux ? dis-je respectueusement en m'inclinant, les eaux subtiles ?

– Non. Nous régnons sur les eaux matérielles.

M : Qu'est-ce que cela signifie ? Voulez-vous parler des eaux sur la Terre ou des eaux dans l'univers manifesté ou des eaux matérielles dans ce Royaume ?

– Non, nous ne parlons pas du Royaume. Dans le Royaume, les eaux sont subtiles, il ne s'agit pas d'eau véritable, « véritable » au sens où les hommes comprennent ce mot. Nous régnons sur les eaux de la Terre, cela est.

M : Et sur d'autres ?

– Peu importe.

M : Cela signifie-t-il que vous les avez en charge ?

– Nous les commandons, voilà ce que cela signifie. Nous commandons leurs flux et leurs reflux, leurs cours, leurs crues, leurs allées et venues, leurs mouvements, leurs grossissements, leurs raz de marée lorsqu'il y en a, leur calme après la tempête, leur paix, tout ce qui fait une eau sur la Terre.

M : Je suis étonnée, je ne pensais pas que les eaux de la Terre étaient dirigées par des êtres du Royaume, je croyais que c'était des dévas qui s'occupaient de cela.

– Tu as raison, des dévas s'en occupent en effet, mais nous les activons. C'est nous qui dirigeons les devas.

M : Hmm, d'accord. Et pourquoi avoir choisi ce rôle ? Je trouve cela étrange...

– C'est un rôle très important. Imagines-tu l'importance de l'eau sur la Terre ? Oui bien sûr, n'est-ce pas, tu l'imagines, tu connais cette

importance. Si la banquise fond, tu sais les conséquences que cela aura...
Lorsqu'il y a un raz de marée quelque part, tu sais ce que cela signifie pour les hommes qui vivent dans ces régions, et lorsque les eaux s'étalent paisiblement sous le soleil et s'offrent aux vacanciers, aux hommes qui habitent ces régions, tu sais également le bonheur que cela procure.

M : Oui bien sûr, mais je pensais, voyez-vous, que c'était la Terre elle-même qui s'occupait de cela.

— Eh bien, tu te trompes, nous gérons les eaux.

M : Vous occupez-vous également de leur pollution?

— Bien sûr, cela fait partie de notre rôle, de notre fonction. Nous avons à cœur de garder ces eaux pures, cela fait partie de notre mission car les hommes ont besoin que les eaux de leur planète restent pures pour pouvoir survivre, cela est d'une extrême importance.

M : Bien sûr, je comprends, mais cela regroupe tellement de choses... Vous n'êtes pas responsables des usines qui polluent par exemple, je veux dire par là que vous ne pouvez pas vous occuper de tout à la fois.

— Tu as raison, d'autres êtres s'occupent d'autres choses.

M : Voulez-vous dire d'autres êtres du Royaume ?

— Oui, nous le voulons.

M : Par exemple, y a t-il des êtres du Royaume qui s'occupent de la Terre elle- même ?

— Bien sûr ! *dit-il comme une évidence, ou plutôt disent-ils : car je sens qu'ils sont plusieurs à parler d'une même voix.*

M : Ah bon ! La Terre ne se gère donc pas toute seule ?...

— Non, rien ne se gère tout seul. La Terre n'est pas inanimée et la vie qui la parcourt est animée d'ici, d'où nous sommes, pas exactement d'où nous sommes nous, mais d'un autre Plan du Royaume.

M : Eh bien, j'apprends quelque chose.

– Dans la Réalité divine, chaque chose de l'univers est précisément pensée, dirigée, gérée. Dieu ne laisse rien au hasard, rien ; pas la moindre petite parcelle de l'univers manifesté n'est laissée au hasard. Tout est pensé, tout est assumé, tout est pris en compte, on s'occupe de tout, tout est pris en charge peut-on dire.

M : Quel travail cela doit représenter ! Heureusement que le Royaume est infini !
Ce travail est-il fait par des êtres du troisième Monde du Royaume?

– Non, pas nécessairement. Cela dépend de quel endroit de l'univers manifesté nous avons à nous occuper.
Nous nous occupons des eaux de la Terre et bien sûr, tu le comprends, nous sommes en étroite collaboration avec les êtres, ici même dans le Royaume, qui s'occupent de la terre sur ta planète : de l'élément terre.

M : Oui, j'imagine bien. J'imagine aussi qu'il en va de même pour les autres éléments : air et feu, parce qu'après tout, c'est le feu de la terre qui produit les volcans, tout est lié.

– Oui, tout est lié, comme je te l'ai dit tout à l'heure, tout est assumé, tout est pris en charge. Rien n'est laissé au hasard et lorsqu'un volcan s'éveille quelque part, c'est pour une raison bien précise ; lorsqu'une mer se déchaîne quelque part, c'est aussi pour une raison bien précise : tout est voulu.

M : Oui, cela signifie que tout a un sens. Je le comprends bien. Ainsi donc, c'est vous qui dirigez les dévas …

– Oui, c'est cela.

M : J'imagine qu'il faut une grande Sagesse, une Sagesse divine pour cela.

– Nous l'avons.

M : Pourquoi vivez-vous immergés de la sorte ? Est-ce toujours vos conditions de vie ? Etes-vous toujours ici, ou est-ce juste pour un travail particulier ? Je veux dire : remontez-vous à la Lumière du Royaume en temps habituel ?

– Cela dépend de ce que nous avons à faire, de nos activités, nous avons diverses possibilités.

M : Mais cela vous demande-t-il donc tellement de travail de vous occuper de l'eau de la Terre ?

– Ce n'est pas un travail continu, mais c'est un travail prenant néanmoins. C'est notre mission, elle nous convient, nous aimons l'eau.

M : J'imagine que c'est bon à savoir car s'il y a un problème avec l'eau sur la Terre, je suppose que c'est à vous qu'il faut s'adresser.

– Oui, en effet, mais nous travaillons dans la Sagesse, nous te l'avons dit. Il est donc fort probable qu'un problème d'eau, comme tu dis, ne soit pas un problème en réalité. Lorsqu'il s'agit d'inondation par exemple, cela est la plupart du temps volontaire. Il peut s'agir de purifier une région entière. L'eau est purificatrice, elle a un grand rôle dans la purification de la Terre.

M : Oui, je comprends. Mais, par exemple, s'il y avait un problème de pollution, pouvez-vous faire quelque chose ?

– Nous le pouvons, oui. Les hommes peuvent s'adresser à nous dans ces cas- là, en effet tu as raison, c'est même le seul cas intéressant, intelligent pour lequel ils peuvent s'adresser à nous.

M : Oui, je comprends. En fait, tout ce qui ne dépend pas des hommes dépend de votre Sagesse. Or, la pollution dépend des hommes…

– C'est un peu cela.

M : Mais certaines inondations dépendent des hommes aussi ! Parfois, les hommes modifient le cours des fleuves ou des rivières et peuvent faire des digues là où il ne le faut pas, ou des choses comme cela…

– Oui, mais néanmoins nous gérons les eaux en fonction de ces dysharmonies et ce qui arrive est, la plupart du temps de notre volonté, je dis bien : la plupart du temps.

M : Quand il y a une inondation, s'agit-il toujours de purification, de volonté purificatrice de la Terre ?

– Pratiquement toujours.

M : C'est intéressant. Comment se fait-il que l'eau purifie ? Pourquoi est-elle plus pure que la terre elle-même ?

– L'eau purifie lorsqu'elle est pure. Nous te parlons de purification sur un plan subtil, énergétique.

M : Oui, je comprends. Malgré tout, je ne comprends pas pourquoi l'eau a ce rôle de purification… Je sais que de tout temps, dans toutes les traditions, l'eau a eu ce rôle, c'est le fondement de la tradition du baptême par exemple, mais je n'ai jamais su pourquoi l'eau était purificatrice… le feu l'est aussi, d'ailleurs, à ce que l'on dit.

– C'est ainsi, c'est un symbole. L'eau est ce qui lave, ce qui entraîne les traces, les salissures, tout ce qui n'est pas pur.

M : Où les entraîne-t-elle ? Dans la terre, ou est-ce qu'elle les transmute ? Est- ce qu'elle les transforme elle-même ?

– Elle les transforme elle-même. L'eau purifie en soi. L'eau n'a pas pour but d'entraîner les … j'entends plusieurs mots à la fois, je traduirais par : dysharmonies dans la terre, qui aurait à charge de les purifier, de les transformer : non, c'est l'eau en soi qui purifie.

M : Cela doit être très important, alors, de se laver à grande eau tous les jours : la douche, le bain doivent être importants pour notre être subtil.

– En effet, l'eau purifie également l'être que vous êtes.

M : C'est intéressant.
Avez-vous un nom ? Comment vous invoquer quand il y a un problème, quand nous souhaitons nous adresser à vous ? S'il y avait par exemple un gros problème de pollution de l'eau sur la Terre, comment faire pour nous adresser à vous ?

– Ce n'est pas nécessaire d'employer un mot précis. Tu adresses ta prière au Ciel, et toutes les prières sont réparties selon la Sagesse divine. Les prières arrivent toujours au bon endroit : à leur destinataire, ne t'inquiète pas pour cela. Ce n'est pas à l'homme de se soucier de l'endroit où va sa prière, il doit juste se soucier de prier, c'est déjà pas mal.

M : Merci beaucoup, c'est très intéressant.
Voulez-vous me dire autre chose ?

– Pour l'instant, nous n'avons rien à ajouter.
Vois-tu, toi-même, une autre question à nous poser ?

Je réfléchis.

M : Non, pour l'instant, je n'en vois pas.

– Si tu as d'autres questions, tu peux toujours revenir, ce n'est pas un problème. Nous serons à ta disposition pour y répondre avec la même simplicité et la même clarté.

M : Merci beaucoup, *dis-je en m'inclinant et en croisant mes mains sur ma poitrine.*
Etiez-vous en train de travailler sur les eaux de la Terre ?

– Oui, en effet.

M : Eh bien, merci pour elle.
Je vous salue, à une prochaine fois.

– Nous te saluons de même.

Nous sortons, nous reprenons la galerie.
Tout ce moment s'est passé dans cette pièce totalement immergée... Je

prends conscience tout d'un coup que j'étais sous l'eau, avec la même aisance que lorsque je suis sur le sol du Royaume. Etre sous l'eau ici ne nécessite pas d'être un poisson, nous pouvons y vivre aussi facilement qu'à la surface. Tout est simple et doux ici.
Nous arrivons dans le plan d'eau éclairé au-dessus de nous par la Lumière du Royaume. Nous nageons jusqu'au bord et nous sortons.
Nos robes sont impeccables, elles ne sont pas mouillées, tout est simple ici, comme je l'ai dit.

J : Cela t'a plu ?

M : Oui, je trouve cela très intéressant. J'ignorais complètement que des êtres s'occupaient des eaux de notre Terre, je l'ai découvert.

J : Oui. Je le savais, c'est pour cela que je t'ai amenée là. Je savais que tu ne les connaissais pas, je les ai découverts moi-même il y a peu de temps, j'ai été surpris.

M : Je ne peux pas m'empêcher de penser que c'est eux, peut-être, qui ont levé les courants contraires dans la mer le jour où tu es remonté ici...

J : Peut-être, ce n'est pas important que ce soit eux ou d'autres ; de toute façon c'était fait dans la Sagesse divine et par des êtres de Lumière, c'est cela qui compte.

M : Moi, je n'aimerais pas trop être sous l'eau comme cela, alors qu'il y a cette belle Lumière à la surface du Royaume ! Je n'aimerais pas trop faire ce qu'ils font.

J : Eux, cela leur plaît, c'est ce qu'ils ont choisi. On ne peut pas comparer, ils ne vivent pas les choses comme nous.

M : C'est sûr.

J : Si tu veux, nous pouvons revenir dans le premier Monde et on parlera un peu tous les deux.

M : D'accord.

Nous nous envolons. Nous laissons là ce plan d'eau et ses mystères. Nous retournons chez nous, je dis « chez nous » parce que Joh m'a construit une habitation qui me plaît beaucoup dans le premier Plan du Royaume.

Voyage du mardi 24 février 2004

Johany m'attend et j'effectue mon passage dans le Royaume. Je remercie Joh pour les signes qu'il m'a donnés hier et aujourd'hui, c'est très agréable pour moi.
Hier, c'était un autre « hello » ! Venu de ma balance et aujourd'hui des senteurs parfumées de mimosa, de lavande, de chocolat chaud, envoyées à différents moments de la journée, lorsque j'étais dans ma chambre : autant de petits signes de tendresse, que j'interprète de cette façon en tout cas.

J : Maman, c'est moi dans tous ces signes, cela me fait plaisir de te les envoyer, comme cela on se sent plus proches.
Là, je te propose d'aller voir quelqu'un que tu souhaitais rencontrer depuis quelque temps, je te propose d'aller voir Marthe Robin.

M : J'en suis enchantée, Joh, je souhaitais vraiment la rencontrer. J'ai vu qu'elle avait quitté la Terre en 1981, j'avais donc de fortes chances de la retrouver ici dans le Royaume.

J : On y va si tu veux.

Il s'envole d'une pression des pieds, je le suis aussitôt en faisant de même et nous volons côte à côte. Je me demande bien quel habitat elle s'est fait...

M : Es-tu déjà allé la voir ?

J : Oui, j'ai pris contact en vue de cet entretien avec toi. Je suis allé voir d'abord si elle était d'accord pour te parler : elle était super contente !

M : Ah bon ! Pourquoi ?

J : Comme ça, je suppose qu'elle a des tas de choses à te dire, à te transmettre ou à te faire transmettre, des messages pour les hommes de la Terre j'imagine.

Nous survolons le premier Monde assez lentement. Johany semble chercher l'emplacement exact.

J : Voilà, c'est cette maison !

Nous atterrissons près d'une maison d'aspect très terrestre, solide, blanche, aux murs épais comme l'une de ces bâtisses du siècle dernier. Elle semble assez grande.
Joh s'approche de la porte, il appelle en télépathie... Nous attendons quelques instants.

M : Est-ce que tu es sûr qu'elle est là ?

La porte s'ouvre... et c'est une jeune femme qui nous accueille. Je la reconnais d'après des photos que j'ai déjà vues. Elle est assez petite, fine, les cheveux bruns ondulés, rieuse, l'air gai ; je lui donnerais dans les vingt- cinq ans, elle est jeune.

M R : Entrez, je vous attendais. Excusez le désordre, comme on dit sur la Terre, je suis un peu désordonnée.

Nous entrons... En effet, différents objets sont posés çà et là, mais ce n'est pas ce que j'appelle du désordre.

MR : Eh bien, on va aller s'asseoir ailleurs.

Nous passons dans une autre pièce. Je sens qu'elle ne sait pas trop où nous recevoir...
Puis elle nous fait sortir dans une petite cour, un genre de patio. C'est un patio modeste mais il est entouré de colonnades et d'une sorte de galerie qui fait penser à un petit cloître. Je me souviens tout à coup que Marthe, sur Terre, rêvait d'être Carmélite. Peut-être est-ce la

raison de ce choix ici, de son rêve qu'elle n'a pu réaliser sur Terre, elle s'est fait une sorte de petit couvent pour elle. Je lui demande si c'est le cas.

MR : Oui, c'est exactement ça.

Elle a une petite voix douce et fine.

M : Je vous aime beaucoup, j'ai beaucoup aimé ce que vous avez fait sur Terre, quel courage ! Vous êtes, je crois, ce que l'on peut appeler sur la Terre une sainte. On vous appelait la «petite sainte de la Drôme». Votre mission a été très longue, vous avez quitté la Terre à quatre-vingts ans, si je ne m'abuse, cela doit être très long quand on souffre !

MR : Oui, dit-elle *avec un grand sourire*, mais maintenant je ne souffre plus !

M : Cela se voit, vous avez retrouvé le tempérament qui vous était naturel sur la Terre.

MR : Je suis comme ça où que je sois, quand le sort ne m'accable pas bien sûr.

M : Sur la Terre, vous avez choisi une mission particulièrement difficile…

MR : Mais elle m'a beaucoup apporté, beaucoup enrichie. J'étais fière de la mener jusqu'au bout.
Quand je suis remontée ici, j'étais très fière de moi, très heureuse. C'est ainsi quand on remonte, que l'on a mené sa mission à bon terme: on ressent une fierté, on est très heureux de son œuvre, de son travail. Il n'y a pas d'orgueil dans cette fierté, c'est une fierté toute spirituelle, toute modeste, *elle rit*, mais je vous dirais : en toute humilité j'étais très fière !

M : Vous avez raison, il y a de quoi.
J'ai plein de questions à vous poser, je voulais vous demander : votre foi, bien sûr, était très catholique, vous étiez stigmatisée, vous êtes restée paralysée pendant soixante ans, ou presque je crois, et aveugle

pendant plus de quarante ans, sans manger, sans boire, sans dormir, vous preniez seulement deux hosties par semaine…

MR : Vous êtes bien au courant ! *dit-elle en riant.*

M : Oui, j'ai une cassette vidéo sur vous. J'ai aussi appris que vous aviez choisi de souffrir, de prendre sur vous la souffrance des hommes pour les libérer des enfers, libérer les damnés, les pécheurs, je dirais avec mon vocabulaire : prendre le karma des hommes sur vous, mais cela revient exactement au même, cela recouvre la même chose. Alors, je voulais vous demander… vous avez eu les stigmates de Jésus, vous aviez des visions de la Vierge Marie qui vous demandait de dire aux hommes de créer des foyers de charité par exemple, alors dites-moi : comment avez-vous ressenti, perçu le Royaume lorsque vous y êtes arrivée ?
Je suppose que vous vous attendiez à quelque chose de très précis correspondant à la foi catholique et il y a une certaine différence entre ce que les hommes s'attendent à trouver lorsqu'ils sont dans une religion précise, (parce qu'une religion ne contient jamais, je crois, toute la vérité, il y a forcément toujours une petite différence) et entre ce qu'ils trouvent réellement, n'est-ce pas cela ?

MR : *Elle rit encore.* Non, ce n'est pas cela, je n'ai pas été étonnée quand je suis arrivée, j'ai vu des anges qui m'attendaient ; ils m'ont portée, j'étais « aux anges » !

M : Vous avez beaucoup d'humour.

MR : J'aime bien rire. Quand on est « aux anges », on n'est pas étonné. Je me trouvais bien dans leurs bras, ils m'ont portée.
Il y avait des pétales de roses, des pétales de fleurs partout au-dessous de moi. Des chants, des chants religieux, des musiques très douces, très harmonieuses, puis ils m'ont emmenée dans un endroit à eux ; ils m'ont beaucoup parlé, je voyais ! Je n'étais plus aveugle ! Je n'étais plus paralysée ! Mon corps était tout magnifique, n'était plus vieux, je n'avais plus quatre-vingts ans, *dit-elle en riant.* J'étais redevenue une jeune femme en quelques minutes. J'avais une énergie et une foi incroyables ! J'aurais pu sauter en l'air et marcher pendant des heures, je retrouvais une énergie que je n'avais plus eue depuis ma toute petite enfance, j'étais heureuse.

Ils m'ont beaucoup parlé.

M : Que vous ont-ils dit ?

MR : Ils m'ont parlé du Royaume. Ils m'ont dit comment était le Royaume de Dieu, que je serais peut-être un peu étonnée, déroutée par certaines choses, mais qu'au fond j'en serais très heureuse. Par exemple, je n'imaginais pas du tout que cela soit possible au Paradis de pouvoir se faire une maison comme sur Terre. Cela m'a un peu étonnée et c'est vrai, j'en ai été très heureuse, on se sent bien dans une maison.
Quand on arrive de la Terre, on a envie d'avoir de nouveau ses repères et cela s'est passé comme ils me l'ont dit : ils me l'ont fabriquée avec leurs « pouvoirs magiques », *dit-elle en riant*.

M : Que vous ont-ils dit d'autre ?

MR : Ils m'ont parlé d'ici. Ils m'ont expliqué les lois, le règlement intérieur, *dit-elle en riant encore*.

M : En quoi consiste le « règlement intérieur » ?

Elle me fait rire, elle hésite quelques secondes avec un doigt sur les lèvres.

MR : Le règlement intérieur, c'est que tout le monde s'aime ! On n'y est pas habitué sur la Terre, alors cela surprend.
La deuxième Loi du règlement intérieur c'est que l'on fait ce que l'on veut ; puisque tout le monde s'aime, on peut faire ce que l'on veut, c'est logique. La deuxième Loi découle de la première.
La troisième Loi, parce qu'il y en a une troisième, découle de la deuxième et de la première. La troisième c'est : on est là pour s'amuser ! Puisqu'on fait ce que l'on veut et que tout le monde s'aime, autant s'amuser.
Alors, moi je m'amuse !

M : Vous me faites rire, je vous trouve super ! J'aime beaucoup la façon dont vous voyez les choses.

MR : Quand j'étais petite, j'aimais bien m'amuser sur Terre, mais après je ne pouvais plus, alors vous voyez : le naturel revient au galop.

M : Cela fait plaisir de vous voir comme cela. Comment avez-vous vécu cette mission ? Je sais que c'est une question sérieuse et grave, je ne sais pas si vous avez envie d'y répondre.

MR : Cette mission était pour moi la plus importante. Elle a permis la conversion de beaucoup d'hommes. Elle a permis de grandir la foi de milliers de personnes et elle a permis la création des Foyers de Charité, de ces lieux de retraite ; elle a permis de redonner la foi à des milliers de gens, à tous ceux qui venaient me voir et pour qui je priais. C'est une très belle mission, je suis contente de l'avoir accomplie.

M : Et pendant que vous l'accomplissiez, est-ce que cela n'était pas trop dur ? Est-ce que cela ne vous semblait pas trop terrible ?

MR : Je ne peux pas dire que je me suis amusée, c'est certain ; c'était dur, oui, mais je l'avais choisi de mon vivant, je l'avais choisi, je savais ce que je faisais. J'avais de la volonté, je l'ai fait par amour pour mes frères, pour Dieu, je ne regrette rien.

M : Je m'en doute, c'est très beau. Comment vivez-vous ?

MR : Je m'amuse, je ris de rien et de tout… un oiseau qui vient se poser sur ma fenêtre, cela me fait rire !

M : Y a-t-il des oiseaux ici ?

MR : Oui, j'en fais venir parce qu'ils me font rire.

Elle rit encore : même le désordre qui règne ici m'amuse. Sur la Terre, j'aurais voulu que tout soit bien rangé, ici non, j'aime bien que ce soit en fantaisie. Je mets tout n'importe comment, je trouve que c'est plus léger. Je ne veux pas être austère, je ne veux pas m'ennuyer, je veux faire ce qui me plaît quand cela me plaît. Plus de contrainte ! Plus que le règlement intérieur du Royaume parce que lui me plaît!

M : Est-ce que vous voyez d'autres personnes ?

MR : J'en ai vu, cela dépend, j'en vois certaines qui viennent ici pour

me voir dans ce que vous appelez le patio et que j'appelle le petit cloître. Ces personnes viennent pour se recueillir, pour prier avec moi. Certaines fois, nous nous retrouvons là, non pas pour rire ou pour nous amuser, nous sommes sérieuses, nous prions pour les pêcheurs sur la Terre, nous nous recueillons, nous pensons à eux, nous leur envoyons de l'amour.
En dehors de ces réunions de prière, de recueillement, de foi, je vois d'autres personnes, des amis, un petit peu comme sur Terre mais cela n'est pas pareil ici : on peut se contacter très facilement même si l'on habite très loin les uns des autres et en quelques minutes on est tous réunis.

M : Et quelles sont ces personnes ?

MR : Des personnes que j'ai retrouvées ici quand je suis arrivée : des personnes que je connaissais, je ne sais pas trop d'où mais on s'est reconnues. Elles sont venues me voir et je les connaissais. C'était comme si on s'était toujours connues. Je suppose que c'est comme cela avec les gens que l'on aime vraiment, quand on les voit c'est comme si l'on s'était toujours connus, toujours aimés et de fait je les aimais et ils m'aimaient particulièrement. Bien sûr, j'aime tous les êtres mais ceux-là, je les aimais plus encore, je les aimais particulièrement.

M : Est-ce que ce sont eux qui sont venus vers vous ?

MR : Oui, parce que moi, au départ, je ne savais pas qu'ils étaient ici, ni que je les connaissais. Non, ce sont bien eux qui sont venus me rencontrer, me retrouver et depuis l'on se voit.

M : Que faites-vous ensemble ?

MR : On s'amuse !

M : Cela consiste en quoi ici : s'amuser ? J'en ai une petite idée avec Joh ; pour moi, aller explorer des tas de choses par exemple, est une façon de m'amuser je trouve cela passionnant ! Mais vous, comment voyez-vous le fait de s'amuser ici ?

MR : On joue à s'attraper, à courir, on joue comme des enfants, on joue ensemble, à danser, à gambader, à remuer dans tous les sens ; j'ai envie de bouger. Je suis restée sans bouger pendant soixante ans, ne l'oubliez pas ! Alors je me rattrape, je fais des cabrioles, on rigole, c'est à celui qui fera les plus jolies cabrioles, on est un petit groupe, on aime bien rire.

M : Vous avez l'air si jeune !

MR : Oui, c'est l'âge qui me convient ici, je me sens jeune dans ma tête, alors j'ai l'apparence de ce que je ressens.

M : C'est très heureux de vous entendre, vraiment.
Avez-vous oublié toute la souffrance endurée sur Terre ?

MR : J'ai changé de vie ; je ne suis plus sur Terre. Heureusement!…les choses ont une fin, **les choses terribles finissent toujours et les bonnes jamais**. Vous voyez, c'est une autre Loi du Royaume, du Paradis, je ne sais pas si elle est dans le règlement, *dit-elle en plaisantant.*

M : Je sens que l'on va être amies et lorsque je remonterai, je viendrai vous voir parce que j'aime beaucoup votre tempérament ; il est léger, c'est agréable.

MR : Eh bien, merci. Moi je me trouve légère, surtout quand je saute ou que je fais mes cabrioles !

M : Il n'y a pas que votre corps qui soit léger et c'est bien agréable.
Votre lieu ici aussi est très agréable, j'aime beaucoup ce petit cloître, il incline à la ferveur, au recueillement.
Tout est bien, tout est harmonieux dans votre vie.
Puis-je vous demander si vous voudriez donner un message aux hommes de la Terre que je pourrais ainsi leur transmettre ?

MR : Je pourrais leur dire : « amusez-vous », mais ça ne serait pas sérieux, *dit-elle avec humour.*

M : Certes. Je suppose qu'ils attendent peut-être autre chose.

Elle réfléchit…

MR : Aux hommes de la Terre... cela dépend à qui...

Aux hommes sages, aux hommes qui croient en Dieu, qui sont dans la foi, qui sont dans la confiance en Dieu, dans l'amour de Dieu, qui ont confiance dans les hommes aussi, je dirai que rien ne vaut cette foi : ce qui compte sur la Terre, c'est d'avoir la foi, d'avoir confiance dans l'amour de Dieu. Même quand il y a souffrance, il y a toujours une raison, il faut dépasser cette souffrance, l'accepter comme quelque chose qui nous fait grandir, qui nous rapproche de Dieu. Parce que Dieu a envoyé Son Fils sur la croix il ne faut pas l'oublier, Il l'a envoyé dans la souffrance, cela veut bien dire que cette souffrance est utile, elle est rédemptrice, elle nous sauve.

Lorsque nous savons l'accepter comme telle, elle peut alors nous enrichir, nous faire grandir, nous rapprocher de Dieu. C'est comme cela que je vois les choses... Et puis elle est courte, une vie terrestre est courte. C'est très court ! On s'en rend compte quand on remonte ici, on a l'impression qu'elle est passée en un éclair.

Et cela vaut le coup d'avoir vécu ce que l'on a vécu, même si l'on a fait des erreurs, même si l'on a raté des choses, s'il y a eu des échecs, si parfois on s'est trompé de route, cela ne fait rien, **il faut voir le positif, il faut voir ce que l'on a réussi. Ce que l'on a réussi en amour,** je veux dire : **ce que l'on a réussi à pardonner, les difficultés que l'on a réussies à dépasser, les méchancetés que l'on nous a faites que l'on a réussi à oublier. Il faut voir le positif.**

Et comme cela, après, quand on se retrouve ici, on voit que l'on a mené une bonne vie, même si l'on a chuté, si l'on a trébuché et même, *dit-elle en riant*, si l'on s'est étalé de tout son long, ce n'est pas trop grave si l'on a su garder la foi et la confiance en Dieu, confiance en Son amour, c'est le principal, il faut arriver à cela.

Si l'on arrive au bout de sa vie en ayant gardé la foi et notre confiance dans l'Amour du Père, alors tout va bien, on est sauvé, on est ici, *dit-elle en souriant*, et on est sauvé quand on est ici !

Bon, si vous demandez un message pour les autres hommes, les pécheurs, enfin ceux qui pèchent beaucoup, je vous dirai autre chose parce que souvent les pécheurs, justement, manquent de foi, manquent de confiance en Dieu ou ont même parfois complètement oublié Dieu, ne savent même plus Son Existence. Alors, mon message bien sûr, est différent.

Je leur dirai : **essayez de pardonner dans votre cœur, même si vous n'êtes pas croyants, essayez de croire à l'amour, juste à l'amour ou essayez d'aimer juste une personne ou quelques-unes autour de**

vous, dans votre famille par exemple et de tout faire pour elle. Quand on fait tout, quand on donne tout même pour une seule personne, c'est déjà énorme. Cela peut permettre d'être sauvé aussi, parce que l'amour est rédempteur, l'amour nous sauve ; c'est comme la souffrance donnée gratuitement, elle nous sauve et sauve les hommes ; l'amour c'est pareil, il nous sauve, si on le donne gratuitement et avec tout son cœur. Gratuitement, cela veut dire : sans attendre en retour, le donner sans contrepartie, enfin il peut y avoir des contreparties, mais il faut pouvoir le donner sans en attendre et si l'on n'en reçoit pas cela ne fait rien, on aime quand même, on continue de donner son amour quand même, sans en vouloir à la personne qui ne donne pas de contrepartie. Aimer gratuitement c'est cela qui sauve un être humain et qui le mène au Paradis.
Voilà, c'est cela qu'il faut dire aux hommes puisque vous êtes venue jusqu'ici pour me le demander, c'est le message que je leur donne : **il faut aimer gratuitement.**

M : Bravo, je pense que c'est le meilleur des messages.

Elle réfléchit encore quelques instants.

M : Et le pardon ?

MR : Le pardon fait partie de l'amour…
Quand on aime quelqu'un on lui pardonne tout ce qu'il peut faire, cela nous est égal puisqu'on l'aime. On le prend comme il est avec ses défauts, c'est cela aimer quelqu'un, c'est l'aimer comme il est, pas comme l'on voudrait qu'il soit. Aimer l'autre comme il est c'est plus difficile parce que, parfois, il n'est pas du tout comme on voudrait qu'il soit justement, il a des défauts un peu difficiles. Alors, si on l'aime malgré ses défauts, c'est que l'on sait vraiment aimer.

M : C'est souvent ce que fait une mère avec ses enfants.

MR : Oui, c'est certain, les mères souvent savent aimer, les pères aussi du reste ; pas toutes, pas tous bien sûr, mais beaucoup. Vous avez raison, beaucoup de mères aiment leurs enfants quoi qu'ils fassent : cela ne veut pas dire qu'il faut leur laisser faire n'importe quoi, mais il faut les aimer malgré tout, c'est certain, c'est ainsi que l'on grandit, que l'on s'enrichit. Le fait d'aimer enrichit la personne, elle devient plus grande dans le Cœur de Dieu, elle s'en rapproche, et Dieu lui manifeste Son Amour.

M : N'avez-vous pas envie de voyager dans le Royaume ?

MR : Non, *dit-elle étonnée, comme si cette idée était un peu surprenante*, non, je suis bien ici, c'est ma maison, elle est exactement comme je la souhaitais, ma « maison idéale », je n'ai pas envie de la quitter, mes amis y viennent, tout est bien.

M : Je vous ai demandé quel message vous souhaitiez transmettre aux hommes, mais je souhaite vous demander autre chose : peut-être avez-vous une question à laquelle vous auriez pensé, que vous aimeriez que je vous pose, qui pourrait être utile aux hommes et à laquelle je n'ai pas moi-même pensé…

MR : *Elle réfléchit*. Une question ? Je ne vois pas.
Mais dites-leur qu'il faut s'amuser, il ne faut pas être grave, je sais que ce n'est pas toujours facile sur la Terre, mais quand on le peut, ou les rares moments où on le peut, il faut savoir se distraire, s'amuser, voir les choses du bon côté, rire de tout, être gai. C'est comme ça qu'on est le plus heureux, la vie n'est pas triste, elle n'est pas affligeante.
Bien sûr, je ne vous parle pas de conditions particulières ou des missions particulières comme celles que j'ai vécues, comme celles que j'ai subies. Ce sont des cas particuliers. Lorsqu'on est dans une mission de souffrance, on ne pense pas à s'amuser, c'est certain, mais dans une vie normale, il faut savoir prendre du répit, faire des pauses : on se distrait, on se détend, on pense à autre chose qu'à ses soucis, on peut mieux gérer son stress de cette façon, parce que les gens sur la Terre ont souvent beaucoup de stress.

M : Oui, c'est vrai.

MR : Surtout, il faut leur dire que les choses ont une fin, que la vie terrestre est courte, que les souffrances ou le stress ont un temps donné et qu'après c'est la Vie éternelle, la joie éternelle, la gaieté éternelle, le rire et l'amusement, enfin, ce que l'on veut, parce que s'il y en a qui préfèrent être sérieux, ils pourront l'être.
Je dis cela parce que j'aime bien m'amuser et cela me semble évident

que les gens aiment bien s'amuser quand ils le peuvent, quand ils sont libres de tous soucis. C'est quand même plus gai de faire la fête que de se morfondre, vous me l'avouerez.

M : C'est certain, *dis-je en riant.*

MR : Alors, dans mon message, insistez sur le temps. C'est cela qui ressort de mon expérience ; même si la vie terrestre en apparence paraît longue, j'ai vécu quatre-vingts ans, cela peut paraître une longue vie, eh bien, en fait non, pas du tout, elle est courte, par rapport à l'éternité ce n'est rien du tout ! Ce qui compte, c'est qu'après on a toute l'éternité devant soi pour faire tout ce que l'on veut, tout ce que l'on n'a pas pu faire sur Terre, tout ce que l'on a rêvé de faire : s'amuser et rire, chanter, bouger, danser, rencontrer ses amis, les aimer, les caresser, jouer avec eux, tout ce que l'on aime faire tout le temps que l'on voudra. Il n'y a plus aucune limite de temps, c'est l'éternité, c'est ce qui me plaît ici. On sait que ça ne s'arrêtera jamais, on s'amusera toute la vie, toute la vie éternelle ! *dit-elle en riant.* Vous vous rendez compte ? Alors, quatre-vingts ans passés sur la Terre ce n'est rien du tout!

M : Oui, je suis bien d'accord, mais c'est vrai que parfois, cela peut sembler interminable lorsque c'est difficile.

MR : Oh ! Il ne faut pas s'arrêter à cela. Il ne faut pas penser que c'est interminable… Justement, quand ça semble trop difficile ou interminable, il faut penser à après, à toute la joie que l'on va avoir en arrivant ici. C'est à cela qu'il faut penser : comme on va se régaler, en arrivant au Paradis ! On va pouvoir faire tout ce que l'on veut, tout ce que l'on a toujours eu envie de faire.

M : Merci petite sœur. Je ne sais pas pourquoi j'ai eu envie de vous appeler ainsi.

MR : Attends, je n'ai pas fini de te parler.

M : J'attends.

MR : Tu vois, *dit-elle plus sérieusement, toujours en mettant un doigt sur sa bouche, comme pour réfléchir aux mots qu'elle va prononcer,* je voudrais dire encore quelque chose aux hommes restés sur la Terre, je voudrais leur dire de ne pas désespérer du Bon Dieu, mais cela, je l'ai déjà dit, d'aller à l'église pour prier, pour demander à Dieu son aide, cela je ne l'ai pas encore dit. Je voudrais leur dire de toujours s'entraider, parce que sur la Terre, on a besoin de sentir la chaleur humaine autour de soi, de se sentir entouré et c'est important que les hommes s'entraident. Dieu souhaite que les hommes s'entraident, qu'ils se sentent solidaires comme les doigts d'une même main, comme un corps dont la tête serait Dieu, et la main, serait l'humanité, est-ce que tu vois l'image ?

M : Oui, cela me parle.

MR : C'est Dieu qui commande et ce sont les hommes qui agissent. Comme la main, ils doivent agir ensemble ; comme une main qui pianote sur le clavier d'un piano, chaque doigt joue une note différente, mais cela compose un air mélodieux quand tous les doigts jouent ensemble, c'est l'harmonie, c'est ce que Dieu souhaite : que tous les hommes jouent le même air ensemble, des notes différentes mais un même air, une même partition. Tu vois ?
J'ai fini mon message, je crois.
Peut-être que lorsque tu seras partie, il me reviendra des choses que j'ai oublié de dire, mais tant pis, je ne peux pas penser à tout d'un seul coup.
Si d'autres choses me reviennent et si c'est important, je te rappellerai par Johany. On se connaît bien maintenant, *dit-elle en riant* ; il est venu plusieurs fois me voir, c'est mon pote ! *dit-elle d'une voix enjouée et enfantine.*
Je suis enfantine, parce que j'aime les enfants.

M : Tu as raison, moi aussi j'adore les enfants, si j'avais pu, j'en aurais eu quinze !

MR : C'est joyeux un enfant. Lorsqu'il est élevé avec amour, il est naturellement joyeux, gai, il aime jouer, s'amuser, il ne faut pas contrarier cela chez les enfants parce que c'est l'état naturel de l'être humain.
Si tu veux, quand tu reviendras, tu viendras me voir, on sera amies, on pourra parler, on échangera. Tu me parleras de toi, je te parlerai de moi, c'est cela échanger. Chacun parle de soi et l'on voit l'effet que

cela fait sur l'autre, *dit- elle d'un air amusé.*

M : Tu me fais rire, je t'aime beaucoup.
Je viendrai aussi peut-être dans ton petit cloître, il a l'air très intimiste et doux. Il doit être doux de prier ici.

MR : Oui, j'aime beaucoup ce lieu.

M : Moi aussi j'aurais aimé être dans les ordres, carmélite ou autre… Mais j'ai choisi une autre mission.

MR : Elle est belle ta mission, je l'aime beaucoup, elle est importante à ce que j'ai entendu dire, mais on en parlera mieux quand tu seras revenue, ce n'est pas le sujet ici, maintenant.

M : Tu as raison, je disais juste cela comme ça.

MR : Est-ce que tu veux que l'on parle encore ?

M : Non, je reviendrai te voir. Je vais te laisser à ta gaieté, à tes jeux, à ton amour de la Vie. Je crois que c'est cela qui te caractérise : l'amour de la Vie, et pour toi, cela semble se traduire en joie.

MR : Oui, tu m'as bien définie, c'est cela qui me caractérise, c'est vrai. J'aime la vie ici, la vie du Père, la vie qu'Il nous donne, la vie qu'Il nous fait, elle est belle, tout est si beau ici, tout est parfait. C'est Sa Vie qu'Il nous donne, je l'aime, *dit-elle avec un grand sourire.*

M : Merci de ton rayonnement, tu es belle.

MR : Merci.

M : Je vais te laisser.

Nous nous levons avec Johany. Elle a l'air un peu triste que nous partions, mais je sens que c'est le moment, que l'entretien est terminé. Je lui fais un petit signe de la main en m'éloignant.

J : Maman, je crois qu'elle voulait encore te dire quelque chose…

M : Ah bon ? Oh, désolée, je n'avais pas compris.

Je retourne sur mes pas et Joh m'accompagne. Elle reprend son sourire éclatant lorsqu'elle nous voit revenir chez elle.
Elle était restée sur le seuil de sa porte à nous regarder partir... Elle nous fait entrer de nouveau.

M : Vous aviez encore quelque chose à me transmettre, je crois ...

MR : Une petite chose, mais importante, *dit-elle d'un air un peu mystérieux.*
Venez vous asseoir encore quelques secondes. Ce n'est pas long.
Je dois vous dire encore quelque chose qui m'a traversé l'esprit à propos de la fête, du fait de s'amuser. Je vous ai beaucoup parlé de cela, comme quelque chose qui m'est essentiel, comme quelque chose de primordial et l'on pourrait croire que je suis quelqu'un de très léger, au mauvais sens du terme, au sens de quelqu'un qui ne s'occupe pas des autres, qui ne pense qu'à s'amuser justement. Or, je ne voudrais pas que l'on pense cela de moi, parce que ce ne serait pas un jugement juste. Je ne suis pas insouciante des autres, je suis insouciante quand je m'amuse mais il y a un temps pour tout, je sais aussi garder un temps pour être sérieuse, recueillie et pour prier pour mes frères restés sur Terre, pour mes frères dans l'affliction, pour mes frères qui souffrent. Je prie beaucoup, je ne te l'ai pas dit.
Nous avons un petit peu parlé de nos séances de prières ici dans le petit cloître, mais je n'ai pas assez insisté sur le fait que je passe quand même beaucoup de temps à intercéder auprès de mon Père pour les hommes qui souffrent sur la Terre. Je sais ce que c'est que souffrir, tu comprends, je l'ai expérimenté et je prie beaucoup pour les hommes qui souffrent, pour les enfants qui souffrent surtout. Je prie beaucoup pour les enfants qui souffrent parce qu'eux, moins encore que les adultes, ne peuvent comprendre, ni surpasser leur souffrance. Parce que pour la surpasser, il faut la comprendre, lui donner un sens et les enfants ne le peuvent pas, alors je prie pour eux. Je prie beaucoup pour les innocents qui souffrent, parce qu'eux non plus ne comprennent pas pourquoi Dieu les laisse souffrir, alors qu'ils n'ont fait aucun mal. Voilà ce que je voulais rajouter...
Cette fois, j'ai fini mon message aux hommes de la Terre. Oui c'était important

que je te rajoute ces quelques phrases. Est-ce que je ne t'ai pas pris trop de ton temps ?

M : Oh non ! Cela m'est doux d'être avec toi, j'ai beaucoup de plaisir à être en ta compagnie. Je sens beaucoup de douceur en toi et j'aime cela, mais je vais quand même m'en retourner.

MR : A bientôt. J'aurai plaisir aussi à te revoir.

M : Merci pour ton accueil.

Cette fois, je la sens souriante lorsque nous la quittons, et nous nous éloignons avec Johany.

M : C'était une belle rencontre, je suis très heureuse que tu m'aies amenée jusqu'à elle. Oui vraiment, je ne suis pas déçue de l'avoir rencontrée, j'ai bien fait de te demander à la voir, elle est charmante, elle est si pleine de qualités, douce et gaie. Je l'aime beaucoup.

Nous échangeons encore quelques moments avec Johany, puis nous nous séparons.

Voyage du mercredi 25 février 2004

Je suis passée dans l'autre Monde, dans le Royaume. J'y ai retrouvé Johany. Nous parlons depuis un moment et je lui pose une question qui me tourne dans la tête depuis quelque temps déjà.

M : Joh, qu'est-ce que cela signifie en fait : effectuer une mission spirituelle dans un monde virtuel, dans une illusion ? A quoi cela sert-il au fond réellement ? Lorsqu'un être du Royaume descend dans l'incarnation, missionné pour une tâche précise, est-ce que ce n'est pas uniquement pour lui-même, c'est-à-dire pour se faire grandir lui-même, pour grandir son amour, pour s'élever plus rapidement ?
Bien sûr, je sais que la souffrance des hommes lorsqu'ils sont dans l'incarnation est bien réelle. Je sais tout cela, mais dans la réalité, il

reste que ce n'est qu'un rêve. Et aller œuvrer dans un rêve, à quoi cela sert-il ?

Cela me fait repenser aux paroles qu'un être de Lumière très élevé m'avait dites il y a quelques mois : que la réincarnation lorsqu'on appartenait au Royaume n'était pas utile, n'était pas nécessaire et que l'on Servait l'Amour beaucoup plus efficacement en restant dans le Royaume. J'avais adhéré bien sûr à ces paroles, mais cela rejoint ma question : est-ce que ces missions que l'on se donne en s'incarnant ne sont pas elles-mêmes une illusion et, au fond, une façon de Servir l'Amour certes, mais pour nous-même, pour ajouter un apprentissage de plus à notre expérience ? Qu'est-ce que tu en penses Joh ?

J : Ce que j'en pense est très complexe. C'est toute la complexité de la vie terrestre que tu poses. La complexité qui fait qu'un être incarné est en même temps dans sa réalité et dans l'illusion du point de vue spirituel. Ce que je pense, c'est qu'un être du Royaume qui descend pour une mission **va vraiment aider le reste de l'humanité, va vraiment aider ses frères incarnés et, en tout cas, ses frères incarnés vont le vivre comme une aide réelle.** Alors, si tu me demandes ce que cela signifie dans la vraie Réalité, je te dirai que tu as sans doute raison et c'est aussi pour cela qu'il y a de très nombreux êtres des premier et deuxième Plans du Royaume qui ne se réincarnent pas, qui ne se réincarnent jamais.

Tu te souviens des êtres de l'humanité du premier et deuxième Mondes qui s'étaient installés à la limite du deuxième Monde, pour créer une sorte de « ville Lumière »[29]. Tu te souviens, leur théorie était qu'il ne servait à rien de s'incarner dans une illusion et qu'ils Servaient l'Amour de façon plus efficace en travaillant sur l'Unité entre eux, l'Unité avec Dieu, ici même dans le Royaume, parce qu'au moins, là, ils étaient dans la Réalité. Là ce qu'ils vivaient, c'était du concret si l'on peut dire. C'était bien réel. Tu te souviens qu'à ce moment-là, tu n'étais pas du tout d'accord avec eux …

M : Oui, mais maintenant je vois les choses complètement différemment. Je pense que c'est eux qui ont raison, parce que s'incarner pour une mission dans un rêve, si c'est une mission agréable, pourquoi pas ? Mais si c'est une mission douloureuse, pénible, franchement je n'en vois plus l'intérêt. Je pense que l'on

---
[29] Cf. Le Royaume tome 1

s'illusionne soi-même sur l'utilité de cela.

J : Maman, c'est plus complexe que cela, parce que tu ne peux pas retirer le fait que les hommes dans l'incarnation ressentent les choses comme réelles. L'être missionné vient les aider, il veut aider l'humanité à progresser plus rapidement, à avancer plus rapidement sur son chemin de libération. Alors bien sûr, c'est une illusion, mais cela fait partie du Chemin de Vie que Dieu a choisi pour les êtres et vient un moment où cette humanité se libère complètement, où elle n'a plus besoin de se réincarner du tout. Cela correspond, tu l'as vu, aux êtres du troisième Monde et au-delà. Avant d'en arriver là, ce chemin d'incarnation entre bien dans la Volonté divine, il correspond à la destinée de l'homme dans la Volonté divine.

Dans cette destinée, l'être du Royaume missionné peut aider cette humanité à évoluer plus vite, je trouve que c'est un beau projet. Ces missions sont de belles missions et ce ne sont pas des illusions. L'être du Royaume qui s'incarne entre dans une illusion, d'accord, mais cela n'empêche qu'il va quand même aider l'humanité à avancer plus rapidement sur son chemin d'Evolution. Le chemin d'Evolution en soi n'est pas une illusion ou alors, en allant vraiment au fond des choses, on peut dire que tout est illusion excepté l'ultime Réalité du Cœur Divin, et à ce moment-là, les différents Mondes du Royaume le sont aussi, mais on ne va pas aller jusque là, on ne va pas aller aussi loin.

Je continue de penser que c'est utile de s'incarner pour aider ses frères, cela n'empêche que j'étais d'accord aussi avec l'être de Lumière qui disait que selon les époques, c'est plus ou moins utile parce qu'à certaines périodes, les missions sont un peu vouées à l'échec. Si la période ne s'y prête pas, si les hommes sont hostiles, c'est sûr qu'il vaut mieux attendre que les hommes appellent, ressentent le besoin d'êtres spirituels.

Mais il y a bien un moment où il faut commencer à semer des graines et si l'on attend toujours le moment le plus favorable ou que l'humanité soit dans des bonnes dispositions, on peut attendre longtemps, parce que c'est un cercle vicieux : c'est aussi parce que l'on va semer des graines que l'humanité va s'ouvrir davantage et va progresser un peu plus, puis encore et encore et qu'elle va arriver justement au stade où elle sera plus ouverte à la spiritualité. Mais ce stade-là arrivera parce que l'être missionné un jour est venu semer des graines dans un milieu qui était hostile, qui n'était pas du tout ouvert encore justement, et c'est même pour cela qu'il est venu semer des graines. Tu vois, c'est un sujet complexe.

M : Oui, c'est vrai, tu as raison. Les deux points de vue sont justes en fait, sont intéressants : le premier étant de ne plus se réincarner pour Servir l'Amour autrement et l'autre, de s'incarner pour aider l'humanité. Ce sont deux façons de voir différentes, opposées même, mais je trouve finalement que les deux sont justes.

J : Oui, après, c'est un choix à faire.

Voyage du jeudi 26 février 2004

Je suis passée de l'autre côté, Johany m'attend. Nous prenons le temps de nous retrouver.
Je remarque que sa tenue a définitivement changé, enfin je crois : il est toujours vêtu à présent de sa longue tunique écrue en maille souple.
Je demande alors à Johany :

M : Lorsque des êtres qui meurent sur la Terre, montent dans le Royaume avec des rêves, des désirs, des souhaits qu'ils n'ont pas pu réaliser sur la Terre et auxquels ils tenaient beaucoup, est-ce qu'ils ont la possibilité de les réaliser dans le Royaume ou est-ce qu'ils changent eux-mêmes de sorte qu'ils n'ont plus ces mêmes désirs, ces mêmes rêves ?
Tu vas me dire, je suppose, que cela dépend des souhaits et des rêves... En te posant cette question, je pensais à des choses concrètes comme de vivre dans un certain environnement ou paysage, cela je sais que c'est possible, mais s'il s'agit par exemple de pratiquer un sport particulier, si l'être dans sa vie a rêvé de faire du ski ou de l'équitation sans jamais pouvoir réaliser ce rêve, le peut-il dans le Royaume ?

J : C'est une question que tu m'avais déjà posée à propos des enfants, à propos des personnes, hommes ou femmes qui arrivent ici en ayant eu un fort désir d'avoir des enfants sur la Terre, sans avoir pu le réaliser...Je t'avais dit qu'ils pouvaient alors aller dans le Plan-annexe du sixième Monde pour se créer une vie de rêve, une vie comme ils l'auraient souhaitée sur la Terre justement mais sans tous les aléas, obstacles ou soucis que l'on peut avoir sur la Terre. Là, c'est un peu pareil, la personne peut se créer ici même les conditions idéales qu'elle souhaite. Tu parles de sport, si elle veut faire du ski par exemple, elle va se créer les plus belles pistes que l'on peut imaginer : des pistes idéales, magnifiques ! Elle peut même voler jusqu'au sommet, cela lui économisera des remonte-pentes et autres choses inesthétiques, *ajoute-t-il en riant*. De là-haut, elle dévalera les pentes avec le plus grand plaisir, elle va se régaler !

Elle peut aussi, toujours pour suivre ton exemple, se créer le plus beau des chevaux, un pur-sang magnifique ! Enfin, c'est Dieu qui le lui donnera : elle le verra apparaître, comme moi j'ai vu apparaître Snoopy parce que c'était mon rêve à ce moment-là d'avoir un chien. Cette personne pourra galoper dans le paysage de son choix, et là encore elle va vivre des moments merveilleux.

Quand la personne arrive dans le Royaume, elle est encore très proche de ses désirs de la Terre, elle les ressent encore mais ça ne dure pas très longtemps. Au bout de…disons quelques mois, elle commence à changer, parce qu'elle ressent l'influence de la vibration du Royaume qui est une vibration plus haute qui l'élève et de ce fait, elle ressent d'autres choses et a d'autres désirs, d'autres rêves différents de ceux de la Terre. Souvent, elle rêve de choses plus paisibles. Tu sais, c'est comme je te le disais : au début, j'ai eu envie de jouer au foot et très vite cela m'a lassé, je n'en voyais plus l'intérêt, ça ne m'amusait plus. C'est un peu cela que je veux te dire…La personne peut faire ce qu'elle veut mais à la limite je lui conseillerai d'en profiter, de réaliser ses désirs quand elle arrive parce que quelques mois plus tard, elle désirera autre chose, elle pensera que ses désirs terrestres n'ont plus grand intérêt…qu'il y a mieux à faire, qu'il y a des choses plus passionnantes à faire dans le Royaume : elle vivra des choses qui la feront davantage vibrer que descendre des pentes ou galoper dans la campagne ou tout autre chose très terrestre comme cela. Ce serait encore possible, mais c'est la personne qui change, et plus le temps passe, puisque le temps existe encore un peu ici dans les premier et deuxième Plans du Royaume, moins elle a envie de s'agiter. Elle n'a pas encore envie d' « Etre » seulement, cela vient beaucoup plus tard, mais ici dans les premier et deuxième Plans on a envie d'agir, oui, mais doucement, paisiblement : on a envie d'échanger, de profiter, de ressentir, de s'aimer…ce n'est pas une activité comme sur Terre, c'est différent.

M : Oui, je comprends. Merci.

Voyage du vendredi 27 février 2004

Nous partons en vol.

J : Nous n'allons pas très loin, nous allons dans le troisième Monde voir un ami qui m'est très cher.
Tu vois, ici, on sera toujours comme ça, on sera libres, on fera tout ce que l'on veut….

Nous avons passé la chaîne de montagnes, puis nous avons atterri près d'un dôme de Lumière.
Un être apparaît :

– Entrez mes amis. Nous n'allons pas nous voir très souvent ni très longtemps mais je voulais te dire quelque chose d'important à mes yeux, qu'il m'importe de te dire par rapport à ce que les hommes vivent… Tu as souvent entendu dire que la souffrance n'est rien sur Terre, qu'elle n'existe pas réellement et, que lorsque l'on arrive ici, l'on se dit que cela valait la peine, et on l'oublie très vite… Je veux te dire que pour nous qui sommes attentifs à ce que vivent les hommes, la souffrance n'est pas rien du tout, c'est ce qui pétrit un homme, c'est ce qui fait qu'il va s'élever ou non au-delà des obstacles, c'est ce qui fait qu'il va apprendre ou non une leçon d'amour, qu'il va faire ou non un apprentissage d'amour supplémentaire, ce n'est pas rien ! Nous ne prenons pas la souffrance des hommes à la légère, elle existe bel et bien. Ils la vivent ! Et cela en est la meilleure preuve, le meilleur critère : ils la vivent ! Alors, nous voulons les aider…Il y a des gens qui souffrent et qui ne se tournent jamais vers le Ciel…mais il y en a qui, lorsqu'ils souffrent, se tournent toujours vers le Ciel. Cela, à mes yeux, rend cette souffrance encore plus insupportable ou injuste…Je trouve, pour ma part, que lorsque l'être qui souffre se tourne vers le Ciel, il devrait toujours être rétribué si l'on peut dire, récompensé et allégé de ses souffrances, uniquement parce qu'il a su se tourner vers le Ciel à ce moment-là, dans ces conditions si difficiles. Ce n'est pas toujours le cas hélas. Je trouve que cela devrait l'être ; même l'homme dans le karma devrait être allégé de son fardeau dès lors qu'il se tourne vers le Ciel pour demander grâce. C'est ainsi que je vois les choses et Johany est de mon avis, nous en avons plusieurs fois parlé ensemble. Alors, dès que nous le pouvons, dès que nous voyons, nous sentons un être en souffrance se tourner vers le Ciel, nous l'aidons, nous faisons ce qui est en notre pouvoir pour l'alléger de son fardeau pour l'aider. Nous faisons une bonne équipe lui et moi pour cela, nous avons le même point de vue, la même façon de voir les choses et nous agissons ensemble.

M : Avez-vous l'autorisation dans ces cas ?

– Oui, nous l'avons. Nous sommes libres dans ce Royaume !

Voyage du dimanche 29 février 2004

J'ai retrouvé Joh dans le premier Monde, il était avec des amis en train de discuter de choses et d'autres... ses amis que j'avais rencontrés tout au début que je venais là[30] : St Germain et d'autres...
Johany me propose que nous allions voir Siddhartha Gautama le Bouddha que je souhaitais rencontrer depuis longtemps.
Nous prenons congé de ses amis puis nous partons en vol. Sa demeure n'est pas très loin, puisqu'elle est dans ce Monde.
...
Un dôme de Lumière resplendit au loin, je comprends qu'il s'agit de son habitat.
Il est très rare dans les premier et deuxième Mondes de voir des dômes de Lumière, ils sont habituellement réservés aux Mondes supérieurs. Nous atterrissons juste devant et je comprends que Johany a déjà fait le contact avec lui, qu'il a déjà préparé ce voyage, qu'en d'autres termes, Siddhartha sait que nous arrivons. Il sait également la raison de ma visite.
La porte cependant ne s'ouvre pas de suite...
Il arrive sur le côté par le chemin, et nous fait entrer.

---

[30] cf. Le Royaume tome 1

Son dôme à l'intérieur est en même temps fait de Lumière et de pierre. Le sol est plus dense, les sièges de forme circulaire, en contrebas du dôme, ont la même apparence que ceux que je connais, que j'ai vus dans les dômes de Lumière des Mondes supérieurs, mais ils sont faits comme ceux que nous venons de quitter chez les amis de Johany.

S : Installez-vous.

M : Tu as l'air sérieux et grave.

S : Je regarde bien souvent la Terre et elle me préoccupe. La vie des hommes m'intéresse, ce qu'ils vivent m'intéresse et je n'ai pas l'occasion de m'en réjouir. Leur vie est souffrance encore trop souvent et cela me touche, me peine. Cela me concerne, je me sens concerné par cette humanité, par ce peuple qui est mien, je me sens plein de compassion, mais de joie non, pas vraiment, je ne ressens pas de joie lorsque je vois le sort des hommes sur cette planète. Je ressens beaucoup d'amour pour eux, j'ai envie de les aider, de soulager leur peine, mais tant **qu'un seul souffrira sur cette Terre, je ne serai pas heureux moi-même car je suis un avec chacun d'eux, je ressens cette unité de cœur avec chacun d'eux**, et lorsque je vois cette souffrance qui règne au sein des hommes, je ne ressens pas de m'amuser, ni de me réjouir. Je ne ressens ni légèreté ni indifférence vis-à-vis de ce qui leur arrive.

M : Ressens-tu que cela t'alourdit, t'appesantit de penser à eux ou de te brancher sur eux ?

S : Non, je ne suis pas entraîné non plus par le poids de leurs souffrances, ce n'est pas cela que je veux te dire. Je veux te dire que dans la mesure de mes moyens, je cherche à soulager leurs peines, que cela prend tout mon temps, toute mon énergie, je ne souhaite pas faire autre chose que cela et je te l'ai dit, **tant que l'un d'eux souffrira encore sur la Terre, j'y consacrerai mon temps** : je consacrerai mes pouvoirs, mes possibilités à soulager sa souffrance, à l'alléger de quelque manière que je puisse le faire.

M : Oui, je comprends.
Comme cela me paraît différent d'entendre tes paroles à côté des paroles de Marthe Robin qui, elle, justement exprime le besoin de

s'amuser, d'être gaie.

S : Oui, tu ne peux comparer ni surtout juger quoi que ce soit, elle a beaucoup, beaucoup souffert sur la Terre et il est normal qu'arrivée ici, elle ressente ce besoin de légèreté, de gaieté, de joie, d'amusement ; tout est normal, c'est le contraire qui serait inquiétant, elle a besoin de cela et comme je la comprends ! Et comme je l'accompagne dans son amusement, dans sa gaieté !
Je te parle d'autre chose, comprends-tu ?
Je t'exprime par mes paroles que je me sens extrêmement concerné par la souffrance terrestre et tant qu'elle existera, je ferai mon possible pour l'alléger et pour aider les hommes qui la vivent. Voilà mon credo en quelque sorte.
Si tu veux, tu me poses une question à laquelle je répondrai puis à mon tour je te délivrerai un message pour les hommes car je souhaite donner un message aux hommes de la Terre et puisque tu m'as posé ta première question sur le sens de ma gravité, je vais te donner mon premier message. Veux-tu l'entendre ?

M : Oui, naturellement, avec joie. Je suis venue pour cela.

S : Bien, alors écoute et transmets ceci aux hommes :

Les hommes sont bons au fond de leur cœur, ils le sont et la plupart d'entre eux le savent ; certains l'ont oublié, mais qu'importe, je parle à ceux qui le savent, qui s'en souviennent, qui se souviennent qu'au fond de leur cœur brille une étincelle d'amour : cela signifie **qu'ils ont besoin d'être aimés et besoin d'aimer. Chaque être humain a besoin d'aimer et chaque être humain a besoin d'être aimé, et c'est lorsque l'un de ces deux paramètres ne peut s'exprimer que la dysharmonie s'installe**. Si le petit enfant qu'est l'être humain à son début ne peut aimer, et cela arrive parfois, bien souvent même, lorsque la méchanceté l'entoure, lorsqu'il ne peut aimer, son cœur se ferme et toutes les dysharmonies commencent à s'installer en lui. De même, si le petit enfant qu'est l'être humain à son début n'est pas aimé, là aussi le cœur se ferme et toutes les dysharmonies s'installent, c'est la preuve que **l'être humain dans son essence, dans son cœur est amour, il vit d'amour, il est nourri par l'amour.** Il doit l'être en tout cas et lorsqu'il ne peut l'être il en meurt, il se sclérose, se durcit, se dysharmonise, se déforme même et **tout le mal sur la Terre vient**

de cela, de ce qu'un petit enfant au début de sa vie ne peut être aimé ou ne peut aimer.
Si tous les enfants du monde, c'est-à-dire tous les êtres humains du monde pouvaient selon leur cœur, et leur cœur est si grand lorsqu'il n'est pas encore fermé, abîmé, aimer autant que leur cœur le permet, autant que leur cœur peut recevoir d'amour et crois-moi, le cœur tout ouvert d'un petit enfant peut en recevoir une quantité inimaginable, alors oui je te le dis, la Terre serait autre car la paix régnerait entre les hommes. L'être humain, dans ce cas dont je viens de te parler, garderait son cœur ouvert : garder son cœur ouvert signifie aimer son frère quel qu'il soit, savoir lui tendre la main, l'inviter à sa table, chez lui.

M : Est-ce que tu penses donc que toute la souffrance vient de ce qu'un enfant n'est pas assez aimé ou ne peut aimer ?

S : Oui, je le pense car c'est ainsi. Un enfant doit pouvoir garder son cœur ouvert et c'est, hélas, dans l'enfance que le cœur se ferme. Lorsqu'un être humain a pu grandir jusqu'au terme de sa croissance, disons une vingtaine d'années, en recevant tout l'amour possible et en pouvant donner à son tour tout l'amour qu'il contient potentiellement en lui, alors **cet être humain est solide, solide d'amour, solide pour affronter les diverses difficultés de la vie**, parce que la vie peut toujours offrir des difficultés à l'homme, des efforts à fournir, des obstacles. Mais **l'homme solide d'amour, devant ces difficultés, devant ces efforts ou ces obstacles, saura toujours quelle est la juste attitude à avoir, l'attitude la plus aimante, il saura, il ne se trompera jamais car tout réside dans le cœur, toute Sagesse réside dans le cœur et lorsqu'un tel homme suit son cœur, il suit la Sagesse, l'Harmonie, la Paix** …mais pour cela, il faut que son cœur soit resté ouvert complètement, qu'il n'ait pas été blessé et c'est si rare! Si exceptionnel sur la Terre actuellement, que les hommes bien au contraire arrivent à l'âge adulte avec un cœur traumatisé, un cœur blessé, un cœur bien souvent fermé, endurci, sclérosé parfois. Cela donne des adultes sévères et durs, des adultes au cœur fermé qui jugent, critiquent, ne pardonnent plus, ne connaissent plus la paix intérieure et souffrent. Tout est là, ils souffrent car c'est cela qui fait souffrir, et de tels hommes vont poser des actes de non-amour, prononcer des paroles de non-amour, émettre des pensées de non-amour, toutes choses qui créent un karma négatif correspondant à des leçons d'amour non apprises qu'ils devront réapprendre, et la souffrance règne en maître sur ces karmas et sur ces hommes.

Alors, oui, je te le dis, **si chaque bébé du monde, si chaque enfant puis chaque adolescent était aimé passionnément comme il mérite de l'être et si chaque bébé, chaque enfant, chaque adolescent pouvait aimer comme son cœur le désire, car un cœur ne désire que cela, alors la Terre serait bienheureuse, l'humanité serait bienheureuse.**

Voilà mon message aux hommes de la Terre… mais qu'y peuvent-ils? Tout est si difficile aujourd'hui.

Des millions d'enfants ne sont pas aimés, des millions d'enfants ne peuvent aimer ; néanmoins, que **chacun à sa petite échelle fasse son possible pour déjà aimer, aimer totalement, aimer sans retour, sans attente de retour, sans condition, ses propres enfants et que chacun permette à ses propres enfants d'aimer librement** là où va leur cœur, vers leurs parents tout d'abord, leur fratrie, leurs proches, leurs amis, ou vers tout autre chose, et qu'importe, **l'important est d'aimer** : quoi que ce soit, qui que ce soit, j'allais te dire quelque Dieu que ce soit…Bien sûr, il n'y a qu'un seul Dieu mais les hommes Le parent de différents noms et il est important que les hommes aiment leur Dieu. Cela est d'autant plus important que parfois leur cœur ne peut s'exprimer que dans ce cadre-là, que dans la religion, que vers Dieu.

Certains êtres humains ne sauront aimer qu'un animal car là encore des hommes ont blessé leur cœur, mais alors, que ces êtres humains aiment l'animal du mieux possible, totalement, avec tout l'amour qu'ils sont capables de donner, car cela les sauvera.

L'amour sauve, il leur évite la souffrance, la soulage en tout cas. **L'important est d'aimer, de savoir aimer, de pouvoir aimer et de pouvoir être aimé.**

Nous sommes des êtres d'amour puisque nous sommes pétris d'amour, nous venons de l'Amour, ce que tu appelles Dieu, Père, Source et Il l'Est. Celui qui EST est Amour, Il n'est même que cela, mais cet Amour est Tout et, avant tout, cet Amour est Vie, et la Vie est notre vie.

M : Merci infiniment pour tes paroles si merveilleuses ! Il faudrait les graver sur les murs de nos maisons, elles sont si belles.

Je t'aime pour ce que tu es, pour cet amour que je sens en toi. Merci.

As-tu fini ?

S : Oui, mon premier message.

M : Alors, j'aimerais te poser ma deuxième question : tu parles de Dieu et le bouddhisme ne parle pas de Dieu, comment considères-tu la nature de Dieu ? Qu'est-ce que Dieu pour toi ?

S : Tu me parles comme si ma Connaissance aujourd'hui était la même que lorsque j'étais sur Terre. Ce n'est pas le cas. Voilà deux mille cinq cents ans que je suis ici et avant mon incarnation de Bouddha, j'étais déjà ici, je savais déjà certaines choses et entre autres l'existence de Dieu. Je suis venu établir une religion sur la Terre: le bouddhisme, car cette religion manquait et les hommes en avaient besoin. Elle apporte beaucoup de justes connaissances, la Loi du karma en fait partie et d'autres encore. Elle est juste sous bien des aspects, elle apprend à aimer bien davantage et c'est cela qui compte. Qu'elle ne parle pas de Dieu, je te dirais : qu'importe. L'important, lorsque l'on est sur Terre c'est apprendre à aimer. Celui qui sait aimer croit en Dieu sans le savoir puisque Dieu est l'Amour et plus que cela encore. **Il est le Principe de toutes choses créées, le Principe de tout ce qui existe, de tout ce qui est. Il est la Vie et toute son organisation.** Dieu ne se définit pas, surtout pas par des mots humains, alors j'arrêterai là ces paroles.

Mais je te le dis, qu'importe que le bouddhisme ne parle pas de Dieu, il parle d'Amour et c'est cela qui compte. Moi, ici, je te parle de Dieu, de la Conscience de Dieu.

M : Oui, alors c'est à toi…

S : Mon deuxième message à transmettre aux hommes est de prier. La prière est un signe de confiance. L'être qui prie croit à juste titre que sa prière va être entendue, reçue et peut-être exaucée. Je te dirai que **Dieu aime cette confiance. Il attend que l'homme ait cette confiance en Lui, car ainsi l'homme reconnaît Son Amour. L'homme qui prie avec confiance a confiance dans l'Amour divin, et, par cela, il se grandit lui-même, il s'élève et son cœur grandit de même. La prière est un très beau cadeau que l'homme fait à Dieu.** Par la prière, l'homme fait cadeau de sa confiance à Dieu et cela justifierait presque que toutes les prières soient exaucées. Mais bien sûr, la Sagesse divine va au-delà et la Loi du karma ne permet pas toujours cet exaucement. Comprends-tu mes paroles, petite abeille ?

M : Oui, parfaitement.

S : Alors, prépare ta troisième question.

M : Comment ici, d'où tu es, soulages-tu la souffrance des hommes ? Peux-tu le faire ? Tu as dit que tu le faisais dans la mesure de tes moyens, comment procèdes-tu ?

S : Je procède ainsi : j'écoute les prières que les hommes m'adressent, car beaucoup m'adressent leurs prières et, par mon amour, je les exauce lorsque cela est possible.

M : Faut-il nécessairement que l'homme te prie, ou prie, pour que sa souffrance soit prise en compte et allégée ?

S : C'est en effet la meilleure condition. Un homme qui ne prie pas, qui ne demande pas au Ciel, et peu importe à qui il s'adresse, il peut s'adresser à la divinité de sa religion et cela est juste, l'homme qui ne prie pas a peu de chance de voir s'alléger sa souffrance par l'intervention du Ciel justement. Il peut bien entendu se débrouiller par lui-même et rencontrer l'aide de ses frères compatissants sur la Terre, mais l'aide céleste est donnée en priorité, presque exclusivement à l'être qui prie et qui demande, qui a pour cela, comme je te l'ai dit, confiance en Dieu, qui manifeste par cela sa confiance dans l'Amour divin.
Je t'ai dit qu'il pouvait s'adresser à la divinité de sa religion, pas nécessairement à Dieu Lui-même, mais dans son cœur cela revient au même, il croit que la divinité de sa religion va l'exaucer par amour et **c'est encore une question de confiance dans l'Amour et c'est cela que Dieu regarde.**

M : Je comprends. Comme les hommes méconnaissent l'importance de la prière !

S : Eh bien, tu es là pour leur transmettre ces messages qui justement les orientent vers la prière, vers le fait de prier bien davantage.

« Demandez et vous serez exaucés »... Il faut que l'être demande, n'hésite pas à demander ce qu'il souhaite voir arriver dans sa vie, pour que cela lui soit donné.

M : Parce que Dieu respecte trop l'homme pour lui donner ce qu'il n'a pas demandé, est-ce cela ?

S : C'est un peu cela, pas seulement. Dieu attend la confiance de l'homme, Dieu attend que l'homme mette sa confiance en Lui, cela fait partie de sa foi. **Dieu attend que l'homme ait la foi et que sa foi le mène, le conduise.**

Voilà.

Il se lève.

J'ai fini de t'enseigner pour aujourd'hui.

M : Merci. Je sens que tes paroles sont puissantes, brûlantes, pleines de cette foi justement et de cette confiance dans l'amour dont tu parles.

S : Eh bien, je suis bien placé pour t'en parler. Vas à présent, nous nous reverrons petite abeille.

Je me retourne... qu'est-ce que ce mot signifie pour toi ?

S : Tu es travailleuse, laborieuse pour le Service des hommes et de Dieu, tu t'es mise au Service comme l'abeille dans sa ruche est au service de la communauté et de sa reine, tu vois, on peut faire aussi une certaine comparaison, et l'abeille fabrique le miel qui est douceur au palais, douceur et nourriture, douceur et vie. Cela te convient-il ?

M : Oui.

Nous quittons sa demeure.
Cette fois, une porte s'est ouverte, plutôt une ouverture s'est faite dans la paroi et nous l'empruntons.
Nous retrouvons la grande Lumière du Royaume.

M : C'était de belles paroles !

J : Je savais que cela te plairait. C'est un « Grand » ! Il est déjà très évolué. Je sais qu'il a déjà travaillé sur l'Unité comme le font les êtres du troisième Monde. Il a fait des expériences de ce genre...
Je sais qu'il est **très** évolué.

Je reste encore un moment avec Joh pour profiter d'ici, d'être avec lui. Un peu plus tard, je retourne.

Voyage du mardi 2 mars 2004

Je suis passée de l'autre côté. Johany m'attend.
Il me propose de faire un voyage que je souhaitais depuis un moment. Je lui avais demandé une fois s'il serait possible de rencontrer Mère, la maître indienne et Sri Aurobindo, et il m'avait dit à ce moment-là qu'il allait voir. Il me dit aujourd'hui que c'est possible et me propose d'aller les rencontrer.
J'en suis heureuse.
Nous nous élançons donc dans ce but.
Ils sont bien sûr dans ce premier Plan du Royaume, puisqu'ils font partie de notre humanité.
Nous survolons les habitats la plupart du temps très terrestres dans leurs formes, qui se trouvent dans ces deux premiers Plans : les maisons idéales que les hommes n'ont pas eu la possibilité de se construire ou d'obtenir sur la Terre. Nous volons plus loin que le périmètre auquel je suis habituée. Je survole la demeure du Bouddha et je me pose la question quelques instants, de savoir si les hommes se regroupent par pays ou continents. Pourquoi pas ?

M : Est-ce le cas, Joh ?

J : Pas directement, tu verras un peu plus loin.

Nous volons toujours assez vite... Voilà, nous sommes arrivés. Nous avons atterri dans un paysage très luxuriant. Une végétation abondante aux feuilles géantes que l'on sent débordantes de vie, se déploie ici. C'est étrange... C'est une végétation qui oscille un peu entre la végétation tropicale et la végétation très légère, subtile, évanescente du Royaume. C'est un curieux et subtil mélange de ces deux types de flore. L'effet en est magnifique. On sent une luxuriance, une abondance dans cette flore; en même temps, on ressent une grande organisation : rien de chaotique, rien de laissé à l'abandon. Des allées très claires, très droites sont dessinées et cette flore les suit, les longe, les borde de façon très... disciplinée. On se croirait dans un immense parc et c'est certainement un peu cela. Les routes ne sont pas en terre battue mais « en sable battu », un peu fermes mais sableuses, les arbres sont gigantesques pour certains, l'ensemble est majestueux ! Une richesse et une variété d'essences s'offrent à nos yeux comme si toutes les plantes étaient différentes, c'est incroyable ! Tous les tons de vert se déploient mais aussi beaucoup de fleurs s'épanouissent en grappes mauves, en corolles rouge vif...

Si nous sommes dans le paysage que s'est créé Mère, elle doit se réjouir de cette beauté, elle a bien choisi !
Nous suivons les allées, côte à côte Johany et moi, et là-bas, au bout d'une allée une demeure apparaît. C'est étrange parce que cette demeure est d'aspect très occidental.
C'est une solide maison de pierres blanches, un peu comme ces manoirs des siècles derniers. Cela ressemble à une grande demeure de maître agrémentée d'un perron aux larges marches blanches, elles aussi. Tout cela est blanc.
L'espace est dégagé.

J : Maman, on va monter lui demander de nous recevoir.

Nous grimpons les quelques marches et Joh se concentre quelques secondes, parle en télépathie.
La porte s'ouvre, une femme nous accueille...
Je ne connaissais pas son visage ni son apparence sur Terre. Là, son apparence est celle d'une femme d'âge moyen, d'âge mûr même, qui n'attache pas d'importance à son physique. Elle a des cheveux bruns et porte une robe sombre assez longue. Je sens qu'elle reste silencieuse et immobile volontairement, pour me laisser le temps de la décrire.

M : Je vous remercie.

Mère : Vous êtes venue me voir et c'est normal que vous preniez le soin de me décrire en quelques lignes. Je sais que vous faites une sorte de petit reportage…Johany est déjà venu me voir, il m'a parlé de cela. Vous souhaitez regrouper certains témoignages, n'est-ce pas ? C'est une excellente idée. Je suis volontaire pour y participer. Les hommes ont besoin de savoir ce qui se passe ici, comment est cet ailleurs dont ils rêvent beaucoup et auquel parfois ils consacrent leur vie. C'est légitime de souhaiter savoir où l'on va arriver après notre trépas, d'autant plus si l'on a consacré sa vie, ou une partie de sa vie à ce que vous appelez Dieu, à ce que j'appelle autrement, peu importe, à ce travail d'amour que l'on est censé faire.
Entrez donc, nous n'allons pas discuter là sur le pas de ma porte, entrez, j'ai de quoi vous installer plus confortablement.

Nous pénétrons dans un vaste salon où les sofas placés en cercle nous accueillent ; une petite table ronde se dresse au milieu. C'est très pratique. Les fauteuils et les canapés circulaires sont faits dans une matière qui ressemble à du cuir de couleur jaune. Il y a peu de choses dans cette pièce mais une belle cheminée occupe un grand pan de mur.

M : Aimez-vous le feu ?

Mère : Nous aimons tous le feu. Cela dépend ce qu'il représente… Il peut représenter tant de choses : le feu de l'Amour, ici, brûle éternellement, c'est le symbole que je lui ai donné, et j'aime en effet me concentrer sur ce feu, lui porter mon attention et partir ailleurs avec lui dans ces flammes qui sont bien autre chose que de simples flammes, qui sont **l'Amour qui vit, qui vibre, qui consume, qui brûle. Il consume les cœurs et les réduit en cendres, non pas pour les détruire, mais parce qu'un cœur consumé par l'Amour revit de plus belle et vibre davantage encore.**

Je hasarde…

– Comme le phoenix qui renaît de ses cendres ?

Mère : Oui, le phoenix est rouge aussi, comme les flammes de ce feu, comme le feu de l'Amour, comme un cœur qui palpite de désir, de ferveur, de dévotion, d'adoration. Tous ces aspects de l'Amour ne sont qu'Un, multiples facettes que les hommes croient différentes, croient correspondre à différents types d'amour, mais l'amour est Un, tout comme la Lumière, il est Un avec de multiples facettes et l'une n'est pas plus grande que l'autre. L'amour filial n'est pas plus grand que l'amour conjugal, l'amour maternel n'est pas plus puissant que l'amour fraternel : **chacune de ces formes d'amour est la plus puissante pour l'être qui la ressent, qui la fait vibrer en lui comme une harmonie, comme la corde d'un instrument de musique parfait, un instrument de musique céleste, car l'Amour est céleste, il appartient au Ciel, il appartient à ce que tu appelles Dieu.**

M : Et comment l'appelles-tu ? Cela fait deux fois que tu fais cette allusion… Que représente Dieu pour toi ?

Mère : L'Amour, *dit-elle avec évidence.*

M : Oui, mais y vois-tu une Conscience propre, une Vie propre qui irait, si j'ose dire, au-delà de la notion d'Amour ?

Mère : L'Amour n'est pas une notion, il peut l'être sur Terre, mais ici il est la Vie. **L'Amour et la Vie sont une seule et même chose**, que tu l'appelles Dieu ou autrement ne change rien à l'affaire.

M : Oui, mais répondez-moi sur cette question de Conscience propre…

Mère : Veux-tu savoir si Dieu est un Etre ?

M : Non, je sais bien qu'Il n'est pas un Etre mais qu'Il est au-delà de cela.

Mère : Oui, au-delà, il y a Dieu ou ce que tu nommes tel. M : Est-ce que cet Amour-Vie a une Conscience propre ?

Mère : Naturellement, et cette Conscience propre a créé toute chose, absolument toute chose et toutes autres consciences dérivées de Lui, tu vois, je prends ton langage, je devrais dire en accord avec moi-même : dérivées d'Elle, dérivées de cette grande Conscience unique. **Tous les êtres, toutes les consciences distinctes, toi, moi et**

quiconque sont dérivées de cette grande Conscience, mais, tu le sais, c'est une simple question de mots. Tu l'appelles Dieu, soit, cela ne me dérange pas, cela ne me choque pas. Pour ma part, je L'appellerais si j'avais à L'appeler : **Amour-Vie-Conscience**. C'est un peu long, je te l'accorde, mais c'est ainsi que je le conçois et cet **Amour-Vie-Conscience se laisse vibrer sur différents modes, tous musicaux, tous harmonieux, car cette Conscience-là est l'Harmonie absolue, l'Harmonie infinie, totale, éternelle, parfaite. Aucune musique, même ici dans ce Royaume, ne peut égaler Sa Musique car la musique qu'émet cet Amour-Vie-Conscience n'a pas de mot. Cette Musique donne la Vie, elle est créatrice de chaque chose, réellement de chaque chose. Chaque élément de ta planète, chaque feuille de chaque arbre a été créé par cette Musique-là, Harmonie parfaite.** Comprends-tu ?

M : Oui, tout est donc note, son, musique… J'ai entendu parler de cela.

Mère : Certainement, tu en as entendu parler par l'Auteur même de cette Musique. Que veux-tu savoir sur moi ?

M : Je me demandais, par rapport aux idées que vous développiez sur la Terre, enfin je vous disais tu tout à l'heure, peu importe, par rapport à ces idées, que pensez-vous aujourd'hui ? Je vous parle là des idées de l'immortalité du corps… Vous pensiez que le fait de purifier à l'extrême son corps, si j'ai bien compris, mais également ses pensées, ses émotions, tout son être subtil, jusqu'à son être le plus divin, si ce travail était mené jusqu'au bout, cela devait mener l'être à ne plus subir la mort : les cellules du corps devaient survivre, ne plus mourir, enfin, c'est ce que j'ai compris d'une certaine partie de vos enseignements.
Pour ma part, j'ai toujours pensé qu'il était utile de mourir et de pouvoir se réincarner éventuellement, pour les personnes qui ont du karma, pour les autres également qui veulent effectuer une autre mission, et surtout il est utile de mourir pour les êtres qui, sortis du karma, méritent de vivre la joie du Royaume.

Mère : Tu as tout à fait raison. Mes pensées étaient claires à ce sujet lorsque j'étais sur la Terre.
J'ai eu un certain rôle, celui d'un Maître spirituel écouté. En ce sens

ma mission a été intéressante, elle n'a pas été inutile, cela ne veut pas dire que tout était absolument juste, mais tout était utile et cela a servi à beaucoup de personnes pour se rapprocher d'une certaine idée de l'amour, pour s'élever, progresser, se perfectionner, travailler sur elles-mêmes en un mot.
Je pense d'autres choses depuis que je suis ici dans le Royaume, parfois même sur les mêmes sujets mais on évolue, tu sais, ici l'on ne voit plus les choses de la même façon que lorsque l'on est sur Terre. Il en va ainsi pour chacun de nous, les choses ici s'éclairent, elles nous sont expliquées également. La Sagesse nous prend.

M : Etes-vous toujours amie avec Sri Aurobindo ? Je suppose que vous l'avez retrouvé avec joie ...

Mère : En effet, il m'attendait et nous sommes toujours ensemble, main dans la main, comme de vieux compagnons, mais ici nous ne sommes jamais vieux tu le sais, et lui moins que quiconque, il est si jeune dans son cœur, dans sa tête. C'est un « enfant-adulte ».

M : Habitez-vous donc dans cette même maison ?

Mère : Oui, nous la partageons avec bonheur.
Tu as été étonnée de l'apparence de cette maison, n'est-ce pas ?

M : Un peu, je pensais que vous auriez créé une maison de style plus indien.

Mère : Tu sais, je n'ai pas toujours été ce Maître indien, j'ai eu d'autres incarnations, je ne suis pas marquée éternellement si l'on peut dire, par la culture indienne. J'ai voyagé de par le monde lors de mes différentes incarnations et ce style d'habitat me correspond bien aujourd'hui, je ne renie pas mes attaches indiennes mais je ne suis pas faite que de cela.
En moi se mêlent d'autres cultures, d'autres influences, d'autres amours. J'ai aimé d'autres pays également durant mon long cheminement et je suis imprégnée d'eux, je suis formée d'eux. Cet habitat nous correspond bien à mon frère et à moi-même, nous nous entendons bien pour cela aussi. Lui aussi a cheminé dans d'autres vies, d'autres pays, d'autres cultures, où nous étions souvent ensemble d'ailleurs, car nous avons partagé beaucoup de vies communes. Mais

ici nous avons plaisir à de nouveau partager cette vie éternelle.

M : Comptez-vous vous réincarner bientôt ?

Mère : Non, nous ne le souhaitons pas, pas avant bien longtemps. Les temps ne s'y prêtent pas. Il y a toujours à faire bien sûr et nous trouverions certainement des tas de choses intéressantes à faire en incarnation, mais nous ne le souhaitons pas ; si tu préfères, nous allons laisser passer un grand laps de temps. Ce que j'appelle un grand laps de temps correspond à deux cents ou trois cents ans, puis nous verrons. Nous avons le temps d'y penser, nous n'avons pas vraiment de projets bien précis à ce sujet.

M : Que pensez-vous des hommes de la Terre aujourd'hui ? Si vous aviez un conseil à leur donner, que diriez-vous ?

– Si j'avais un conseil, je leur dirais de se taire, de parler moins, moins inutilement, de préférer se centrer en eux-mêmes sur leur intériorité et de rechercher en eux-mêmes dans le silence, le silence de la méditation, de rechercher leur être profond, la flamme qui brûle en eux comme elle brûle en chacun et qui ne se laisse voir, qui ne se révèle qu'à celui qui la cherche, qui la veut voir, qui croit en elle.
C'est un de mes conseils, ce n'est pas le seul, je leur dirai aussi de se tenir par la main comme des frères solidaires qu'ils sont : qu'ils apprennent, qu'ils utilisent la solidarité car la solidarité est le propre de l'humain et c'est une si belle chose que de voir des hommes solidaires se tenir par la main pour une même cause, une cause humanitaire, une cause de solidarité.
Si j'avais un troisième conseil à leur donner, s'ils écoutaient mes conseils car je doute un peu que ce soit le cas, mais néanmoins si j'avais ce troisième conseil à donner, je leur dirais de regarder en soi-même pour y voir ce qu'ils ont fait de bien dans leur vie, pour y chercher le bilan de leur vie jusqu'à ce jour et de se dire : si je partais demain, quel serait le bilan de ma vie ?
Qu'ai-je donné ? Qu'ai-je reçu ?
Que n'ai-je pas su donner ?
Jusqu'où ai-je été dans le don de moi-même, dans le don de mon amour ? Jusqu'où n'ai-je pas pu aller ?
Où ont été mes limites ?
Ai-je su pardonner à mes frères qui m'ont offensé ? Qu'ai-je fait de

ma vie ?

Je crois utile, vois-tu, que l'homme sache de temps à autre se tourner vers lui-même et faire ce genre de bilan car c'est ainsi que l'on progresse. Il faut se connaître soi-même pour progresser, dépasser ses propres limites. Il faut bien les connaître pour pouvoir aller au-delà, il faut savoir sur quoi je bute, ce que je n'arrive pas à dépasser aujourd'hui. Se dire cela, c'est déjà avoir fait un pas pour le dépasser.

Il est bon de s'interroger soi-même, non pas avec auto-satisfaction ni complaisance, mais avec lucidité, franchise, dans un face à face intime, confidentiel, et se dire : si je partais aujourd'hui, qu'aurais-je fait de ma vie ?
A-t-elle été satisfaisante à mes yeux et aux yeux du Tout Autre ?
Tu vois, c'est encore un autre Nom que l'on peut donner à cet Amour-Vie-Conscience…
Ai-je servi l'Amour ?
Ai-je comblé Celui qui donne la Vie ? Voilà les questions qu'un homme doit se poser de temps en temps le long de son parcours.

M : Oui, c'est beau.
Est-ce la teneur de votre message aux hommes de la Terre ?

Mère : Mon message tient en peu de mots :
« **Servez l'Amour de quelque façon que ce soit, il y a mille manières de le faire. Aimez-vos enfants, aimez votre conjoint, vos amis, vos frères, aimez tous les hommes de la Terre, aimez ceux de votre groupe, de votre clan, de votre famille, que sais-je encore, aimez les bêtes, aimez les plantes, mais pour chaque forme d'amour que vous aurez choisie de développer en priorité, faites-le absolument, faites le dans le don le plus grand, dans le don total, faites-le au mieux de vos possibilités, faites-le à la mesure de ce que votre cœur peut donner, et si votre cœur peut donner un maximun pour un seul enfant, le vôtre, eh bien, c'est déjà parfait, on ne vous demande pas plus que ce que vous pouvez donner au maximun de ce que vous pouvez faire. Donnez toujours au maximum de vos possibilités, chaque être a un maximum, chaque être a ses limites, mais allez jusque là.** Peut-être alors vous apercevrez-vous que vous pouvez dépasser vos limites, et en trouver d'autres alors, mais vous aurez dépassé vos premières limites et en cela vous aurez grandi, quel que soit l'amour que vous aurez su

développer. Cela est beau, cela est retenu, cela vous est compté car **cet Amour-Vie-Conscience n'attend que cela de vous : que vous sachiez aimer au maximum de vos possibilités, au maximum de votre cœur.**
Certains cœurs sont plus grands que d'autres et à ceux-là il sera demandé d'aimer davantage, puisque, comme je l'ai dit, il vous est toujours demandé d'aimer au maximum de ce que vous pouvez donner. Mais chaque être est capable de donner un maximum. Peut-être que ce maximum-là pourra paraître bien peu de chose aux yeux de son frère qui a le cœur plus grand mais qu'importe, ce n'est pas à ce frère-là de juger, seule la grande Conscience-Amour-Vie juge de cela et sait ce qui est votre maximum, jusqu'où vous pouviez donner et jusqu'où vous avez donné. Lui seul peut juger de cela et sait juger de cela. Lui seul connaît votre cœur, la taille de votre cœur et les efforts que vous avez fournis pour donner au maximum votre amour à quelqu'un ou à mille autres. L'important est de donner le maximum de ce que l'on peut.
Voilà mon message aux hommes de la Terre.

M : Comme il est beau ce message ! Il redonne un rôle à chacun, il ne dit pas : « il y a les bons et les méchants, il y a les grands et les incapables », il redonne valeur à chaque être humain. J'aime beaucoup votre message, il est très beau je trouve, parce que c'est exactement cela. L'important c'est d'aimer à sa mesure, je suis bien d'accord.

Mère : Voulais-tu me demander autre chose ?
M : Je voulais vous demander comment vous avez vécu votre passage dans le Royaume…
J'ai entendu dire que sur la fin de votre vie, vous aviez beaucoup de douleurs et donc de souffrance. Peut-être n'est-ce pas en rapport mais j'aurais aimé savoir ce que vous avez vécu, ressenti en arrivant ici ; avez-vous été surprise ou choquée ou, au contraire, avez-vous trouvé cela normal et correspondant à vos attentes ?

Mère : Lorsque je suis arrivée ici, je n'ai pas été surprise. J'ai été très bien accueillie, cela c'est certain, avec beaucoup, beaucoup d'amour, mille et mille pétales de fleurs, beaucoup d'êtres adorables venant des Mondes supérieurs pour me recevoir et me faire une sorte de fête de bienvenue, de réception. J'ai été très bien accueillie, je l'ai très bien vécu. Je n'étais pas étonnée parce que je n'avais pas une idée très précise, très arrêtée sur ce que j'allais trouver dans l'au-delà. Je pensais que cela pouvait être très différent de ce que j'imaginais et, partant de là, j'étais dans un esprit d'ouverture à tout ce qui pouvait arriver, tout ce qui pouvait m'arriver et, ainsi, je ne risquais pas d'être choquée ni vraiment surprise. J'étais dans l'attente et, comme je te l'ai dit, dans l'ouverture à ce qui allait être ce grand Mystère de l'au-delà. Lorsqu'on ferme ses yeux pour ne plus les rouvrir, qui peut savoir lorsqu'il est sur Terre, qui peut savoir de façon absolue où il va arriver ? Personne mon enfant, je te le dis, personne ne peut le savoir de façon absolue. D'abord, parce qu'il y a différents mondes et que selon le karma de l'être, chacun n'arrive pas à la même destination, mais même pour ceux qui espèrent arriver dans le Royaume, l'idée qu'ils se font de ce Royaume est propre à chacun et bien différente la plupart du temps de la réalité.

M : Peux-tu me dire si ce que j'en perçois à travers mes voyages, à travers ce que Joh m'en dit et ce que les êtres ici m'en disent, peux-tu me dire si ce que j'en perçois, et donc le peu que j'en transmets aux hommes de la Terre, est exact, correspond à la réalité ou est-ce que cette transmission se fait encore à partir ou à travers des filtres humains, les filtres de mes corps subtils qui analysent, comprennent, dissèquent l'information dirais-je, selon certains schémas, à travers en tout cas mon corps mental qui est comme il est : comme un corps mental terrestre ?

Mère : Veux-tu dire : « ai-je déformé en transmettant avec ce que je suis ? »

M : Oui, c'est cela ma question.

Mère : Tu l'as déjà posée à Johany et Johany t'a répondu en toute sincérité que le Royaume était exactement comme ce que tu y avais vu et que le Royaume était exactement tel que tu le décrivais. C'est une chose.
Maintenant, que tu aies des filtres mentaux humains, c'est indiscutable puisque chaque être humain en a ; néanmoins, tes filtres comme tu les appelles, sont purifiés, aussi ils laissent passer l'information, la connaissance sans la déformer ou de façon très restreinte. Il y a toujours un pourcentage inévitable d'adaptation, tu vois, je n'ai pas dit le mot « déformation » car il ne s'agit pas de cela. Je dirais que dix

pour cent de ce que tu transmets est transformé par tes filtres humains. Par exemple, bien souvent, tu ne perçois pas de paysage, tu perçois encore bien souvent le sable qui s'étend sur une immensité. Or, je te le dis, il y a beaucoup plus de choses ici que tu n'en perçois. Cela entre dans ces dix pour cent dont je te parle où ton être, parce qu'il est terrestre et aucune purification ne pourra changer cela, ton être inévitablement ne peut percevoir tout ce qu'il y a ici parce que seul un être totalement dégagé de son habit terrestre peut le percevoir. Cependant, ce que tu transmets est juste et reflète exactement la vie que les êtres ont ici, peuvent se faire, toutes les possibilités de cette vie, toute la richesse, toutes les expériences possibles. Tu décris cela très bien et cela lève le voile sur bien des Mystères du Royaume. Les hommes, après avoir lu tes livres, en sauront beaucoup plus sur ce qui les attend après leur trépas, s'ils se sont libérés du karma bien entendu.
Mon propos précédent, ce que j'évoquais en te disant que les hommes ne savaient jamais exactement où ils allaient arriver après leur trépas, ne tenait pas compte justement de ce que tu leur transmets à travers tes voyages. Je pourrais te dire : ceux qui ont lu tes voyages auront une idée beaucoup plus précise de ce qui les attend et du lieu où ils vont arriver, si bien entendu ils arrivent ici dans ce Royaume, car tu n'as que très peu parlé des mondes du karma, des mondes de la réincarnation.

M : Oui, c'est juste.

Mère : Toutefois, pour les hommes qui arriveront ici leur vision de ce futur qui les attend sera juste. Ils peuvent juste se dire que cela sera encore plus beau que ce qu'ils imaginent car le plus beau tu ne peux pas le voir, pas encore, et la vie ici est plus belle encore que ce que tu en perçois, car vois-tu, toutes les sensations qui sont multiples ici sont riches, profondes, à mille facettes elles aussi. Elles ne peuvent être perçues, ressenties que lorsque l'être est totalement ici et tu ne les ressens pas, tu n'y as pas accès, pourtant cela fait partie dans une grande mesure de notre bonheur ici. Tu comprends pourquoi je dis que tu ne peux pas tout transmettre, et que l'homme qui lira tes livres aura une idée précise et juste de ce qui l'attend mais il saura également que ce qu'il vivra réellement ici sera plus beau encore.
Puis l'Amour ne se dit pas en mots et d'autant plus l'Amour que l'on vit ici à chaque seconde. Cela, personne ne peut le décrire à une autre

personne. Et même si ici tu pouvais le ressentir, ce qui n'est pas le cas, même alors tu ne pourrais le décrire, car les mots humains ne peuvent transcrire ce qui se vit là dans le Cœur, entre cette Conscience-Amour-Vie et chacun de nous, entre chaque chose, chaque élément de ce Royaume et nous. Les mots ne sont pas là pour cela, il faut juste le savoir.
Il faut savoir que **l'homme ici en arrivant découvre réellement l'Amour, ce qu'est l'Amour et alors, il a l'impression qu'il ne savait rien de l'Amour. Même s'il a beaucoup aimé sur Terre, même s'il a été un fou d'amour sur Terre, lorsqu'il arrive ici, il prend conscience qu'il ne savait rien de l'Amour,** comprends-tu ?

M : Oh oui, c'est magnifique ! Cela donne tant d'espoir !

Mère : Oui, en effet, et cet espoir est justifié car ce que je te dis est la Réalité et **chaque être est récompensé à la mesure de ce qu'il a donné et plus encore.**
Chaque être reçoit, lorsqu'il passe dans l'au-delà, au-delà de ce qu'il a su donner car la Conscience-Amour-Vie est Don et Générosité et Abondance. **Elle ne mesure pas, Elle ne restreint pas, Elle ne retient pas Son Amour.**

M : Pourtant, il y a bien des hommes sur la Terre qui sont vraiment très méchants et pour ceux-là, je suppose quand même que c'est différent, enfin c'est ce que j'ai appris.

Mère : Bien sûr, tu parles de cas particuliers, mais dans l'immense, l'immense majorité des cas, l'homme reçoit au-delà de ce qu'il a donné.

M : Quel bonheur ! Comme cela est rassurant ! C'est comme si Dieu ne voyait que le bon en nous.

Mère : Oui, c'est cela même.
Cette Conscience-Vie-Amour va regarder dans ta vie, dans ce bilan dont je te parlais tout à l'heure, ce que tu as su donner en amour. Elle ne va pas regarder ce que tu n'as pas su donner, **Elle va regarder tout ce que tu as donné. Et si tu as donné à chaque instant de ta vie, chaque instant te sera compté, et si tu as donné à un seul instant de ta vie, ce seul instant te sera compté.**

Vois-tu ce qu'est l'Amour ici ?

M : Oui, cela laisse songeur...

Mère : Bien sûr, celui qui n'a donné qu'une fois dans sa vie recevra moins, c'est logique, c'est naturel et c'est juste et cette Conscience est la Justice même, mais chacun recevra.

M : Hmm hmm...

Mère : Cela n'enlève rien au karma et l'homme qui n'a que peu ou pas appris à aimer devra bien sûr retourner apprendre ses leçons non apprises, mais c'est autre chose et cela n'empêche que **pour ce qu'il a donné même si c'est peu, il recevra beaucoup plus que ce peu qu'il a donné.**

M : Magnifique !

Mère : Voilà, j'ai fini de t'entretenir.
Je souhaitais transmettre cela aux hommes de la Terre et, puisque tu m'en donnes l'occasion, c'est chose faite, tout est bien.
Je n'ai pas vraiment d'autre chose à transmettre, cela serait verbiage inutile. Les choses essentielles sont dites là et j'aime aller à l'essentiel.

M : Merci infiniment, *dis-je en m'inclinant*, c'est très beau et, je pense, très utile. J'espère que beaucoup d'hommes profiteront de vos paroles.

Mère : Je l'espère aussi, petite abeille.

M : Je suis très étonnée, vous aussi vous m'appelez ainsi...
Mère : Eh bien, c'est le nom que l'on te donne, je l'ai entendu passer dans l'air comme une musique et je l'ai saisi au vol.
Te déplaît-il ?

M : Non, ça va. J'aime bien l'image du miel doré.

Mère : Vas à présent, nous avons fini de nous entretenir.

Je la salue, je la remercie.

Je sors avec Johany puisqu'il était resté à mes côtés bien sûr.
Elle a refermé sa porte.

M : C'était un beau message ! Joh, je suis contente de l'avoir rencontrée.

J : Maman, on va arrêter là nos visites, c'est la dernière personne que je souhaitais te faire rencontrer. Le livre s'achève, il faut bien s'arrêter à un moment et c'est ce moment que j'ai choisi.
Après, nous continuerons les voyages toi et moi, ce ne sera plus nécessaire d'enregistrer, ce seront des voyages pour nous.
Là, je pense qu'on a donné aux hommes une image assez juste, assez pointue de ce qu'est le Royaume, on ne peut pas tellement aller plus loin ou c'est du moins suffisant pour donner une image juste et assez précise. Comme elle l'a dit, le reste ne se dit pas en mots. C'est lorsque les hommes viendront là qu'ils pourront vivre vraiment ce qui se passe ici. Mais on leur a donné une idée juste et réelle et c'était cela que l'on avait à faire.
C'est une Mission que j'ai vraiment eu plaisir à faire, c'était une vraie joie de la faire avec toi, c'était une belle Mission.

M : Il y avait encore beaucoup de choses à dire sur les mondes de la réincarnation, nous ne les avons pas beaucoup explorés.

J : Cela revient à d'autres. Ce sera peut-être la Mission d'autres personnes. La nôtre était de transcrire la description du Royaume, enfin d'une partie de ce que l'on peut en percevoir lorsque l'on arrive de la Terre, c'était cela notre Mission, ce n'était pas autre chose.

M : Tu as raison.

J : Alors, tu vois : « Mission accomplie » !

M : Merci, Joh.

J : Ne t'inquiète pas, on va continuer de se voir aussi souvent, on continuera d'aller explorer, on se tiendra bien au chaud dans le sable, juste pour se laisser vivre et se laisser ressentir et jouir du bonheur d'être là. Il n'est pas toujours nécessaire de parler ni de faire des choses non plus.

Ici, on est bien, on est heureux rien qu'en profitant de chaque moment qui passe ou de chaque moment éternel si tu préfères. Et se dire que l'on a l'éternité pour en profiter, c'est cela le Bonheur !

Voyage du mardi 6 avril 2004

Johany est dans une Sphère sacrée... Je l'ai rejoint...
Il m'explique que le véritable bonheur réside dans la vie éternelle, dans le fait que nous sachions, là dans le Royaume, que cette vie est éternelle, que le temps n'existe pas. Il me dit qu'il n'y a pas d'opposition entre la notion de réincarnation et la notion de vie éternelle.

J : Là où je suis, je suis immuable, je suis pour toute éternité : ma vie ne s'arrêtera jamais, jamais. De savoir cela rend heureux parce que cette vie est un bonheur, et, ici, c'est une évidence qu'elle n'a pas de fin, que le temps n'existe pas : on Est, on a toujours été, on sera toujours, cela nous semble naturel, normal. On prend d'autant plus conscience ici de l'irréalité de la vie sur Terre, ou si tu préfères, du fait que la vie sur Terre n'est qu'une apparence, une expérience que l'on se donne, que l'on se fait, que l'on se crée, que l'on se fabrique pour des tas de raisons, pour régler des karmas la plupart du temps, pour apprendre à aimer, pour apprendre les bases de l'amour, pour expérimenter différentes façons d'aimer. Une fois sorti de cette incarnation ou de la nécessité d'y retourner, toujours à cause du karma, une fois que l'on a appris les bases de l'amour, que l'on a expérimenté suffisamment, que l'on a su répondre aux expériences d'amour proposées, on revient ici et l'on n'a plus envie de descendre, on n'en voit pas l'intérêt. Là où je suis, où je te parle aujourd'hui, je suis en train de me dire que tous les projets que j'avais faits, que l'on avait faits ensemble pour retourner plus tard sur la Terre, pour expérimenter d'autres choses, ou pour ce que l'on croit donner à l'humanité, ici, quand on est là où je suis, cela semble complètement inutile, parce que justement, comme je te le disais, on sait que c'est une réalité uniquement faite pour expérimenter des champs d'amour, comme un champ que l'on cultive. Mais si tu as suffisamment appris les bases de l'amour, si tu as suffisamment cultivé ces champs-là justement, cela ne sert à rien d'y retourner, sinon parfois à te créer des ennuis ou à te croire utile et indispensable, alors que ce n'est pas le cas. Tu t'aperçois quand tu es ici, que si tu redescends, c'est pour cultiver un nouveau champ d'amour, il n'y a rien d'indispensable en cela.

M : Joh, dans le fait justement de cultiver un nouveau champ d'amour, peut-on dire que cela peut aider nos frères qui, eux, sont sur Terre dans les difficultés du karma, dans la difficulté d'apprendre ces bases de l'amour justement ? Est-ce qu'objectivement, cela peut être une aide pour eux ? Ces missions que l'on se donne ont-elles un sens ?

J : Elles ont un sens. Tu peux aider, c'est pour cela que les êtres du Royaume redescendent en incarnation, mais, je te le dis, quand on est ici, on voit les choses autrement.

M : « Ici », Joh, d'où tu me parles, es-tu dans le sixième Monde, est-ce cela ?

J : Oui. Dans une Sphère sacrée, on voit les choses autrement, on voit que rien n'est indispensable. Quand tu redescends sur Terre, c'est comme si tu entrais dans le « jeu vidéo » de la vie terrestre : tu joues un rôle, un rôle où tu peux aider les autres, mais cela reste un rôle, ce n'est pas nécessaire.

M : Je comprends bien que ce ne soit pas nécessaire, mais est-ce que cela peut-être utile aux autres ?

J : C'est un jeu.

M : Mais apprendre à aimer, expérimenter l'amour ce n'est pas un jeu. Je veux dire : les hommes sur la Terre qui expérimentent cela ne le vivent pas comme un jeu et le fait de les aider est utile pour eux, non ?

J : Maman, c'est une illusion, une véritable illusion ! Là où je suis, je peux te dire que cela n'existe pas, il n'y a pas de réalité derrière cela, c'est comme si tu me parlais d'un rêve, si tu me disais : « si je vais rêver que je vais aider mes voisins, est-ce que c'est utile ? » Je ne peux pas te répondre à cette question. C'est un rêve, cela n'existe pas en Réalité, tu es dans un rêve en ce moment, je regrette de te le dire, mais je ne peux pas te le dire autrement : c'est un rêve.

M : Oui, je comprends.

J : Là où je suis, on EST !
Il n'y a pas de passé, il n'y a pas de futur ou plutôt ce sont des mots qui ne veulent rien dire : on EST, on a toujours été, on sera toujours, j'emploie le futur quand je te dis cela, pour que tu comprennes parce qu'ici on n'a pas la notion du futur, on a la notion de la Vie : on EST LA VIE! On est vivant, et la Vie ne s'arrête pas, ne s'arrête jamais, c'est une évidence et toutes ces histoires de réincarnation ou d'incarnation, pour nous ici, quand on est là, c'est complètement une irréalité. C'est comme si je me disais : « tiens, si j'allais rêver que je vais faire ceci et cela cette nuit… », je te dis cela pour que tu comprennes mieux.

M : Oui, je comprends, c'est fou. En même temps, c'est super que la Vie ce soit cela. Mais, Joh, cela peut-être une question stupide… mais là où tu es, dans la Sphère sacrée, là où tu ressens tout cela : qu'est-ce que l'on fait ?… parce que dans les premier et deuxième Mondes du Royaume les êtres font encore certaines choses et c'est vrai que de la Terre, on a tendance à penser que si l'on n'a rien à faire…eh bien… que fait-on ? Est-ce que l'on ne peut pas s'ennuyer ?

J : Maman, c'est une notion qui n'existe même pas ici. Si tu me dis le mot « ennui », c'est un mot qui a un sens dans le plan terrestre, dans ce rêve, mais ici cela n'existe pas, ce n'est rien, « l'ennui » ici, cela n'existe pas.

M : Oui Joh, je veux bien te croire. Alors quand on en est là où tu es, dans ce sixième Plan, j'allais dire : comment se passe le temps ? Tu vas me dire que le temps n'existe pas, mais…tu comprends ce que je veux dire …

J : Maman, tu ne peux pas comprendre ce que l'on vit quand on est là, tu ne peux pas, parce que justement tu n'y es pas.
Ici, on ne vit pas les choses comme sur Terre, ici on EST, et c'est un Bonheur. C'est un Bonheur qui n'a pas de fin et on n'a pas envie de faire des choses, de s'agiter… c'est sur Terre que l'on a envie de «faire» ou quand on a quitté la Terre depuis peu de temps, dans les

premier et deuxième Mondes du Royaume, surtout au début, on a envie de faire des choses, je suis d'accord avec toi. Mais assez rapidement, ensuite, on découvre le fait d'ETRE, tout simplement, et là où je suis, c'est mille fois plus fort encore. On est heureux et cela suffit, il n'y a rien d'autre à avoir, à vouloir, à obtenir, on est heureux! Qu'est-ce que tu veux de plus ?

M : C'est ce qui est difficile à comprendre quand on est sur Terre : que l'on puisse être heureux en ETANT simplement, sans faire. Tu sais, je me rappelle que tu m'avais dit une fois au début, lorsque tu étais remonté, que tu aimais te sentir utile et que tu l'étais effectivement. Je crois qu'un être humain a besoin de se sentir utile sur Terre bien sûr, mais quand on remonte dans le Royaume, cela m'avait paru normal que l'on ait envie également de se sentir utile et je pense même que Servir l'Amour comme je l'ai vu faire dans le Royaume par les êtres des différents Mondes, c'est être utile, enfin c'est comme cela que je le comprenais, c'est comme cela que je le ressentais. J'avais l'impression que les êtres du Royaume étaient utiles parce qu'ils Servaient l'Amour...
Est-ce que là où tu es, c'est une notion qui est dépassée, ou est-ce que le fait d'ETRE, comme tu me dis, est aussi une façon de Servir l'Amour, autrement peut-être?...

J : Ta question est compliquée ...parce que Servir l'Amour, là où je suis, cela ne veut rien dire non plus. Là où je suis, l'Amour EST, j'allais dire : il n'y a pas besoin de le Servir. Le fait de Servir l'Amour est, pour les êtres, une façon de grandir, d'apprendre à aimer encore plus, encore et encore et tant que l'être n'est pas au sommet, il a toujours à apprendre.

M : Joh, est-ce que cela veut dire que dans le Cœur divin, ou si tu préfères, quand on est en Dieu, on ne Sert plus l'Amour ?

J : On EST l'Amour, le mot « Sert » là n'a plus de sens, on EST l'Amour, tu comprends ?

M : Oui, je crois bien que je comprends ce que tu viens de me dire, c'est extrêmement important. Je n'avais pas vu les choses comme cela. Donc, on ne peut pas dire que Dieu Sert l'Amour ?

J : Non, *dit-il en riant un peu*, Dieu EST l'Amour.
Ce sont les êtres qui apprennent à aimer qui Servent l'Amour, même si ces termes « apprendre à aimer » sont à prendre avec toutes les réserves du monde puisque les êtres des Mondes supérieurs du Royaume savent aimer. Il y a toujours une perfection plus grande à atteindre dans cet apprentissage tant que l'on n'est pas dans le Cœur divin, comme tu dis, c'est un terme assez juste d'ailleurs, tant que l'on n'est pas complètement Dieu.

M : Passionnant !
Comme tu dois te sentir bien là où tu es !

J : C'est plus que du ressenti. Là, je SUIS le Bonheur d'ETRE, on ne pense à rien, on EST, on jouit du Bonheur d'ETRE. C'est unique !

M : Magnifique ! Comme tu dois être heureux ! Comme je suis heureuse pour toi !
Et en même temps, cela donne envie !…

J : Maman, tu vas y être quand tu auras fini ton incarnation. Tu me rejoindras ici, je resterai avec toi dans le premier Plan mais tu verras, on fera des incursions ici, tu ressentiras ce que je viens de t'expliquer. Cela ne peut se dire avec des mots, je t'en ai donnés pour t'expliquer mais c'est bien plus beau que cela, bien plus beau que ce que tu peux imaginer. C'est vraiment être Heureux !

M : Quelle chance, Joh, quel bonheur que tout cela soit ! Comme j'ai aimé tout ce que tu m'as dit !

J : Maman, je vais te laisser, je vois que tu as à faire dans ton rêve terrestre, mais, ne t'implique pas trop, ce n'est qu'un rêve, ne t'en fais pas, rien n'est important. La Vie est ici où je suis, le reste est du rêve.

M : Merci, Joh, merci, tout ce que tu viens de me dire est si important. Je t'aime Joh.

J : Maman, moi aussi.
Ici, c'est le règne de l'Amour. Tu verras, on sera heureux ici : l'Amour c'est le Bonheur, c'est la même chose.

M : Merci Joh.

Voyage du jeudi 8 avril 2004

Johany m'a emmenée dans un paysage de dunes de sable pour parler. Nous nous sommes assis au sommet de l'une d'elles qui surplombe une multitude d'autres petites collines de sable, toutes en courbes, en douceur. C'est un paysage magnifique, on a l'impression d'être seuls au monde dans cette immensité merveilleuse.

M : Y a t-il Joh, comme je le croyais, des Etres, enfin, des «multiples», des parcelles divines qui ne s'incarnent jamais, ce que j'appelais des Seigneurs parfaits ? Est-ce qu'il existe des Etres qui sont des consciences distinctes, qui ne se sont jamais incarnées ?

J : Maman, je vais te répondre que oui et que non. « Des Etres qui ne se sont jamais incarnés »... cela dépend de ce que tu entends par le mot « être » : il y a des multiples qui ne se sont jamais incarnés mais ce ne sont pas des Etres à part entière, ce sont des Etres qui sont plusieurs en un, si l'on peut dire, c'est la phrase qui exprime le mieux cet état de fait. Ils ne sont pas complètement distincts, ce sont des consciences, mais qui ne pensent pas « je », qui pensent « nous ».

M : D'accord. Pourquoi ne se sont-elles jamais incarnées ?

J : Maman, parce que ce n'est pas nécessaire de s'incarner, ce n'est pas obligatoire, c'est une option, c'est un choix de vivre ces expériences, d'expérimenter toutes les formes de l'Amour, de simuler une Involution pour le plaisir de vivre l'Evolution qui suit, si tu préfères : de faire semblant de descendre pour le plaisir et la joie de remonter.

M : Ce n'est pas toujours une joie ...

J : Cela devrait l'être. Il y a des passages difficiles, quand je dis passages, je pense à « époques », des époques qui peuvent durer des siècles ou des millénaires mais si tu regardes l'ensemble, la globalité, c'est une joie de remonter vers Dieu, vers ce que l'on appelle Dieu lorsque l'on est sur Terre.

M : Joh, comment est-ce que l'on appelle Dieu ici ? Est-ce qu'on L'appelle la Conscience de l'Amour, un peu comme disait Mère l'autre jour ?

J : Oui, c'est la Conscience de l'Amour mais c'est une Conscience vivante.

Je pourrais te dire : **c'est l'Amour personnifié, c'est l'Amour vivant**, on pourrait dire comme un Etre, mais c'est l'Amour.
L'Amour, c'est quelque chose de vivant en soi, comme une Présence qui vibre, qui appelle, qui s'exprime, qui crée, qui pense non comme un mental humain mais qui pense, qui conçoit des idées, des concepts. Pour créer l'Univers tel qu'il est, tu imagines bien que c'est une **Conscience parfaite qui pense en termes parfaits, qui émet des idées parfaites : Dieu, c'est l'Harmonie parfaite.**
Tu peux dire pour résumer une définition de Dieu : **c'est l'Amour et l'Harmonie parfaits rassemblés en une même Conscience.** Dans cet Amour et cette Harmonie, tu trouves de la créativité, une sorte de fantaisie, de joie, de multiplicité. Tu vois une richesse dans l'expression de ce qu'Il Est, **c'est cela la Vie, c'est la Richesse de l'Expression de Dieu. Il exprime ce qu'Il est par la Vie, en créant toutes ces formes de vie. Tu imagines l'Imagination qu'il faut, la Créativité et même comme je te le disais, la Fantaisie...**Je ne sais pas si c'est le terme le mieux adapté mais il y a une idée comme cela.

M : Tu en parles très bien.

J : Tu vois, Dieu c'est une Richesse : **la Richesse de la Vie, c'est l'expression de Dieu.**

M : Et donc, Dieu va créer des multiples qui vont expérimenter certains champs d'amour dans l'incarnation, dans les univers qu'Il crée et Il crée des multiples qui vont vivre autre chose, qui vont expérimenter autre chose, j'imagine.

J : C'est un peu cela. Je crois que les multiples, comme tu le dis, qui expérimentent autre chose, qui ne s'incarnent jamais, Servent aussi à l'Harmonie générale, à maintenir l'Harmonie générale dans tous les mondes manifestés, ce que tu appellerais les mondes physiquement matériels, les univers, si tu préfères.

M : Hmm, je comprends.
Les Etres qui ne s'incarnent pas ont donc un rôle... On peut les appeler des Seigneurs, je suppose...

J : Tu peux les appeler comme tu le veux, cela n'a aucune importance.

M : Comment les appelez-vous, ici dans le Royaume ?

J : Les Etres-Dieu.

M : Oui, cela me paraît une bonne appellation, en effet. Donc, finalement, ils ont un rôle par rapport à l'incarnation.

J : Oui, je crois. Je ne sais pas exactement, je n'ai pas de connaissance totale de ces choses, c'est juste ce que l'on en comprend d'où je suis, mais c'est ce qui m'a semblé.

M : Est-ce que l'on peut s'adresser à eux ?

J : Bien sûr.
M : Est-ce qu'ils ont des noms ?

J : Tu m'en demandes trop, je ne connais pas leurs noms et même s'ils en ont, ils doivent être des milliers ou des millions, comment veux-tu que je connaisse tous leurs noms ? Leurs noms n'ont pas d'importance.

M : Oui, j'étais en train de me dire que si l'on s'adresse à eux, cela peut être intéressant de connaître leurs noms et en même temps je me dis : à quoi bon ? Autant s'adresser à Dieu directement.

J : Cela dépend. Lorsque tu pries, tu peux t'adresser à Dieu et tu peux aussi t'adresser à un être intermédiaire pour qu'il intercède pour toi, en ta faveur, auprès de Dieu, cela se fait beaucoup.

M : Est-ce que c'est utile ?

J : Oui, c'est utile, tu l'as entendu dans les entretiens avec les êtres du Royaume : lorsque les êtres qui ont été très spirituels sur la Terre intercèdent pour quelqu'un, cela a beaucoup plus de poids. La prière des hommes pour qui ils intercèdent, a beaucoup plus de poids, est plus entendue, a beaucoup plus de chance d'être exaucée si tu préfères, et tu peux imaginer que si tu demandes à un Etre des Mondes plus élevés encore d'intervenir, ta prière aura encore plus de poids.

M : Hmm, je comprends. Donc, ce n'est pas mal lorsque l'on prie, de s'adresser à un Etre-Dieu comme tu dis, pour qu'il intercède pour nous.

J : C'est même l'idéal.

M : Mais, si l'on n'en connaît pas, comment fait-on ? En appelle-t-on un au hasard ? Enfin, je dis un… tu disais qu'ils étaient un peu des «Consciences de groupe ».

J : Tu peux dire « un », ce n'est pas très important, tu peux dire que tu appelles un Etre-Dieu ou un Seigneur si tu veux l'appeler un Seigneur, ce n'est pas gênant ; tu lui adresses ta prière et tu lui demandes d'intercéder pour toi auprès de Dieu.

M : C'est drôle, il y a un proverbe sur Terre qui dit : « il vaut mieux s'adresser au bon Dieu qu'à ses Saints », enfin c'est un petit peu vulgaire ce que je dis mais quelque part je pensais qu'en s'adressant directement à Dieu, c'était pareil ou plus simple.

J : Tu peux t'adresser directement à Dieu bien sûr, mais je te parle là des cas où tu souhaites vraiment faire intervenir quelqu'un de très élevé parce que ta prière a une importance particulière. Dans les cas où la personne prie pour quelque chose qui n'arrive pas, si sa prière n'est pas exaucée alors qu'elle insiste depuis un certain temps, elle peut à ce moment-là demander justement à un Etre parfait d'intervenir. Je ne te dis pas que cela va marcher à cent pour cent dans tous les cas, mais la personne aura plus de chance de voir sa prière exaucée.

M : D'accord, merci beaucoup Joh, c'est très important. Je n'avais pas encore perçu cela.

J : Cela redonne un rôle, cela redonne un sens à la prière. C'est très important la prière, il faudrait que les hommes demandent bien plus qu'ils ne le font. C'est une question de confiance en Dieu et Dieu attend que l'on ait confiance en Lui, parce que l'amour inclut la confiance. **Lorsque tu aimes, tu as confiance en celui que tu aimes, donc si tu aimes Dieu, tu as confiance en Lui, et dans l'autre sens, si tu Lui montres que tu as confiance en Lui, en Le priant, en Lui adressant tes prières, cela prouve que tu L'aimes,** tu comprends ?

M : Hmm, oui, je comprends, c'est très simple, cela paraît si clair, si évident dit comme cela. En fait, prier c'est dire à Dieu que l'on a confiance en Lui et qu'on L'aime, tout en demandant ce que l'on a besoin d'avoir, cela a donc un double rôle.

J : Oui, c'est beau et c'est utile à tous les points de vue. Le problème avec la prière, c'est que les prières sont rarement exaucées comme les hommes attendent qu'elles le soient, elles le sont, mais souvent d'une façon un peu différente, ou si tu veux, ce que l'homme demande va arriver mais par des voies détournées et souvent la personne ne fait pas le rapport avec sa prière.

M : C'est très juste. On raconte souvent des histoires à ce sujet sur la Terre : des prières qui sont exaucées par l'intermédiaire d'autres hommes, par exemple, qui vont intervenir dans le sens nécessaire, souhaité et l'être qui a prié ne va pas voir de rapport, ne fera pas le rapprochement avec sa prière.

J : Oui, c'est ce que je te disais. En soi, ce n'est pas important, mais c'est quand même important pour la confiance que la personne peut mettre en Dieu. Si elle pense que Dieu n'a pas écouté ses prières ou n'a pas répondu, mais que c'est « machin ou machine » qui est venu pour l'aider et que Dieu n'y est pour rien, c'est toute sa confiance en Dieu qui va être ébranlée et donc son amour pour Lui. C'est cela qui est dommage. Il faudrait que les hommes comprennent que Dieu exauce les prières de mille façons et la plupart du temps en faisant intervenir certains facteurs très matériels, en faisant intervenir des personnes humaines, des situations, des événements si tu préfères, ce n'est pas un miracle qui tombe du ciel comme cela en trois secondes après que l'homme ait prié. Il faut toujours, enfin pas toujours, il faut souvent un peu de temps pour que les choses s'organisent dans l'invisible pour que justement des intervenants extérieurs puissent

intervenir, jouer leur rôle afin que les choses s'arrangent ou se passent comme la personne qui a prié l'a demandé. Il faut du temps souvent, c'est normal.
Si tu veux, on peut clore là le chapitre sur la prière, j'ai fini de te parler de cela, je voulais juste te rajouter ce petit passage pour que les choses soient plus précises par rapport à Dieu. Cela me semblait important d'ajouter ce que je t'ai dit là, cela manquait, maintenant c'est plus complet, plus juste aussi parce que lorsque l'on ajoute des précisions cela donne une description plus juste.

M : Merci beaucoup, cela m'a bien éclairée en effet et ce que tu m'as dit sur le fait de demander aux Etres-Dieu, aux Etres supérieurs d'intercéder pour nous, c'est vraiment important.
Ta définition de Dieu est importante aussi. C'est une vision claire de ce qu'est Dieu, j'ai l'impression en entendant tes paroles de vraiment percevoir ce qu'est Dieu, cela m'aide beaucoup : percevoir ce qu'est Dieu et donc percevoir ce que nous sommes.
Tout est dit, je crois, dans ces quelques paroles que tu as ajoutées. Je te remercie, Joh, pour tous les hommes qui te liront.

Un dernier message me parvient, anonyme, d'un point du Royaume :

Apprenez à pardonner, apprenez à aimer, vous êtes là pour cela, ayez confiance dans l'Amour divin car Il vous donnera tout. Espérez en Dieu, priez davantage car toutes les prières sont entendues.
Aimez, aimez, aimez car Dieu est la Conscience de l'Amour, et croire en Dieu, c'est croire en l'Amour.

Printed in France by Amazon
Brétigny-sur-Orge, FR